梅菲斯特俱樂部

THE MEPHISTO CLUB

泰絲・格里森——著　楊惠君——譯
TESS GERRITSEN

媒體名人盛讚

假如你從來沒看過格里森的小說，那麼，當你決定買下第一本的時候，最好把電費也算進去，因爲，一旦你翻開它，沒到天亮你是停不下來的……

——史蒂芬・金

《梅菲斯特俱樂部》秉持泰絲・格里森的一貫風格，筆法驚悚、恐怖的醫學／法醫學細節、懸疑佈局令人不寒而慄。這一次，如撒旦附身的殘忍兇手所虐殺肢解的對象，都來自於某一神祕邪教，他們認爲行惡的基因確實存在。如果你是懦弱膽小之人，請勿翻閱本書；在逐頁揭露的可怖細節中，深入魔鬼學的形上學探索與邪惡罪行緊密扣連，此外，《梅菲斯特俱樂部》也將爲讀者帶來『毛髮直豎與狩魔的無窮興味』。

——洛杉磯時報

格里森手法高超，爆點之外的細膩鋪陳，同樣淋漓逼眞……在大量細節所營造出的氛圍當中，各種可怖至極的狀況森然湧動，最後，果然節節逼現。

——出版人週刊

既精采又令人毛骨悚然……一氣呵成，令人無法釋手。

——波士頓環球報

劇力萬鈞……懸疑至極。

——密西西比號角集錄報

匯集所有驚悚元素之大成。

——奧蘭多前哨報

極具魅力的陰森情節，佐以令人毛骨悚然的真實感。

——泰晤士報

獻給尼爾和瑪莉

「毀滅所有被神摒棄的靈魂與守望者的子女，因爲他們虧負了人類。」

——《以諾書》第十章第十五節
古猶太典籍，西元二世紀

1

他們看起來像個完美的家庭。

男孩站在父親尚未入土的棺木旁，聽著花錢雇來的神職人員朗誦著《聖經》裡的陳腔濫調，心裡如此想著。悶熱、蚊蟲亂飛的六月天裡，只有一小群人前來哀悼蒙塔格．索爾；致意的人不超過十幾個，當中有不少人是男孩今天才剛認識的。過去半年來，他都住在寄宿學校裡；今天出席的人當中，有好幾位他是初次見到，而且多半都引不起他絲毫的興趣。

不過他叔叔一家人倒是讓他覺得很有趣，值得好好研究一番。

彼得．索爾醫生長得和他死去的哥哥蒙塔格很像。他身材修長，戴著像貓頭鷹般的眼鏡，一臉聰明相，逐漸稀疏的棕髮意味著他將來無可避免地會禿頭。他的妻子艾美有一張甜美的圓臉，焦急的眼神不斷望向十五歲的姪兒，彷彿巴不得能用雙臂緊緊環繞他，抱得他喘不過氣來。他們十歲的兒子泰迪，四肢極爲細瘦；他儼然是彼得．索爾的縮小翻版。兩人甚至戴著同樣如貓頭鷹般的眼鏡。

最後是他們的女兒莉莉，今年十六歲。

緊緊束起的馬尾散下一些捲曲的髮絲，並且因爲炎熱的天氣而黏在她的臉上。黑色洋裝似乎讓她覺得很不自在，焦躁不停地動來動去，好像隨時準備拔腿狂奔；彷彿她寧可身在其他討厭的地方，也不願意在墓園裡不停揮趕嗡嗡作響的蟲子。

他們看起來是如此的正常、如此的平凡，男孩心想，和我眞是南轅北轍。接著莉莉突然和男孩四目相接，讓他不由得赫然一震。他們看穿了對方。剎那間，他幾乎可以感覺到她的眼神穿透自己腦中最深層的黑暗，檢視著其他人不曾窺探過的祕境。那些他從來不讓人觸及的深處。

男孩心神不安地撇過頭去，專注地看著其他站在墳墓周圍的人——父親的管家、律師、兩位鄰居。他們和父親只是點頭之交，參加葬禮僅是出於禮貌，並非因爲彼此有什麼交情。他們只知道蒙塔格·索爾是個安靜的學者，最近剛從賽普勒斯回來，鎭日忙於鑽研書籍、地圖和陶器碎片。他們並不眞的認識這名男子，對於他的兒子也同樣感到陌生。

葬禮終於結束，群衆朝男孩走來，像準備用同情心吞噬他的阿米巴原蟲。他們表示對於他的喪父之痛倍感遺憾，以及他父親才搬到美國，竟然這麼快就走了，實在令人驚訝。

「至少你在這兒還有家人可以幫你。」牧師說。

家人？是啊，我想他們算是我的家人吧，男孩心想。這時小泰迪在母親的敦促下，害羞地走上前來。

「你就要變成我的哥哥了。」泰迪說。

「是嗎？」

「媽媽說你的房間已經準備好了，就在我隔壁。」

「但我要留下來，住在我爸爸的房子裡。」

泰迪一臉困惑，轉頭望向母親。「他不是要跟我們回家嗎？」

艾美·索爾趕緊說：「你不能自己一個人住，親愛的。你才十五歲。或許你會喜歡純潔鎭，想繼續跟我們一起住。」

「我的學校在康乃狄克州。」

「沒錯，但是現在已經放暑假了。到了九月，如果你想回到寄宿學校，當然沒問題。不過暑假期間，你要跟我們一起回去。」

「我不會一個人住在這兒，我母親會過來陪我。」

接著是一陣長長的靜默。艾美和彼得面面相覷，男孩猜得出他們在想什麼：他母親老早就拋棄他了。

「她會來陪我的。」男孩堅稱。

彼得叔叔和善地說：「我們晚點再談這件事吧，孩子。」

□

夜晚時分，在父親的連排式房屋裡，男孩睜著眼躺在床上，聽著嬸嬸和叔叔在樓下的書房裡低聲交談。過去幾個月來，蒙塔格．索爾在書房裡案牘勞形，翻譯著一張張脆弱的紙莎草碎片。五天前，就在那個房間裡，他因中風而暈倒在書桌上。那些人不應該出現在那裡，坐在他父親珍藏的寶物之間。他們入侵了他的家園。

「他還只是個孩子，彼得。他需要一個家。」

「如果他不想跟我們回去，我們也不能硬把他拖回純潔鎮。」

「碰上這種事，十五歲的孩子根本沒得選擇，必須由大人來決定。」

男孩下床溜出房間，躡手躡腳地走到樓梯的中段，偷聽他們的談話。

「說眞的，他認識幾個大人？你哥哥根本是個大孩子，整天埋頭研究木乃伊的舊麻布，大概從來沒有注意到跟前還有個小孩。」

「妳這麼說有失公平，艾美。我哥哥是個好人。」

「好是好，但是搞不清楚狀況。我眞沒辦法理解怎麼會有女人想跟他生孩子，然後又把小孩丟給蒙提撫養？我不曉得怎麼會有女人這樣做。」

「蒙提把孩子教得不錯啊。他的功課一直名列前茅。」

「這就是你衡量一個父親稱不稱職的標準嗎？孩子的功課名列前茅就行了？」

「他也是一個沉穩的年輕人。妳看他在葬禮上應對得多好。」

「那是麻木，彼得。你今天有在他臉上看到一絲情緒嗎？」

「蒙提也是那個樣子。」

「你是說冷血，是吧？」

「不，是知性、有邏輯。」

「但是在理智的外面下，你明知道那孩子心裡一定很難過。我看了就想哭，他現在多麼需要母親在身邊。他老是說他母親一定會回來陪他，但是我們都很清楚她根本不會出現。」

「這一點我們並不清楚。」

「我們根本連那個女人都沒看過！我們只知道有一天蒙提從開羅寫信來說他剛生了一個兒

子。我們只曉得，他從蘆葦叢裡把他撿起來，就像摩西小時候那樣。」

男孩聽見樓上的地板嘎嘎作響，往樓梯最上層瞥了一眼。錯愕地看見他的堂姊莉莉正隔著欄杆往下盯著他。她觀察、端詳著他，彷彿他是某種從沒見過的異國生物，並且想知道他是否帶有危險性。

「哦！」艾美嬸嬸說，「你起來了！」

叔叔和嬸嬸剛剛走出書房，站在樓梯底下抬頭看著他，表情似乎也略顯驚慌，擔心他是否聽見了他們的談話內容。

「你還好吧，親愛的？」艾美說。

「我很好，嬸嬸。」

「現在很晚了，或許你該回床上睡覺了？」

但男孩一動也不動，在樓梯上站了一會兒，納悶著跟這些人住在一起會是什麼樣子，自己可能從他們身上學到什麼。在他母親來接他之前，這個暑假應該會很有意思。

「艾美嬸嬸，我已經決定了。」

「決定了什麼？」

「我已經決定要在哪裡過暑假了。」

她立刻往最壞的方面想，「拜託你別這麼急著做決定！我們有一棟漂亮的房子，就在湖邊，你還會有自己的房間。至少先過來玩一趟再決定。」

「但我決定要到你們家去住了。」

男孩的嬸嬸一時間驚訝得說不出話來，接著露出一臉燦爛的笑意，趕忙爬上樓梯將他一把抱住。她的身上有香皂和洗髮精的味道——非常普通，非常平凡。彼得叔叔也是樂不可支，充滿慈愛地拍了拍他的肩膀，藉此表示歡迎一個新來的兒子。他們的幸福就像是蓬鬆棉花糖織成的網，將他拖進他們充滿愛、陽光和笑聲的世界裡。

「孩子們一定會很高興你來跟我們一起住的！」艾美說。

他往樓梯最上面看了一眼，但莉莉已經不在那裡，神不知鬼不覺地溜走了。我得盯著她才行，他心裡想，因爲她已經在留意我了。

「現在你和我們是一家人了。」艾美說。

三人一起爬上樓梯的時候，她已經在滔滔不絕地向男孩詳述對於今年的暑假她有什麼計畫。他們要帶他去哪些地方，回家之後要爲他做什麼特別的菜餚。她聽起來很快樂，甚至有些暈陶陶的，像是個喜獲麟兒的母親。

艾美・索爾並不知道他們帶回家的是什麼。

2

十二年後

或許這不是一個好主意。

莫拉・艾爾思醫生站在聖母榮光教堂門外，不知道該不該進去。教區的居民已經魚貫走進教堂，而她獨自站在夜裡，任由雪花輕落在沒有帽子遮覆的頭上。隔著關閉的教堂大門，她聽見風琴手開始彈奏〈普天下大欣慶〉，因此知道現在所有人應該已經就坐。如果她也想做禮拜，現在進去正是時候。

她猶豫了一下，因爲她和教堂裡那些信徒其實並非同道中人。但樂聲召喚著她，溫暖的應許還有熟悉的儀式所帶來的慰藉亦然。她獨自站在漆黑的大街上，在聖誕夜，隻身一人。

莫拉爬上階梯，走進教堂。

即使已經深夜，教堂的長椅上還是坐滿了一戶戶人家，還有睡眼惺忪、被家長從床上叫起來參加子夜彌撒的小孩。姍姍來遲的莫拉引來一些人的側目，在〈普天下大欣慶〉的旋律漸漸結束之際，她趕緊溜進最靠近後排的位置。但是她幾乎馬上又得站起身，和其他教友一起起立聆聽進堂曲的樂聲。丹尼爾・布洛菲神父走向祭壇，在胸前畫了個十字。

「願恩惠平安，從父神與主耶穌基督，歸與你們。」

「也歸與你。」莫拉和其他的教友低聲吟誦著。因爲從小上主日學，這些應答深深烙印在她的腦海中；即使離開教會這麼多年，她還是可以應答如流。「上主，憐憫我們。基督，憐憫我們。上主，憐憫我們。」

雖然丹尼爾不知道莫拉在場，但她眼裡只有他一個人。看著他烏黑的頭髮、優雅的手勢，聽著他渾厚的男中音……今晚她可以盡情地看著他，不用覺得可恥，不用感到難堪。今晚她可以放心地凝視。

「領我們進入天國永恆的喜悅。彌是天主，和聖父及聖神，永生永王。」

莫拉靠在長椅上，聽見疲倦的孩子摀著嘴巴咳嗽和嗚咽。祭壇上的燭光閃爍，在冬夜裡，禮讚著光明和希望。

丹尼爾開始朗讀經文。「那天使對他們說：『不要懼怕，我報給你們大喜的信息，是關乎萬民的……』」

是聖路加，莫拉在心裡想著，她認出了這段經文。路加所寫的。

「……你們要看見一個嬰孩，包著布，臥在馬槽裡，那就是記號了。」丹尼爾頓了頓，目光突然停留在莫拉身上。她心想，今晚在這裡看見我有這麼驚訝嗎，丹尼爾？

他清清喉嚨，低頭看著手上的筆記，繼續朗誦。「你們要看見一個嬰孩，包著布，臥在馬槽裡，那就是記號了。」

儘管知道莫拉與教友一同坐在下方，他的眼神卻再也沒有與她交會。吟唱〈歌頌上主〉和〈聖潔的日子〉的時候沒有，在演奏奉獻曲和進行聖祭禮儀的時候也沒有。周圍的人紛紛站起來排隊上前領聖餐，莫拉繼續留在座位上。如果不信神，卻依然分食聖餐和啜飲葡萄汁，那麼你就是一個虛偽的人。

那我在這裡做什麼呢？

然而一直到祝禱及遣散禮結束，她都留在位子上。

「願基督的平安在你們心裡作主。」

「感謝天主。」信眾們回答。

彌撒結束，教友開始陸續離開教堂，一邊走向大門，一邊穿大衣、戴手套。莫拉也跟著站起來。但是她才踏上走道，就瞥見丹尼爾正試圖喚起自己的注意，無聲地懇求她不要離開。她坐回椅子上，意識到眾人列隊經過她的座位時，正用好奇的眼光打量著她。她很清楚這些人看到的是什麼，或者他們想像自己看到的是什麼：一個孤單的女子，渴望在聖誕夜得到神父的幾句慰藉。

又或者他們看到的不止如此。

莫拉並沒有抬頭回看信眾。教堂的人走光了以後，她凝視前方，堅忍地注視著祭壇。心裡想著，時間很晚了，我也該回家了。留下來恐怕也沒什麼好處。

「嗨，莫拉。」

她抬起頭，發現丹尼爾正看著她。教堂裡還有兩三個人，管風琴手還在收拾樂譜，幾個聖歌隊的成員也還在穿外套。不過此時此刻，丹尼爾的注意力全都集中在莫拉身上，彷彿整間教堂只剩下他們兩個人。

「妳好久沒到教堂了。」

「我想是吧。」

「從八月以後就沒來了，不是嗎？」

這麼說，你也在數日子囉。

他們一同坐在長椅上。「我很驚訝會在這裡看到妳。」

「今天好歹是聖誕夜啊。」

「但妳根本不信教。」

「我還是很喜歡這些儀式、歌曲。」

「這就是妳來的唯一原因嗎？唱幾首聖歌？唸幾次阿門和感謝天主？」

「我想聽聽音樂，接觸一下人群。」

「可別告訴我說妳今晚沒有人陪。」

她聳聳肩，笑了笑。「你知道我這個人，丹尼爾。我向來不喜歡參加派對。」

「我只是想……我是說，我以為……」

「什麼？」

「妳應該找個伴才是。特別是今天晚上。」

有啊，我有你作伴啊。

管風琴手拿著一大袋樂譜，沿著走道走來，這時兩個人都默不作聲。「晚安，布洛菲神父。」

「晚安，伊斯頓太太。謝謝妳今晚優美的演奏。」

「這是我的榮幸。」風琴手打量了莫拉最後一眼，然後繼續走向教堂的出口，接著他們聽到大門關上的聲音。現在終於只剩下他們兩個人了。

「爲什麼這麼久都沒來？」

「這個嘛，你知道我們這些賺死人錢的。事情總是多得不得了。幾個星期之前，我們有位法醫必須住院動背部手術，我們得替他代班。最近眞的很忙，如此而已。」

「妳可以打電話給我啊。」

「對，我知道。」他也可以打啊，但卻從來沒打過；丹尼爾．布洛菲絕對不會做出任何越軌的事。或許這樣也好——由她一個人來抗拒兩人所面對的誘惑。

「最近好嗎？」

「妳知道洛伊神父上個月中風了嗎？由我接替擔任警方的神父。」

「瑞卓利警探告訴我了。」

「幾個星期之前，我到了多徹斯特案的犯罪現場，就是那位被槍殺的警察。我在那裡有看到妳。」

「我沒有看見你。你該跟我打聲招呼才是。」

「嗯，當時妳在忙。妳一如往常地全神貫注。」丹尼爾微微一笑。「妳的樣子看起來好兇，莫拉。妳知道嗎？」

她不禁笑了出來。「也許我的問題就出在那兒。」

「問題？」

「我把男人都嚇跑了。」

「妳可沒有把我嚇跑。」

我怎麼可能嚇得跑你?她心裡想,你的心沒有因爲感情而破碎的可能。她刻意看看手錶,站起身。「現在很晚了,我已經耽擱了你太多時間。」

「我沒什麼緊急的事情。」他一面說,一面送她到出口。

「你有大批教友的靈魂要照顧了,而且今晚是聖誕夜。」

「妳會發現今天晚上我也無處可去。」

莫拉停下腳步,轉身看著丹尼爾。教堂裡只有他們兩個人。她呼吸著燭蠟和薰香的氣味,這種熟悉的味道讓人想起童年的聖誕節、童年的彌撒。那時候的她走進教堂時,可不會像現在這樣心亂如麻。

「晚安,丹尼爾。」她轉身朝大門走去。

「是不是又要等四個月才能再看見妳?」丹尼爾在她身後喊著。

「我不知道。」

「我很懷念和妳聊天的時光,莫拉。」

她伸手正準備推開時,猶豫了一下。「我也很懷念。也許正因爲如此,以後我們不應該再聊天。」

「我們並沒有做出任何需要羞愧的事。」

「目前還沒有。」她輕聲說,眼睛看著沉重的雕花木門。出了這道門,她就可以逃離這一切。

「莫拉，不要讓我們的關係變成這樣。我們沒有理由不能維持某種的——」他噤了聲。

因爲莫拉的手機響起鈴聲。

她從皮包裡掏出手機。電話在這個時候響起，不可能是什麼好事。接電話的時候，她感覺丹尼爾正注視著自己；他的眼神令她惶惶不安。

「我是艾爾思醫生。」她的聲音冷靜得很不自然。

「聖誕快樂。」珍・瑞卓利警探說，「沒想到妳這時候居然不在家。我剛才先打過電話到妳家。」

「我來望子夜彌撒。」

「天哪，現在已經凌晨一點了，彌撒還沒結束嗎？」

「結束了，珍。彌撒結束了，我正要離開。」說話的語氣不容對方再細問下去，「有什麼狀況嗎？」莫拉已經猜到這通電話不是單純的問候，而是一個召集令。

「地址是波士頓東區，普利斯考特街二十號。一棟私人住宅。佛斯特和我在半個小時之前就到了。」

「詳細情況怎麼樣？」

「現場有名死者，一個年輕女子。」

「他殺？」

「哦，是的。」

「妳似乎很有把握。」

「等妳來了就知道了。」

她掛上電話，發現丹尼爾仍舊凝視她。可是讓兩人冒險更進一步，或是說出將來都會後悔的話的時機已過。死神成了半路殺出的程咬金。

「妳要上工了？」

「今晚由我負責代班。」她輕輕把電話放回皮包，「因爲我的家人都不在波士頓，所以我自願值班。」

「非在今晚不可嗎？」

「對我來說，聖誕節和平常並沒有什麼兩樣。」

莫拉拉起外套領子，離開教堂，走入黑夜中；丹尼爾跟著她走出來。當她拖著沉重的腳步，踩著剛落下的積雪往車子的方向走去時，他站在階梯上望著她的身影，任由白色的祭袍被風吹得啪啪作響。她回頭看見他正揮手告別。

直到莫拉驅車離去，丹尼爾揮舞的手依然沒有放下。

3

三輛巡邏車的藍色車燈一閃一閃地照著飄落的雪花，彷彿向來人宣示著：這裡出事了，而且事態嚴重。莫拉將車子擠到雪堆旁好留出空間讓其他車子通過時，她感覺到前保險桿擦過路上的結冰。今晚是聖誕夜，在這種時候唯一可能出現在這條小巷子裡的車，應該跟她一樣都是死神的隨從。閃爍的燈光照得她疲憊的雙眼直發昏。她強打起精神，準備應付接下來令人疲憊不堪的數個鐘頭。她的四肢痲木，血液循環的速度像是老牛拖車一般緩慢。清醒點，她心裡想，現在要上工了。

莫拉下了車，這時突然颳起一陣冷風，頓時吹散腦中的睡意。她踩踏在剛落下的粉狀細雪上，雪花像白羽般在靴子前飄散。儘管已經凌晨一點半，巷道旁幾戶不算大的住家依舊亮著燈。她看見在其中一扇貼有飛天麋鹿和糖果棒聖誕節蠟紙的窗戶後方人影晃動；一位好奇的鄰居正從溫暖的屋子向外窺探。今晚不再是什麼平安夜或聖善夜了。

「嘿，艾爾思醫生？」一名巡邏員警喊了一聲。她甚至不記得他的名字，但是對方顯然很清楚她的身分。這班警察都知道她是何方神聖。「妳今晚運氣怎麼這麼好啊？」

「彼此彼此，警官。」

「看樣子我們倆都抽中了下下籤啊。」他大笑一聲。「他媽的聖誕快樂。」

「瑞卓利警探在裡面嗎？」

「在啊，她和佛斯特一直在攝影存證。」他指著一棟燈火通明的屋子。這棟方正如箱的小房子夾在一整排老舊的建築裡。「現在他們大概都準備好，就等妳過去了。」

一陣激烈的作嘔聲音，引得莫拉往街道看了一眼。一名金髮女子正彎腰朝著雪堆嘔吐；她用手緊緊抓著長外套，以免下襬沾上穢物。

巡邏員警哼了一聲，壓著嗓子對莫拉說：「那個小妞將來可會是個厲害的重案組警探呢。她以為自己在演《美國警花》，大搖大擺地來到現場，對我們頤指氣使的。是啊，眞是個驃悍的警花。才進屋子看了一眼，就馬上衝出來在雪堆吐個不停。」他哈哈大笑。

「我以前沒有見過她。她是重案組的人？」

「聽說她剛從掃毒組調過來。都是局長的好主意，說要增加更多女性探員。」他搖搖頭。「我敢說她待不了多久。」

這位女警探擦擦嘴，腳步虛浮地往門階走去，然後癱坐在階梯上。

「嘿，警探！」巡邏員警喊了一聲。「麻煩妳離開犯罪現場好嗎？如果妳還要吐，至少挑個沒有人蒐證的地方吧。」

站在一旁的年輕警察不禁竊笑。

這位金髮警探突然站起身，閃爍不停的巡邏車燈光映照出她喪氣的臉。「我想我還是到車上坐一會兒吧。」她喃喃地說。

「沒錯。去吧，女士。」

莫拉看著這位警探躲回自己的車子，不禁納悶自己將在那棟房子裡看到多麼可怕的景象。

「醫生。」巴瑞．佛斯特警探呼喚道。他剛從房子裡出來，整個人裹在風衣裡，瑟縮地站在門廊上。他的金髮蓬亂，一副剛起床的樣子。儘管他的臉看起來總是呈現蠟黃色，門廊上的燈光讓他的臉色顯得比平常更加難看。

「我想裡面的情況應該很糟糕吧。」

「不是那種妳會想在聖誕節看到的畫面。我想我還是出來呼吸一下新鮮空氣比較好。」

莫拉在階梯底下駐足，發現積雪的門廊上有一大堆亂七八糟的腳印。「可以從這裡走進去嗎？」

「可以。那些全都是波士頓警局的人留下的腳印。」

「有沒有找到嫌犯的鞋印？」

「裡頭沒有太多發現。」

「怎麼，他是從窗戶飛進去的？」

「看樣子他離開的時候把腳印掃掉了。還可以看得到掃帚的痕跡。」

她皺皺眉頭。「這個歹徒很細心。」

「進去看了以後妳就知道了。」

莫拉走上階梯，戴上鞋套和手套。佛斯特面容憔悴，氣色從近距離看起來比剛才還差，一點血色也沒有。不過他深呼吸一口氣，勇敢地主動表示：「我可以陪妳進去。」

「不用了，你在這裡慢慢透透氣吧。瑞卓利可以帶我勘查現場。」

他點點頭，但是眼睛沒有看著莫拉。他的眼神眺望大街遠處，極力不讓晚餐反嘔出來。她留下佛斯特繼續跟自己的胃奮鬥，伸手準備開門。她已經做好最壞的打算。幾分鐘之前，她一身疲僪地抵達現場，試著保持清醒；現在她可以感覺到緊張的情緒猶如靜電，在全身上下的神經裡斷斷竄流。

莫拉踏進屋內，然後站在原地。她心跳加速，看著眼前表面上沒有什麼異狀的景象。玄關的橡木地板刮壞了。她從門口可以看到客廳，裡面擺著不成套的廉價傢俱——凹陷的沙發床、懶骨頭休閒椅，以及用木纖板和一塊塊混凝土搭組而成的書架。到目前爲止，這裡不算是個那麼嚇人的犯罪現場。恐怖的景象還沒出現。她知道眞正恐怖的場景一定還在屋子裡的某個地方等著，因爲她從巴瑞・佛斯特的眼神中和那位女警探蒼白的臉上看見了驚恐。

莫拉穿過客廳，來到餐廳，看到松木餐桌周圍擺了四張椅子。不過她留意的不是傢俱，而是擺在桌上、像是爲一家人用餐而準備的餐具——一頓四個人的晚餐。

其中一個盤子上面蓋著亞痲布餐巾，餐巾沾有血跡。

她小心翼翼地伸手掀起餐巾的一角，看見盤子上的東西，然後手立刻一鬆，倒抽一口氣，踉蹌地往後退。

「看樣子妳發現左手了。」一個聲音說。

莫拉轉過身。「妳把我給嚇死了。」

「想看看眞正嚇人的東西嗎？」珍・瑞卓利警探說，「跟我來吧。」她轉身領著莫拉穿過走廊。

和佛斯特一樣，珍看起來也像剛從床上爬起來的樣子。她穿著皺巴巴的寬褲子，烏黑的頭髮糾結。不過與佛斯特不同的是，她毫無畏懼地移動著，罩著紙套的鞋子迅速踏過地板。有些警探固定會出現在解剖室，其中就屬珍最有可能直接湊到解剖檯前，俯身仔細觀看屍體。現在她沒有半點猶豫的神情走在走廊上，反而是莫拉落在後方，仔細打量著地上的血跡。

「要靠著這邊走。」珍說，「這裡有一些模糊的腳印，兩個方向都有。是運動鞋。血跡現在差不多乾了，但是我不想弄糊任何一個印子。」

「是誰打電話報案的？」

「午夜之後有人透過911報警。」

「電話從哪裡打出來的？」

「就是從這棟房子。」

莫拉皺起眉頭。「是死者嗎？她試圖求助？」

「電話接通之後沒有任何人說話。報警的人撥電話到緊急事故中心後，一直沒把電話掛上。過了十分鐘，第一輛巡邏車趕到，員警發現大門沒鎖；一走進臥室，就嚇出了半條命。」珍在臥房門口停下來，帶著警告的表情回頭看了莫拉一眼。「就是這兒了，讓人看了毛骨悚然。」

砍斷的手就已經夠嚇人了。

珍退到一旁，讓莫拉仔細看看臥房裡的情況。她沒看到死者；視線所觸及的只是鮮血。人體內的鮮血平均約是五公升，用等量的紅色油漆潑在小房間裡，可以涵蓋整個房間。莫拉從門口探頭進去，驚愕的雙眼所見到的正是這樣潑灑得鋪天蓋地的血跡，彷彿有人粗暴地揮動手臂，將鮮紅色的彩帶拋在白色的牆壁、傢俱和床單上。

「兇手割斷了動脈。」瑞卓利說。

莫拉只能默默地點點頭，目光隨著血跡噴灑的弧線移動，解讀著鮮紅的墨汁在這幾面牆壁上寫下的恐怖事蹟。就讀醫學院四年級的時候，她輪調到急診室實習，曾經親眼目睹一名槍傷的傷者躺在創傷手術檯上大量失血。由於血壓急速下降，外科住院醫師在情急之下實行了緊急剖腹手術，希望能藉此控制住內出血的情況。他劃開傷者的腹部，大量鮮血猶如噴泉般從斷裂的大動脈湧出，噴在醫生們的白袍與臉上。患者臨死前的最後幾秒鐘，他們用消毒過的毛巾抽吸和加壓止血，而莫拉的注意力全爲那些鮮血所佔據。血的亮澤、血的腥味……她把手伸進打開的腹腔裡，握著牽開器，浸透醫師袍袖子的溫熱感就像泡澡一樣舒緩人心。

莫拉那天在開刀房裡已經見識過微弱的動脈血壓所能造成的驚人噴湧。現在，她盯著臥房的牆壁，鮮血再度抓住她的目光，記載著死者生前最後幾秒鐘的故事。兇手下第一刀的時候，死者的心臟還在跳動，所以仍舊能產生血壓。血液最先像掃射的機關槍一樣，以高弧線噴灑在床鋪上方的牆上。心臟搏動了幾次之後，弧線的高度開始下降。身體會試圖彌補下降的血壓，所以動脈壓縮，脈搏加速。身體隨著每一次的心跳將血液排出體外，加速本身的死亡。直到心臟停止跳動，血壓消失，鮮血便不再噴湧，只剩最後的一些血液便靜靜地滲流。這是莫拉所看到、記錄在四面牆壁與這張床上的死亡過程。

然後，她不再凝視牆上潑濺的血跡，轉而盯著剛才差點遺漏的畫面。某個使她不由得毛骨悚然的東西。牆壁上用鮮血畫著三個倒十字。下面還有一連串的神秘符號：

「那是什麼意思？」莫拉輕聲問道。

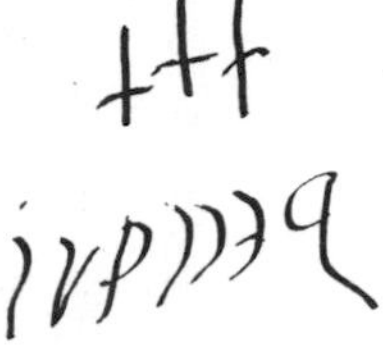

「不知道。我們也在研究。」

莫拉無法將目光從牆上所寫的符號移開。她嚥了一口口水。「我們這回到底遇上了什麼事？」

「好戲還在後頭呢。」珍來到床鋪的另一邊，指指地板。「死者的遺體在這裡。應該說『大部分』都在這裡。」

莫拉繞過床鋪才看見被害者。

她一絲不掛地仰躺在地上，大量失血使她的皮膚呈現雪花石膏般的顏色。莫拉突然想起她曾經造訪過大英博物館的一間展覽室，裡面展示著幾十尊破損的羅馬雕像；大理石經過數百年的風雨侵蝕，雕像的頭部破裂、手臂脫落，最後終於成了殘缺不全的無名軀幹。這就是她在地上所看到的景象。一具殘破的維納斯，沒有頭。

「看樣子她是在床上被殺的。」珍說，「這就是爲什麼血會噴在那面牆和床墊上。接著兇手把她拖到地上，或許是因爲需要堅硬的表面來完成肢解。」珍吸一口氣，把頭往旁邊一扭，彷彿忍耐驟然到了極限，再也不能多看這具屍體一眼。

「妳剛才說報案十分鐘之後，巡邏車才抵達。」

「沒錯。」

「這裡所發生的事——肢解屍體、砍掉頭部——所需的時間絕對超過十分鐘。」

「我們知道。所以我不認為是死者報的案。」

此時房外傳來腳步聲，兩人同時轉過頭，看見巴瑞・佛斯特站在門口，似乎不願進來。

「犯罪現場鑑識小組到了。」

「叫他們進來吧。」珍頓了頓，「你的臉色看起來不太好。」

「大致上還可以。」

「卡索維茲怎麼樣了？她吐完了沒有？我們這裡需要人手幫忙。」

佛斯特搖搖頭。「她還坐在車子裡。我看她的胃還沒辦法承受這種場面。我去把現場鑑識小組叫來。」

「叫她有些骨氣好不好！」佛斯特離開時，珍自他背後喊著，「我最受不了女性讓我失望了，壞了我們所有人的名聲。」

莫拉回頭看著地上的軀幹。「妳有沒有找到——」

「剩下的屍體嗎？有啊。妳已經看到左手了。右手在浴缸裡。我想現在應該帶妳到廚房去看看。」

「廚房裡有什麼？」

「更多的驚喜。」珍舉步穿過房間，進入走廊。

莫拉轉身跟上，冷不防瞥見臥室的鏡子。鏡子裡的她，正用疲憊的眼睛看著自己，融雪弄塌了烏黑的頭髮。不過令她錯愕的不是自己的倒影。

「珍。妳看。」

「怎麼了？」

「鏡子裡的那些符號。」莫拉轉頭看看牆壁上的圖。「看出來了嗎？倒影！那些不是什麼符號，而是字母，要從鏡子裡才看得出來。」

珍看看牆壁，再看看鏡子。「那是一個字？」

「沒錯。拼出來是PECCAVI。」

珍搖搖頭。「就算反過來，我還是不懂那是什麼意思。」

「這是拉丁文，珍。」

「意思是？」

「吾有罪。」

這兩個女人互看了半晌，接著珍笑了出來。「這可眞是一個精彩的自白啊。你認爲唸幾句『萬福馬利亞』就能洗刷這個罪嗎？」

「也許它指的對象不是兇手，而是死者。」她看著珍。「吾有罪。」

「懲罰……」珍說，「復仇……」

「這是個可能的動機。死者做了某件事激怒了兇手。她犯下惹他不悅的罪過。而這就是他要死者付出的代價。」

珍深呼吸一下。「我們進廚房去。」她領著莫拉穿過走廊，來到廚房門口。她停下來望著莫拉，莫拉站在門檻前，瞠目結舌。

磁磚地板上有個大型紅圓圈，像是用紅色粉筆畫出來的。圓圈的周圍有五灘等距、融化後又凝固的黑色蠟液。蠟燭，莫拉心想。圓圈的正中央擺著被砍下的女性頭顱，眼睛直愣愣地盯著她們。

一個圓圈、五支黑蠟燭。這是場獻祭。

「好啦，現在我應該要回家陪小女兒了。」珍說，「明天早上呢，我們會坐在聖誕樹旁邊拆禮物，假裝真的世界和平。但是我滿腦子會想的就是……那個玩意兒……瞪著我的樣子。他媽的聖誕快樂。」

莫拉嚥了嚥口水。「我們查出她的身分了嗎？」

「這個嘛，我還沒把她的朋友和鄰居拖進來認屍。嘿，你們認得廚房地板上的那個頭顱是誰的嗎？不過根據駕照上的照片看來，我想她叫做羅莉安·塔克。今年二十八歲。棕髮，棕眼。」珍突然笑了出聲，「把身體的各個部分拼起來，差不多就是這樣子啦。」

「妳還查出哪些關於她的事？」

「我們在她的皮包裡找到了一張薪水支票的存根。她在科學博物館上班。還不知道她的職位是什麼，不過照這棟房子和傢俱看來——」珍朝餐廳瞄了一眼，「她應該沒賺多少錢。」

此時她們聽到說話聲，還有犯罪現場鑑識小組進屋時的腳步聲。珍立刻挺起腰桿，以一如往常的沉著迎接他們。這就是大家所知的那位泰山崩於前也不改色的瑞卓利警探。

「嘿，各位。」她對小心翼翼走進廚房的佛斯特和兩位男性刑事專家說，「這個案子可有意思了。」

「天哪。」一位刑事專家低聲說，「死者的其他部分在哪裡？」

「分散在好幾個房間裡。也許你會想先看看——」她噤聲，身子突然一震。

廚房流理臺上的電話響了起來。

距離電話最近的是佛斯特。「妳覺得要接嗎？」他看著瑞卓利問道。

「接。」

佛斯特用戴著手套的手謹慎地拿起話筒。「喂？喂？」過了一會兒，他又將電話掛上。「對方把電話掛了。」

「來電顯示的號碼是幾號？」

佛斯特按下通話紀錄的按鈕。「是波士頓的電話號碼。」

珍拿出手機，看看來電顯示號碼。「我回撥看看。」然後撥了號碼，站著等電話接通。「沒人接。」

「我查查看那個電話以前有沒有打來過。」佛斯特說。他回溯所有的通聯紀錄，查閱廚房電話的所有通訊紀錄。「好，這是打給911的報案電話，時間是凌晨十二點十分。」

「是歹徒，他在炫耀他的成果。」

「還有一通電話，在那之前打的，劍橋的號碼。」他抬起頭，「撥出時間是十二點零五分。」

「歹徒從這裡打了兩通電話出去？」

「如果眞是歹徒打的話。」

珍盯著電話。「我們來想想看。當時他站在廚房裡，剛剛才殺人然後分屍，切下她的手掌、手臂，將她的頭擺放在這裡的地板上。爲什麼要打電話給別人呢？他是不是想炫耀？還有他想打電話給誰？」

「查查看。」莫拉說。

珍再次拿起手機，這次撥的是劍橋的電話號碼。「電話通了。嗯，是答錄機接的。」她頓了頓，然後突然看向莫拉。「妳絕對想不到這是誰的號碼。」

「是誰？」

珍掛上電話，重新撥號。然後把手機遞給莫拉。

莫拉聽到電話響了四聲。接著答錄機接起電話，放了一段錄音。一個令她立即不寒而慄的熟悉聲音。

我是喬伊絲·歐唐娜醫生。很抱歉現在不能接聽您的電話，請留言，我會盡快回電。

莫拉掛了電話，對上珍同樣錯愕的眼神。「爲什麼兇手打電話給喬伊絲·歐唐娜？」

「妳在開玩笑吧。」佛斯特說，「是她的號碼？」

「她是誰？」一位刑事專家問道。

珍看著他，「喬伊絲·歐唐娜。」她說，「是個吸血鬼。」

4

這絕對不是珍在聖誕節的早晨會想去的地方。

她的Subaru轎車停在布拉特爾街上。她與佛斯特一同坐在車內，看著那棟殖民時期風格的白色大宅。珍最後一次登門造訪的時候還是夏天，前庭的花園打理得美輪美奐。現在，在不同的季節裡看到這棟房子——從石灰色的鑲邊到掛在前門上的美麗花環——她不由得再次對於每個品味非凡的細節感到驚嘆。鍛鐵的大門上飾有松枝與紅絲帶，透過房子的前窗，她可以看見裝飾得亮晶晶的聖誕樹。沒想到連吸血鬼也慶祝聖誕節呢。

「如果妳不想去，」佛斯特說，「我可以自己去跟她談。」

「你認爲我做不來嗎？」

「我覺得要妳好好面對她是件困難的事。」

「困難的是要我不伸手掐她的脖子。」

「妳看，我指的就是這個。妳的態度只會礙事。妳們兩個有過節，會讓妳用有色的眼鏡去看待每件事，沒辦法維持中立。」

「只要知道她是什麼樣的人，幹的是什麼勾當，任何人都沒辦法中立。」

「瑞卓利，她只是拿錢辦事罷了。」

「妓女也是啊。」只不過妓女不會傷害任何人，珍盯著喬伊絲・歐唐娜的家，心想。這是一棟用謀殺案死者的鮮血換來的房子。妓女可不會穿著光鮮亮麗的名牌套裝，大搖大擺地走進法院，坐在證人席上為屠夫辯護。

「我只是想告訴妳，盡量保持冷靜，好嗎？我們用不著喜歡這個人，但是也惹不起她。」

「你以為我打算這麼做？」

「看看妳的樣子。爪子都已經伸出來了。」

「這純粹是為了自衛。」珍一把推開車門，「因為我知道這個婊子會把她的爪子刺進我肉裡。」她下了車，積雪深及她的小腿肚，但她幾乎感覺不到寒氣滲透她的襪子；因為最深刻的寒意並非來自肉體。她全神貫注地看著這棟房子，思索稍後的會面。珍所要見的這個女人，全然地了解她內心深處不為人知的恐懼，也曉得如何利用這些恐懼來對付她。

佛斯特推開大門，兩人踏上鏟過雪的小徑。小徑上的鋪石板結了冰，珍費了九牛二虎之力不讓自己滑倒，但是當她終於走到門階時，已經覺得自己腳步癱軟、全身狼狽。這可不是面對喬伊絲·歐唐娜最好的樣子。正門打開時，情況也沒有變得更好；歐唐娜看上去還是一如平常的優雅，頂著一頭光鮮的金色鮑伯短髮，身穿領子尖端帶有鈕釦的粉紅色襯衫，以及完全依照她運動員般的骨架量身訂做的卡其便褲。珍——穿著破舊的黑色套裝，融雪浸濕了長褲褲口——則像是到莊園宅邸門口乞討的人。這正是她想讓我有的感覺。

歐唐娜冷冷地點點頭。「警探們。」

她沒有立刻退步至一旁，這個停頓的小動作是為了向對方彰顯這裡當家作主的人是她。

「我們可以進去談嗎？」珍最終還是開口問道。她知道對方當然會讓他們進屋，也知道遊戲已經開始。

歐唐娜手揮手示意他們進來。「我不喜歡在聖誕節碰上這種事。」

「我們也不願意在聖誕節處理這種事。」珍回嘴說，「而且我相信死者也不希望這樣度過聖誕節。」

「我跟你們說過了，錄音已經洗掉。」歐唐娜領他們來到客廳，「你們可以播來聽，不過沒有什麼特別的。」

這裡與珍上一次來訪時並沒有什麼改變。牆上掛著同樣的抽象畫，地上鋪著同樣的鮮豔東方地毯，唯一新添的東西就是聖誕樹。珍童年時期的聖誕樹裝飾得很隨興，樹枝上掛著各式各樣不成套的裝飾品；它們非常耐用，陪伴瑞卓利家度過早些年的聖誕節，還有許多的金屬閃光彩帶……珍以前總是稱它們為賭城樹。

不過這棵樹上連一束彩帶也沒有。這棟房子裡沒有賭城般的五光十色。樹枝上掛的倒是水晶柱與銀製水滴，這些裝飾品將隆冬的陽光反射在牆壁上，像是一片片舞動的光線。甚至連她那該死的聖誕樹都讓我覺得自慚形穢。

歐唐娜走到答錄機前。「目前什麼都沒有。」然後按下「播放」。答錄機上的數位聲音說：「您沒有新留言。」她看看兩位警探。「恐怕你們問的那個訊息已經刪掉了。昨晚我一回家，就把所有的留言放來聽，一邊聽一邊刪除。等我聽到你們留話要我保存錄音的時候已經來不及了。」

「當時答錄機上一共有幾個留言？」珍問。

「四個。你們的是最後一個。」

「我們想知道的那通電話應該是在十二點十分左右打來的。」

「是啊，號碼應該還在來電紀錄上。」歐唐娜按了一個鈕，回溯到十二點十分打來的那通電話。「不過無論是誰打來的，對方什麼也沒說。」她看看珍。「完全沒有留言。」

「當時妳聽到什麼？」

「我說過了，什麼也沒有。」

「有沒有外部聲音？像是電視、車流一類的？」

「就連沉重的呼吸聲也沒有。只是幾秒鐘的無聲，然後就是電話掛斷的喀答聲，所以我才馬上刪掉。沒什麼好聽的。」

「妳認得這個來電號碼嗎？」佛斯特問。

「我應該要認得嗎？」

「這正是我們在問妳的問題。」珍語氣中的尖刻再清楚不過了。

歐唐娜和她四目相對，珍看到那雙眼睛裡閃過一絲鄙夷。好像我不值得引起她注意似的。

「不，我不認得那個電話號碼。」

「妳聽過羅莉安・塔克這個名字嗎？」

「沒有。她是誰？」

「昨晚她在自宅裡被謀殺。那通電話就是用她的家用電話打來的。」

歐唐娜頓了頓，然後很理性地說：「可能是打錯電話了。」

「我可不這麼認爲，歐唐娜醫生。我認爲那通電話是打來找妳的。」

「爲什麼打來卻又默不作聲？很有可能她聽到答錄機上的錄音，發現打錯電話，所以直接掛掉了。」

「我相信打電話給妳的並不是死者。」

歐唐娜再次頓了頓，沉默了比較長的一段時間。

「我懂了。」她走到扶手椅旁並且坐下，但不是因爲她覺得震驚。她看起來絲毫不爲所動地坐在椅子上，猶如上朝的國王。「你們認爲打電話給我的人是兇手。」

「妳聽起來好像一點都不擔心有這種可能？」

「等事情弄清楚了再擔心也不遲。我對這個案子一無所知。你們不如多跟我說明一些案情。」她伸手指了指沙發，示意客人坐下。這是她第一次展現些許的待客之道。

因爲現在我們有精采的故事可以告訴她，珍心想，她聞到了血腥味。這個女人最喜歡的就是這個。

沙發是光潔的純白色，佛斯特猶豫了一下才坐下去，彷佛生怕弄髒了沙發。不過被雪浸濕長褲的珍看也沒看地就坐了下來，雙眼不曾自歐唐娜身上移開。

「死者是一名二十八歲的女性。」珍說，「在昨晚午夜時分左右遇害。」

「有嫌疑犯了嗎？」

「我們沒有逮捕任何人。」

「這麼說你們不知道兇手是誰。」

「我只是說，我們沒有逮捕任何人。目前我們正在追查線索。」

「而我正是線索之一。」

「有人從死者家裡打電話給妳。這個人很可能就是歹徒。」

「那他——假設兇手是個男的——爲什麼會想聯絡我呢？」

珍傾身向前。「理由妳我心知肚明，醫生。妳就是靠這個混飯吃的。那些把妳當成好朋友的殺人犯們，說不定爲妳組了一個小小的粉絲團呢。妳在殺人犯的圈子裡頗負盛名，妳知道的。妳是會跟怪物們對話的美女心理醫師呢。」

「我只是想了解他們，研究他們罷了。」

「妳替他們辯護。」

「我是神經精神病理學家，比大多數的專家證人更有資格出庭作證。不是所有的殺人犯都應該坐牢。其中有些人是因爲受了嚴重的傷害才變成罪犯。」

「是啊，我知道妳那一套理論。在一個小鬼的腦袋上敲一下，弄壞他的額葉，從此以後不管他做了什麼事都不用負責。他可以殺了個女人，把她大卸八塊，而妳照樣會出庭爲他辯護。」

「這名受害者的情況就是這樣嗎？」歐唐娜的臉上出現了一種令人不安的警覺，她的雙眼明亮而充滿野性。「她被分屍了嗎？」

「爲什麼這麼問？」

「我只是想知道而已。」

「基於專業上的好奇嗎？」

歐唐娜靠在椅背上。「瑞卓利警探，我訪談過許多殺人犯。這麼些年下來，我已經整理、統計出大量不同的犯案動機、犯罪手法與模式。所以是的，這是基於專業上的好奇。」她頓了頓。「分屍其實不是那麼罕見的事。特別是爲了方便棄屍的時候。」

「在本案裡，原因並非如此。」

「妳怎麼知道？」

「顯而易見啊。」

「他是否刻意把身體的各部分擺示出來？刻意佈置過？」

「爲什麼這麼問？妳剛好有變態朋友喜歡來這一套嗎？能不能給我們幾個名字呢？他們寫信給妳，對吧？妳是個喜歡知道所有細節的醫生。」

「就算他們寫信給我，通常會是匿名的。他們不會告訴我他們的名字。」

「不過妳的確有收到他們的信。」佛斯特說。

「是有人會寫信給我。」

「他們是殺人兇手。」

「或是捏造故事的人。我無法確定他們說的是不是事實。」

「妳認爲其中有些人只是寫信跟妳分享他們的幻想？」

「而且他們大概永遠不會付諸行動實行。他們只是需要一個方式來表達禁忌的衝動。我們每個人都有這種衝動。就算是最溫和的男人偶爾也會做白日夢，幻想自己對女人做出什麼樣的事，一些他不敢告訴任何人的變態事情。我敢說就算是你，也一定會有些不得體的想法，佛斯特警探。」她直直地看著佛斯特，刻意要讓對方感覺不自在。值得稱讚的是，佛斯特竟然臉不紅氣不喘。

「有沒有人在信裡提到有關分屍的幻想？」

「最近沒有。」

「不過眞的有人這麼想過？」

「我說過了，分屍其實不是那麼不尋常的事。」

「妳是指幻想，還是實際行動？」

「兩者皆然。」

珍說：「有哪些人寫信告訴妳他們的幻想，歐唐娜？」

歐唐娜和珍四目交會。「這些信件是機密。正因爲如此，他們才敢安心地把自己的祕密、慾望和白日夢告訴我。」

「這些人有沒有打過電話給妳？」

「很少。」

「而妳會跟他們通話嗎？」

「我不會迴避他們。」

「妳有將這些人記錄成名單嗎？」

「幾乎沒辦法構成一個名單吧。我甚至不記得上次有人打電話來是什麼時候了。」

「就在昨天晚上啊。」

「嗯，我沒有接到這通電話。」

「凌晨兩點的時候，妳也不在家。」佛斯特說，「那時候我們打電話來，是答錄機接的。」

「昨晚妳人在哪裡？」珍問。

歐唐娜聳聳肩。「出去了。」

「聖誕夜半夜兩點不在家？」

「我跟朋友在一起。」

「幾點鐘回家的？」

「大概兩點半左右。」

「他們想必是妳很好的朋友。介意把他們的名字告訴我們嗎？」

「我介意。」

「爲什麼？」

「爲什麼我要讓你們侵犯我的隱私權呢？我眞的有必要回答這個問題嗎？」

「這是兇殺案調查。昨晚有個女人慘遭殺害。那是我畢生看過最血腥的犯罪現場之一。」

「而妳要我提出不在場證明。」

「我只是好奇妳爲什麼不想告訴我們。」

「我是嫌疑犯嗎？或者妳只是想告訴我誰才是老大？」

「妳不是嫌疑犯，至少目前不是。」

「那我連和你們談話的義務都沒有。」歐唐娜突然站起來，朝門口走去。「現在，你們請回吧。」

佛斯特也準備站起身，然後他看見珍不爲所動，於是又坐了回去。

珍說：「如果妳有一丁點在乎這名死者，如果妳看到他對羅莉安．塔克做了什麼事——」

歐唐娜轉過頭來看著她。「妳爲什麼不告訴我呢？兇手究竟對她做了什麼事？」

「妳想知道細節，對不對？」

「這是我的研究領域。我必須知道細節。」她朝珍走過去。「那可以幫助我了解他們。」

或是這些細節讓妳興奮。所以妳忽然間這麼有興趣，甚至迫切地想知道。

「妳剛才說她被分屍。她的頭被砍下來了嗎？」

「瑞卓利。」佛斯特帶著警告的語氣說。

珍什麼都沒說，但是歐唐娜已經自下結語。「頭顱是個強而有力的象徵。非常私密，非常個人。」歐唐娜逐漸靠近，像掠食者般移動著。「他有沒有把頭帶走，當作戰利品呢？作爲殺戮的紀念？」

「告訴我們妳昨晚在哪裡。」

「還是他把頭顱留在現場？一個會引發極大震撼的地方？一個他人絕對不可能遺漏的地方？也許是廚房的流理臺？或是地板上最顯眼的位置？」

「妳昨晚跟誰在一起？」

「展示頭顱、臉部，這是個強烈的訊息。兇手用這個方法告訴你們，一切都在他的掌控之下。他要讓你們知道你們是多麼無力，警探。而他是多麼的強大。」

「妳昨晚跟誰在一起？」話一出口，珍便知道這是個錯誤。她讓歐唐娜激怒了自己，而她也動了氣。這是軟弱的最大表徵。

「我的交友情形是很私密的。」歐唐娜露出淡淡的笑意，「除了妳早就認識的那個人以外。我們都認識他。他不停地問起妳，妳知道嗎？老是想知道妳在忙些什麼。」她用不著說出那個人的名字。她們都知道她指的是華倫・霍伊特。

不要有任何反應，珍心想，不要讓她看出她的爪子刺進我的痛處有多深。不過珍感覺自己的表情突然緊繃，也看到佛斯特憂心忡忡地瞥了她一眼。霍伊特在珍手上留下的疤痕只是最容易看見的傷口，在更深層、肉眼看不見的地方也有傷痕。即使已經過了兩年，每當有人提起他的名字，她還是會爲之瑟縮。

「他相當崇拜妳，警探。」歐唐娜說，「即使妳害得他再也沒辦法走路，他對妳依然沒有絲毫怨懟。」

「我根本不在乎他怎麼想。」

「我上禮拜去看他。他把最新的剪報拿給我看。他說這是他的珍妮檔案。夏天妳受困在醫院的時候，他徹夜守著電視。一分一秒都不放過。」歐唐娜停頓了一下。「他說妳生了個女兒。」

珍的背脊僵硬。不要讓她得逞，別讓她的爪子刺得更深。

「我想妳女兒的名字叫瑞吉娜，是不是？」

珍站起身，儘管個子比歐唐娜矮小，她的眼神裡有某種神情令對方倏地後退一步。「我們還會再登門拜訪。」珍說。

「隨時歡迎。」歐唐娜說。「但是我還是無可奉告。」

□

「她在說謊。」珍說。

她使勁拉開車門，一股腦坐在駕駛座上。她就這麼坐著，望著眼前像聖誕卡一樣美麗的場景。陽光照在冰柱上閃閃發亮，積雪的房子裝飾著品味高雅的花圈和冬青。街上沒有俗氣的聖誕老人和馴鹿，也沒有如她的家鄉里維爾那樣在屋頂上所做的誇張裝飾。珍想到與她父母親住在同一條街上的強尼·西爾瓦；來自方圓幾哩、川流不息的觀光客特地繞路到這條街上，只為了欣賞西爾瓦家每年十二月在前院舉辦、讓人眼睛為之一亮的燈光秀。在那兒，你可以看到聖誕老人和東方三博士、在馬槽裡的聖母馬利亞和耶穌基督，還有多到足以讓方舟沉船的各種動物。所有東西閃閃發光，猶如一場嘉年華會。西爾瓦家每年聖誕節耗損的電力，多得足以供應一個非洲小國使用。

不過布拉特爾街上看不到這種俗氣的場面，只有低調的優雅。強尼·西爾瓦不住在這裡。她寧可住在白痴強尼的隔壁，也不願跟擁有這棟房子的女人當鄰居。

「對於這個案子，她所知道的比講出來的還多。」

「妳是怎麼得出這個結論的？」佛斯特問。

「直覺。」

「我還以爲妳不相信直覺。妳總是這樣跟我說，直覺不過是歪打正著的猜測罷了。」

「但是我了解這個女人，我知道什麼事情會讓她有所反應。」她看著佛斯特，後者因寒冬而蒼白的臉色在微弱的陽光照耀下似乎顯得更加慘白。「昨晚兇手在打來的電話裡，一定還有說了些什麼。」

「這只是妳的猜測。」

「爲什麼她要把留言刪掉？」

「如果來電的人沒有留言，她爲什麼不刪掉？」

「那是她的說法。」

「天哪。她已經影響到妳了。」他搖搖頭，「我就知道會這樣。」

「還差得遠呢。」

「是嗎？她提起瑞吉娜的時候沒有把妳氣得七竅生煙嗎？她是心理醫生，很清楚該怎麼把妳玩弄在股掌之間。妳甚至不應該和她打交道。」

「那應該由誰去？你？還是小姑娘卡索維茲？」

「總之應該找個和她沒有過節的人，一個她動不了的人。」他用試探性的眼神看了珍一眼，令她想撇過頭去。他們已經做了兩年的搭檔，雖然他們不是最親密的朋友，但是對彼此的了解卻是連朋友，甚至戀人都望塵莫及的；因爲他們有著共同的恐懼，在同樣的戰場上奮鬥。佛斯特比任何人——甚至比她的丈夫嘉柏瑞——都了解她和喬伊絲．歐唐娜之間的過往。

還有那個人稱外科醫生的殺人兇手。

「妳還是很怕她，對不對？」

「我看到她就一肚子氣。」

「那是因爲她很清楚妳害怕的是什麼。她總是不斷讓妳想起這個人，從來不會忘記提起他的名字。」

「我會怕一個連腳趾頭都動不了的人？一個連撒尿都需要護士幫他插導尿管的人？是啊，我眞的怕死華倫．霍伊特了。」

「妳還會做那些惡夢嗎？」

佛斯特的問題頓時讓珍無言以對。他看得出來她是否在說謊，所以她一句話也不說，只是直視著前方，看著這條完美的街道與完美的房子。

「今天如果換作是我，我也會做惡夢。」

但事情並不是發生在你身上，珍心想，被霍伊特拿刀架在脖子上的人是我，他用解剖刀在我身上留下疤痕。他念茲在茲、不斷幻想的對象也是我。儘管霍伊特再也無法傷害她，但是她知道霍伊特將自己視爲慾望的對象，這讓她渾身起雞皮疙瘩。

「我們爲什麼要談他？我們現在要談的應該是歐唐娜。」

「妳無法分割這兩個人。」

「動不動就提起他名字的人不是我。我們不要轉移話題，好嗎？我們談的是喬伊絲．歐唐娜，還有兇手爲什麼要打電話給她。」

「我們無法確定打電話給她的就是歹徒。」

「和歐唐娜說話，是每個變態心目中最理想又最刺激的電話性愛。他們可以告訴她心裡最病態的幻想，她會聽得津津有味，然後拜託對方多說一點，同時不停地做筆記。所以兇手才會打電話給她。他想炫耀自己的豐功偉業。他需要有人願意傾聽，而她則是最容易讓人想到的對象。謀殺案醫生。」她忿怒地轉動鑰匙，發動車子，冷空氣從暖氣孔噴了出來。「這就是他打電話給她的原因。爲了誇耀，爲了沐浴在她的注意力之中。」

「她爲什麼要撒謊？」

「她爲什麼不告訴我們她昨晚的行蹤？這讓人不由得懷疑她到底跟誰在一起。那通電話會不會其實不是一個邀請。」

佛斯特朝她皺皺眉頭。「妳的意思，該不會就是我所理解的那樣吧？」

「午夜之前，兇手把羅莉安．塔克大卸八塊，然後打電話給歐唐娜。她說她當時不在家——電話是她的答錄機接的。但如果當時她其實在家呢？如果他們兩人眞的通了電話呢？」

「我們凌晨兩點打電話到她家裡時她並沒接啊。」

「因爲那時候她已經不在家了。她說她跟朋友們在一起。」珍看著他，「如果她身邊只有一個朋友呢？一位聰明、閃耀的新朋友。」

「拜託，妳該不會眞的以爲她在袒護這個歹徒吧？」

「我覺得她沒有什麼事是做不出來的。」珍鬆開煞車，駕車駛離路邊，「她全都做得出來。」

5

「聖誕節不應該是這樣。」安琪拉・瑞卓利站在爐子前，抬頭看著女兒。爐子上有四只鍋子正用小火燉煮著，鍋蓋喀啦作響，一圈圈的蒸氣繚繞在安琪拉被汗水浸濕的頭髮旁。她掀起鍋蓋，把一盤滿滿的自製義大利麵疙瘩倒進滾水裡，麵疙瘩撲通落進鍋裡，噴濺出來的熱水宣示著晚餐即將備妥。珍看著廚房裡一盤又一盤的菜餚。安琪拉・瑞卓利生平最大的恐懼就是有人會餓著肚子離開她家。

今天絕不會發生這種事。

流理臺上擺著一隻烤羊腿，散發著香料和大蒜的香氣；與迷迭香一同烤得金黃的馬鈴薯在平底鍋裡滋滋作響。珍看到巧巴達❶、切片番茄沙拉與莫札瑞拉乳酪，還有她和嘉柏瑞帶來的四季豆沙拉。爐子上燉煮的鍋子散發出其他香氣，軟嫩的義大利麵疙瘩在沸騰的水裡上下翻滾。

「有什麼我能幫忙的嗎，媽？」

「什麼也不用幫。妳上了一天的班。坐在那兒就行了。」

「要我幫忙把乳酪磨碎嗎？」

「不必了，不必了。妳一定累壞了。嘉柏瑞說妳一夜都沒睡。」安琪拉用木湯匙在鍋子裡很快地攪拌了一下，「我不明白爲什麼妳連今天都要上班。這是不合理的。」

「職責所在，沒辦法。」

「但是今天是聖誕節。」

「去跟那些壞人說吧。」珍從抽屜拿出刨絲器，開始將帕梅森乾酪刨絲。她就是無法在廚房裡呆坐著。「麥克和法蘭基怎麼不過來幫忙啊？整個早上，妳一定都在忙著做菜。」

「哦，妳曉得妳那兩個兄弟是什麼模樣。」

「是啊。」她哼了一聲。眞是不幸。

在另一個房間裡，電視機一如往常地傳來美式足球賽喧囂的吵鬧聲。男人們與運動場上的觀衆們一同呼喊吼叫，全都在爲某個手持橄欖球的翹臀男子加油。

安琪拉在慌忙中看了一眼四季豆沙拉。「看起來好好吃！沙拉醬裡加了些什麼啊？」

「我不知道。是嘉柏瑞做的。」

「妳的運氣眞好，珍妮，有個會燒飯的老公。」

「妳讓老爸餓上幾天，他就會煮飯了。」

「不，他才不會呢。他只會癡癡地坐在餐桌旁，等著晚餐自己飄進來。」安琪拉拿起裝著滾水的鍋子，將煮好的麵疙瘩倒進濾鍋裡。蒸氣散去後，珍看見安琪拉滿是汗水的臉，髮絲散落在兩頰。屋外，冷風颼過結霜的街道，不過在她母親的廚房裡，熱氣讓她們滿臉通紅，窗戶上結了一層霧。

「媽咪在這裡。」嘉柏瑞說，抱著睡醒的瑞吉娜走進廚房，「看看是誰已經睡完午覺啦。」

❶Ciabatta，義式麵包的一種，由於外型像是當地人們的拖鞋，故被稱爲拖鞋麵包。

「她沒睡多久。」珍說。

「電視正在轉播足球賽呢。」他笑著說。「我們的女兒鐵定是愛國者隊的球迷。妳應該聽聽海豚隊達陣的時候，她吼得有多麼氣憤。」

「讓我抱抱她。」珍張開雙臂，把侷促不安的瑞吉娜抱在胸口。

才四個月大，她心想，我的寶寶已經不想讓我抱了。兇悍的小瑞吉娜揮舞著拳頭來到這個世界，哭叫得整張臉都成了紫紅色。妳這麼急著長大嗎？搖著懷裡的女兒，珍不禁納悶起來。妳不想先當一陣子的小嬰兒，讓我抱著妳，享受做母親的樂趣，然後再讓飛逝的歲月送妳離開家門嗎？

瑞吉娜抓住珍的頭髮，用力一扯。珍痛得皺起眉頭，掰開嬰兒緊握的手指，低頭看著女兒的手。她赫然想起另一隻冰冷而毫無生氣的手臂。某人的女兒現在正破碎地躺在太平間裡。今天是聖誕節。我無須在這天想到那些死去的女人。她親吻著瑞吉娜如絲綢般光滑的頭髮，嗅著她身上香皂和嬰兒洗髮精的香氣，卻無法不想起記憶中的另一間廚房，以及從磁磚地板上盯著她看的那個東西。

「嘿，媽，現在是中場休息時間。我們什麼時候開飯？」

珍抬頭看著哥哥法蘭基笨重地走進廚房。珍上一次看到他是一年前，當時他從加州飛回家過聖誕節。與去年相比，他的肩膀變得更加寬厚。法蘭基的個頭似乎越來越大；現在他手臂已經滿是肌肉，甚至無法筆直地垂落，只能像人猿似地半舉著。整天待在舉重室裡，她心想，到底有什麼好處？個頭變大，但是智商絕對沒有增加。她讚賞地看了一眼嘉柏瑞，後者正在開洋緹紅酒。

他比法蘭基更高瘦，身材像一匹賽馬，而不是一匹拖曳馬。當你擁有腦袋的時候，她想，還要碩大的肌肉做什麼呢？

「再十分鐘就開飯了。」安琪拉說。

「那這樣這頓飯會一直吃到球賽第三節耶。」法蘭基說。

「你們何不把電視關掉呢？」珍說，「這可是聖誕節大餐。」

「是啊，如果妳準時到的話，我們早就吃飽飯了。」

「法蘭基。」安琪拉厲聲地說，「你妹妹一整晚在工作。你看，她現在還到廚房裡幫忙。所以不准你跟她過不去！」

廚房突然安靜下來，兄妹兩人驚訝地看著安琪拉。媽媽居然破天荒站在我這一邊？

「喔，今年的聖誕節真是特別。」法蘭基摸摸鼻子，離開廚房。

安琪拉將濾乾的麵疙瘩倒進碗缽裡，然後淋上熱呼呼的小牛肉汁。「他們對女人的辛苦從來不知道感激。」她喃喃地埋怨。

珍笑了出來。「妳現在才發現？」

「好像他們根本不用尊重我們。」安琪拉伸手拿起菜刀，像機關槍一般憤憤地連續剁著荷蘭芹。「這要怪我自己。應該把他教好一點。不過其實這都是妳爸爸的錯。一點都不懂得感激我。上樑不正下樑歪。」

珍瞄了嘉柏瑞一眼，他正識相地趁機溜出廚房。「嗯……媽？爸爸做了什麼事惹妳生氣了嗎？」

安琪拉回頭看著珍，手上的刀子擱在荷蘭芹碎末上。「妳不會想知道的。」

「我想知道。」

「我不想談這件事，珍妮。噢，不。我認爲每個父親都應該得到孩子的尊敬，不管他到底做過什麼。」

「這麼說，他的確做了什麼讓妳不高興的事。」

「我說過，我不想談這件事。」安琪拉掬起切碎的荷蘭芹，撒在麵疙瘩上。然後重步走到廚房門口，大喊：「開飯了！就座。」音量將電視的聲音都給壓了下去。

儘管安琪拉已經吩咐大家準備吃飯，但是法蘭克・瑞卓利和他的兩個兒子過好幾分鐘之後才心不甘情不願地離開電視機。中場休息的表演節目已經開始，穿著亮片衣服的長腿女孩們賣弄地來到舞臺中央。瑞卓利家的三個男人目不轉睛地盯著電視螢幕，只有嘉柏瑞起身幫忙珍和安琪拉將一盤盤的菜餚端進餐廳。雖然他什麼話也沒說，但珍看得出他臉上的表情是什麼意思。

什麼時候聖誕大餐變成了戰區？

安琪拉將烤馬鈴薯重重摔放在餐桌上，走進客廳，一把拿起遙控器，喀嚓將電視關掉。

法蘭基發出哀嚎。「噢，媽。潔西卡・辛普森就要出場了……」不過他一看到安琪拉的表情後，立刻噤聲。

麥克是第一個從沙發上跳起來的人。他二話不說，飛快跑進餐廳，他的哥哥法蘭基與老法蘭克則拖著惱怒的腳步跟在後面。

餐桌佈置得非常華麗，水晶燭臺上的蠟燭不停閃爍。安琪拉擺出藍金相間的瓷器與亞麻餐巾，以及剛從丹斯克量販店買來的新酒杯。當安琪拉端詳著眼前的餐點，臉上露出的表情不是驕傲，而是憤恨不滿。

「看起來好吃極了，瑞卓利太太。」嘉柏瑞說。

「眞的嗎？謝謝你。我知道你能體會這樣一頓飯要花多少心力。因爲你也會下廚。」

「這個嘛，我一個人生活了這麼多年，不會煮也不行啊。」他從桌子底下捏捏珍的手。「我很幸運，娶到一個會做飯的女人。」他應該再加一句：如果她有空下廚的話。

「我把我的手藝全都教給珍了。」

「媽，把羊肉遞過來好嗎？」法蘭基喊了一聲。

「你說什麼？」

「羊肉。」

「怎麼不說『請』呢？你不說這個字，就休想我把羊肉遞給你。」

珍的爸爸嘆了一口氣。「天啊，安琪。今天是聖誕節。我們把這個孩子餵飽不就得了？」

「我已經餵了這個孩子三十六年。他不會因爲我要他有禮貌一點就餓死。」

「嗯……媽？」麥克試探地說，「能不能……嗯……請妳把馬鈴薯遞給我？」他乖乖地再加一句，「麻煩妳？」

「好的，麥奇。」安琪拉將碗遞過去。

一時之間沒有人說話。餐桌上只有咀嚼食物以及刀叉在瓷盤上切割所發出的聲音。珍看了看坐在餐桌一頭的父親，再看看坐在另一邊的母親。他們彼此間沒有眼神接觸，好像各自在不同的房間吃飯，彼此的距離如此遙遠。珍不常花時間研究她的父母，但今晚她覺得不得不這麼做，而所見的景象讓她沮喪。他們什麼時候變得如此蒼老了？媽媽的眼睛什麼時候開始下垂，而爸爸的頭髮又是何時開始變得如此稀疏了？

他們何時開始憎恨對方了？

「珍妮，說說昨晚妳在忙些什麼。」珍的父親兩眼專注地看著女兒，甚至極力避免瞥見安琪拉。

「嗯，不會有人想聽的，爸。」

「我想聽。」法蘭基說。

「今天是聖誕節。我想或許——」

「是誰被宰了？」

她看了一眼坐在對面的哥哥。「一個年輕女子。死狀不怎麼好看。」

「我一點也不介意談這個話題。」法蘭基將一塊鮮嫩的羊肉塞進嘴裡。擔任士官長的法蘭基，想試試她有沒有讓自己作嘔的本領。

「這一次你會介意的。我就很介意。」

「她長得漂亮嗎？」

「這和漂不漂亮有什麼關係？」

「只是好奇罷了。」

「這是個很白痴的問題。」

「為什麼？如果她是個美女，可以幫助你們了解兇手的動機。」

「殺人動機嗎？去你的，法蘭基。」

「珍。」她爸爸說，「今天是聖誕節。」

「珍說得有道理。」安琪拉突然插嘴道。

法蘭克一臉驚愕地看著他的妻子。「妳的女兒在餐桌上罵髒話，妳竟然要說我的不是？」

「你覺得只有漂亮的女人才值得被殺嗎？」

「媽，我沒有那麼說。」法蘭基說。

「他沒有那麼說。」老法蘭克附和。

「不過你就是這麼想的。你們父子倆都一樣。只有好看的女人才值得在乎；不管要愛要殺，只有漂亮的女人才引得起你們的興趣。」

「噢，拜託。」

「拜託什麼，法蘭克？你知道我說的是實話。看看你自己。」

珍和她的兄弟全都皺著眉頭看著他們的父親。

「為什麼要看著他，媽？」麥克說。

「安琪拉。」法蘭克說，「今天是聖誕節。」

「我知道今天是聖誕節！」安琪拉忽然站起來，開始啜泣。「我知道。」她離開餐廳，走進廚房。

珍看著她父親。「到底是怎麼回事？」

法蘭克聳聳肩。「這個年紀的女人。更年期到了。」

「這不是更年期這麼簡單。我要去看看到底是什麼事情在困擾她。」珍從椅子上站起來，跟著母親走進廚房。

「媽？」

安琪拉似乎沒有聽見她的呼喚。她背對著珍，正用不鏽鋼碗打著奶油。攪拌器喀啦喀啦地響個不停，噴濺得流理臺上都是白點。

「媽，妳沒事吧？」

「得開始準備甜點了。我完全忘了要打奶油。」

「到底是怎麼回事？」

「我應該在上桌吃飯前就把這些準備好的。妳也知道妳哥哥法蘭基這個人，如果下一道菜等得太久，他就會不耐煩。要是讓他在飯桌上空等超過五分鐘，他就會再去把電視打開。」安琪拉伸手拿取砂糖，然後將一匙的糖撒進攪拌中的奶油裡。「至少麥克盡量努力表現得好一點，雖然他身邊盡是壞榜樣，雖然不管他往哪裡看，都只看到壞榜樣。」

「聽我說，我知道有事情不對勁。」

安琪拉把攪拌器關掉，垂喪著肩膀，她盯著碗裡的奶油，現在已經打發得快變成牛油了。

「這不干妳的事，珍妮。」

「妳的事就是我的事。」

她的母親轉頭看著她。「維持婚姻比妳想像中的更困難。」

「爸爸到底做了什麼事？」

安琪拉解下圍裙，丟在流理臺上。「妳幫我把奶油酥餅端上桌好嗎？我頭痛，想上樓去躺躺。」

「媽，我們談談。」

「我不會再多說什麼了。我不是那種母親。我絕對不會強迫我的孩子選邊站。」安琪拉離開廚房，拖著沉重的腳步回到了樓上的臥室。

珍帶著困惑回到餐廳。法蘭基正忙爲自己切第二份羊排，甚至連頭也沒抬。不過麥克一臉焦慮。法蘭基或許粗枝大葉，但是麥克顯然明白今晚家裡大事不妙。珍看著正將瓶子裡剩下的洋緹紅酒倒進酒杯裡的父親。

「爸？你想告訴我到底發生什麼事嗎？」

老法蘭克喝了一大口酒。「不想。」

「她眞的很不高興。」

「那是她跟我之間的事，行嗎？」他站起來，拍拍大兒子的肩膀。「來，我想我們還來得及看第三節的比賽。」

□

「這是我們家有史以來最糟糕的聖誕節。」珍在開車回家的路上說。瑞吉娜已經在嬰兒汽車座椅上睡著了。經過一整晚的折騰，珍和嘉柏瑞現在才得以不受干擾的好好說句話。「平常不是這個樣子的。我的意思是說，我們偶爾會有口角，但是我媽最後總是會吵贏我們所有人。」她看了看丈夫；在陰暗的車子裡，看不出他臉上是什麼表情。

「對不起。」

「有什麼好對不起的？」

「你當初不知道自己娶的是個瘋人院的女兒。現在你八成在懷疑自己蹚了什麼渾水。」

「是啊，我看該把老婆淘汰換新囉。」

「哦，你動過這個念頭，是吧？」

「珍，別胡說了。」

「該死，有時候我還眞的想逃離這個家。」

「不過我絕對不會離開妳的。」他將目光移回路上，被風吹起的雪花飄過他們的車頭燈，兩人沉默地開車。過了一會兒，他說：「妳知道，我從來沒聽過我爸媽吵架。從小到大，他們一次架都沒吵過。」

「好啊，繼續說吧。我知道我們家個個都是大嗓門。」

「妳生長在一個大家會將感情表達出來的家庭，如此而已。他們會摔門、會大呼小叫，笑聲像土狼。」

「哦，越說越精彩了。」

「我眞希望自己在那樣的家庭裡長大。」

「是啊。」她笑了出聲。

「我爸媽從來不會大呼小叫，珍，他們不會摔門。也很少開懷大笑。不，狄恩上校家的家教太好了，絕對不會被『情緒』這種小事所左右。我不記得他曾經對我、或是對我母親，說過『我愛你』。而我得學會怎麼說這句話，現在我還正在學習。」他看著她。「是妳把我教會的。」

她摸摸他的大腿。身邊這位冷靜、深不可測的男人，自己還沒有教會他的事情已經不多了。

「所以完全不必爲了他們向我道歉。因爲他們，才會有今天的妳。」

「有時候我也想不通。我一看見法蘭基，心裡就會想，求求上帝讓我是他們在門口撿到的孩子。」

他哈哈大笑。「今晚的氣氛眞緊張。結果到底是怎麼回事？」

「不知道。」她靠在椅子上，「不過我們遲早會知道的。」

6

珍將紙靴套在鞋子上，穿上手術袍並將腰帶繫在身後。她隔著玻璃帷幕看著解剖室，心想自己一點都不想進去。但佛斯特——穿好手術袍、戴好了口罩——已經在裡面，外露部分臉孔剛好讓珍看出他正扮著鬼臉。莫拉的助手吉間從公文袋中抽出X光片，架在燈箱上。莫拉的背部擋住了珍的視線，讓她看不見解剖檯，也遮住了她不想面對的畫面。不到一個小時前，她坐在自家的廚房裡，瑞吉娜在她的大腿上喃喃自語，嘉柏瑞則忙著做早餐。現在那些炒蛋正在胃裡翻攪，她眞想扯下這件袍子，轉頭離開大樓，走進滌淨一切的白雪中。

不過她還是推開門，走進解剖室。

莫拉回頭看了一眼；對於將要進行的程序，她沒有露出任何不安的神情。與其他人一樣，她只是個專業人員，準備做分內的事。雖然她們都在處理死亡，但莫拉與死神的關係親密得多，也更能坦然直視死神的臉。

「我們剛要開始。」莫拉說。

「我在路上被耽擱了。今天早上交通亂七八糟的。」珍一邊綁口罩，一邊走到解剖檯的尾端。她盡量避免看到死者的遺體，並且專注地盯著X光看片箱。

吉間按下開關，燈箱一閃一閃地在兩排X光片後亮起來。頭骨的X光片。不過與珍以前所看過的都不一樣。原本應該是頸椎所在的位置，現在只看到幾節脊椎骨，然後……什麼都沒有了，只剩下軟組織不規則狀的陰影。她想像吉間擺放那顆頭顱，準備照相時的樣子。當他把頭放進影片匣、調整照準儀的角度時，它是否像海灘球一樣滾來滾去呢？珍將目光從看片箱移開。

接著她發現自己正看著解剖檯。看著依照身體部位擺好的屍塊。軀幹仰躺，被肢解的各個部分擺在大致的位置上，猶如一副等待拼湊的人體拼圖。儘管珍不想看，但它就在眼前：頭顱往左傾斜，彷佛死者轉頭朝旁邊探看似的。

「我要檢視傷口。」莫拉說。「妳能幫我扶住它嗎？」頓了頓。「珍？」

珍嚇了一跳，對上莫拉的眼神。「什麼事？」

「吉間要拍照，我要用放大鏡檢查。」莫拉用戴著手套的手緊捉頭蓋骨並且轉動頭顱，試著讓切口吻合。「來，把它這樣扶著。戴上手套，站到這邊來。」

珍看了佛斯特一眼。*妳去比較好*，他的眼神如此示意著。她走到解剖檯前端。停下來啪地戴上手套，然後伸手扶住那顆頭。珍發現自己盯著死者的眼睛，了無生氣的眼角膜晦暗得像兩塊蠟。在冰櫃中放置了一天半，屍體已經冰凍。當她托著死者的臉，不由得想到住家附近超級市場裡的肉攤，以及攤子上一隻隻包裹在塑膠袋裡的冷凍雞隻。*說穿了，我們都只是一堆肉罷了。*

莫拉彎下腰，透過放大鏡仔細檢查傷口。「正面似乎只有單一刀痕，刀子非常鋒利。我唯一看到的切口在很後面的地方，耳朵下面。麵包刀的重複切割痕跡極少。」

「麵包刀不會很鋒利啊。」佛斯特說，他的聲音聽起來很遙遠。珍抬頭一看，發現他已經從桌邊退開，站在解剖檯與洗手臺的中間，一隻手正遮著口罩。

「我所謂的麵包刀，指的不是刀子的類型。」莫拉說，「而是一種切割模式。刀鋒在同一平面上重複來回、往下切割。我們在此所見的是一下刀就切得很深，直接割斷甲狀軟骨，切到脊柱。然後第二節和第三節頸椎迅速脫離。斬首的時間可能花不到一分鐘。」

吉間拿著數位相機走過來，爲比對過的傷口拍照。正面、側面。從每個角度看來都非常嚇人。

「好了，珍。」莫拉說，「我們來看看切口的平面。」她接過頭顱，將其上下顚倒。「幫我這樣拿著。」

珍瞥見切開的肌肉與外露的氣管，然後倏地將頭撇向一旁，不再看著手中的頭。

莫拉再次拿著放大鏡檢查切口。「我看到甲狀軟骨上有條狀痕跡。我想兇手使用的是有鋸齒的刀子。把這個拍下來。」

吉間傾身向前繼續拍照，快門的聲音再度響起。**這些照片會把我的手也拍進去，**珍心想，**拍照存證的這一刻。她的頭，我的手。**

「妳之前說……妳之前說牆壁上的血是從動脈噴出來的。」佛斯特說。

莫拉點點頭。「在臥室的牆壁上。」

「當時她還活著。」

「沒錯。」

「斬首……只需要幾秒鐘的時間？」

「兇手的刀子夠利，技巧夠高超，絕對可以在短時間內做到。只有切斷脊柱的時候可能會讓他的速度慢下來。」

「那麼她知道吧？她一定會有感覺。」

「我非常懷疑這一點。」

「如果有人把妳的頭砍下來，妳至少還會有幾秒鐘的知覺。這是我在亞特．貝爾❷秀上聽來的。有個醫生上電臺接受訪問，談到上斷頭臺的情況。他說你大概還會意識到自己的頭掉下來。眞的會感覺到自己掉進桶子裡。」

「那也許是眞的，不過——」

「那個醫生說，蘇格蘭瑪麗女王被砍了頭以後，依然試著想開口說話。她的嘴唇還動個不停。」

「天哪，佛斯特。」珍說，「我身上的雞皮疙瘩還不夠多是不是？」

「是有這種可能，不是嗎？死者感覺到她的頭被砍下來？」

「這個可能性很低。」莫拉說，「我這麼說不是爲了讓你心安。」她將解剖檯上的頭顱往旁邊一轉。「摸摸頭蓋骨。就是這裡。」

佛斯特充滿恐懼地看著她。「不必了，沒關係。我不用摸。」

「快點啦，戴上手套，用手指摸摸顱骨。這裡有一個頭皮撕裂傷，我在沖洗血跡之後才發現的。摸摸這裡的頭骨，告訴我你的感覺。」

佛斯特顯然一點也不想做這件事，不過他還是戴上手套，試探性地將手指放在頭骨上。「骨

❷美國廣播主持人。

頭上，嗯，有一個洞。」

「受傷時頭顱骨破裂。從X光片上看得出來。」莫拉走到看片箱旁，指著頭蓋骨外層。「從側面的X光片上可以看見裂痕從撞擊點呈放射狀向外延伸，像一張蜘蛛網，擴散到整片顱骨。事實上，我們就這樣稱呼這類型的骨折——馬賽克或蜘蛛網圖案。撞擊點位在一個特別關鍵的位置，因爲中央腦膜動脈從下方經過；一旦割斷這條動脈，病人便會顱內出血。等我們打開頭骨，就知道是不是這樣了。」她看著佛斯特。「這是對頭部非常嚴重的撞擊。我想兇手進行分屍的時候，死者已經沒有意識了。」

「不過她還活著。」

「沒錯。她當時一定還活著。」

「妳不知道她當時是否已經沒有意識了。」

「她的四肢沒有防禦性傷口，在她身上找不到任何證據能證明她曾經做出反擊。你不可能任由別人割斷你的喉嚨卻絲毫不掙扎。我想那一下重擊打昏了她，所以我不認爲她感覺到自己被斬首。」莫拉頓了頓，然後低聲補上一句，「至少我希望如此。」她走到屍體右側，拿起被肢解的手臂，將斷口舉至放大鏡前。「兇手從這裡卸開手肘關節，所以軟骨表面上有更多工具痕跡。看起來在這裡用的是同一把刀，鋒利而帶鋸齒。」她將脫落的手臂拼在手肘上，猶如組裝假人模特兒一般，然後查看切口是否吻合。她的臉上沒有一絲恐懼，只有專注的神情，彷彿她在研究某種小機械或是滾球軸承，而不是一塊被切開的人肉，不是一個女人曾經舉起來撥弄頭髮、揮手或跳舞的一隻手臂。莫拉是怎麼辦到的？她明知道自己將面對的是什麼東西，每天早上又如何走進這棟大樓呢？如何能日復一日，拿起手術刀，剖析每一個慘遭橫死的悲劇呢？我也必須處理這些悲劇。但我不需要鋸開頭骨，或是將手伸進胸腔裡。

莫拉繞到屍體的左邊，毫不猶豫地拿起被切斷的手掌。經過冷凍，加上血液流失，斷掌看起來像是塊蠟而不是人肉，如同電影道具師想像一隻眞手該有的樣子。莫拉將放大鏡移過去，仔細檢查切口露出的肉。好一段時間，她什麼都沒說，但是此時她蹙起了眉。

她放下斷掌，拿起左臂檢查手腕斷之處。眉頭更加深鎖。然後她再度拿起手掌，將兩個傷口拼在一起，手掌對手腕，蠟白的皮膚對蠟白的皮膚，試著比對切口是否吻合。

她突然放下屍塊，看著吉間，「麻煩你把手腕和手掌的片子放上去。」

「頭骨的X光片都看完了？」

「待會兒再看那些片子。現在我要看的是左手掌和左手腕的照片。」

吉間取下第一組X光片，將新的一組片子放上去。襯著看片箱的光線，手掌和手指骨骼頓時亮了起來，一行行的指骨就像修長的竹子。莫拉脫掉手套，朝看片箱走去，專注地看著眼前的影像。她不發一語。她的沉默，讓珍意識到有非比尋常的事發生了。

莫拉轉頭看著她。「你們徹底搜索了死者的家嗎？」

「有啊，當然了。」

「從裡到外嗎？每個櫥櫃、每個抽屜？」

「那裡並沒有多少東西能查看的。她才剛搬進去幾個月而已。」

「冰箱呢？冷凍庫呢？」

「犯罪現場鑑識小組都搜查過了。怎麼回事？」

「過來看看這張X光片。」

珍脫下髒污的手套，越過解剖檯到看片箱前，仔細檢視照片。她看不出有什麼東西會讓莫拉的語氣突然變得急迫，沒有任何與解剖檯上的屍體不相符的東西。「我應該留意些什麼地方嗎？」

「看到這張手掌的片子了嗎？這些小骨頭叫腕骨，它們構成手掌的根部，指骨從這裡分散出去。」莫拉以珍的手作爲範例說明，翻開她的手掌，露出掌上的疤痕；這個傷疤將永遠提醒著珍另一名兇手對她所做的事。這是華倫・霍伊特在她的身上所留下的暴行紀錄。但是莫拉沒有對這個傷疤發表任何意見，而只是指著珍多肉、靠近手腕的掌根。

「腕骨就在這裡。在X光片裡看起來像是八個小石子。這些只是很小的骨頭，靠韌帶、肌肉和結締組織連結在一起。讓我們的手有彈性，使我們可以從事各種令人驚奇的事，從雕刻到彈鋼琴等等的。」

「好。所以呢？」

「這一塊，在近側的這一排裡——」莫拉指著X光片上靠近手腕的一塊骨頭，「這叫做舟狀骨。妳會注意到下面有一個關節間隙，然後在這張片子裡，還有另一塊很明顯的碎骨。屬於莖突的一部分。兇手砍下這個手掌的時候，也砍下了一小塊手臂骨。」

「我還是不懂其中的重要性。」

「現在看看斷臂的X光片。」莫拉指著另一張片子。「妳瞧這兩根前臂骨的末梢。比較細的這一根是尺骨，靠大拇指這邊比較粗的這一根是橈骨。這裡就是我剛剛說的莖突。妳看出來我發現什麼事情了嗎？」

珍皺皺眉頭。「這裡完好無缺的。在這張手臂X光片上，那根骨頭完整地在上面。」

「沒錯。而且不只完好無缺，甚至帶著一小塊下一根骨頭——一小塊舟狀骨。」

在冷颼颼的房間裡，珍突然感到臉部發麻。「喔，天哪。」她輕聲地說，「這聽起來很不妙啊。」

「是很糟糕。」

珍轉身回到解剖檯旁，低頭看著斷掌放在她一度以爲——他們都一度以爲——原本相連的手臂旁。

「切口表面不符合。」莫拉說，「X光片也不相符。」

佛斯特說：「妳的意思是，這隻手不是她的？」

「我們需要DNA分析來做確認。不過我認爲證據就在眼前。」她轉身看著珍，「有另外一個受害者你們還沒找到，而她的左手在這裡。」

7

七月十五日，星期三。月相：新月。

這是索爾家的慣例。

下午一點，彼得叔叔結束診所的半天班之後回家，換上牛仔褲和圓領衫，到菜園去。菜園裡，濃密的番茄樹與黃瓜藤爬滿了棚架。

下午兩點鐘，小泰迪揹著釣竿從湖邊爬上山丘，不過一無所獲。我從來沒看過他帶任何魚回家。

兩點十五分，莉莉的兩個女性朋友帶著泳衣和海灘毛巾到山上來。比較高的那一位——我想她的名字叫做莎拉——還帶了臺收音機。收音機播放著砰砰響的古怪音樂，攪擾了原本寧靜的午後時光。三個女孩把毛巾攤在草地上，像慵懶的貓咪般做日光浴。她們的皮膚因爲擦了防曬油而泛著微光。莉莉坐起身，伸手拿取水瓶。當她將水瓶遞到嘴邊時，她突然一動也不動，眼睛直盯著我的窗户。她發現我正看著她。

這不是第一次了。

她慢慢放下水瓶，跟兩位女性朋友說了些話。此時，另外兩個女孩也坐起身，往我這兒看。她們盯著我看了好一會兒，而我也看著她們。莎拉關掉收音機。三人站起身來，甩掉身上的毛巾，走進屋子裡。

一會兒後，莉莉敲響了我的房門。她沒等我答應，就擅自走進了我的房間。

「你幹嘛盯著我們看？」她說。

「我只是看著窗外而已。」

「你明明就在看我們。」

「因爲妳們剛好在那裡。」

她的視線落在我的書桌上。攤開在其上的是母親在我十歲生日時送給我的書。一般稱之爲《埃及亡靈書》，這是一部古代棺文文集，記載著死者前往來世所需要的咒語。她走上前來瞧瞧這本書，不過猶豫著不敢伸手去摸，彷彿書頁可能會燒了她的手指。

「妳對死亡儀式有興趣嗎？」我問。

「這都是迷信而已。」

「沒試過怎麼會知道？」

「你眞的能看懂這些象形文字？」

「我母親教過我。不過那些只是小咒語，並不眞的具有多大的力量。」

「厲害的咒語能做出些什麼事？」她看著我，眼神如此直截而無畏，我不禁懷疑，她是否眞如表象所見的這樣簡單。我是否低估了她。

「最厲害的咒語，」我對她說，「能讓死者復生。」

「你是說，像電影《神鬼傳奇》那樣嗎？」她哈哈大笑。

我聽見身後傳來更多咯咯的笑聲，轉頭看見她的兩個朋友站在門口。她們一直在旁偷聽著，並且不屑地看著我。顯然我是她們所見過最古怪的男生。她們壓根不知道我多麼地與眾不同。

莉莉闔上《埃及亡靈書》。「我們去游泳吧，姐妹們。」然後離開房間，留下防曬油甜膩的香味。

透過窗户，我看著她們走下山坡，往湖邊去。屋子恢復了寧靜。

我走進莉莉的臥室，從她的梳子上拔下一縷棕色長髮，悄悄放進口袋。我打開梳妝臺上的乳液和乳霜，嗅著它們的香味；每一種味道都讓我的腦中閃過一絲記憶：莉莉坐在早餐桌前；公車上，莉莉坐在我的旁邊。我打開她的抽屜、她的衣櫥，撫摸她的衣服，全是一般美國少女會穿的服飾。最終，她也只是一個女孩子罷了。但是她需要有人觀看她。

而這正是我最拿手的。

8

八月，義大利，錫耶納

莉莉．索爾從沉睡中突然驚醒，上氣不接下氣地躺在紊亂的床單裡。黃昏時分，琥珀色的陽光透過半掩的百葉木窗照射進來。床鋪上方的幽暗中，一隻蒼蠅正嗡嗡地盤旋著，希冀能品嚐她濕黏的身體、她的恐懼。莉莉自薄床墊上坐起身，將糾結的頭髮撥至身後並且按摩著頭部，直到心跳減緩下來。從腋下滲出的汗水沾濕了圓領衫。她已經靠睡眠度過午後最炎熱的時光，不過房間仍舊令人喘不過氣，空氣悶熱得足以令她窒息。我不能一輩子過這種生活，她心想，不然我會發瘋。

也許我早就瘋了。

她起床走到窗戶前面，就連腳下的磁磚也散發著熱氣。推開百葉窗，她注視著外邊的小廣場，看著像石窯一樣在太陽下烘烤的建築。一團黃金色朦朧的光線讓圓頂和屋頂覆上了一層赭紅色彩。暑氣把聰明的錫耶納人趕進了室內；此時只有觀光客才會待在外頭，睜大了眼睛在狹窄的巷弄裡遊走，氣喘吁吁、汗流浹背地爬上通往大會堂的斜坡，或在康波廣場上擺姿勢照相；灼熱的磚造地面融化了他們的鞋底，鞋底因此變得黏乎乎的。當她初到錫耶納的時候，這些觀光客所做的事她全都做過，後來她逐漸適應了當地人的生活步調，而八月份的暑氣也逐漸籠罩了這個中世紀的城市。

窗戶下方的小廣場上一個人影都沒有。不過正當她準備轉身之時，她瞥見某個門口下有陰影晃動。她一動也不動，全神貫注地看著那個地方。我看不見他。他看得見我嗎？接著，躲在門口的那個人從陰影處現身，快步地穿過廣場，不見蹤影。

只是一隻狗。

她笑了一聲，轉身離開窗戶。並非每個陰影下都潛藏著一隻怪物。不過有些時候眞的如此。有的陰影會跟著你，威脅你，無論你在何處。

在狹小的浴室裡，她把溫水潑在臉上，將深色頭髮綁成馬尾。她沒有浪費時間化妝；過去這一年來，她改掉了任何會拖累行動的習慣。她靠一只小行李箱外加一個背包度日，所有的行頭只有兩雙鞋子——涼鞋和球鞋——以及足以讓她應付夏天酷熱與冬天雨雪的牛仔褲、圓領衫和毛衣。說穿了，無論是衣物或是情感防護，生存最重要的法則不外乎就是將各種事物成層堆砌，避免風吹雨打，避免感情羈絆。

確保安全。

莉莉一把抓起背包，踏出房間，來到陰暗的走廊。關門時，她依照慣例將折下的卡紙火柴棒插進下部門框。這個古老的門鎖無法防範任何人闖入，因爲它跟這棟建築物一樣，大概有幾百年的歷史了。

做好面對酷熱的心理準備後，她走了出去，踏上小廣場。她停下腳步，環視這個杳無人煙的空間。時候還太早，本地人多半不會出來活動，可是大約再過一個小時，他們就會從飯後的午睡中醒來，陸續回到店家以及辦公室裡。在喬爾喬預期她回到工作崗位上之前，莉莉還有一些屬於自己的時間。這是個好機會，可以出去走走，讓頭腦清醒，在這個她喜愛的城市裡走訪她最常流連的地方。她來到錫耶納才三個月，卻已經感覺自己離這個城市越來越遠。再過不久，她勢必得離開此地，如同她過去拋下所愛的每一個地方那般。

我已經在這裡待太久了。

她穿過廣場，走進通往方特布蘭達街的一條小巷子。這條路領她來到城裡一棟古老的噴泉之屋，經過從前是中世紀工匠店鋪、現在改成屠宰場的建築物。方特布蘭達噴泉是錫耶納的地標，作家但丁❸曾經提筆大加讚美；即使過了數個世紀，噴泉依然清澈，仍舊讓人流連忘返。她曾在月圓之夜經過這裡；傳說中，狼人在變回人形之前會來此沐浴。那天晚上她沒有遇見任何狼人，只看到酒醉的觀光客。或許兩者根本就是同一種人。

她爬上山坡，堅固的涼鞋在熾熱的石板地上啪嗒作響。她走過聖凱薩琳聖堂與聖凱薩琳之家修道院。聖凱薩琳是錫耶納的守護聖徒，長期只吃聖餐過活；她曾經看見地獄、煉獄與天堂生動的景象，並且強烈渴望著殉道的榮耀與神聖的痛苦。經過長年病痛的折磨後，她只能失望地與尋常人一樣死去。莉莉費力地往山上走，心裡想著：我也曾看過地獄，但我一點也不想殉道。我要活下去。我會不計一切地活下去。

當她爬上聖多明尼克大會堂時，身上的圓領衫已經被汗水浸濕。她氣喘吁吁地站在山頂，俯

❸中世紀義大利詩人，以《神曲》留名後世。

瞰城市。夏天的熱氣模糊了瓦砌屋頂，這幅景象讓她心痛，因為她知道自己非離開不可。她已在錫耶納流連得超過了應有的時間，現在她能感覺到邪惡逐漸追趕而來，幾乎可以聞到它微弱的惡臭在風中飄蕩。在她四周，雙腿發軟的觀光客蜂擁成群來到山上，而她默默地獨自佇立著，宛如活人之間的一縷幽魂。我早就應該死了，她心想，對我而言，現在只是僥倖地活著。

「打擾一下，小姐？妳會講英語嗎？」

莉莉嚇了一跳，轉頭看見一對中年男女，穿著同款的賓州大學圓領衫和寬鬆的短褲。男人手上拿著一臺看起來很複雜的相機。

「需要我幫你們拍照嗎？」莉莉問。

「對，太好了！謝謝。」

莉莉接過相機。「這臺相機有什麼竅門嗎？」

「沒有，只要按下快門就行了。」

這對夫妻勾著手臂擺姿勢，身後的錫耶納景致就像延展開來的中世紀織錦掛毯。這是他們在大熱天辛苦爬上山獲得的紀念品。

「妳是美國人對吧？」莉莉把照相機還給他們時，女人說，「妳從哪裡來的？」這只是個友善的問題，無數的觀光客都會這樣互相詢問對方，藉此與其他離鄉遠行的旅人建立情誼，但是這卻讓莉莉立刻提高警覺。他們的好奇心並無惡意，但我不認識這些人，所以實在說不準。

「奧勒岡。」她撒謊道。

「真的嗎？我們的兒子就住在那裡！妳住在哪個城市呢？」

「波特蘭。」

「喔，世界眞小，不是嗎？他住在西北區的厄文街。妳住在那附近嗎？」

「不是。」莉莉正一步步往後退，想脫離這兩個蠻橫的人；他們接著可能會堅持要她與他們一起喝咖啡，繼續問她更多問題，探究她不想告訴別人的各種細節。「祝你們玩得愉快！」

「妳願不願意——」

「我已經約了人。」她揮揮手，快步離去。

大會堂的大門隱約就在前方，讓她可以作爲躲避。她走進陰涼而寂靜的教堂，不由得鬆了一口氣。教堂裡幾乎空無一人，只有幾個觀光客漫步在偌大的空間裡，而他們都謹愼地噤聲不語。她走向哥德式的拱頂，太陽透過彩繪玻璃灑下一片片如珠寶般燦爛的光點，照過兩側牆壁上一排排錫耶納貴族的墓碑。莉莉轉身走進一間小禮拜堂，駐足在鍍金的大理石祭壇前，凝視著保存在壁龕內的錫耶納聖凱薩琳頭顱。她的遺體被當成聖物，切割分散在不同的地方：身體在羅馬，腳在威尼斯。她知道自己的命運會是如此嗎？她會知道人們會將她的頭從腐爛的軀幹上扭下來，並且乾燥處理她的容顏後，展示給汗流浹背的觀光客和喋喋不休的學童們瞻仰嗎？

聖徒黝黑粗糙的眼窩從玻璃後方回看著她。這就是死亡的容貌。*但妳早就知道了，不是嗎，莉莉・索爾？*

莉莉打著寒顫離開小禮拜堂，快速穿過充滿回音的教堂，回到會堂出口。再次來到戶外，熱氣幾乎讓她覺得不勝感激。不過她只想對那些觀光客避而遠之。一大堆拿著相機的陌生人，任何人都可能偷偷拍下她的照片。

她離開大會堂下山去，穿過沙林貝尼廣場，行經托勒密宮。複雜的小巷子容易令觀光客暈頭轉向，但莉莉知道如何穿越這些迂迴的小路，並且刻意加快腳步往目的地前進。她在山上逗留太久，下午的工作已經遲到了，喬爾喬一定會因此責罵她。但是她倒不害怕喬爾喬的責備，因爲他的嘮叨從來不會導致什麼嚴重的後果。

所以當她晚了十五分鐘上班時，心裡絲毫不覺慌張。當她走進店裡時，門上的鈴鐺叮鈴作響，宣告她的姍姍來遲，而她呼吸一口混合著舊書、樟腦和香菸的熟悉氣味。喬爾喬和他的兒子保羅低頭坐在店舖後方的桌子前，兩個人的頭上都戴著小型高倍數放大鏡。保羅抬起頭，一隻巨大的眼睛就像獨眼巨人似地看著莉莉。

「妳非得看看這個不可！」他用義大利文向她喊道，「剛剛才送來的。是一名以色列收藏家的東西。」

他們興奮得不得了，甚至沒注意到莉莉遲到。她將背包放在辦公桌後面，然後從古董桌和橡木製的修道院長椅之間側身擠過。一旁的羅馬石棺現在可恥地暫時堆放著各種檔案。她跨過打開的板條箱，箱子裡包裝用的木屑散落在地上，然後蹙眉看著喬爾喬桌上的東西。那是一塊雕刻過的大理石，可能是某個建築物的一部分。她注意到兩個相鄰的表面有著古樸的光澤，那是經歷數百年風吹雨打和日曬所造成的柔和光芒。這是一塊基石。

年輕的保羅脫下放大鏡，烏黑的頭髮亂翹了起來。他頂著一叢叢如耳朵般的捲髮，像是傳說中的錫耶納狼人；不過這個狼人完全無害，而且魅力十足。保羅和他父親一樣，全身上下沒有一絲暴戾之氣，而若不是因爲自己終究免不了會讓他心碎，莉莉其實很樂意有他這麼一個情人。

「我想妳會喜歡這個東西。」他咧嘴微笑地看著她，同時遞出放大鏡，「妳向來對這種東西很感興趣。」

莉莉俯身看著這塊基石，研究上面所雕刻的人形圖案。圖像是直立的，腰際穿著一條裙子，手腕與腳踝戴有飾品，不過頭部並非人類的頭顱。她戴上放大鏡，傾身向前。當細部圖樣自鏡片上浮現時，她不由得感到一陣寒慄。她看到突出的犬齒和長有爪子的手指，以及頭上的角。

她直起身，喉嚨乾澀，聲音聽起來奇怪地遙遠。「你剛才說這個收藏家是以色列人？」

喬爾喬點點頭，摘下頭上的高倍數放大鏡；他儼然與保羅是同一個模子印出來的，只是較年長且臃腫而已；他們擁有同樣的深色眼睛，不過眼角佈滿了魚尾紋。「這個人是第一次跟我們合作。我們不清楚他的來歷，也不知道該不該信任他。」

「他怎麼會剛好把這件東西送到我們這裡來？」

喬爾喬聳聳肩。「東西裝在板條箱裡，今天送來的。我只知道這麼多。」

「他要你們幫他脫手嗎？」

「他只是請我們估價。妳覺得如何？」

她伸出一根手指頭擦過石頭上的光澤，再次感覺到寒慄從石頭滲透到她的體內。「他說這個東西是從哪裡弄來的？」

喬爾喬伸手拿起一疊文件。「他說他八年前在德黑蘭取得的。我想這一定是走私貨。」他再次聳聳肩，眨了眨眼。「不過我們又怎麼會知道呢，對吧？」

「是波斯古物。」她低聲地說，「這是祆教的阿里曼。」

「阿里曼是什麼東西？」保羅問道。

「不是『什麼東西』，而是『什麼人』。阿里曼是古代波斯的一個邪神，毀滅之神。」她將放大鏡擺在桌子上，深吸一口氣。「是邪惡的化身。」

喬爾喬笑了出聲，並且高興得摩擦雙手。「你瞧，保羅？我早就說過她會知道的。魔鬼、惡魔，這些東西她全都一清二楚。只要問她準沒錯。」

「爲什麼呢？」保羅看著她，「我一直不明白爲什麼妳對這些邪惡的事物這麼有興趣。」

她該怎麼回答這個問題呢？她怎麼能告訴他，自己曾經親眼直視著那頭邪惡野獸，而對方也直截地回看著她、發現她？並且至今不斷糾纏著她。

「那麼，這是眞品囉？」喬爾喬問，「這塊基石？」

「沒錯，我相信是眞的。」

「那我應該馬上寫信給他，嗯？我們這位來自臺拉維夫的新朋友。告訴他，我們懂得這件東西的價值，而他找對委託對象了。」他小心翼翼地將基石放回板條箱裡。「這麼特別的東西，我們一定能爲它找到買家的。」

誰會想在家裡擺設如此可怕的東西？莉莉心想，誰會希望邪神從自家牆壁上盯著自己？

「啊，我差點就忘了。」喬爾喬說，「妳知道妳有個仰慕者嗎？」

莉莉皺起眉頭看著他。「什麼？」

「有個男人今天中午到店裡來。他問是不是有個美國女人在我的店裡工作。」

她一動也不動。「你怎麼跟他說？」

保羅說：「我阻止了爸爸說任何話。妳沒有工作證，我們可能會因此惹上麻煩。」

「不過仔細想想，」喬爾喬說，「我覺得這個男人可能只是愛上妳了，所以才會向我們打聽。」喬爾喬眨眨眼。

她嚥了一口口水。「他有留下姓名嗎？」

喬爾喬開玩笑地拍了兒子的手臂一下，斥責道：「你看吧？你的動作太慢了，小子。現在有人要從我們身邊把她搶走囉。」

「他叫什麼名字？」莉莉再問了一次，語氣更加尖銳；不過這對父子似乎都沒察覺到她的態度有恙，只顧著互相取笑。

「他沒有留下名字。」喬爾喬說，「我想他打算玩匿名愛慕者的遊戲吧，嗯？要妳自己猜。」

「他是個年輕人嗎？他長得怎麼樣？」

「哦。這麼說，妳真的對他有興趣囉。」

「他有沒有什麼地方——」她頓了一下，「異於常人？」

「妳說異於常人是什麼意思？」

她想表達的意思是，不像人類。

「他的眼睛藍得不得了。」保羅很開心地說，「與眾不同的雙眼，像天使一般明亮。」

其實應該是與天使截然不同。

她立刻轉身，繞過所有東西來到窗前，透過積滿灰塵的玻璃看著外面的路人。*他來了，她心*

想，他發現我在錫耶納了。

「他會回來的，親愛的。有耐心點兒。」喬爾喬說。

而當他回來的時候，我可不能待在這裡。

她一把抓起背包。「對不起。我不太舒服。」

「怎麼了？」

「我想我昨天晚上不該吃那條魚的，讓我鬧肚子。我得回去了。」

「保羅可以陪妳回去。」

「不！不用了。」她使勁拉開門，讓門上的鈴鐺一陣叮鈴作響。「我不會有事的。」她快步離開店舖，連頭也不回，擔心保羅會追上來並且堅持要扮演紳士和護花使者的角色。她不能讓他拖累自己的行動。現在最重要的就是迅速脫身。

她左彎右拐地繞路回到公寓，避開擁擠的廣場和主要大街。取而代之地，她穿過小巷，匆匆爬上中世紀建築間的狹窄樓梯，不斷繞行地往方特布蘭達噴泉周邊前進。收拾行李只需要五分鐘。她已經學會了如何保持機動性，一有風吹草動就能馬上動身。她只需要將衣服和盥洗包丟進行李箱裡，然後拿出藏在梳妝臺後方的歐元就行了。喬爾喬很清楚她沒有工作證，所以這三個月來都以現金支付她薪水。她已經存了一筆私房錢，足夠支撐她在新的城市落腳並且找到下一份工作。她應該趕緊拿了現金和行李箱，馬上離開此地，直接往公車站去。

不，不，再仔細想想，他應該早就預料到她會出現在公車站。計程車會是個比較好的選擇。貴是貴了點，但是如果她只搭車出城，或許到了聖吉米納諾就可以改搭火車到佛羅倫斯。在那兒，她可以輕易地隱身在熱鬧的人群中。

她沒有取道小廣場進入租屋處，而是從放有垃圾桶與上鎖腳踏車的陰暗側巷爬消防梯上樓。某間公寓傳出震天價響的音樂聲，從打開的房門流洩至走廊。是隔壁那個乖戾的青少年——提托，和他那臺該死的收音機。她瞥見那個男孩像殭屍一般無精打采地癱坐在沙發上。她經過提托的門口，繼續朝自己的公寓走去。當她剛拿出鑰匙時，看見那根火柴棒，頓時呆若木雞。

火柴棒不再穩妥地夾在大門邊框裡，而是掉落在地上。

莉莉一步步往後退，心臟怦怦亂跳。當她退至提托的門口時，男孩從沙發上抬起頭並向她揮揮手。他什麼時候不挑，竟然選了這個時刻來敦親睦鄰。千萬不要跟我說半句話，她暗暗地懇求，一個字都不准說。

「妳今天不用上班嗎？」他用義大利文大聲地說。

她立刻轉身跑下樓。衝進小巷的時候，差點被腳踏車絆倒。*我該死地慢了一步*，她火速繞過路口，爬上一排短階梯。縮著身子躲進雜草叢生的花園裡，蹲在一面殘壁後方，屏息地一動也不動。五分鐘，十分鐘。她沒有聽見腳步聲，沒有人追趕的聲音。

也許那根火柴棒是自己掉下來的。也許我還可以拿回我的行李箱、我的錢。

她冒險把頭抬起來，看了看巷子裡。沒有人影。

要不要碰碰運氣？我敢嗎？

她躡手躡腳地回到巷子裡。穿過一條條狹窄的街道，走到小廣場外圍。但是她不敢走進公共場域；而是緊挨著牆壁來到建築物的角落，抬頭望著自家公寓的窗戶。木頭百葉窗是開啓的，如同她出門時那般。透過漸漸深沉的暮色，她看到窗戶裡有動靜。有個人影自百葉窗邊一閃而過。

她立刻縮身躲到建築物後。該死，該死。

莉莉拉開背包的拉鍊，翻了翻皮夾。四十八歐元，足夠吃幾頓飯、買一張公車票，或許還可以坐計程車到聖吉米納諾；僅此而已。她有提款卡，可是除非是在容易混進人群裡的大城市，否則她根本不敢使用。她上一次使用提款卡是在佛羅倫斯，當時是街上人來人往的週六夜晚。

不能在這裡提款，她心想，不能在錫耶納使用。

她離開小廣場，一頭鑽進方特布蘭達噴泉後方的巷子深處。這裡是她最熟悉的地方；在這裡，她可以巧妙避過任何人。她來到幾個星期前發現的一家只有本地人會光顧的小咖啡館。店裡幽暗得像個山洞，香菸的煙霧瀰漫。她在靠角落的位子坐下，點了乳酪番茄三明治與濃縮咖啡。隨著夜色逐漸深沉，她又點了一杯濃縮咖啡。然後再一杯。今晚，她將不打算入睡。她可以一路步行到佛羅倫斯。路程只有多少？二十、二十五英里？她曾經露宿原野。在暗夜裡偷摘桃子與葡萄。再來一次也難不倒她。

她狼吞虎嚥地吃完三明治，將麵包屑都塞進嘴裡，因爲不知道何時才會有下一餐。當她走出咖啡館時，夜幕已經低垂，她可以安心地穿過漆黑的街道，不用擔心被認出來。她還有另一個選擇。雖然冒險，但可以爲她免去步行二十五英里的辛勞。

喬爾喬會願意幫忙，他會開車送她到佛羅倫斯。

她不斷走著，避開人來人往的康波廣場，穿梭在邊巷之間。當她到達喬爾喬的住處時，她的小腿痠痛，兩隻腳板也因踩踏凹凸不平的鵝卵石而發疼。她躲在黑暗之中，望著窗戶。喬爾喬的妻子過世多年，現在父子一同住在這間公寓裡。屋子透出燈光，但是一樓沒有人在活動的跡象。

她尚不至於愚蠢地直接上前敲門。取而代之地，她繞到後方的小花園，逕自穿過後門，與芬芳的迷迭香和薰衣草擦身而過，然後伸手敲響廚房的門。

沒有人應門。

她豎起耳朵想聽聽是否有電視的聲音，以爲他們大概正在看電視而沒聽見敲門聲，但是她所聽到的只有大街上傳來汽車來往的微弱聲響。

她試著轉動門把；門開了。

只消一眼，只要一瞥——

鮮血、張開的雙臂與殘破的臉孔。喬爾喬和保羅四肢糾纏地做出最後的擁抱。

她摀著嘴，向後退，淚水模糊了視線。這是我的錯，都是我的錯，我害死了他們。

她踉踉蹌蹌地倒退穿過薰衣草叢，撞上後花園的木門。猛然的撞擊讓她恢復了理智。

快，快逃。

她趕忙跑出花園，無暇把身後的門閂上，火速衝上大街，涼鞋在鵝卵石上啪嗒作響。

她絲毫沒有放慢步伐，直奔錫耶納的城郊。

9

「我們百分之百確定這是第二名受害者嗎？」馬凱特小隊長問，「我們還沒得到DNA的證實呢。」

「不過我們已經驗出兩種不同的血型。」珍說，「被截肢的手血型是O型陽性。而羅莉安．塔克的血型則是A型陽性，所以艾爾思醫生的判斷絕對沒有錯。」

會議室陷入一陣長長的靜默。

勞倫斯．祖克醫生輕輕地說：「這下可有趣了。」

珍隔著會議桌看著他。鑑識心理學家勞倫斯．祖克醫生的注視早已讓她感到渾身不自在。現在祖克看著珍的眼神，彷彿他只對她一個人感興趣，而她幾乎可以感覺到他的目光正穿透自己的腦部。兩年半前，他們曾經合作調查「外科醫生」一案，祖克很清楚這個案子的餘波多麼困擾著她。他知曉她的惡夢、她的恐慌。祖克曾見過珍發狂似地摩擦手掌上的疤痕，似乎想藉此抹去那些記憶。雖然華倫．霍伊特的夢魘已逐漸消散，但是當祖克這樣注視著她，她便覺得自己被赤裸地看穿，因爲他十分清楚她曾經多麼地脆弱。珍也因此憎恨此人。

珍移開視線，將注意力放在另外兩位警探身上——巴瑞．佛斯特和伊芙．卡索維茲。將卡索維茲納入團隊眞是一大失策。這個女人公然在雪堆上嘔吐的事情已經弄得組裡人盡皆知，珍早該料到後續會有的惡作劇。聖誕節隔日，一個貼有卡索維茲名字的巨大塑膠水桶神祕地出現在重案組的服務臺。這個女人應該一笑置之，或者對此大發雷霆，然而她卻像隻被亂棒打死的海豹，垂頭喪氣地癱坐在椅子上，洩氣得說不出話來。如果卡索維茲不學會反擊，她將無法在這個男人主導的圈子裡生存下去。

「這麼說，我們的兇手不但分屍受害者，」祖克說，「還會將屍塊帶至不同的犯案地點。你們有那隻手的照片嗎？」

「照片多的是。」珍將解剖檔案交給祖克，「從外表判斷，我們相當確定這是一隻女人的手。」

可怕的照片任誰看了都會反胃，不過祖克翻閱檔案的時候，絲毫沒有震驚或厭惡表情，唯有強烈的好奇心。又或者，珍自祖克眼中看到的是莫大的渴望？難道他喜歡看到年輕女子的身體遭受如此暴行後的樣子嗎？

翻到斷手的照片時，他停下來。「沒有塗指甲油，不過一看就知道有修過指甲。我也認爲這看起來像女人的手。」淺色的眼睛從細框眼鏡上緣看了珍一眼。「有從指紋上查到什麼嗎？」

「這隻手的主人沒有任何犯罪紀錄，沒有當過兵。在國家犯罪資料中心也沒有任何前科。」

「她不在任何資料庫裡？」

「至少沒有登錄過她的指紋。」

「這隻是不是醫療廢棄物？也許是醫院做的截肢手術？」

佛斯特說：「我詢問過大波士頓區的每個醫療中心。過去兩個星期裡只有兩起手部截肢手術；一個是在麻州綜合醫院，另一個是在朝聖者醫院。兩起手術都是爲了創傷治療。一個是使用鏈鋸發生意外，另一個是因爲遭到惡犬攻擊。兩起意外中，受害人的手都因爲重度受傷而無法修復。而且第一個病例是個男的。」

「這隻手不是從醫院的垃圾堆裡挖出來的。」珍說，「而且也沒有嚴重損傷。兇手用非常鋒利的鋸齒狀刀具將手割下。同時，斷肢上沒有被施予任何外科手術處理。橈骨的末梢被切除，看不出任何止血措施；沒有緊綁的血管，皮膚也不是一層一層地被切開。斷口乾淨俐落。」

「這隻手有沒有可能屬於任何失蹤人士？」

「麻薩諸塞州沒有。」佛斯特說，「我們已經擴大了搜尋範圍，以白人女性作爲搜尋對象。她失蹤的時間不可能太長，因爲這隻手被切下的時間看起來不會太久。」

「它可能被冷凍過。」馬凱特說。

「不。」珍說，「顯微鏡下看不出任何細胞受損。這是艾爾思醫生說的。細胞組織被冰凍時，水分會擴張而造成細胞破裂，但是她沒有發現這種現象。那隻手可能經過冷藏，或是泡在冰水裡，就和運送捐贈器官的時候一樣。不過可以確定的是這隻手沒有經過冰凍。所以我們認爲這隻手的主人，遇害時間不超過兩天。」

「如果她已經遇害的話。」祖克說。

此話一出，所有人都看著他。可怕的言下之意令所有人爲之一頓。

「你認爲她可能還活著？」佛斯特說。

「截肢本身並不會致命。」

「喔，我的天哪。」佛斯特說，「活生生地把她的手切下來……」

祖克翻閱、細看剩下的解剖照片，像個透過小型高倍數放大鏡端詳物件的珠寶工匠。最後他放下檔案說：「兇手肢解屍體有兩個可能原因。第一，出於純粹實際的理由：他必須丟棄屍體。這麼做的兇手是有自覺、目標導向的。他們曉得必須處理鑑識證據以掩飾罪行。」

「有條理的兇手。」佛斯特說。

「如果分屍之後，分散丟棄或藏匿屍塊，就表示分屍屬於預謀行爲。兇手是有自我行爲認知的。」

「兇手根本沒有把屍塊藏起來。」珍說，「他將屍體留在房子的各個角落，一些他明知道會被發現的地方。」她遞給祖克另一疊照片。「那些是犯罪現場的照片。」

他打開文件夾，頓了一頓。他看著第一張照片，喃喃地說：「這下可變得更有趣了。」看見一隻斷手擺在餐盤上，這就是他的腦袋裡想到的話？

「餐具是誰擺的？」他抬頭看著她，「是誰擺放這些盤子、銀器、酒杯的？」

「我們認爲是歹徒做的。」

「爲什麼？」

「誰知道爲什麼啊？」

「我的意思是，妳爲什麼認爲桌子是他擺的？」

「因爲其中一個盤子下面沾有血跡，在他拿盤子的地方。」

「指紋呢？」

「不幸的是，沒有指紋，兇手當時戴了手套。」

「這是事先計畫的證明，他是有預謀的。」祖克再次盯著照片，「這裡有四人份的餐具。有什麼特殊意義嗎？」

「我們也有同樣的疑問。碗櫃裡有八個盤子，所以他原本可以擺出更多的餐具。不過他選擇只拿出四個。」

馬凱特小隊長問：「你認為我們遇上了什麼狀況，祖克醫生？」

這位心理學家沒有回答。他慢條斯理地翻過一張又一張的照片，目光停在浴缸裡的斷臂上一會兒，接著再翻到廚房的照片，然後又停了下來。他沉默了良久，專注地看著融化的蠟燭、地上所畫的圓圈，以及擺在圓圈中央的東西。

「我們覺得這些佈置看起來像某種古怪的儀式。」佛斯特說，「粉筆畫的圓圈、燃燒的蠟燭。」

「這當然看起來是種儀式啊。」祖克抬起頭，熠熠生輝的目光讓珍覺得背脊發涼。「這個圓圈是歹徒畫的嗎？」

珍為之一愣。醫生的問題嚇了她一跳。「你的意思是——這可能是死者畫的嗎？」

「在此我不作任何假設，我希望你們也一樣。你們憑什麼肯定這個圓圈不是死者畫的？又憑什麼確定死者一開始不是自願參與這場儀式呢？」

珍覺得想要放聲大笑。**是啊，我也會自願讓人砍頭呢。**她說：「畫圈圈和點燃蠟燭的一定是兇手，因為我們在屋子裡沒發現任何粉筆。兇手在廚房地板上畫完圓圈之後，把粉筆一起帶走了。」

祖克靠在椅背上，若有所思地說：「這麼說來，這名兇手分屍受害者，但是不把屍塊藏起來。他沒有損毀受害者的臉，也幾乎沒有留下鑑識證據，表示他知道警方會調查這件事。然而他卻留給我們——可以這麼說——最大的線索，另外一名受害者的屍塊。」他停頓了一下。「現場有沒有留下任何精液？」

「死者的體內沒有。」

「那犯罪現場呢？」

「犯罪現場鑑識小組用紫外光找遍了整棟房子。多波域光源照出多得數不清的毛髮，但是沒精液。」

「這又是一種認知犯罪的特徵。他沒有留下任何性行爲的證據。如果他眞的是名藉由犯案以得到性滿足的兇手，那麼他的自制力很強，可以等到安全的時候才發洩性慾。」

「如果他不是爲了滿足性慾而犯案呢？」馬凱特問道。

「那麼我就沒辦法全然確定這些代表什麼意思了。」祖克說。「不過分屍、展示屍塊、蠟燭、粉筆畫的圓圈。」他看著在場的人，「我相信大家的想法是一致的。這是種撒旦儀式。」

「案發當時是聖誕夜。」馬凱特補充說道，「是最神聖的夜晚啊。」

「但是這位兇手作案不是爲了榮耀和平之子❹。」祖克說，「不，他的目的乃是召喚黑暗之子。」

❹指耶穌基督。

「還有一張照片你也應該看看。」珍指著一疊祖克還沒看過的照片，「牆壁上留有一些用死者的血寫的字。」

祖克翻到這張照片。「三個倒十字，很可能是邪惡的象徵。不過十字架下面這些符號是什麼？」

「是一個字。」

「我看不出來。」

「這是顛倒文字，如果拿到鏡子前面就能看出來了。」

祖克雙眉一揚。「妳知道鏡像書寫的意義吧？」

「我不知道。有什麼特殊意義嗎？」

「當魔鬼和人做交易，收買人的靈魂時，買賣契約的內文跟署名都是用鏡像書寫。」他蹙著眉，看看照片上的文字。「這個字是什麼意思？」

「PECCAVI，拉丁文，意思是『吾有罪』。」

「是自白嗎？」馬凱特表示。

「或者是炫耀。」祖克說，「向撒旦宣示：『我已經完成了你的吩咐，主人。』」他看著攤在桌上的照片。「我眞想跟這個兇手談談。這裡面有太多象徵意義了。他爲什麼要這樣放置屍塊？盤子上的手又是什麼意思？桌子上爲什麼要擺四人份的餐具？」

「〈啓示錄〉裡的四騎士❺。」卡索維茲警探低聲地說。這是她在會議中少數的幾次發言之一。

「妳爲什麼會這麼認爲呢？」祖克說。

「我們正在討論撒旦、討論罪。」卡索維茲清清嗓子，聲音似乎藉由挺起的坐姿而顯得更加有力，「這些都是跟《聖經》有關的主題。」

「四人份的餐具也可能表示他有三位肉眼看不見的朋友要來陪他吃宵夜。」珍說。

「妳不認爲這些跟《聖經》有關嗎？」祖克說。

「我知道這看起來像是撒旦崇拜。」珍說，「但是我的意思是，種種要素擺在我們眼前——圓圈、蠟燭、鏡像書寫、倒十字。好像我們應該要做出這種結論似的。」

「妳認爲這是刻意佈置成這個樣子嗎？」

「或許是爲了掩飾羅莉安・塔克被殺的眞正原因。」

「不然還有什麼其他可能的動機呢？她有感情問題嗎？」

「她離過婚，不過前夫住在新墨西哥州。顯然雙方是協議分手。她三個月前才搬到波士頓。好像沒有交男朋友。」

「她有工作嗎？」

伊芙・卡索維茲說：「我跟她在科學博物館的主管談過。羅莉安・塔克在博物館的禮品店工作。沒有人聽說她跟誰有過過節。」

祖克問：「我們百分之百確定這一點嗎？」他對珍發問，而非卡索維茲。備受冷落讓卡索維

❺《聖經》〈啓示錄〉中記載，世界末日時，將出現四名騎士，各代表了瘟疫、戰爭、饑荒與死亡。

茲漲紅了臉，這對她已經飽受摧殘的自尊而言又是一大打擊。

「卡索維茲警探剛才已經把我們所知道的告訴你了。」珍力挺她的隊員。

「好吧。」祖克說，「那爲什麼這名女子遭到殺害？如果事實並非如此，爲什麼要故意佈置得像撒旦崇拜呢？」

「爲了增加趣味，吸引注意力。」

祖克笑著說：「難道他認爲我們原先不會留意這個案子嗎？」

「他的目標不是我們，而是針對對他有更重要意義的人。」

「妳指的是歐唐娜醫生，是吧？」

「我們知道兇手曾經打電話給歐唐娜，但她宣稱自己當時不在家。」

「妳不相信她？」

「她把留言全都洗掉了，所以我們無法證實她的說詞。她說對方沒出聲就把電話掛了。」

「爲什麼妳認爲這不是事實？」

「你知道她是怎麼樣的一個人，不是嗎？」

他凝視了她一會兒。「我知道妳們兩個曾經有過衝突，還有妳很介意她和華倫・霍伊特的交情。」

「重點不是我和歐唐娜——」

「可是事實正是如此啊。她跟一個差點要了妳的命的人做朋友，而這個男人內心最深處的幻想就是完成當年未完成的任務。」

珍傾身向前，全身的肌肉突然緊繃起來。「不要太過分，祖克醫生。」她靜靜地說。他盯著珍，而她的眼神逼得他慢慢往後退靠。「妳認爲歐唐娜有嫌疑？」

「我不信任她。她是壞人的保鏢；只要肯花錢，她就會上法庭，替任何兇手作證辯護。她會宣稱兇手神經受損，不用爲自己的行爲負責；應該將他送醫治療，而不是關進大牢裡。」

馬凱特加了一句：「執法人員都很討厭她，祖克醫生。到哪兒都一樣。」

「聽著，就算這個人是警方的好朋友，」珍說，「我們還是有許多問題得不到解答。爲什麼兇手要從犯罪現場打電話給她？爲什麼她當時不在家？爲什麼她不肯告訴我們當時她人在哪裡？」

「因爲她知道妳對她早就懷有敵意。」

她才不知道我對她的敵意可以有多深呢。

「瑞卓利警探，妳是在暗指歐唐娜醫生和這件案子有關嗎？」

「不。但是她一定會利用這個案子。見獵心喜。不管是有意或無意，這個案子都是她引發的。」

「怎麼說？」

「你知道有時候寵物貓會咬死老鼠，然後帶回家獻給主人，以表示對主人的喜愛嗎？」

「妳認爲兇手是想讓歐唐娜對他留下印象。」

「兇手之所以打電話給她，之所以精心佈置這個死亡場景，全是爲了激起她的興趣。然後，爲了確保他的傑作得到人們的注意，他打電話報警。而且幾個小時之後，當我們站在廚房裡，他用公用電話打到死者家中，確定警方到了現場。這個兇手把所有人——執法人員，還有歐唐娜——都釣上了鉤。」

馬凱特說：「她知不知道自己可能會身陷多大的危險？成爲兇手的注意力焦點？」

「她似乎不覺得這有什麼了不起。」

「什麼事情才會讓這個女人感到害怕呢？」

「或許等兇手把跟死老鼠等值的小禮物寄給她的時候吧。」珍頓了頓，「別忘了，我們還沒找到羅莉安·塔克的手呢。」

10

珍站在自家廚房裡切著冷雞肉，準備做宵夜，卻怎麼也無法不去想起那隻手。她將雞肉端上桌；那位向來儀容完美的丈夫正坐在餐桌前，袖子捲起，嬰兒的口水滴在他的領子上。還有什麼畫面比男人耐心地爲女兒拍背更性感的呢？瑞吉娜打了個響嗝，嘉柏瑞笑了出來。這是多麼甜蜜而完美的一刻；一家三口平平安安、健健康康的。

但是珍低頭看看切好的雞肉，想起在另個女人的餐桌上所擺的東西，最後將盤子推至一旁。

我們只不過是一堆肉而已，與雞肉或牛肉沒有兩樣，她想。

「我以爲妳肚子餓了。」嘉柏瑞說。

「我改變主意了。突然覺得這東西看起來不是很可口。」

「是因爲那個案子，對吧？」

「我眞希望自己可以不用再想這件事。」

「我看見妳今晚帶回家的檔案，忍不住翻了一下。要是換成我，也很難不去想這件事。」

珍搖搖頭。「你正在休假，幹嘛去看那些解剖照片啊？」

「那些照片就擺在流理臺上啊。」他把瑞吉娜放回嬰兒車，「妳想談談嗎？如果妳願意的話，可以跟我討論看看……如果妳覺得這樣會有幫助的話。」

珍看了瑞吉娜一眼，嬰兒正用靈敏的目光看著他們，然後突然笑了出來。「天哪，等到她懂事以後，案情還眞會是閒話家常的好題目呢。『親愛的，你今天看到多少具無頭屍體呢？』」

「她聽不懂我們在說什麼，妳不妨告訴我吧。」

珍起身走到冰箱，拿出啤酒，啪地打開瓶蓋。

「珍？」

「你眞想聽這些細節？」

「我想知道什麼事情讓妳這麼心煩。」

「你看過照片了，知道我爲什麼這麼心煩。」她坐下來喝了一大口啤酒。「有時候，」她靜靜地說，垂眼看著不斷冒著水珠的酒瓶，「我會覺得生孩子眞是件瘋狂的事。你愛護他們，養育他們，然後眼看著他們走進一個只會讓他們受傷的世界。他們會碰到像……」她所想的是：像華倫·霍伊特這樣的人，但是她沒有說出他的名字。她幾乎絕口不提他的名字，彷彿大聲說出那個名字是在召喚魔鬼一般。

門鈴的對講機冷不防地唧唧響起，嚇了珍一跳。

她抬頭看看牆上的時鐘。「已經十點半了。」

「我去看看是誰。」嘉柏瑞走進客廳，按下對講機按鈕。「哪位？」

自對講機傳出的聲音令他們大感意外。「是我。」珍的母親回答道。

「上來吧，瑞卓利太太。」嘉柏瑞按下開門鈕讓她進來。他驚訝地看了珍一眼。

「這麼晚了，她來做什麼？」

「我根本不敢問。」

他們聽見安琪拉上樓的腳步聲——比平常更加遲緩而沉重——同時傳來斷斷續續的重擊聲，彷彿她正拖著什麼東西。直到安琪拉爬上二樓的樓梯平臺，他們才發現怎麼一回事。

她正拖著一只行李箱。

「媽？」珍即使開口呼喚了，依然不太能相信這個滿頭亂髮、眼神狂亂的女人就是自己的母親。安琪拉的外套沒扣，衣領沒有翻好，膝蓋以下的褲子濕漉漉的，彷彿一路跋涉過雪堆來到他們的公寓。她用兩隻手抓著行李箱，宛如準備要將東西丟給別人似的……丟給任何人都可以。

她看起來怒氣沖沖。

「今晚我得住在你們家。」安琪拉說。

「什麼？」

「我到底能不能進去啊？」

「當然可以，媽。」

「來，我幫妳，瑞卓利太太。」嘉柏瑞接過行李箱。

「看到沒？」安琪拉指著嘉柏瑞說，「男人就應該這樣才對！看到女人需要幫忙，馬上就跳出來幫忙。紳士就應該是這樣。」

「媽，發生什麼事了？」

「發生什麼事？發生什麼事？我根本不知道從何說起呢！」

瑞吉娜開始大哭，抗議他們忽略她太久。

安琪拉馬上跑進廚房，從嬰兒車裡抱起外孫女。「哦，寶貝，可憐的小姑娘！妳可不知道長大以後會遇到什麼事。」她在餐桌旁坐下，輕輕搖著嬰兒，但是她抱得太緊，瑞吉娜不安地扭動，想擺脫這個讓她窒息的瘋婆子。

「好了，媽。」珍嘆了一口氣，「爸爸做了什麼事？」

「我什麼也不會說的。」

「妳不說，那誰會告訴我啊？」

「我不會在自己的兒女面前說他們父親的壞話。做父母的不應該批評彼此。」

「我已經不是小孩子了。我得知道到底是怎麼回事。」

不過安琪拉什麼也不肯說。她繼續抱著嬰兒前後搖晃，瑞吉娜看起來越來越急著想脫身。

「嗯……妳覺得妳會在這裡住多久啊，媽？」

「我不知道。」

珍抬頭看著嘉柏瑞。截至目前，他一直很識相地沒有參與對話，然而這時她自丈夫眼中看到與自己同樣的恐慌。

「我可能得另外找個地方住。」安琪拉說，「找一間我自己的公寓。」

「等等，媽。妳該不會是說，妳再也不回去了吧？」

「我就是這個意思。我要展開自己的新生活，珍。」她看著自己的女兒，不服氣地揚著下巴。「其他的女人都做得到啊。她們離開丈夫，照樣過得好好的。我們才不需要男人呢，我們可以靠自己活下去。」

「媽，妳沒有工作。」

「妳以為我這三十七年都在做什麼啊？我都在替那個男人洗衣燒飯啊！妳以為他感激過我嗎？他只知道回家，把我擺在面前的食物狼吞虎嚥地吃掉，根本沒有用心品嚐我所花的心思。妳知不知道有多少人說過我應該去開餐廳？」

說眞的，珍心想，那會是家很棒的餐廳。但她不打算說任何話來鼓勵這種瘋狂的行為。

「所以別跟我說什麼『妳沒有工作』的話。我的工作就是照顧那個男人，結果什麼都沒得到。我在外頭做同樣的事倒還有錢拿呢。」安琪拉再度使勁地抱住瑞吉娜，嬰兒發出抗議的哀嚎。「我只會跟你們住一小段時間。我可以睡在嬰兒房或是地板上。你們兩個上班的時候，我來照顧她。要知道，照顧小孩可是很花人力的。」

「好吧，媽。」珍嘆了一口氣，穿過廚房，來到電話前，「如果妳不告訴我發生什麼事，那我去問爸爸。」

「妳要做什麼？」

「打電話給他啊。我敢打賭他已經準備要道歉了。」我打賭他已經肚子餓了，希望他的私人主廚趕快回家。珍拿起話筒撥號。

「不必麻煩了。」安琪拉說。

電話響了一聲、兩聲。

「我告訴妳，他不會接電話的。他根本就不在家。」

「那他人在哪裡？」

「他在那個女人家裡。」

珍呆若木雞，雙親家的電話響了又響，無人接聽。她慢慢掛上話筒，轉身面向母親。「在誰家裡？」

「那個女人啊，那個狐狸精家裡。」

「我的老天哪，媽。」

「老天跟這一點關係也沒有。」安琪拉突然吸一大口氣，抑制不發出嗚咽。她前倚著身子，不停搖晃，瑞吉娜則緊緊抓住她的胸口。

「爸爸和別的女人搞外遇？」

安琪拉沒開口，只是點點頭，用手抹了抹臉。

「誰？他跟誰在一起？」珍坐下來，直視母親的雙眼。「媽，那個女人是誰？」

「是他的同事……」安琪拉低聲說。

「可是他的同事全是一群老男人啊。」

「她是新來的。她——她——」安琪拉的聲音突然變得沙啞，「比較年輕。」

電話響起。

安琪拉猛地抬起頭。「告訴他，我不要跟他說話。」

珍看了看來電顯示，但是她不認得來電號碼。或許是爸爸打來的。也許他用那個女人的電話打的，那個狐狸精。

「我是瑞卓利警探。」珍厲聲說。

對方沉默了一會兒，然後說：「今晚很忙啊？」

而且每況愈下，她心想，同時聽出這是達倫．克羅警探的聲音。

「怎麼了？」

「壞消息。我們在畢肯山。妳和佛斯特應該也會想趕過來看看。我實在很不想告訴妳這件事，不過——」

「今晚不是你值班嗎？」

「這件事跟我們都有關，瑞卓利。」她從未聽過克羅如此嚴肅的語氣，全然沒了平時挖苦人的口吻。他靜靜地說：「遇害的是自己人。」

自己人……是警察。

「是誰？」

「伊芙．卡索維茲。」

珍震驚得說不出話來。她一動也不動地站著，握著電話的手指逐漸麻痺，心裡想，幾個鐘頭之前我才見過她。

「瑞卓利？」

她清清喉嚨。「把地址給我。」

掛上電話後，她發現嘉柏瑞已經把瑞吉娜抱至另一個房間，而現在安琪拉則垂頭喪氣地坐著，空蕩的臂彎讓人感到悲傷。「對不起，媽。我得出門一趟。」

安琪拉洩氣地聳聳肩。「沒關係，妳去吧。」

「等我回來再談吧。」她俯身吻了吻母親的臉頰，近身看見安琪拉鬆弛的皮膚與下垂的雙眼。我的母親什麼時候變得這麼蒼老了？

珍繫好槍帶，從衣櫥拿出外套。扣釦子的時候，她聽見嘉柏瑞說：「事情來得眞不是時候啊。」

她轉頭看著丈夫。等我老了，像媽那樣的時候，會發生什麼事呢？你會不會也爲了一個更年輕的女人棄我而去？

「我出去一下。別等門了。」

11

莫拉步出她的Lexus轎車，靴子在結霜的人行道上嘎喳作響，踩碎如玻璃般易碎的薄冰。白天氣溫回升時的融雪因入夜後吹起的刺骨寒風而再度凍結。此起彼落的巡邏車警示燈讓每一處濕滑而危險的結冰表面閃閃發亮。她看見一名警察在人行道上滑行，揮舞雙臂以保持平衡，然後目睹犯罪現場鑑識小組的廂型車煞車後打滑偏斜，差點撞上停在旁邊的巡邏車保險桿。

「小心走喔，醫生。」巡邏員警從對街朝莫拉喊道，「今晚已經有警官在冰上跌倒了。我想他可能折斷了手腕。」

「應該在路上撒點鹽才是。」

「是啊。」他咕噥了一聲，「是該這麼做呀，但是市政府今晚已經忙得來不及處理這種事了。」

「克羅警探在哪裡？」

這位警察戴著手套的手一揮，指向一排優雅的連棟房屋。「四十一號，沿著這條街往前走幾戶就是了。我可以陪妳過去。」

「不，我自己去就行了，謝謝。」莫拉頓了頓腳步，因爲另一輛巡邏車在路口轉彎時打滑，撞上路邊石。她數了數，這條狹窄的街道已經至少停了八輛警車。

「我們得讓出通道給運屍車。」她說，「這些巡邏車眞的都需要出現在這裡嗎？」

「對啊，是有這個必要。」員警說話的語氣，令莫拉不禁回過頭。在閃爍的警示燈光裡，沮喪的陰影籠罩他的臉。「我們所有人都得在場，這是我們欠她的。」

莫拉想起聖誕夜的那個命案現場，伊芙．卡索維茲在街上彎腰朝雪堆裡嘔吐，然後想起巡邏員警當時是如何暗暗嘲笑這位嘔吐的女警探。現在她死了，竊笑也歸於平靜，取而代之的是每位殉職警察應得的嚴肅致意。

巡邏員警氣呼呼地說：「她的男朋友也是自己人。」

「他也是警察？」

「嗯。幫我們把歹徒繩之以法，醫生。」

莫拉點點頭。「我們會的。」她沿著人行道一步步往前走，忽然意識到每個人的眼睛想必都盯著她，所有的警察一定注意到她的到來。他們認得她的車，也都知道她是何許人也。在聚集一旁的模糊人影中，她看到有人朝她點頭，他們呼出的空氣凝結成水氣，像是偷偷摸摸聚在一起抽菸的癮君子。他們清楚知道莫拉來此的嚴肅目的；一如他們同樣心知肚明，某天在場的任何人都可能會不幸地成為她解剖的對象。

一陣風倏地捲起一堆白雪，她瞇起眼睛，低頭閃躲打得臉刺痛的寒風。當她再次抬起頭，發現自己正看著一個完全沒料到會出現在這裡的人。丹尼爾．布洛菲神父正在對街輕聲細語地與一名年輕警察說話；這名警察垂頭喪氣地靠在波士頓警局巡邏車上，彷彿虛弱得站不起來。布洛菲將手搭在年輕人的肩膀上安慰對方，而當他用雙臂環抱這名警官時，後者哭倒在他身上。其他警察尷尬的不發一語，他們拖著靴子走路，眼睛盯著地面，顯然對於這種毫無掩飾的悲傷感到不自在。雖然莫拉聽不見布洛菲低聲說些什麼，但是她看到年輕警察點點頭，勉強用哽咽的聲音擠出一句回答。

丹尼爾做的事，我一輩子也做不到，她想。切開已死的軀體、在骨頭上鑽孔，遠比直接面對生者的痛苦容易得多。這時丹尼爾忽然抬起頭，發現了莫拉。兩人互望了一會兒，接著她轉身繼續朝案發的連棟房屋走去，門廊的鑄鐵欄杆上所圍的封鎖線在寒風中飄動著。他們各有各的工作要做，這時候必須集中精神才對。但即使莫拉的目光盯著面前的人行道，她的心思依舊在丹尼爾身上。當她結束這裡的工作，他會不會還在這兒呢？如果到時他還沒走，接下來呢？她應該邀他喝杯咖啡嗎？這樣會不會太冒失、太逾矩了呢？她應該和平常一樣，道聲晚安然後自顧自地離開嗎？

我希望要發生什麼事？

走到那棟房子前，莫拉在人行道上佇足，抬頭凝視這棟宏偉的三層樓住宅。屋內燈火通明。磚石階梯的盡頭是雄偉的大門，裝飾用的煤氣燈把門上的銅扣環照得閃閃發光。儘管現在是聖誕佳節，但是門廊上沒有任何節慶的裝飾；整條街只有這棟房子的大門沒有掛花環。透過偌大的凸窗，她看見壁爐裡火光搖曳，但是屋內沒有閃爍的聖誕樹裝飾燈。

「艾爾思醫生？」

她聽到金屬鉸鏈轉動時的刺耳聲響，然後看見一名警探推開房子側邊的鍛鐵門。羅蘭・崔普是重案組裡年紀較長的警探之一，而今晚的情況更突顯了他的歲數。他站在煤氣燈下，燈光將他的皮膚照得蠟黃，鬆弛的眼袋和下垂的眼皮也因此變得更加明顯。儘管穿著厚重的羽絨外套，他看起來依然感覺相當寒冷，說話時咬緊牙關，好像試圖抑制牙齒打顫。

「死者在後面。」他拉開鐵門，讓莫拉進來。

鐵門在他們身後喀啦一聲地關起。崔普領著莫拉走進窄小的側院，晃動的手電筒燈光照亮了前方的路徑。上一場風雪的積雪已經鏟除，現在磚石上只有薄薄一層被風吹來的雪花。崔普停下腳步，手電筒照著走道邊緣一處低矮的雪堆，也照著雪堆上的一灘猩紅。

「管家就是因為看到這灘血才緊張起來。」

「這裡有管家？」

「噢，是啊。這裡住的可是有錢人呢。」

「他是做什麼的？這棟房子的主人？」

「他自稱是名退休的歷史教授，以前在波士頓學院教書。」

「我倒是不知道歷史教授可以賺這麼多錢。」

「妳應該到屋裡看看。這可不是教授住得起的房子，這傢伙一定還有別的財路。」崔普用手電筒照著側門。「管家提著垃圾從這個出口出來，往那邊的垃圾桶走去，所以發現鐵門被打開。他隱約感覺有些不對勁，所以回到側院查看，然後發現血跡，知道真的出事了。隨後他注意到更多血跡沿著這些磚石一直延伸到屋子後頭。」

莫拉仔細看著地面。「死者被人沿著這條走道拖行。」

「我帶妳去看。」崔普警探繼續朝連棟房屋的後方走去，進入小庭院。手電筒燈光掃過結冰的石板地和鋪有禦寒松枝的花圃。庭院中央有座白色涼亭；夏天時，這裡無疑是個讓人逗留的好地方，可以坐在這裡乘涼、啜飲咖啡、呼吸花園裡的芬芳。

不過目前躺在涼亭裡的人已經沒有了呼吸。

莫拉脫下毛手套，換上無法抵禦刺骨寒風的乳膠手套。她蹲下身，揭開遮蓋癱軟形體的塑膠布。

伊芙・卡索維茲警探仰躺在地，雙臂攤在兩側，一頭金髮因染血而糾結。她一身黑衣打扮——毛料長褲、厚呢短大衣與黑色皮靴。外套的釦子被解開，毛衣往上拉起一半，露出沾有血漬的赤裸皮膚。她揹有槍套，武器好端端地扣在原處。但令莫拉無法移開視線的是屍體的臉部；眼前的景象不禁讓她望之卻步。女子的眼皮被割除，眼睛再也無法闔上而永遠瞠目而視。流到兩側太陽穴的血已經乾涸，宛如紅色的眼淚。

「我六天前才剛見過她。」莫拉說，「在另外一個兇案現場。」她抬頭看著崔普。他的臉籠罩在陰影下，她只能看到笨重的身影站在一旁。「就是波士頓東區的那個案子。」

他點點頭。「伊芙加入重案組才幾個星期。從掃毒組那裡調過來的。」

「她住在這一帶嗎？」

「不，醫生。她住在麥特潘。」

「她到畢肯山來做什麼？」

「連她的男朋友也不知道。不過我們有一些推論。」

莫拉想起剛才看到那個倒在丹尼爾懷裡哭泣的年輕警員。「她男朋友就是那個警察？和布洛菲神父在一起的那個？」

「班很難接受這件事。他得知自己女朋友死訊的方式也實在他媽的太糟糕了。他在巡邏的時候聽見無線電上的對話才曉得的。」

「他不知道伊芙爲什麼會穿著一身黑衣、帶著配槍到這附近來？」

崔普躊躇不語，引起了莫拉的注意。

「崔普警探？」

他嘆了一口氣。「我們捉弄了她一頓，妳知道的，因爲聖誕夜那天晚上的事……也許玩笑開得有一點太過頭了。」

「因爲她在犯罪現場嘔吐的那件事？」

「對。我知道這樣很幼稚，但是組裡平常就是這樣相處的。我們開開玩笑、挖苦對方。可是恐怕伊芙認爲我們是故意針對她。」

「那還是沒辦法解釋她爲什麼要到畢肯山來。」

「班說，她被大夥兒取笑了以後就一心想證明自己的能力。我們認爲她到這兒來想查案。如果眞是這樣，她並沒有知會其他的隊友。」

莫拉低頭看著伊芙·卡索維茲的臉，看著她瞪大的眼睛。莫拉用戴著手套的手撥開一綹綹因爲染血而凝結在一塊的頭髮，然後發現頭皮上的撕裂傷，不過她沒有摸到任何骨折的現象。頭部的重擊雖然撕裂了一小片頭皮，但似乎並不致命。接著，她開始檢查死者的軀幹。她輕輕掀開毛衣，露出胸腔，然後看著血污的胸罩。胸骨下方有個穿刺刀傷；血已經乾涸，冰凍的血塊遮住了傷口邊緣。

「她是什麼時候被發現的？」

「大概晚上十點鐘左右。晚上六點鐘左右，管家在出來倒垃圾的時候還沒有看到她。」

「他今天晚上倒了兩次垃圾？」

「屋子裡有場五個人的晚宴，要燒不少菜，所以有很多垃圾。」

「這麼說死亡時間是在晚上六點到十點之間？」

「沒錯。」

「卡索維茲警探生前，她的男朋友最後一次看見她是什麼時候？」

「今天下午三點左右，就在他輪值之前。」

「這麼說他有不在場證明。」

「而且無懈可擊。他的搭檔整晚都跟他在一起。」崔普頓了頓，「需要測量體溫或什麼的嗎？如果需要的話，我們已經量了環境溫度，是十二度。」

莫拉看著屍體身上厚重的衣物。「我不要在這裡測量肛溫。我不想在一片漆黑裡脫她的衣物。你的證人已經縮小了可能的死亡時間，假設他沒有弄錯時間的話。」

崔普咕噥了一聲。「大概是分秒不差。妳應該見見這個管家傑瑞米。現在我可知道什麼叫做龜毛了。」

一道光線劃過黑暗。她抬頭看見一個人影正朝這兒走來，手電筒的光線掃射整座庭院。

「嘿，醫生。」珍說，「我不知道妳已經到了。」

「我才剛來。」莫拉站起身。在暗夜中，她看不見珍的臉，只看到她的頭髮反射出的耀眼光暈。「沒想到會在這裡碰上妳，是克羅通知我的。」

「他也通知了我。」

「他人在哪裡？」

「在裡面和屋主談話。」

崔普哼了一聲。「當然啦，裡面暖和得很。我就活該倒楣，得在外頭挨凍。」

「天哪，崔普。」珍諷刺地說，「看樣子你和我一樣喜歡克羅。」

「可不是嘛，瞧他多討人喜歡，難怪他以前的搭檔要提早退休。」他吐了口氣，霧氣在黑暗中呈螺旋狀飄升。「我認爲應該讓克羅在組裡輪調，分攤一下我們的痛苦。每個人可以輪流忍受跟大帥哥共事的痛苦。」

「相信我，我對他的容忍早就超過我應該忍受的了。」然後珍將注意力放在伊芙·卡索維茲身上，聲音變得柔和。「他是個王八蛋，對伊芙很不好。那是克羅的主意，對不對？桌子上的嘔吐桶？」

「是啊。」崔普坦然承認，「不過從某方面來說，我們都有責任。也許她不會落得這個下場，如果……」他嘆了口氣，「妳說得對。我們都是一群王八蛋。」

「你剛才說她是來查案的。」莫拉說，「是因爲有線索讓她跑到這兒來嗎？」

「歐唐娜。」珍說，「她是今晚的賓客之一。」

「卡索維茲在跟蹤她？」

「我們稍微討論過要不要監視她，目前還在考慮的階段。伊芙從來沒提過她打算付諸行動。」

「歐唐娜今晚出現在這棟房子裡？」

「她現在還在裡面，正在接受面談。」珍回頭看著屍體。「我看歐唐娜這位忠實的粉絲又留了一份獻禮給她。」

「妳認爲是同一名歹徒幹的？」

「我知道事實就是如此。」

「但是兇手切除眼皮，但是沒有肢解屍體，也不像波士頓東區的那件案子，畫了儀式性的符號。」

珍看了崔普一眼。「你還沒帶她去看嗎？」

「才正要帶她去。」

「看什麼？」莫拉問道。

珍舉起手電筒，照向住宅的後門，眼前的景象讓莫拉不由得背脊一涼。門上有三個顚倒的十字架，下方有一隻用紅色粉筆所畫、瞪大的眼睛。

「我看這就是我們正在追查的兇手幹的。」珍說。

「可能是有人模仿作案。很多人看過羅莉安・塔克臥房裡的符號，而且警察是藏不住祕密的。」

「如果妳還不相信的話……」珍把手電筒照向後門底部。通往屋內的單層花崗岩臺階上，有一小包用布包裹著的東西。「我們稍微拆開看了一下……我想我們找到羅莉安・塔克的左手了。」

一陣狂風驟然席捲庭院，吹起一陣雪花，刺痛了莫拉的眼睛，也凍僵了她的臉頰。露臺上枯黃的落葉沙沙作響，他們頭上的涼亭也嘎吱地搖晃著。

「妳有沒有想過……」莫拉輕輕地說，「今晚這樁謀殺案和喬伊絲．歐唐娜可能毫無關係。」

「當然有關係！卡索維茲跟蹤歐唐娜到這裡來，兇手看到了她，決定讓她成爲下一個受害者。歸根究底，仍舊和歐唐娜脫不了干係。」

「又或者兇手在聖誕夜看見卡索維茲啊。當時她就在犯罪現場，兇手可能在旁觀察著羅莉安．塔克的家。」

「妳的意思是，他躲在一旁享受這一切大陣仗？」崔普說。

「是的。享受這一切的騷動與所有警察的動員全都是爲了他，全爲了他剛才做的事；享受權力感。」

「於是他就跟蹤卡索維茲到這裡。」崔普說，「因爲她在那天晚上引起了他的注意？老天，這樣一切就徹底改觀了。」

珍看著莫拉。「這表示他可能在監視我們當中任何一個人。現在他知道我們所有人的長相了。」

莫拉俯身重新用塑膠布將屍體蓋起來。當她脫下乳膠手套，準備戴上自己的毛手套時，雙手已經變得麻木又笨拙。「我快凍死了。在這裡我什麼事也做不了。我們應該把她送到停屍間去，而且我得暖暖我的手。」

「妳叫運屍車了嗎？」

「他們已經在路上了。如果你不介意的話，我想我還是回車上去等他們。我想避避風。」

「我想大夥兒都該進去避風。」崔普說。

他們沿著側院走回去，穿過鐵門，回到煤氣燈黯淡的燈光下。巡邏車上閃爍的警示燈照出對街一群警察的身影。丹尼爾將雙手深埋在大衣的口袋裡站在他們當中，個頭比所有人都來得高。

「妳可以跟我們一起進屋去等。」珍說。

「不了。」莫拉凝視著丹尼爾說，「我待在車子裡就行了。」

珍沉默了一會兒。她也注意到了丹尼爾，因此大概可以猜到莫拉爲什麼要在外面流連。

「如果妳是想取暖，醫生，待在屋外是沒用的。不過我想就隨便妳吧。」她拍拍崔普的肩膀。「來吧，咱們進屋去，看看大帥哥怎麼樣了。」他們步上階梯，進到屋內。

莫拉在人行道上佇足，眼睛注視著丹尼爾；他似乎沒有注意到她在那兒。身邊站著那麼多警察，情況頗爲尷尬。不過老實說，這有什麼好難爲情的？她是來工作的，他也一樣。兩個舊識互相寒暄是世界上再自然不過的事了。

莫拉穿過馬路，朝那群警察走去，直到這個時候丹尼爾才看見她，而其他人也一樣。當她一走近，所有人都安靜下來。雖然她每天都和警察打交道，在每個犯罪現場與他們見面，但與這群人相處總是讓她覺得不大自在，或者他們對她也有同感。當莫拉感受到警察們的目光時，對彼此所產生的不安感在這一刻顯得最爲清晰。她可以猜到他們是怎麼看自己的——冷若冰霜的艾爾思醫生，總是不苟言笑。又或許他們感到害怕；也許是醫生的頭銜讓她顯得格格不入，高不可攀。也許純粹是我的問題，也許他們怕的是我。

「運屍車應該隨時會到。」她以公事展開對話，「麻煩你們在街上騰出車道來。」

「沒問題，醫生。」其中一名警察說，並且咳了幾聲。

接著又是一片靜默，警察在冰冷的人行道上曳步，個個東張西望，但就是不看向她。

「好，謝謝。我會在車子裡等著。」她沒有抬眼看丹尼爾便轉身離去。

「莫拉？」

她回頭朝神父的聲音望去，卻發現那些警察仍盯著她看。不管到哪兒都有觀衆，她心想，丹尼爾和我永遠無法獨處。

「目前妳知道多少訊息？」他問道。

她意識到周遭所有人的目光，猶豫了一下。「到目前爲止，我所知道的不比其他人多。」

「我們可以談談嗎？如果我對案情多一點了解，或許有助於安慰萊爾警官。」

「這樣我很爲難。我不確定……」

「如果有什麼是妳覺得不便透露的，就不必告訴我。」

她猶豫了一下。「到我車上去吧。就在前面。」

兩人並肩而行，雙手插在口袋裡，並且低著頭避開寒風。她想到伊芙・卡索維茲獨自躺在庭院裡，她的屍體已經變得冰冷，血管裡的血液也已凝結。在這樣的夜晚，這樣的寒風裡，誰也不想與死者作伴。他們走到她的車子旁，迅速進到車內。她發動引擎，打開暖氣，不過風口噴出來的空氣卻沒有絲毫暖意。

「萊爾警官是她的男朋友？」

「他整個人崩潰了。我不認爲我能帶給他多少安慰。」

「你的工作我實在做不來，丹尼爾。我不善於面對悲傷。」

「可是妳的確是在面對悲傷啊，想躲也躲不了。」

「但是跟你沒得比。你處理的是仍舊非常直接而立即的哀痛。他們只想從我這裡得到所有的答案，而不會打電話來尋求慰藉。」她看著丹尼爾。在幽暗的車子裡，他只是個側影。「波士頓警局的上一位神父只撐了兩年。我相信這種壓力是造成他中風的原因。」

「妳知道，羅伊神父當時已經六十五歲了。」

「而我最後一次見到他的時候，他看起來活像八十歲。」

「嗯，晚上隨時待命的確很辛苦。」他坦白地說，呼出的空氣讓車窗起了霧。「當警察的壓力也很大，醫生和消防員也一樣。但是也不盡然是不好的。」他淺淺一笑，「因爲只有到了兇案現場，我才有機會看見妳。」

雖然莫拉看不出他的眼神，卻感覺得到他正注視著自己的臉，因而慶幸車子裡一片漆黑。

「妳以前會來找我。後來爲什麼都不來了？」

「我去參加了子夜彌撒，不是嗎？」

他苦笑一聲。「聖誕節每個人都上教堂。就連不信教的人也會來。」

「但我的確去了。我並沒有在躲你。」

「妳有……在躲我嗎，莫拉？」

她不發一語。有那麼一會兒，他們就這樣在幽暗的車子裡互相凝視。風口送出的空氣並不暖和，她的手指依然麻木，但她能感覺到自己的臉頰漸漸發熱。

「我知道到底是怎麼回事了。」丹尼爾低聲說。

「你什麼都不知道。」

「我和妳一樣都是凡人，莫拉。」

她突然笑了出來。笑聲聽起來非常苦澀。「哈，這個故事很老套。神父跟女教友。」

「事情沒有這麼簡單。」

「但事實就是這麼老套啊。八成已經發生過上千次了。神父和苦悶的家庭主婦。神父和孤獨的寡婦。這是你第一次碰上這種事嗎，丹尼爾？因爲我以前眞的沒有遇過這樣的事。」頓時，她對於自己遷怒於他感到羞愧，於是撇開了頭。除了付出他的友誼、他的關懷之外，說眞的，他到底做過什麼了？是我建築了自己的不快樂。

「如果這樣說會讓妳好過一點的話，」他喃喃低語，「痛苦的人不只妳一個。」

她紋風不動地坐著，風口嘶嘶地吹氣。她直視前方，看著蒙上霧氣的擋風玻璃，但其他的感官都痛苦地專注在他身上。即使她又聾又瞎，她依然知道他就在身邊；她是如此習慣於他的存在。她也同樣地習慣於自己怦然的心跳、賁張的血脈。聽見丹尼爾痛苦的宣言，她感到一股病態的興奮。至少自己不是一個人在受苦，不是一個人夜不成眠。在感情裡，人們總是渴望有人一同痛苦。

這時有人大聲拍打莫拉的車窗。她驚愕地轉頭，看見起霧的玻璃上鬼魅似的人影正往車裡瞧。她搖下車窗，認真地望著一位波士頓警局警員的臉。

「艾爾思醫生，運屍車到了。」

「謝謝。我馬上來。」她重新拉起車窗，玻璃上留下一條條的水痕。她關閉引擎，然後看著丹尼爾。「我們有所選擇。我們可以兩個人都痛苦，也可以各自繼續往前走。我選擇繼續往前走。」

她步出車外，關上門，吸了一口氣；空氣冷得像要凍僵喉嚨似的，但同時也掃除了莫拉腦子裡的最後一絲猶豫，讓她的頭腦更加清晰，令心思如同雷射般精準地投注在接下來的工作上。她頭也不回地離開車子，再度走上人行道，穿過一圈又一圈的街燈光暈。此刻，丹尼爾在她身後。眼前等著她的則是一位女死者，還有站在周圍的那些警察。他們在等待什麼呢？等待著她也許根本提不出來的答案嗎？

莫拉拉緊外套，彷彿想藉此抵擋他們的目光，而腦子裡想著聖誕夜和另外一個兇案現場。想到那天晚上徘徊在街上、朝雪堆裡嘔吐的伊芙．卡索維茲。卡索維茲心裡是否有過一絲絲的預感，知道自己可能是莫拉下一個要解剖的對象呢？

運屍人員沿著側院推送伊芙．卡索維茲的時候，所有的警察默默地聚集在房子周圍。當擔架把裝在屍袋中的屍體從鐵門抬出來時，全體警員在寒風中脫下帽子，站成一排穿著藍色制服的莊嚴隊伍，向自己的同僚致敬。即便運屍人員把擔架抬上車，關上車門後，隊伍仍未散去；直到車尾燈一閃一閃地消失在黑暗中，他們才重新戴上帽子，舉步走回各自的巡邏車上。

正當莫拉也要回到車上時，住宅的前門開啓，溫暖的燈光灑落出來。她抬頭看見有個人影站在門口看著她。

「不好意思。請問妳是艾爾思醫生嗎？」他問道。

「我是，請問有什麼事嗎？」

「桑索尼先生想請妳進屋。裡面暖和得多，而且我剛煮了一壺咖啡。」

她站在階梯最下層，猶豫了一下，抬頭看著男僕身後溫暖的燈光。他站得筆直，一動也不動地注視著她，讓她感到毛骨悚然。莫拉想起自己曾經在一家整人禮品店裡看過一尊眞人大小的雕像；那是一個混凝紙漿做成的管家，手上端著一盤假飲料。她順著街道朝車子的方向看過去。丹尼爾已經離開，而她除了一個人孤獨地開車回到空蕩蕩的家，實在沒有什麼事情好期待的。

「謝謝。」莫拉一面說一面走上階梯，「我正需要一杯咖啡。」

12

莫拉來到溫暖的前廳，臉頰仍舊因為方才刺骨的寒風而麻痺僵硬，直到站在壁爐前等候管家通報桑索尼先生的時候，才慢慢恢復了知覺；當神經再次甦醒、皮膚逐漸紅潤，她感覺到一陣舒適的刺痛感。她可以聽見另個房間裡有人正低聲交談——是克羅警探的聲音。訊問聲較尖銳，回答的聲音則較小，幾乎都快聽不見了。答話的是個女人。壁爐裡的火花嗶嗶剝剝地向上噴煙，她這才發現裡面正燒著貨眞價實的木頭，而非她原先以為的那種煤氣假壁爐。壁爐上方掛著一幅可能是眞品的中世紀油畫。肖像中的男人穿著酒紅色的絲絨袍子，脖子上掛著黃金十字架；雖然年紀已經不輕了，烏黑的頭髮夾雜著白絲，但是他的眼中仍舊燃燒著青春的火焰。在前廳搖曳的火光下，那雙眼睛顯得敏銳而有神。

詭異的是，莫拉竟然因為一個肯定早已作古之人的眼神而備感威脅。她打了個寒顫，轉身走開；房間裡有其他令人好奇的珍奇古玩可以賞玩。她看到用條紋絲綢做墊子的椅子、有數百年歷史、閃耀著光澤的中國花瓶、黑檀木僕役桌上擺著雪茄盒和裝著白蘭地的水晶酒瓶。她腳下所踩的地毯中央有道陳舊的使用痕跡，證明了它的歷史以及曾有無數雙鞋子踩過其上；不過較少被踩踏的周邊部分讓人一眼就能看出地毯的毛料厚實，織工精細。她低頭看著腳下的織錦。暗紅色的底面上，成對的藤蔓盤根錯節地交纏，圍繞著一隻躺在樹蔭下的獨角獸。莫拉意識到自己正踩在如此的傑作上，突然充滿了罪惡感。她趕緊移動腳步，站到木地板，也因此更為靠近壁爐。

她再度望著壁爐上方的那幅肖像，再次抬頭凝視著這名神職人員銳利的眼神。這雙眼睛似乎正在回看著她。

「這幅畫在我們家族裡傳了好幾代。令人難以置信，是吧?即使已經過了四百年，顏色竟然還這麼鮮豔。」

莫拉轉頭看著正走進前廳的男子。他進來時一點聲音也沒有，簡直就像從她身後突然冒出來似的。莫拉大吃一驚，一時之間反應不過來。男子穿著黑色的套頭毛衣，突顯了花白的頭髮，不過他的臉看起來不超過五十歲。如果他們僅僅在街上擦身而過，她會對這個男人多看幾眼，因爲他的五官如此地吸引人、如此地似曾相識。他的額頭很高，一派貴族風範；跳動的爐火映照在烏黑的眼睛裡，彷彿他的雙眼正燃燒著火光。方才他說這幅畫是祖傳之物，莫拉因此立刻發現肖像和眼前這個活生生的男子之間有著令人眼熟的相似之處——他們擁有相同的眼睛。

他伸出手。「妳好，艾爾思醫生。我是安東尼・桑索尼。」他的目光非常專注地看著莫拉，使她不禁懷疑自己是否曾和他見過面。

沒見過。如果有，我絕對不會忘記這麼迷人的男人。

「很高興終於能認識妳。」兩人握了握手，「久仰大名了。」

「是誰跟你提起我的?」

「歐唐娜醫生。」

莫拉立即感覺被握住的手開始發冷，於是把手抽回。「我不明白爲什麼我會成爲你們的話題。」

「她說的都是好話。相信我。」

「那可就稀奇了。」

「怎麼說？」

「因為我對她可說不出什麼好話。」

男子了然地點點頭。「除非有機會了解她，重視她的見解，否則有時候她的確很讓人討厭。」

房門無聲地打開，而莫拉渾然不覺，直到聽見瓷器輕微的撞擊聲，她才驚覺管家正端著擺了杯子和咖啡壺的托盤進到房裡。他把東西放在茶几上，用探詢的表情看了桑索尼一眼，然後退出前廳。兩人沒說一句話；唯一的溝通就是方才那個眼神，還有作為回應的點頭——顯然這兩人已經非常了解對方，而他們只需這樣無聲的語彙，無需多餘的話語。

桑索尼做了手勢，示意她坐下。莫拉整個人陷進鋪有條紋絲綢坐墊的帝王扶手椅裡。

「很抱歉只能讓妳在前廳活動。波士頓警局似乎佔用了其他房間來進行面談。」他倒了咖啡並且遞給她，「我想妳已經檢視過死者的屍體了？」

「我是看了一下。」

「妳有什麼看法？」

「你知道我不能透露任何事。」

桑索尼靠在椅背上，在藍色和金色錦緞的襯托下，顯得一派悠然。「我指的不是屍體。我完全理解妳為什麼不能討論勘驗上的發現。我指的是案發現場本身，以及妳對於看到這起犯罪時的想法與認知。」

「你應該去問負責辦案的調查人員，例如瑞卓利警探。」

「我比較想知道妳的印象與看法。」

「我是醫生，不是警察。」

「但是我想妳對今晚寒舍花園裡發生的事會有某種特殊的理解。」他傾身向前，墨黑的眼睛牢牢地盯著莫拉的雙眼。「妳看到後門上畫的符號了嗎？」

「我不能談論——」

「艾爾思醫生，放心，妳沒有洩露任何事情，因爲我已經親眼看過屍體了。歐唐娜醫生也一樣。傑瑞米發現那個女人後，馬上進屋來通知我們了。」

「然後你和歐唐娜就像觀光客一樣出來看熱鬧？」

「我們跟觀光客完全不一樣。」

「你們有沒有停下來想過，這樣做可能會破壞了歹徒的腳印？污染了跡證？」

「我們很清楚自己在做什麼。我們必須親眼看看犯罪現場。」

「必須？」

「這棟房子不只是我的住宅而已，也是全球各地所有同志的聚會場所。在如此近身之處發生暴力事件，讓我們感到很驚慌。」

「在花園裡發現死屍，任誰也會爲之驚慌。不過大多數的人不會和晚宴賓客結伴跑出來觀賞。」

「我們必須知道這是否只是偶然的暴力行為。」

「不然是什麼呢？」

「可能是衝著我們而來的警告。」他放下咖啡杯，全神貫注地看著她，讓她感覺自己被釘在絲綢墊座椅上動彈不得。「妳看到門上用粉筆畫的符號了吧？那隻眼睛，還有三個倒十字。」

「看到了。」

「我知道聖誕夜發生了另一件兇殺案，死者也是名女子，兇案現場的臥室牆壁上也畫了倒十字。」

無須開口證實，這個男人想必已經從她的臉上得到答案。莫拉幾乎可以感覺到對方的眼神深深探入她的內心，看到了太多東西。

「我們不妨談談這件事。相關的細節我都已經知道了。」

「你怎麼知道的？是誰告訴你的？」

「一些我信任的人。」

她懷疑地笑了笑。「歐唐娜醫生是其中之一嗎？」

「無論妳喜不喜歡她，她都是自身專業領域上的權威。看看她研究連續殺人犯的著作。她真的了解這些傢伙。」

「有人會說她認同這些人。」

「在某種程度上她必須如此。她願意鑽進他們的腦子裡，研究每一條腦紋。」

就像剛才莫拉覺得自己被桑索尼用眼神檢視了一番那樣。

「只有怪物才會了解怪物。」莫拉說。

「妳眞的相信那一套？」

「針對喬伊絲・歐唐娜這個人……是的，我相信如此。」

桑索尼俯身向前靠得更近，說話的音調突然變成了親密的私語。「妳對喬伊絲的厭惡，會不會只是出於私人恩怨呢？」

「私人恩怨？」

「因爲她太了解妳？太了解妳的家人？」

莫拉回瞪著他，錯愕得一句話也說不出來。

「她跟我們說過阿莫希亞的事。」

「她沒有權利這麼做。」

「令堂入獄的事是公開紀錄。我們大家都知道阿莫希亞做了什麼事。」

「這是我的私生活——」

「沒錯，而她是妳的心魔之一。這我了解。」

「你到底爲什麼對這件事感興趣？」

「因爲我對妳感興趣。妳曾經和邪惡面對面；妳曾在自己母親的臉上看到了邪惡；妳知道它存在於自己的血液中。就是這一點吸引了我，艾爾思醫生——妳來自這樣暴力的家族，然而看看現在的妳，卻爲天使這一邊效力。」

「我為科學和理性效力，桑索尼先生，和天使扯不上關係。」

「好吧，這麼說妳不相信天使。但妳相不相信他們敵對者的存在呢？」

「你是指惡魔嗎？」她笑了出來，「當然不信。」

他帶著淡淡的失望之情，端詳她一會兒。「照妳剛才的說法，妳似乎是科學和理性的信徒。既然如此，那科學會如何解釋今晚寒舍花園裡發生的事呢？還有聖誕夜那個女人的遭遇？」

「你這是在要求我解釋什麼叫邪惡。」

「是的。」

「我沒辦法，科學也解釋不了。邪惡就是存在。」

他點點頭。「這話說得一點也沒錯。邪惡就是存在，而且一直和我們長相左右。它是眞實的實體，活在我們當中、尾隨著我們，伺機而動。而且即使邪惡和人們在大街上擦身而過，多數人也不會意識到邪惡的存在。」他把聲音壓低成呢喃細語。在片刻的靜默中，她聽見壁爐裡的火焰嗶剝作響，以及另一個房間裡傳來的低語聲。「可是妳看得出來。妳曾經親眼目睹過。」

「我只看得到每個重案組警察所能看到的東西。」

「我說的不是一般的犯罪：夫妻相互殘殺、毒販殺害競爭對手。我指的是妳在令堂眼中所見到的那種光輝，那種火花；那種並非神聖的東西，而是某種邪惡。」

一陣氣流嗚嗚地灌入煙道，將灰燼吹散在壁爐罩上。火焰顫抖著，因某個肉眼看不見的闖入者而膽怯。房間突然變得寒冷，彷彿所有的熱氣、所有的光線，都從煙囪抽離。

桑索尼說：「我完全能夠理解妳為什麼不願意討論阿莫希亞。繼承這種血統眞是很不幸的一件事。」

「我是什麼樣的人，和她一點關係都沒有。我並不是她撫養長大的。在幾個月之前，我甚至不知道她的存在。」

「妳對這個話題很敏感。」

莫拉直視著桑索尼雙眼。「我其實根本不在乎。」

「我無法理解妳怎麼能夠不在乎。」

「兒女並不會繼承父母的罪惡，或是他們的美德。」

「有些傳承的力量實在強大到令人無法忽視。」他指著壁爐上方的畫像。「我和那個人相隔了十六代，然而我永遠無法逃避他所留下來的一切，我永遠無法洗淨他所犯下的罪。」

莫拉凝視著那幅肖像。對於坐在自己身邊這個活生生的男子與畫布上的臉孔如此相似而再次感到震驚。「你剛才說這幅畫是傳家之物。」

「對，是個我並不樂意繼承的東西。」

「他是什麼人？」

「安東尼奥・桑索尼閣下。這幅肖像是一五六一年在威尼斯畫的。當時正值他的權力高峰，也可以說是他腐化的深淵。」

「安東尼奥・桑索尼？與你同姓？」

「我是他嫡系的後裔。」

她對著畫像蹙眉。「可是他——」

「他是神職人員。妳要說的就是這句話，是嗎？」

「是的。」

「他的故事說來話長了，或許下回有空再講。簡單地說吧，安東尼奧不是個對神虔誠的人。他對其他人所做的事，會讓妳開始質疑——」他頓了頓，「我並不以有他這樣的祖先爲傲。」

「但是你卻把他的肖像掛在自己家裡。」

「作爲提醒。」

「提醒什麼？」

「看看他，艾爾思醫生。他和我長得很像，妳不覺得嗎？」

「簡直是一個模子刻出來的。」

「事實上，我們看起來就像雙胞胎。所以我才把他的畫掛在那兒，提醒我邪惡也會有人的臉孔，甚至可能是張討人喜歡的面容。你可能從那個人身邊走過，看見他對你報以微笑，卻永遠無法想像他對你抱持著什麼樣的想法。你可以盡情研究那張臉，但是你永遠不會知道隱藏在面具底下的到底是什麼。」他傾身靠向莫拉，火光將他的頭髮照亮得猶如閃爍銀色光澤的頭盔。「他們看起來就跟妳我沒兩樣，艾爾思醫生。」他溫和地說。

「他們？你把他們說得好像是另一個物種似的？」

「或許他們眞的是啊——一種遠古時代的物種。我只知道，他們跟我們不同。辨別他們的唯一方法就是追蹤他們的所作所爲——循著血跡、聆聽受害者的慘叫聲，仔細尋找警方因爲工作太過繁重而疏於留意的線索……尋找作案模式。我們撇除尋常犯罪和一般流血事件的干擾，將目光放在犯罪熱點❻上。我們留心探尋的是這些怪物的腳印。」

「你所謂的『我們』是指哪些人？」

「今晚在這裡聚會的人。」

「你的晚宴客人？」

「我們有共同的信仰，相信『邪惡』不只是一個概念；它是眞實的，而且是實體的存在。它擁有人類的臉孔。」他頓了頓，「有時我們會看見在生活中它活生生的樣子。」

莫拉的眉毛一挑。「你是指撒旦嗎？」

「妳想怎麼稱呼它都行。」他聳聳肩，「它擁有許許多多的名字，可以追溯到遠古時代。路西弗、亞必戈、薩麥爾、莫斯提馬……每個文化各自爲『邪惡』取了名。我和我的朋友們都曾經和它擦身而過，我們見識過它的力量。而我也必須承認，艾爾思醫生，我們很害怕。」兩人四目交接，「尤其是今晚。」

「你認爲府上花園裡發生的兇殺案——」

「和我們有關。和我們這裡的活動有關。」

「是什麼樣的活動？」

「我們監視怪物的作爲，遍及全國、全球。」

「紙上談兵的偵探俱樂部？在我聽起來就是這麼回事。」莫拉回頭凝視安東尼奧・桑索尼的肖像。這幅畫無疑地價値連城。她只須打量這個前廳，便知道此人家財萬貫，而且還有空閒時間能消磨在異於常人的興趣上。

「那個女人爲什麼會陳屍在我的花園裡，艾爾思醫生？兇手爲什麼要挑中我家，挑在今晚？」

「你認爲這全跟你和你的俱樂部有關？」

「妳看到我家門上用粉筆畫的符號了，還有那件聖誕夜兇殺案現場所留下的圖案。」

「我完全不懂那些圖案的意思。」

「倒十字是常見的撒旦符號。不過我感興趣的是羅莉安・塔克家裡的粉筆圓圈。就是廚房地板上畫的那個。」

否認事實沒有意義；這個男人對於案情細節早就一清二楚。「那麼，圓圈代表什麼呢？」

「可能是個保護環。這是另一個撒旦儀式裡會出現的符號。羅莉安畫下圓圈，可能是想保護自己。她可能想控制自己從黑暗中召喚出來的力量。」

「等等。你認爲那是死者爲了抵擋魔鬼而自己畫的？」莫拉的語氣明顯地透露出她對這個理論的看法：一派胡言。

「如果眞是她畫的，那麼她並不知道自己所召喚的到底是什麼人——或什麼東西。」

爐火突然間晃動不停，火舌向上竄燒，像是明亮的爪子。這時內門開啓，莫拉轉頭看見喬伊絲・歐唐娜醫生從門後現身。喬伊絲愣了愣，顯然沒料到會遇見莫拉，然後她轉頭看著桑索尼。

「我走運了。被盤問了兩個小時之後，波士頓警方終於決定放我回家。你這場晚宴還眞糟糕

❻犯罪學上所謂犯罪頻率較高之熱門地點與時段。

呢，安東尼，你永遠不會舉辦出比今晚更糟的宴會了。」

「希望我永遠都不會啊。」桑索尼說，「我去幫妳拿外套。」他站起身，推開一片木鑲板，露出隱藏式的衣櫥。他拿起歐唐娜的毛皮滾邊外套，後者像貓一般優雅地將手臂套進袖子裡，金亮的秀髮擦過桑索尼的雙手。莫拉自這短暫的接觸中看得出他們熟稔的程度，彷彿兩個非常熟悉彼此的人正自在地跳著雙人舞。

可能他們真的很熟識。

歐唐娜一邊扣釦子，一邊定睛看著莫拉。「好久不見，艾爾思醫生。」她說，「令堂最近好嗎？」

她總是直攻要害。千萬別讓她看出妳已經受傷流血了。

「我不知道。」莫拉說。

「妳沒有回去看她嗎？」

「沒有。不過妳大概已經知道了吧。」

「哦，我一個多月以前訪問完阿莫希亞了，之後我就沒有見過她。」歐唐娜慢條斯理地把毛手套戴在修長、優雅的手指上，「我上回見到她的時候，她的情況還不錯——如果妳有興趣知道的話。」

「我沒興趣。」

「獄方安排她到監獄的圖書館工作。現在她快變成書呆子了，成天閱讀所有她借得到的心理學教科書。」歐唐娜頓了頓，將手套做最後的拉整，「要是她以前有機會念大學，很可能名列前茅喔。」

但我母親卻選擇了另外一條路，成了掠奪者、屠夫。無論莫拉如何努力抽離自己，無論她如何把阿莫希亞埋葬在心底並且不去想起，每當望著鏡中的自己時，她依然能看到母親的眼睛、母親的下巴——這個怪物從鏡子裡回望著她。

「她的個案史會在我下一本書裡佔一整章的篇幅。」歐唐娜說，「如果妳有興趣坐下來和我聊聊，對於我撰寫她的個案歷史應該會有很大的幫助。」

「我沒有什麼好補充的。」

歐唐娜只是淡淡地笑了笑，顯然早就預期對方會一口回絕。「問問無妨。」然後她轉頭看著桑索尼。她的目光流連不去，彷彿有話要說，卻不能在莫拉面前開口。「晚安，安東尼。」

「需要我叫傑瑞米送妳回家嗎，以防萬一？」

「完全沒必要。」喬伊絲對他一笑，莫拉一看就知道她是在賣弄風情。「我可以照顧自己。」

「現在是非常時期，喬伊絲。」

「你害怕了？」

「只有瘋子才不害怕。」

她將圍巾往脖子上一甩，以這個誇張的動作強調她絕對不會讓恐懼拖累。「我明天再打電話給你。」

桑索尼打開門，冰冷的空氣咻地一聲吹了進來，雪花猶如亮片灑落在古董地毯上。「小心安全。」他站在門口看著歐唐娜朝她的車子走去。直到車子揚長而去，他才關上門，再次和莫拉面對面。

「這麼說，你和你那些朋友自認站在天使這一邊囉。」莫拉說。

「我相信是的。」

「那她又是站在哪一邊呢？」

「我知道她和執法人員之間的嫌隙很深。她的工作就是作爲辯方證人，和檢方敵對。但是我認識喬伊絲已經三年了，我很清楚她的立場。」

「你眞的有把握嗎？」莫拉拿起了先前搭在椅子上的外套。桑索尼無意替她穿上外套；也許是因爲意識到莫拉不像歐唐娜，她現在並沒心情享受被呵護的感覺。莫拉扣釦子的時候，察覺有兩雙眼睛注視著她；除了身旁的男子，畫中的安東尼奧・桑索尼眼神也穿透四百年的迷霧盯著自己，令她不禁望向畫作。這個人在數個世代前的所作所爲，仍舊能使與他同名的子孫不寒而慄。

「你說你曾經和邪惡面對面。」她轉頭看著主人。

「我們都有過這種經驗。」

「那麼你應該知道，邪惡該死的善於僞裝。」

莫拉走出房子，呼吸一口瀰漫著冰冷霧水的空氣。人行道像黑暗的河流，在她面前延伸；路燈投下的光暈，宛如座座蒼白的島嶼。一輛波士頓警局巡邏車孤伶伶地停在對街，引擎空轉著。她看到一個警察的身影坐在駕駛座上，並且朝他揮揮手。

他也揮手致意。

沒必要緊張，她舉步行走時想著，我的車就在前面，附近還有一輛警車。桑索尼也在附近。她回頭瞥見他依然站在門階看著自己。儘管如此，她仍舊掏出車鑰匙，將大拇指放在緊急求救按鈕上。行走在人行道上時，她掃視四周的影子，留意周遭的風吹草動。等到進入車內，鎖上車門，她才感覺緊繃的肩膀鬆弛下來。

該回家了，該好好喝一杯。

當莫拉回到自宅，發現答錄機上有兩則新留言。她先到廚房為自己倒了杯白蘭地，然後回到客廳，一邊啜飲手中的酒，一邊按下播放鍵。聽到第一個來電者的聲音時，她動也不動地站在原地。

「我是丹尼爾。不管妳聽到留言的時候有多晚，都請打個電話給我。我真的很不想認為我們之間——」聲音頓了頓，「我們必須談談，莫拉。打電話給我。」

她呆立著，只是緊抓著手中的白蘭地。第二則留言開始播放的時候，握著酒杯的手指已經發麻。

「艾爾思醫生，我是安東尼．桑索尼。我只是想確定妳平安到家了。打個電話通知我，好嗎？」

答錄機回歸寂靜。她吸了一口氣，伸手拿起話筒撥號。

「這裡是桑索尼家，我是傑瑞米。」

「我是艾爾思醫生。麻煩你——」

「您好，艾爾思醫生。我請他來接電話。」

「跟他說一聲我已經到家就行了。」

「我想他會很想親自跟您說話的。」

「不必打擾他了，晚安。」

「晚安，醫生。」

莫拉掛上話筒，在電話旁猶豫了一下，然後準備撥打第二通電話。

門廊上傳來刺耳的重擊聲，讓她頓時挺直了身子。她走到前門，打開門廊的燈。屋外的強風吹起柳絮般的雪花。一根冰柱掉落在門廊上，成了一堆閃閃發光的碎片，猶如斷裂的匕首。她熄了燈，但依舊流連在窗前，看著市政府的卡車隆隆駛過，在結冰的馬路上撒鹽。

她回到沙發上，盯著電話，飲盡杯裡最後一口白蘭地。

我們必須談談，莫拉。打電話給我。

她放下杯子，關了檯燈，上床睡覺。

13

七月二十二日。月相：上弦月。

艾美嬸嬸站在爐子前攪動燉肉；她的表情像母牛一般滿足。在這個陰沉的日子裡，西邊的天空烏雲滿布，但她似乎對轟隆的雷聲渾然不覺。在我嬸嬸的世界裡，每天都是陽光普照；在她眼中沒有邪惡，也不害怕邪惡。她像是農場裡那些吃苜蓿養肥的家畜，或是不知屠宰場爲何物的牛隻。她沉浸在自身洋溢的幸福裡，完全無視腳邊的懸崖峭壁。

她和我母親截然不同。

艾美嬸嬸從爐子前轉過頭來說：「晚飯就快好了。」

「我來擺餐具。」我主動幫忙，她對我露出感激的微笑。她很容易就被取悅。我感覺到她用慈愛的眼神看著我擺放盤子和餐巾，並且依法國人的習慣將叉子尖端朝下地擺在桌上。她所看見的只是一個文靜、隨和的孩子，完全看不出我眞實的模樣。

只有我母親知道我的眞面目。母親可以追溯我們的血統到西克索斯王朝。在崇拜戰神的時代，西克索斯人從北方南下統領整個埃及。「你身上流著古代獵人的血。」我母親說，「不過最好永遠不要跟別人提起這件事，因爲他們不會了解的。」

吃晚飯的時候，我幾乎沒有說話。這家人的閒聊足以塡滿所有的寧靜。他們聊著泰迪今天在湖邊做了什麼，莉莉在羅莉安家裡聽到了什麼，今年八月他們的番茄將如何大豐收。

吃完飯之後，彼得叔叔說：「誰想進城吃冰淇淋？」

只有我一個人選擇待在家裡。

我站在前門目送他們的車子離去。當車子消失在山腳，我立刻爬上樓，進入嬸嬸和叔叔的臥房。我一直想找機會探索他們的房間。房裡有股檸檬傢俱亮光漆的味道。床鋪得整整齊齊，不過還是有些許的雜亂——叔叔的牛仔褲搭在椅子上，床頭櫃上擺著幾本雜誌——證實了這個房間眞的有人居住使用。

我走進浴室，打開藥櫃；除了常見的頭痛藥和感冒藥之外，還有一張兩年前爲彼得・索爾醫生開的處方箋：「煩寧，五毫克。一日三次，每次一顆；治療背部痙攣。」

瓶子裡至少還有十幾顆藥丸。

我回到臥室。打開梳妝臺的抽屜，發現嬸嬸胸罩的尺碼是三十六B、內衣是棉質的，而叔叔穿的則是中號的緊身內褲。在底層抽屜裡，我還找到一把鑰匙。這麼小的鑰匙應該不是用來開門的。我想我知道這是哪裡的鑰匙。

在樓下叔叔的書房裡，我將鑰匙插進小櫃子的鎖孔，門立刻開啓。櫃子裡的架子上擺著叔叔的手槍。那是他從他父親那裡繼承而來的舊槍，這是唯一他沒有將其丟棄的原因。他從不把槍拿出來；我想他對這個東西感到有一點恐懼。

我把櫃子鎖上，將鑰匙放回抽屜。

一個小時之後，我聽見他們的車子開進車道，於是下樓迎接他們進屋。

艾美嬸嬸一看見我就微笑地說：「眞可惜你沒跟我們一起去。待在家裡是不是很無聊呢？」

14

卡車氣動煞車尖銳的聲音驚醒了莉莉・索爾。她抬起頭，因爲脖子的疼痛而發出呻吟，然後眨著惺忪的睡眼，望向窗外飛逝的鄉村景色。天剛破曉，晨霧爲山坡上的葡萄園與沾滿露水的果園罩上金色薄霧。她希望可憐的保羅和喬爾喬去了一個這麼美的地方；如果要說什麼人應該上天堂，一定非他們莫屬。

但我不會在天堂和他們相遇。這是我唯一能置身天堂的機會。就在此時此刻；片刻的寧靜，無比的甜美，因爲我知道這將稍縱即逝。

「妳終於醒了。」卡車司機用義大利語說道，烏黑的雙眼打量著莉莉。昨晚，當他將卡車停在佛羅倫斯城外的路邊並主動表示要載她一程時，她並沒有好好看清司機的長相。現在，清晨的陽光斜斜地照進卡車的駕駛室，莉莉才看見他的五官粗獷，額頭外突，下巴長著一天沒刮的鬍碴。噢，莉莉懂他那副表情是什麼意思。要還是不要呢，小姐？美國女孩都很隨便，讓她們搭個便車、給個落腳的地方，她們就會跟你上床。

你做夢，莉莉心想。倒不是說她沒有跟一兩個陌生人上過床。萬不得已的時候，三個也可以。不過那些男人並不是毫無魅力，而他們也提供了莉莉在當下極度渴望的東西——不是棲身之所，而是男人安慰的臂彎，讓她得以趁機沉醉在短暫而美麗的錯覺裡，彷彿他們眞的可以保護她。

「如果妳需要地方住，」卡車司機說，「我在城裡有間公寓。」

「謝謝你，不過我不需要。」

「妳有地方可去嗎？」

「我有……朋友。他們願意讓我留宿。」

「他們在羅馬的地址是哪裡？我開車送妳到那裡。」

司機知道莉莉在撒謊。他在試探她。

「眞的，一點都不麻煩。」

「在火車站放我下來就行了。他們住在附近。」

他再度斜眼看了她的臉一眼。她不喜歡那個眼神；她在當中看見卑劣。他就像條蟠踞的蛇，眼冒精光，隨時可能發動攻勢。

突然間，司機聳聳肩，咧嘴一笑，絲毫無所謂的樣子。

「妳以前來過羅馬嗎？」

「來過。」

「妳的義大利語說得非常好。」

但是還不夠好，她心想，我一開口，大家就知道我是外國人。

「妳會在城裡待多久？」

「不知道。」待到這裡不再安全爲止。等到我能夠計畫我的下一步。

「如果需要幫忙，就打電話給我。」他從襯衫口袋裡抽出名片遞給她。「這是我的手機號碼。」

「我會打電話給你的。」她把名片丟進背包裡。讓他繼續幻想吧，這樣當她下車的時候才不會刁難她。

在羅馬的中央車站，莉莉下了卡車並向他揮手道別。當她穿過馬路，朝火車站走去時，她一直可以感覺到司機的視線。她頭也不回地走進車站，進到建築物內，來到窗戶後方，這時她才轉頭察看卡車的動靜。她看見車子停在原處等待著。*走吧，她心想，趕快離我遠一點。*

直到卡車後方的計程車按響了刺耳的喇叭，卡車這才駛離。

莉莉步出車站，漫無目的地走進共和廣場。她停下腳步。人群、酷熱、噪音與廢氣讓她感到頭暈目眩。離開佛羅倫斯之前，她偶然有機會從提款機提領了三百歐元，所以現在她覺得手頭略微寬裕。如果精打細算，這筆錢足夠支撐她兩個星期——以麵包、乳酪和咖啡爲三餐，住進最簡陋的觀光旅館。在這個區域可以找到廉價住宿處。大批外國觀光客在車站進進出出，她將得以輕易混在人群中。

不過她還是得小心謹慎。

莉莉在一家雜貨店前佇足，思索如何以最簡單的方法改變外表。染髮？不行。在這個滿是黑髮美女的國家裡，留著深色頭髮才是最安全的。或許改變衣著吧，把牛仔褲換成廉價洋裝，不要再一副美國人的打扮。她漫步進一家灰塵滿布的店鋪，半小時之後換上藍色棉質連身裙走了出來。

她突然很想奢侈一番，於是點了盤像小山似的波隆那義大利麵；這是她兩天來第一頓熱騰騰的飯菜。醬汁的味道普通，麵條濕黏而且煮過了頭，不過她還是狼吞虎嚥地吃光義大利麵，並且用不新鮮的麵包沾起所有的碎肉，把餐點吃得一乾二淨。飽足之後，白晝的熱氣壓在她的肩上；她睡眼惺忪、步履蹣跚地找尋旅館。她在一條骯髒的後巷裡找到下榻之處。狗兒在旅館門口留下發臭的紀念品，窗口飄著洗乾淨的衣物，垃圾桶堆滿了垃圾與碎玻璃，蒼蠅在上面飛來飛去。

太完美了。

莉莉所住的房間正好可以俯瞰陰暗的內院。她一面解開洋裝的釦子，一面低頭看著院子裡一隻骨瘦如柴的貓撲向一個小得讓莉莉看不出是什麼的東西。一根繩子？還是一隻倒楣的老鼠？脫下洋裝之後，她穿著內衣倒在高低不平的床上，聽著院子裡的窗型冷氣機運作的轟隆聲、這個永恆之城裡的喇叭聲與公車行駛的呼嘯聲。一個擁有四百萬人口的城市，應該可以讓她躲藏一陣子，她心想，*沒有人可以輕易地在此找到我。*

即使魔鬼也辦不到。

15

艾溫娜・費爾維的住宅位於牛頓郊區。房子座落在白雪覆蓋的布萊柏恩鄉村俱樂部邊陲，俯瞰契斯凱克溪東邊的支流。溪水現在已成了一條閃閃發亮的冰帶。雖然與這條路上棟棟豪宅相比，費爾維家不是最宏偉的，但是外觀與較莊嚴的鄰近住宅相比，這棟別緻趣怪的屋子顯得獨樹一格。粗壯的紫藤攀爬在石牆上，像是得了關節炎的手指一般緊扣著牆面，等待春天溫暖它的瘤狀關節，進而綻放花朵。山牆上鑲嵌了眼形的大型彩繪玻璃；這隻色彩斑斕的眼睛正向外探看。設有遮簷的石板屋頂下，一根根鋸齒狀的冰柱閃閃發亮。前院放有多尊雕像；有長了翅膀並且呈現飛行之姿的小精靈、暫時無法噴火的龍，還有纖纖柳腰的少女——冬季的嚴寒令她頭上的花環變成了雪花編織的冠冕。而雕像仰著覆蓋了冰霜的頭，彷彿從大雪冰封的冬眠中醒來。

「你覺得這棟房子值多少？」珍透過車窗看著宅邸，「兩百萬？還是兩百五十萬？」

「這一帶，鄰近高爾夫球場？我猜應該要四百萬吧。」巴瑞・佛斯特說。

「這棟奇怪的老房子這麼貴？」

「我不覺得那棟房子有多老。」

「嗯，有人刻意挖空心思弄出這副老舊的模樣。」

「我會稱這樣叫做有情調。」

「是啊，七個小矮人的家。」珍轉彎把車子開上車道，停在一輛廂型車旁邊。他們下了車，一腳踩在拋光鵝卵石上，這時珍注意到廂型車的儀表板上放著殘障人士停車證。透過後車窗，可以看見車內裝有輪椅升降系統。

「你們好啊！兩位就是警探吧？」一個宏亮的聲音呼喊著。門廊上出現一名女子，向他們揮著手，體格看起來非常壯碩。

「費爾維太太嗎？」珍說。

「是的。妳想必是瑞卓利警探。」

「這位是我的搭檔，佛斯特警探。」

「小心那些圓石，滑得不得了。為了客人，我試著磨細鋪車道的石子，但老實說，穿一雙實用的鞋子才是最好的方法。」珍爬上樓梯，和艾溫娜．費爾維握手的時候，發覺『實用』這兩個字顯然很適合用來形容她的衣著。艾溫娜穿著寬鬆的粗呢外套、毛料長褲和橡膠長靴，一副英國鄉村婦女的裝扮；而且從口音到綠色的工作靴，她顯然將這樣的角色扮演得很好。雖然艾溫娜應該有六十歲了，卻像樹一樣直挺挺地站著，美麗的臉孔在寒冷的天氣裡顯得十分紅潤，肩膀和男人一樣寬闊。俐落的及肩灰髮用玳瑁髮夾固定在腦後，顯露突出的顴骨與坦率的藍眼。

「兩位想喝點茶吧，」艾溫娜領他們進屋，「我已經燒了水。」她關上大門，脫下靴子，將穿著長襪的雙腳塞進舊拖鞋裡。這時樓上傳來激動的狗叫聲，從牠們的聲音聽起來，應該是大型犬。「噢，我把牠們關在樓上的臥室裡了。牠們一遇到陌生人就不聽話，還挺嚇人的呢。」

「我們需要脫鞋嗎？」佛斯特問道。

「拜託，不必麻煩了。反正小狗整天進進出出的，把沙子踩進屋裡。要是我怕弄髒地板，那可有得忙了。來，我幫你們把外套掛起來。」

珍脫下外套的時候，不由得抬頭注視著拱形天花板；外露的橡木就像是中世紀廳堂的橫樑。她在外頭看到的那扇眼形彩繪玻璃，在室內照出一圈糖果色的光線。她放眼望去，所看到的每面牆上都掛著奇珍異物——用金箔和彩色玻璃裝飾的神龕裡放有木雕的聖母像、用彩色寶石鑲嵌而成的俄羅斯東正教三折疊式祭壇畫、動物雕像和西藏袈裟，以及一排中世紀的橡木教會長椅。一根美國原住民圖騰柱靠放在另一面牆上，柱子的高度直逼兩層樓高的天花板。

「哇，」佛斯特說，「妳的家眞有意思，女士。」

「我先生是人類學家。他喜歡收藏東西，直到我們眞的沒有地方放這些收藏品了。」她指著從圖騰柱往下逼視的老鷹頭。「那個東西是他最喜歡的，我們的儲藏室裡甚至還有好幾個。大概值不少錢，不過我對這裡的每一件醜東西都有感情，實在捨不得賣。」

「妳先生現在——」

「過世了。」艾溫娜爽快地說，彷彿這單純是人生中的一件事實。「他的年紀比我大很多，我已經守寡多年了，不過我們一起度過了十五年快樂的日子。」她掛好警探們的外套，而珍從凌亂的衣櫥裡瞥見一根頂端鑲著人頭骷髏的黑檀木拐杖。*難看死了，她心想，要是我早就把它扔掉了。*

艾溫娜關上衣櫥的門，回頭看著他們。「相信兩位警探爲了調查這件案子一定忙得不可開交，所以我們覺得不妨替兩位省一點事兒。」

「省事？」珍問。

茶壺沸騰的尖銳聲響令艾溫娜朝走廊看了一眼。「我們到廚房裡坐著吧。」她帶頭穿過大廳，陳舊的拖鞋快速踏過老舊的橡木地板。「安東尼提醒我們，說你們會問很多問題，所以我們幫兩位寫了一張完整的時間表，條列了我們所記得關於昨晚所發生的事。」

「桑索尼先生和妳討論案情？」

「他昨晚打電話來，把我離開之後所發生的事全告訴我了。」

「很抱歉他做了這種事。妳沒有和他事先談過會比較好。」

艾溫娜在走廊上停下腳步。「為什麼？好讓我們跟瞎子摸象一樣嗎？如果我們希望對警方有所幫助，就必須確定我們所知道的事情。」

「我比較希望從證人口中得到獨立的證詞。」

「我們團體裡的每個成員都相當獨立，相信我。我們各有主見，安東尼也希望我們維持這樣。這也是我們能夠合作無間的原因。」

茶壺的尖銳響笛驀然中止，艾溫娜往廚房看了一眼。「噢，看樣子他把火關掉了。」

他？屋子裡還有誰嗎？

艾溫娜快步走進廚房，說：「來，讓我來。」

「沒關係的，艾溫娜，我已經沖好茶了。妳想喝愛爾蘭早餐茶，對嗎？」

這名男子坐在輪椅上，背對著訪客。車道上那輛廂型車的主人就是他。他將輪椅轉過來與他們打招呼。珍看著他一頭蓬亂的棕髮，以及戴著厚框玳瑁眼鏡。那雙灰色眼珠專注而好奇地和她對望。男子看起來的年齡小得可以做艾溫娜的兒子——最多二十五、六歲。不過他有著美國口音，而且身材健碩的艾溫娜和這位蒼白的年輕人長得並不像。

「我爲你們介紹一下。」艾溫娜說，「這兩位是佛斯特警探和瑞卓利警探。這位是奧利佛・史塔克。」

珍蹙眉看著這名年輕人。「你是昨晚桑索尼家晚宴的賓客之一。」

「是的。」奧利佛頓了頓，端詳著她的表情，「有什麼問題嗎？」

「我們本來希望分別約談兩位。」

「他們很不高興我們已經自己討論過案情了。」艾溫娜告訴他。

「我不是早就告訴妳，他們一定會這麼說的嗎，溫妮？」

「不過一起把細節弄清楚，這樣做有效率多了，節省大家的時間。」艾溫娜穿過廚房來到餐桌前，收拾起堆積如山的報紙——從《曼谷郵報》到《愛爾蘭時報》，應有盡有。她把報紙搬到流理臺上，然後拉出兩張椅子。「來，各位請坐。我上樓去拿檔案。」

「檔案？」珍問道。

「我們當然已經開始建檔了。安東尼認爲你們應該會想有份副本。」她大步走出廚房，然後踏著重重的步伐上樓去。

「她就像棵高大的紅杉木，不是嗎？」奧利佛說，「我以前從來不知道英國人這麼高大。」他把輪椅推到餐桌前，揮手示意他們一起坐下。「我知道這完全違背你們警方的信念——獨立偵訊證人之類的。不過這樣眞的比較有效率。另外，我們今天早上和葛佛瑞做了電話會議，所以你們一次取得了三位證人的證詞。」

「你指的是葛佛瑞·鮑姆吧?」珍問道,「第四位晚宴賓客?」

「對。他必須搭昨晚的飛機趕回布魯塞爾,所以才會和艾溫娜提早離席。我們幾個小時之前打電話給他比較各自的筆記。我們三個人的記憶差不多都一致。」他對珍淡淡地苦笑一下。「這大概是我們有史以來唯一一次意見相同。」

珍嘆了口氣。「你知道,史塔克先生——」

「沒有人這樣叫我,叫我奧利吧。」

珍坐下來,平視他的眼睛。奧利佛頗爲興味地與她對看,這讓珍感到惱火。他的表情正說著:我很聰明,我很清楚這一點,而且一定比某些女警更聰明。同樣令她光火的是,他或許是對的。他看起來就像典型的天才兒童;上數學課的時候,誰也不敢坐在他旁邊。當其他人還在苦思第一個代數考題的時候,這個小孩已經交卷。

「我們不是要破壞警方的規矩。」奧利佛說,「我們只是想幫忙。而且只要雙方合作,我們眞的幫得上忙的。」

樓上的狗狂吠,爪子在地板上來回輕叩,艾溫娜噓了一聲,要牠們安靜,接著房門砰地關上。

「只要回答警方的問題,就等於是幫我們了。」珍說。

「我想妳誤會了。」

「我哪裡沒弄明白?」

「妳不懂我們這個團體能幫你們多大的忙。」

「是。桑索尼先生跟我提過你們這個小小的打擊犯罪俱樂部。」

「這是一個協會，不是什麼俱樂部。」

「有什麼差別啊？」佛斯特問。

奧利佛看著他。「嚴肅性，警探。我們在全球各地都有會員，而且我們不只是業餘人士而已。」

「你是專業的執法人員嗎，奧利？」珍問。

「事實上，我是數學家。不過我眞正的興趣在於象徵學。」

「什麼？」

「我詮釋符號，解讀符號的起源和意義，不管是表面象徵或是潛藏意義。」

「喔。那費爾維太太呢？」

「她是人類學家，剛剛才加入我們，得到我們協會英國分會的大力推薦。」

「那桑索尼先生呢？他絕對不是執法人員吧。」

「搞不好是哦。」

「他告訴我們他是退休的學者，是波士頓大學的歷史教授。我不認爲這聽起來像個警察。」

奧利佛笑了出聲。「安東尼很含蓄，這很像他的作風。」

艾溫娜拿著檔案夾回到廚房。「你們剛才在說誰呢，奧利？」

「我們剛才在說安東尼。警方以爲他只是名退休的大學教授。」

「他就喜歡這樣。」艾溫娜坐下，「大肆張揚只會徒增困擾。」

「關於桑索尼先生，還有什麼是我們需要知道的嗎?」佛斯特問道。

「這個嘛，你們知道他很有錢。」艾溫娜說。

「這個一看就知道了。」

「我的意思是，他真的很有錢，家財萬貫。畢肯山的那棟房子和他在佛羅倫斯的莊園比起來，根本不算什麼。」

「還有倫敦那棟房子。」奧利佛說。

「那我們應該佩服他嗎?」珍說。

聽到這句話，艾溫娜冷冷地看著他們。「光靠金錢是無法讓人佩服的。重點是他如何運用他的錢。」她把檔案夾放在珍面前的桌子上。「這是給妳的，警探。」

珍翻開檔案夾的第一頁，上面整齊地打字列出昨晚所有事情的發生順序;這是依照三位賓客——艾溫娜、奧利佛和神祕的葛佛瑞·鮑姆——的記憶所記載下來的。

(下列均爲大約時間)

六點:艾溫娜和葛佛瑞抵達

六點十五分:奧利佛·史塔克抵達

六點二十分:喬伊絲·歐唐娜抵達

六點四十分:傑瑞米上第一道菜……

接著他們列出所有的菜單。先是清燉肉湯，接著是鮭魚凍和嫩萵苣沙拉、嫩牛肉片配上香脆馬鈴薯片、波特酒搭配霍布洛雄乳酪條。最後是咖啡、沙哈蛋糕和鮮奶油。

九點半鐘，艾溫娜和葛佛瑞一同離開；艾溫娜載葛佛瑞前往羅根機場，後者要搭機前往布魯塞爾。

九點四十五分，奧利佛離開畢肯山，直接開車回家。

「這是我們記得的時間表。」艾溫娜說，「我們盡可能地精確記錄。」

珍瀏覽這份時間表，心想，連清燉肉湯都清楚地寫進來了。這份時間表沒什麼用處，只是重複了桑索尼和他的管家已經提供的訊息，並且額外加上了餐飲的細節。整體而言大同小異。一個冬夜，四名客人在二十分鐘之內相繼抵達畢肯山；他們和主人優雅地共進晚餐，一邊啜飲葡萄酒，一邊討論當天發生的犯罪事件，卻絲毫不覺就在房子外頭，一名女子在酷寒的後花園裡正慘遭殺害。

好一個打擊犯罪的俱樂部啊，這些業餘人士實在成事不足，敗事有餘。

檔案夾的下一頁是張信紙，信紙頂端只印著一個哥德式字形的「M」，下方是手寫的留言：「奧利佛，你的分析呢？A.S.」安東尼．桑索尼嗎？珍翻到下一頁，盯著一張她一眼就認出來的照片——畫在桑索尼家後門上的符號。

「這是從昨晚的犯罪現場拍下來的。」珍說，「你們怎麼會有這張照片？」

「安東尼今天早上派人送來的。這是他昨晚拍下的照片之一。」

「這不應該公開散佈。這是證據。」

「是個很有意思的證據。」奧利佛說，「妳知道這當中的意義吧？」

「這是撒旦教符號。」

「噢，這是反射性的回答。妳在犯罪現場看見詭異的符號，就自然而然地以爲這是哪個撒旦邪教幹的好事。他們是最受歡迎的大壞蛋。」

佛斯特說：「你認爲有別的意思？」

「我沒有說這不可能是邪教。崇拜撒旦的人的確會用倒十字架作爲反基督的象徵。聖誕夜發生的那起兇殺案——就是斬首的那個案子，廚房地板上繞著死者頭顱所畫的那個圓圈，還有那些燒完的蠟燭，這些當然都會讓人聯想到撒旦儀式。」

「你怎麼會知道這些？」

奧利佛看著艾溫娜。「他們眞的以爲我們一無所知耶。」

「我們怎麼知道這些細節並不重要。」艾溫娜說，「事實是，我們的確了解案情。」

「那你們對這個符號有什麼看法？」佛斯特指著照片說，「這個像眼睛的符號？這也是邪惡符號嗎？」

「那要看情況。」奧利佛說，「首先，我們先想想你們在聖誕夜兇案現場所看到的情景。兇手把死者的頭砍下來放在地上，然後用紅色粉筆畫了個圓圈，周圍還有五支燒過的蠟燭。」

「意思是？」

「這個嘛，圓圈本身是相當原始的象徵符號，而且全世界都在使用。它可以代表各式各樣的意義——太陽、月亮。保護。永恆。重生，生命的循環。沒錯，崇拜撒旦的邪教也以圓圈代表女性的性器官。我們無法眞的得知當晚畫圓圈的人到底認爲這代表什麼意思。」

「但是可能它具有邪惡的意義。」佛斯特說。

「當然。那五根蠟燭則可能代表五芒星的五個尖點。現在，我們來看看昨晚畫在安東尼後門上的符號。」他指著照片，「你看到什麼？」

「一隻眼睛。」

「說得詳細一點。」

「上面有……好像是一滴淚珠，還有一根睫毛從下方伸出來。」

奥利佛從襯衫口袋裡抽出筆，並且將信紙翻到背面。「我畫清楚一點，讓你們看出這個符號裡到底包含了哪些不同的元素。」

他在紙上把圖案重畫了一次：

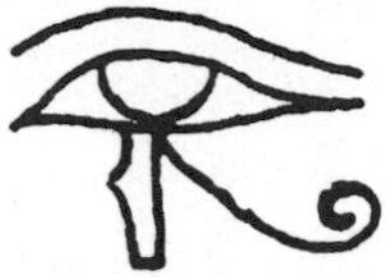

「看起來還是像一隻眼睛。」佛斯特說。

「沒錯，不過裡面的所有特徵——睫毛、淚珠——使它變成非常特殊。這個符號叫做『烏加特之眼』❼。研究撒旦邪教的專家會說，它象徵路西弗的全能之眼。上面的淚珠是因爲他在替那些不在他影響範圍內的靈魂哀悼。有些陰謀論者宣稱美國貨幣上印的就是這個眼睛。」

「你是指金字塔上面的那隻眼睛？」

「沒錯。這就是他們所謂的證據，證明全球金融完全由撒旦的崇拜者所控制。」

「這麼說，我們終究回到了撒旦符號囉？」珍說。

「這只是一種詮釋方式。」

「還有哪些詮釋的方式呢？」

「這也是古代共濟會所使用的符號；於此，這個符號就具有非常正面的意義。對共濟會的人來說，這象徵了啓蒙、啓發。」

「對知識的追求。」艾溫娜說，「學習行會裡的祕技。」

珍說：「你的意思是，這件謀殺案是共濟會會員幹的？」

「天哪，不！」奧利佛說，「我根本不是這個意思。可憐的共濟會成員一直是許多惡意指控的目標，我懶得再一一贅述了。我只是給你們上個簡單的歷史課。這是我的研究領域，知道嗎？詮釋象徵符號。我正試著說明這個符號，『烏加特』由來已久，自古至今爲了不同的目的而被賦予不同的意義。對某些人而言，它具有神聖的意義；對其他人來說，就成了可怕的邪惡象徵。不過在古埃及時代，它的原始意義並沒有那麼嚇人，甚至相當務實。」

「當時這個符號代表什麼？」

「它代表太陽神荷魯斯的眼睛。在繪畫或雕像中，荷魯斯通常被形塑成鷹頭人身的模樣，法老是祂在世界上的化身。」

珍嘆了嘆氣，「這麼說它可能象徵邪惡，或是象徵啓蒙，又或者是埃及某個鳥頭神的眼睛。」

「另外還有一個可能性。」

「我就知道你會這麼說。」

奧利佛再度提筆，畫出這隻眼睛的另一種變化形態。「這個符號，爲大約西元前一千兩百年的埃及人所使用，從祭司文獻裡發現的。」

「依然算是荷魯斯之眼嗎？」佛斯特說。

「沒錯，不過留意現在這隻眼睛是由各自獨立的部分組合而成。圓圈代表虹膜，兩邊圍著半片鞏膜，上面也有你所說的淚珠和捲曲睫毛。這看來似乎只是種風格化的烏加特之眼。不過若作爲數學符號，它其實具有非常實際的用途。眼睛的每個部分都代表一個分數。」他在圖上寫下幾個數字：

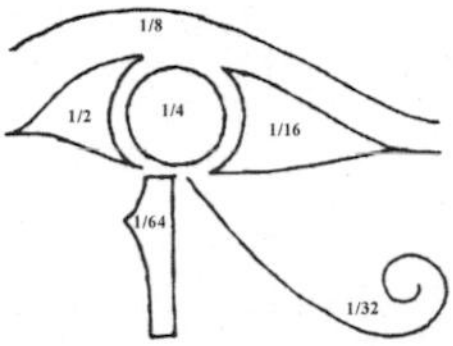

❼又稱荷魯斯之眼，爲埃及正義之神荷魯斯的失落之眼；象徵圓滿與完美之意，乃爲埃及的護身符。

「這些分數乃是以二分之一作等比遞減。整隻眼睛代表整數，一；左半邊的鞏膜代表二分之一，睫毛是三十二分之一。」

「我們講了半天到底有沒有重點？」珍問。

「當然有。」

「那重點是什麼？」

「這隻眼睛可能蘊含了特定的訊息。在第一個兇案現場，圓圈圍繞著一顆砍下的頭顱。第二個犯罪現場的門上畫了烏加特之眼的圖案。如果這兩個符號是相互關聯的呢？萬一其中一個符號就是解釋另一個符號的關鍵呢？」

「你的意思是，一個數學上的關鍵？」

「沒錯。第一起兇殺案的圓圈代表了烏加特之眼裡的某個元素。」

看著奧利佛畫的圖，還有他在這隻全能之眼的各個部分寫下的數字，珍不禁皺起眉頭。「你是說，第一起殺人事件裡的圓圈，其實應該是這個虹膜。」

「對。而且帶有數值。」

「你的意思是它代表了一個數字？一個分數。」她抬頭看著奧利佛，發現後者俯身靠近她，兩頰興奮得泛紅。

「沒錯。」他說，「而那個分數會是什麼呢？」

「四分之一。」

「對。」他微笑著，「對。」

「什麼東西的四分之一？」佛斯特問道。

「哦，這個我們還不知道。可能指的是上弦月。或者是四季中的一個季節。」

「又或者這可能代表他的任務只完成了四分之一。」艾溫娜說。

「沒錯。」奧利佛說，「也許他是在告訴我們，他還要動手殺更多人。他計畫一共要殺四個人。」

珍看著佛斯特。「餐桌上擺著四套餐具。」

接著大家陷入一片靜默，這時珍的手機響起，鈴聲聽起來大得嚇人。她認出來電的是鑑識實驗室的號碼，於是立刻接起電話。

「我是瑞卓利。」

「喂，警探。我是微物跡證組的艾琳。妳知道廚房地板上畫的那個紅色圓圈吧？」

「知道。我們正在談這件事。」

「我把圓圈的色素和畢肯山犯罪現場畫在門上的那些圖案的符號做了比對；兩者用的色素是一樣的。」

「這麼說這個歹徒在兩個現場用的是同樣的紅色粉筆。」

「嗯，我就是爲了這個打電話來的。那不是紅色的粉筆。」

「那是什麼？」

「比紅色粉筆更有意思的東西。」

16

犯罪鑑識實驗室位於波士頓警局施洛德廣場的南翼，從重案組辦公室沿著走廊往前走即是。珍和佛斯特經過一扇扇可以俯瞰洛克斯伯瑞[8]地區的窗戶。今天，在白雪的覆蓋下，一切都被淨化得純白，連天空也萬里無雲，空氣晶瑩剔透。不過珍僅僅瞥了一眼耀眼的天際線；她的視線焦點是在S269室，微物跡證化驗室。

刑事專家艾琳．沃許科正在等著他們。當珍和佛斯特走進化驗室時，原本低頭看著顯微鏡的艾琳立刻轉過椅子，倏地拿起放在工作檯上的檔案。「你們兩個欠我一杯酒。我對這個案子可是花了不少心力。」

「妳每次都這麼說。」佛斯特說。

「這回我是說眞的。從第一個犯罪現場拿回來的那些微物跡證，我本來以爲這會是最省事的一個，沒想到居然得上窮碧落下黃泉，查那個圓圈到底是用什麼東西畫的。」

「而且還不是普通的粉筆。」珍說。

「不是。」艾琳把文件夾遞給她，「瞧瞧吧。」

珍打開檔案，最上面是印有一連串影像的攝影膠片。模糊的背景上有一個個紅色圓點。

「我先用高倍數顯微鏡猜查。」艾琳說，「大概放大六百倍到一千倍。妳看到的圓點就是色素分子，從廚房地板上畫的紅色圓圈上採集到的。」

「所以這有什麼意思？」

「這表示了幾件事情。妳看得出上面的顏色深淺不一，分子並不一致，折射率也不一樣——從二點五到三點零一，其中還有許多分子是雙折射。」

「這意味著什麼？」

「這是氧化鐵分子，在全球各地都很普遍的一種物質，讓黏土能有特殊的顏色。運用在美術顏料裡，可以製造紅色、黃色和咖啡色。」

「聽起來沒什麼特別的。」

「我本來也這麼想，直到我做了更深入的化驗。我以為這個成分來自於粉筆或粉蠟筆，所以我比對了從兩家本地的美術材料行所取得的樣本。」

「分子符合嗎？」

「完全不符。拿到顯微鏡下一看，兩者的差異馬上就出現了。首先，粉蠟筆的紅色色素微粒，顏色的不一致性和折射率小得多。這是因為現今顏料裡使用的氧化鐵大多是合成的——由工廠製造而不是從土地中開採而來。通常會使用一種叫做『火星紅』的化合物，那是種氧化鐵和氧化鋁的混合物。」

「所以照片上的這些色素微粒並不是合成的？」

「不是，這是天然的氧化鐵，同時也叫赤鐵礦——hematite，這個名字從希臘文的『血』——

❽鄰近波士頓的一個市鎮。

haima而來，因爲它有時會呈現紅色。」

「美術材料行也賣這種天然物質嗎？」

「我們的確找到幾種用天然赤鐵礦當色素的特製粉筆和粉蠟筆。不過粉筆含有碳酸鈣；工廠製造的粉蠟筆通常會用天然膠黏合色素——某種類似甲基纖維素或是黃耆膠之類的澱粉。全部的材料混合成黏土，再送到模子裡壓製成蠟筆。然而從犯罪現場採集到的樣本裡，我們沒有發現任何黃耆膠或澱粉黏著劑。碳酸鈣的含量也不足以證明這是彩色粉筆的色素。」

「所以說這不是一般美術材料行裡能找到的東西。」

「在本地的確找不到。」

「那這個紅色的玩意兒到底是哪裡來的？」

「這個嘛，我們先談談這個紅色的東西，說說它到底是什麼。」

「妳剛才說這是赤鐵礦。」

「沒錯，氧化鐵。可是如果出現在有色黏土裡，便有另外一個名稱：赭土。」

佛斯特說：「那不就是美國印地安人用來畫臉的東西嗎？」

「人類使用赭土至少有三十萬年的歷史。在尼安德塔人的墳墓也曾發現過。特別是紅色赭土，可能是因爲顏色近似血紅，所以在全世界的死亡儀式中都被視爲不可缺少的東西。石器時代的洞穴壁畫和龐貝城的牆壁上都發現過紅赭土的使用。古代人將赭土塗抹在身上作爲裝飾，或是作戰時的妝容。此外也用在巫術儀式上。」

「包括撒旦儀式嗎？」

「血紅色。無論對於哪個宗教信仰，這個顏色都具有象徵力量。」艾琳頓了頓，「這位兇手的選擇與眾不同。」

「我想這一點我們已經知道了。」珍說。

「我的意思是，他對歷史有所涉獵。他不用普通的粉筆來畫儀式圖案，而是使用舊石器時代所用的顏料。而且這可不是他隨便就能從自家後院挖出來的東西。」

「但是妳剛才說一般的黏土裡都含有紅赭土。」佛斯特說，「所以這東西可能是他自己挖出來的。」

「除非他家後院不在這一帶。」艾琳朝珍手上拿的檔案夾點了點頭，「看看上面的化學分析。氣相層析和拉曼光譜分析的結果。」

珍翻到下一頁，看到一張電腦列印的資料，圖表上有許多尖銳突起的線條。「妳可以爲我們解釋一下嗎？」

「當然。首先，拉曼光譜。」

「連聽都沒聽過。」

「這是考古學家用來分析歷史文物的技術，用物質的光譜來確定物件的屬性。對於考古學家而言，最大的好處就是它不會破壞文物本身。你可以分析任何東西上的色素，從木乃伊的裹屍布到杜林耶穌裹屍布，而不會對文物本身造成任何損壞。我請哈佛大學考古學系的伊恩・麥卡維博士分析拉曼光譜的結果，而他證實這個樣本裡包含了氧化鐵、黏土，還有氧化矽。」

「那就是紅赭土嗎？」

「對，紅赭土。」

「可是妳早就知道了，不是嗎？」

「請他證實一下總是比較好。然後，麥卡維博士願意主動幫忙我追查來源，看看這個紅赭土是從哪裡來的。」

「你們眞的可以查得到嗎？」

「這個技術目前還在研究階段，恐怕沒辦法在法庭上作爲有力的證據。不過他很好奇，所以利用他從全球各地蒐集來的赭土型態所建立的資料庫做比對。他確定這個樣本裡含有十一種其他的元素，例如鎂、鈦和釷。比對的原理是，某一種特定的地理來源應該會有其獨特的微量元素型態。就像我們從汽車輪胎上取下的土壤樣本中可以發現與密蘇里州某個採礦區元素型態相符的鉛與鋅。在目前的情況裡，我們用十一種不同的變數來核對這個赭土樣本。」

「另外那十一種微量元素？」

「沒錯，而且考古學家們已經建立了一個赭土來源資料庫。」

「爲什麼要做這種事？」

「因爲這樣有助於斷定歷史文物的出土處。舉例來說，杜林裹屍布上的色素是哪裡來的？法國還是以色列？這個答案或許能確立裹屍布的來源。或者是古代的洞穴壁畫——這位藝術家從何處取得的赭土？如果是來自千里之外，可能表示這位藝術家親自大老遠跑了一趟，或者當時存在著某種史前商業活動。有鑑於此，赭土來源資料庫才會這麼重要；我們得以藉此窺視古代人的生活。」

「我們的色素樣本又是從哪裡來的?」佛斯特說。

「這個嘛,」艾琳微微一笑,「首先,裡面有很高比例的二氧化錳——百分之十五——因此讓顏色更加深濃。中世紀義大利所使用的紅赭土中也含有相同比例的二氧化錳。」

「這是義大利來的?」

「不,是威尼斯人從別處進口的。麥卡維博士在比對整個元素型態的時候,找到了符合地點,而且此地至今依然開採紅赭土。賽普勒斯島。」

珍說:「我得查查世界地圖。」

艾琳指著檔案。「我剛好從往網際網路抓了一份。」

珍翻到檔案夾中的地圖。「好,我懂了。島嶼位在地中海,土耳其的南方。」

「我覺得用紅色粉筆應該省事得多。」佛斯特說。

「而且價格也便宜多了。你們這位兇手選擇了一種罕見的顏料,來源也非常偏僻。也許他和賽普勒斯有什麼淵源。」

「或者他可能只是在要我們。」佛斯特說,「畫奇怪的符號,用奇怪的顏料;好像他故意要我們暈頭轉向似的。」

珍依然研究著地圖,然後想起安東尼.桑索尼的花園門上所畫的符號——烏加特之眼,全能之眼。她看向佛斯特,「埃及就在賽普勒斯的正南方。」

「妳想到了荷魯斯之眼?」

「那是什麼?」艾琳問道。

「畢肯山的犯罪現場所留下的符號。」珍說，「荷魯斯是埃及的太陽神。」

「那是邪惡符號嗎？」

「我們不知道對於歹徒，它代表了什麼意思。」佛斯特說，「每個人都有一套說法。他是撒旦的崇拜者、史學的愛好者，或者可能只是單純的精神病。」

艾琳點點頭。「就像山姆之子[9]。我記得當時警方浪費了很多時間納悶這個神祕的山姆到底是誰，結果原來一切只是兇手的幻聽；一隻會說話的狗。」

珍闔上文件夾。「我還滿希望這個歹徒也只是個精神病患。」

「為什麼？」艾琳問。

「因為另外一種可能讓我更害怕——就是這個兇手清醒得不得了。」

珍和佛斯特坐在車上等待引擎升溫以及除霜器融化擋風玻璃上的霧氣。要是解開兇手迷霧般的身分也這麼容易就好了。她無法勾勒他的樣子，無從想像他的長相。他是個神祕主義者？藝術家？還是史學家？我只知道他是個屠夫。

佛斯特打了車檔，車子駛進車流裡；由於路面結冰濕滑，行車速度遠比平時緩慢。在清朗的天空下，氣溫急速下降，今晚將會是入冬以來最寒冷的一夜。這種夜晚最好留在家裡吃頓豐富的燉肉；她希望今夜，邪惡可以遠離街頭。

佛斯特往東行開上哥倫比亞大道，然後前往畢肯山。他們計畫回到犯罪現場二度勘查。車裡終於有了暖意，珍眞的不願意再次步出車外，回到寒風中，回到桑索尼那仍舊沾染著冰凍血跡的後院。

她發現車子正逐漸接近麻薩諸塞大道，冷不防地說：「可以右轉嗎？」

「我們不是要去桑索尼家嗎？」

「這邊轉彎就是了。」

「就聽妳的囉。」他把車子向右轉。

「繼續往前開，往阿爾班尼街去。」

「我們要去找法醫嗎？」

「不是。」

「那我們到底要去哪裡？」

「就在這附近，再幾個街區就到了。」珍看著飛逝而過的門牌，然後說：「停車。就是這裡。」她看著對街。

佛斯特將車子靠邊停好，蹙眉看著她。「快遞公司？」

「我爸爸在那裡上班。」她看了看錶。「現在剛好是午休時間。」

「我們在這裡幹嘛？」

「等啊。」

「我的天哪，瑞卓利，這該不會是爲了妳母親的事吧？」

❾美國七〇年代的一名連續殺人犯大衛．波科維茲，認爲撒旦附身在鄰居的狗身上，並且教唆他殺人。

「這件事把我的生活全搞砸了。」

「父母親吵架，這種事在所難免。」

「等你媽搬來跟你住的時候你就知道了，看愛麗絲會多喜歡這種狀況。」

「相信事情會緩和下來，到時妳媽媽就會回家了。」

「如果有另一個女人介入，可就沒這麼簡單了。」這時，珍挺直背脊，「他出來了。」

法蘭克．瑞卓利步出快遞公司的前門，拉上外套的拉鍊。他抬頭看了看天空，渾身抖了抖打了個寒顫，然後呼出一口氣，白霧在寒冷的空氣中冉冉上升。

「看起來他只是要出去吃午飯。」佛斯特說，「沒那麼嚴重吧？」

「那個，」珍輕聲說道，「那個可就嚴重了。」

一名女子也跟著走出大門；她有一頭蓬鬆的金髮，身穿藍色緊身牛仔褲與黑色皮夾克。法蘭克露齒而笑，伸手摟著她的腰，兩人相互擁攬著沿著街道而行，離珍和佛斯特越來越遠。

「搞什麼鬼。」珍說，「眞有這麼回事。」

「我想我們還是離開這裡吧。」

「你看看他們。看看他們！」

佛斯特發動引擎。「我肚子眞的很餓。不如我們去吃——」

珍一把推開車門，下了車。

「噢，瑞卓利！拜託妳。」

她一個箭步衝到對街，沿著人行道跟在她父親後面。「嘿。」她喊了一聲，「嘿！」

法蘭克停住腳步，手從女子的腰際滑落，然後轉過身，目瞪口呆地看著女兒逐漸走近。金髮女子尚未放手，即使法蘭克使勁掙扎，她依然緊緊握著。這個女人從遠看滿引人注意的，不過當珍走近，卻看見對方眼角深深的魚尾紋，就算濃妝豔抹也遮掩不住。這令珍倒吸一口自己呼出來的雲霧。讓法蘭克喜新厭舊的竟然就是這種婊子，一個頭髮蓬鬆、胸大無腦的女人？這個人形黃金獵犬？

「珍，」法蘭克說，「現在不是時候——」

「什麼時候才是時候？」

「我會打電話給妳，行嗎？我們晚上再談這件事。」

「法蘭基，親愛的，到底是怎麼回事？」金髮女人問道。

不准妳叫他法蘭基！珍瞪著那個女人。「妳叫什麼名字？」

女人揚起下巴。「妳憑什麼知道？」

「妳他媽的回答問題。」

「我就是不告訴妳，怎麼樣！」金髮女子看著法蘭克，「這傢伙到底是哪根蔥？」

法蘭克單手摀著頭，發出呻吟，彷彿很痛苦的樣子。「噢，天啊。」

「波士頓警察局。」珍說。她抽出證件，一把伸到女人面前，「現在，報上妳的名字來。」

金髮女子甚至沒有看她的證件，只是心驚膽跳地盯著珍。「珊蒂。」她喃喃地說。

「珊蒂什麼？」

「霍夫頓。」

「證件。」珍喝令道。

「珍妮，」她爸爸說，「夠了。」

珊蒂乖乖地拿出皮夾，秀出駕照。「我們做錯了什麼嗎？」她一臉狐疑地看著法蘭克。「你做了什麼事？」

「這眞是太胡來了。」他說。

「那你打算胡來到什麼時候，嗯？」珍吼了回去。「你什麼時候才會長大？」

「這不干妳的事。」

「不干我的事？她現在就坐在我的公寓裡，搞不好眼睛都哭瞎了，全都是因爲你沒能管好你的褲子拉鍊。」

「她？」珊蒂說，「你們到底在說誰啊？」

「三十七年的婚姻，你爲了打砲就把她甩了？」

「妳不了解。」法蘭克說。

「噢，我非常了解。」

「妳根本不知道我過的是什麼日子。我只是一隻該死的工蜂，如此而已，一隻負責賺錢養家的雄蜂。我已經六十一歲了，有什麼値得驕傲的地方嗎？妳不覺得我這輩子有權利快樂一下嗎？」

「你覺得媽過得快樂嗎？」

「那是她的問題。」

「她的問題就是我的問題。」

「喔，那可不是我的責任。」

「嘿，」珊蒂說，「這是你的女兒？」金髮女子看著珍，「妳剛才還說妳是警察。」

法蘭克嘆了口氣。「她眞的是警察。」

「你傷了她的心，你知道嗎？」珍說，「你到底在不在乎？」

「那我的心又怎麼辦？」珊蒂插嘴說。

珍完全不理會這個狐狸精，只管瞪著法蘭克。「我已經不認識你了，爸。我以前很尊敬你。看看你自己！可悲，眞可悲。這個金毛妞搖搖屁股，你就像隻白痴小狗似地跟在後面嗅個沒完。是啊，爸，上吧。」

法蘭克伸出手指著她。「妳說夠了！」

「你以爲這個砲友會在你生病的時候照顧你嗎？你以爲她會在你身邊支持你嗎？該死的，她會做飯嗎？」

「好大的膽子！」珊蒂說，「竟然拿警徽嚇唬我。」

「媽會原諒你的，爸。我知道她會的，跟她好好談談。」

「有法條規定妳不能做這種事。」珊蒂說，「一定有的！這是警察擾民！」

「我讓妳見識見識什麼叫警察擾民。」珍高吼道，「妳再逼我試試看。」

「妳想怎麼樣，逮捕我嗎？」珊蒂走近珍，眼睛瞇得只剩下濃厚睫毛膏之間的一條小縫。

「來啊。」女人伸出手指朝珍的胸口用力一戳，「我看妳敢不敢。」

接下來發生的事純粹是反射性動作，珍甚至沒有停下來思考，只是直覺地做出反應。她的手一揮，抓住了珊蒂的手腕，將對方反轉過來。她的血液奔騰，聽見珊蒂不堪入耳的叫罵聲。聽見父親喊著：「住手！老天啊，住手！」不過現在她正下意識地行動著，以她對待歹徒的方式，全力將珊蒂推倒在地。不過這一回，滿腹怒火讓她在扭轉對方手腕時使出了超過該有的力道；她想傷害這名女子，想羞辱她。

「瑞卓利！老天啊，瑞卓利，夠了！」

佛斯特的聲音終於穿透她的心跳聲。珍驟然放開珊蒂，倒退幾步，重重地呼吸。她低頭看著那個跪在人行道上不斷啜泣的女人。法蘭克在珊蒂身旁蹲下，扶她起來。

「妳現在想怎麼樣？」法蘭克抬頭看著女兒，「逮捕她嗎？」

「你剛才也看到了，是她先戳我的。」

「但她先動手。」

「她心情不好。」

「瑞卓利，」佛斯特靜靜地說，「算了，好嗎？」

「我可以逮捕她。該死的，我可以。」

「好，好。」佛斯特說，「妳是可以逮捕，但是妳眞的想這麼做嗎？」

她重重地吐出一口氣，喃喃地說：「我還有更重要的事情要做。」接著她轉身走回車子。當她坐進車裡的時候，他父親和那個金髮女子已經消失在路口。

佛斯特也回到車裡，關起車門。「妳那樣做，實在不太明智。」

「開車就是了。」

「妳想找人家打架嗎？」

「你看到她的樣子了嗎？我爸爸跟一個充氣娃娃在一起！」

「所以妳更應該離她遠一點。妳們兩個會要了對方的命。」

珍嘆了一口氣，把頭埋進手裡。「我該怎麼跟我媽說？」

「什麼也別說。」佛斯特發動車子，駛離路邊。「他們的婚姻不關妳的事。」

「我還是得回家面對她啊，看著她受傷的臉。所以這關我的事。」

「那就當個乖女兒，給她一個可以靠著哭泣的肩膀。因爲這是她最需要的。」

我該怎麼跟我媽說呢？

珍將車子開進公寓外的停車場，並且在車上坐了一會兒，害怕面對接下來的狀況。也許她不該把今天發生的事告訴她。安琪拉早就知道爸爸和那個黃金獵犬小姐的事情。何必還要揭她的瘡疤？何必繼續讓她難堪？

因爲如果我是媽的話，我會希望自己被告知。我不希望我的女兒有什麼祕密瞞著我，不管這些事會讓人多麼心痛。

珍下了車，思量著該說些什麼，而她心裡很清楚，不管決定怎麼做，今晚都一定不好過；無論她做些什麼或說些什麼，都將無法減輕母親的痛苦。當個乖女兒，佛斯特剛才這樣說；給她一個可以靠著哭泣的肩膀。好吧，這點她還辦得到。

珍爬樓梯上二樓，腳步越來越沉重，心裡咒罵著這破壞了他們生活的珊蒂・霍夫頓小姐。噢，我已經盯上妳了。只要妳穿越馬路，我就會出現。停車費逾期未繳？妳就要倒楣了。媽媽沒辦法反擊，但我絕對可以。她將鑰匙插進公寓大門裡，然後頓一頓，聽到屋子裡傳來母親的聲音，不禁皺起眉頭。是她的笑聲。

媽？

珍推開門，聞到肉桂和香草的香氣。此刻，她聽到了另外一個人的笑聲，聲音詭異地熟悉。是一個男人的聲音。她走進廚房，驚訝地看著退休警探文斯・考薩克；他正拿著咖啡坐在餐桌前，面前則擺著一大盤糖霜餅乾。

「嘿。」他舉起咖啡杯打了個招呼。小嬰兒瑞吉娜坐在他旁邊的娃娃車裡，也跟著舉起小手，好像在模仿他似的。

「嗯……你怎麼會在這裡？」

「珍妮！」安琪拉將一盤剛烤好的餅乾擺在爐子上放涼，斥責地說：「妳怎麼跟文斯這樣說話？」

文斯？媽叫他文斯？

「他打電話來邀請妳和嘉柏瑞去參加派對。」安琪拉說。

「還有妳喔，瑞卓利太太。」考薩克向安琪拉眨眨眼，「小姐來得越多越好！」

安琪拉兩頰泛紅，而且不是因爲爐子的溫度所致。

「我看他八成是聞到了電話另一頭的餅乾香味吧。」珍說。

「我剛好在烤餅乾。我告訴他，如果他馬上過來，我可以多弄一份。」

「我絕對不會拒絕這樣的好意。」考薩克開懷大笑。「嘿，妳媽媽住在這兒可真好，是吧？」

珍看見他皺巴巴的襯衫上掉滿了餅乾屑。「看樣子你已經不減肥了。」

「看樣子妳心情很好喔。」他一派輕鬆地大口喝著咖啡，用肥手抹抹嘴。「聽說妳碰到了個他媽的離奇案件。」他頓了頓，看看安琪拉，「原諒我說了粗話，瑞卓利太太。」

「哦，你愛怎麼說就怎麼說。」安琪拉說，「把這兒當自己家，別拘束。」

拜託不要鼓勵他。

「某種撒旦邪教啊。」

「你聽說了？」

「退休並不會讓我變成聾子。」

或是傻瓜。儘管他粗俗的笑話和令人不敢恭維的衛生習慣可能讓珍惱火，不過考薩克是她所認識最頂尖的調查員之一。雖然去年他因爲心臟病而退休，但是他從來沒有眞正停止當警察。週末晚間，她還是會發現考薩克流連在波士頓警察最愛去的杜爾酒吧裡，探聽最新的案件故事。不管退休與否。文斯．考薩克到死都是警察。

「你還聽說什麼？」珍在桌子前坐下。

「我聽說妳的兇嫌是個藝術家，會留下一些可愛的小圖畫。而且他喜歡——」考薩克頓了頓，看安琪拉一眼，後者正將烤盤上的餅乾倒出來。「把人大卸八塊。我說得準不準？」

「有一點太準了。」

安琪拉拿起最後一批餅乾，用密封袋裝好，得意洋洋地擺在考薩克面前。珍萬萬沒想到回家看到的安琪拉會是這個樣子。她母親眞的在廚房裡忙東忙西，收拾鍋碗瓢盆，在水槽裡潑著肥皀水洗碗。她看起來一點也不悽慘，不像被人拋棄，或是意志消沉。她看起來年輕了十歲。這是丈夫離去後會有的情況嗎？

「跟珍說說你的派對。」安琪拉說，並且爲考薩克重新斟滿咖啡。

「哦，對了。」他呼嚕嚕地喝了一口，「上個星期我簽字離婚了。爲了錢的事情吵了將近一年的時間，現在終於結束啦。我想該是時候慶祝我恢復自由之身了。我重新佈置了公寓，有舒服的皮沙發、大型電視螢幕。我打算買幾箱啤酒，請幾個朋友來，好好瘋狂一下！」

他突然變成了挺著啤酒肚、五十五歲禿頭的青少年，實在可悲到了極點。

「你們會來，對吧？」他問珍道，「二月的第二個星期六。」

「我會問問嘉柏瑞那天有沒有空。」

「如果他沒空，妳也可以隻身前來啊。只要把妳姊姊帶來就行了。」他向安琪拉眨眨眼，逗得她咯咯發笑。

珍內心的痛苦隨著時間流逝而逐漸加劇。這時聽到手機模糊的鈴聲，讓她幾乎鬆了一口氣。她來到客廳，從皮包掏出電話。

「我是瑞卓利。」

馬凱特小隊長沒有浪費時間說笑，「妳必須對安東尼・桑索尼更禮貌一點。」他說。

她聽得見考薩克在廚房裡開懷大笑，笑聲忽然惹火了她。如果你要跟我媽調情，看在老天的分上，拜託你換個地方吧。

「聽說妳跟他和他的朋友過不去。」馬凱特說。

「或許你可以定義一下『過不去』是什麼意思？」

「妳昨天偵訊他將近兩小時，對他的管家、賓客嚴加盤問，接著今天下午又跑回去找他，讓他感覺好像是自己在接受調查似的。」

「天哪，如果我傷了他的感情，我很抱歉。我們只是像往常那樣辦事而已。」

「瑞卓利，試著記住這個人不是嫌疑犯。」

「我還沒有做出這樣的結論。歐唐娜在他家；伊芙・卡索維茲在他的花園遇害。而且當他的管家發現屍體時，桑索尼做了什麼事？他拿出相機拍照，而且給他的朋友們傳閱。你想知道眞相嗎？眞相就是這些人根本不正常，桑索尼也絕對不正常。」

「他不是嫌疑犯。」

「我還沒有排除他的嫌疑。」

「這一點妳可以相信我。不要去找他麻煩。」

珍沉默了一會兒。「你還有什麼事要跟我說嗎，小隊長？」她靜靜地問道。「關於安東尼・桑索尼這個人，還有什麼是我不知道的？」

「他不是我們惹得起的人。」

「你認識他嗎？」

「我跟他沒有私交。我只是替上面的人傳話，上頭交代我們要對他禮貌一點。」

她掛上電話，走到窗前，望著窗外不再湛藍的午後天空。今晚大概會下更多的雪。她想，前一分鐘，你原本以為自己可以看到永遠，然後突然間烏雲密布，遮蔽了所有視線。

珍再度拿起手機，開始撥號。

17

莫拉透過觀察窗看著吉間穿上一件鉛圍裙，然後把準直儀對準腹腔。星期一早晨，有些人進辦公室的時候最怕看到桌上有疊新的文件或便條紙。然而在這個星期一早晨等著莫拉的是那具躺在解剖檯上、一絲不掛的女人。莫拉看到吉間從鉛屏幕後方走出來，取出片匣準備沖洗。他抬眼並點點頭。

莫拉推門回到解剖室。

那天晚上在安東尼・桑索尼家的花園，莫拉顫抖地蹲在地上時，只以手電筒的光線檢視過這具屍體。今天，伊芙・卡索維茲警探赤裸裸地躺在她面前，刺眼的燈光褪去所有的陰影。血跡已經沖洗乾淨，直接露出粉紅色的傷口；頭皮上的撕裂傷、胸骨下方的穿刺傷，以及那雙沒了眼皮的眼睛。雙眼由於暴露在空氣中，角膜已變得混濁。那遭人毀傷的眼睛是唯一讓莫拉無法移開視線的地方。

門咻地打開，宣告珍的抵達。「妳還沒開始嗎？」

「還沒。有其他人要來嗎？」

「今天只有我一個人。」珍忙著繫好身上的長袍，但是頓了頓，視線突然牢牢盯著解剖檯，看著她已故同僚的臉孔。「我當初應該站出來聲援她的。」她靜靜地說，「組裡那些混蛋開那些愚蠢的玩笑時，我應該立刻制止的。」

「應該覺得內疚的是他們，珍，不是妳。」

「但是我自己是過來人，我知道那是什麼滋味。」珍一直低頭看著暴露在外面的角膜。「葬禮的時候應該沒辦法修飾這雙眼睛了。」

「到時只得把棺木蓋起來。」

「荷魯斯之眼。」珍輕輕地說。

「什麼？」

「桑索尼的門上所畫的圖案。那是種古老的符號，可以追溯到古埃及時代，叫做烏加特之眼，全能之眼。」

「是誰告訴妳的？」

「桑索尼的一位賓客。」她看著莫拉，「這些人——桑索尼和他那幫朋友——他們很奇怪。對他們的了解越多，越是讓我毛骨悚然，尤其是桑索尼。」

吉間從沖洗室出來，手上拿著一捆剛洗好的膠片。當他把片子夾在燈箱上的時候，膠卷發出琴弦般的彈撥聲。

莫拉拿尺測量頭皮上的傷口，然後在寫字板上記下尺寸。「妳知道嗎，那天晚上他打電話給我。」她沒有抬眼，「想確定我安全到家了。」

「桑索尼？」

莫拉這才抬頭看了珍一眼。「妳認爲他是嫌疑犯嗎？」

「妳想想看，他們發現屍體之後，妳知道桑索尼做了什麼事嗎？在他報警之前，他拿相機拍了幾張照片，第二天早上叫他的管家送去給他的朋友們。這還不夠古怪的嗎？」

「但是妳認爲他是嫌疑犯嗎？」

珍頓了頓，然後坦言：「不。而且要是我這麼想的話，麻煩就大了。」

「爲什麼？」

「嘉柏瑞設法替我做了點調查，他到處打電話詢問關於這個人的事。他只不過問了幾個問題，然後突然到處都碰釘子。調查局、國際刑警隊，沒有人願意談桑索尼這個人。顯然他在高層有些朋友，他們已經準備要保護他了。」

莫拉想起畢肯山的房子、管家、屋子裡的古董。「大概是因爲他有的是錢。」

「那全都是繼承來的。在波士頓學院教中世紀歷史當然不可能賺這麼多。」

「他到底有錢到什麼程度？」

「畢肯山的那棟房子？對他來說，那只是貧民窟等級。他在倫敦和巴黎都有住家，外加義大利的一座家族莊園。這傢伙是鑽石王老五，他的荷包滿滿，長相俊俏，但是從來沒有出現在報紙的社交版上。他不參加慈善舞會，不出席正式募款活動，就像個百分之百的隱士。」

「我不覺得他像是會到處參加派對的那種人。」

「妳對他還有什麼看法？」

「我們並沒有聊很久。」

「但是那天晚上你們的確談了話。」

「那天晚上外面冷得要命，他請我進去喝杯咖啡。」

「那不是有點奇怪嗎？」

「有什麼好奇怪的？」

「他特地邀請妳進屋啊？」

「我很感謝他的好意。而且我要鄭重聲明，出來請我進去的是管家。」

「妳，只有妳一人耶？他知道妳是誰？」

莫拉猶豫了一下。「知道。」

「他找妳做什麼，醫生？」

莫拉移動腳步到軀幹部位，動手測量胸口的刀傷，接著將數據記在寫字板上。珍的問題越來越尖銳，而她不喜歡提問背後的影射——她會任由自己被安東尼・桑索尼所利用。

「我沒有透露任何重要的案情，珍，如果妳要問的是這個的話。」

「但是妳確實跟他談了這個案子吧？」

「談了一些。而且沒錯，他想知道我的看法。這不令人意外，畢竟屍體是在他家花園發現的，不難理解他會感到好奇。也或許他這個人是有點古怪。」她對上珍的眼光，發現後者探究的眼神令自己很不自在。莫拉將注意力轉回屍體上，回到不像珍的問題那樣讓她困擾的傷口上。

「古怪？妳只能想到這個形容詞？」

莫拉想起桑索尼那晚如何端詳研究她，他的眼睛如何映照著火光。這時她的心裡冒出了其他的形容詞。聰明、魅力十足、懾人。

「妳不覺得他有點讓人毛骨悚然嗎？」珍問道，「因為我就有這種感覺。」

「為什麼？」

「妳看過他的房子啦，好像走進時光隧道一樣。妳沒機會看到其他的房間，一大堆肖像從牆上盯著妳看。根本就像走進吸血鬼德古拉的古堡。」

「他是歷史教授。」

「以前是。他現在已經沒教書了。」

「那些大概是祖傳的，無價之寶。顯然他很重視自己的家族遺產。」

「哦，是啊，家族遺產，這就是他走運的地方。他是第四代的信託基金受益人。」

「但他卻有志追求學術上的成就，這一點妳得肯定他，他並沒有變成無所事事的花花公子。」

「這就是有趣的地方。這個家族信託基金是由他的曾祖父於一九〇五年成立的。猜猜看這個基金叫什麼名字？」

「我不知道。」

「叫做梅菲斯特基金。」

莫拉驚訝地抬起頭。「梅菲斯特？」她喃喃地說。

「這讓人不得不好奇，到底是什麼樣的家族遺產會取這樣的名字？」

吉間問：「梅菲斯特這個名字有什麼特別的嗎？」

「我查過了。」珍說，「是梅菲斯特菲利斯的簡稱。艾爾思醫生大概知道這是何方神聖。」

「這個名稱出自浮士德的傳說。」莫拉說。

「誰？」吉間問。

「浮士德畫神祕符號召喚魔鬼，結果出現一個叫梅菲斯特菲利斯的魔鬼，主動表示要和他交易。」

「什麼樣的交易？」

「浮士德將他的靈魂賣給魔鬼，便可以得到一切關於魔法的知識。」

「這麼說梅菲斯特是……」

「撒旦的僕人。」

對講機突然傳出聲音。「艾爾思醫生。」莫拉的祕書露薏絲說，「一線有妳的外線電話，是一位桑索尼先生打來的。妳要接嗎？還是我幫妳留言？」

說曹操曹操就到。

莫拉和珍對望一眼，珍迅速地點了個頭。

「我接這通電話。」莫拉脫下手套，拿起牆壁上的話筒。「桑索尼先生嗎？」

「希望我沒有打擾到妳。」他說。

她看看解剖檯上的屍體。伊芙・卡索維茲不會介意，她想，死者是最有耐性的。「我只能談一會兒。」

「這個星期六，我將在我家舉辦晚宴。希望妳能賞光。」

莫拉頓了頓，敏感地意識到珍正看著她。「我得考慮考慮。」

「相信妳一定在懷疑我爲什麼要舉辦這場晚宴。」

「老實說，是的。」

「我保證不會打聽調查的事。」

「反正我不能談論案情，這一點你很清楚。」

「了解。那不是我邀請妳的原因。」

「那是爲什麼？」這個問題既不禮貌，也欠缺優雅，但她非問不可。

「我們有共同的利益，共同關注的問題。」

「我不是很明白你的意思。」

「星期六跟我們一塊吃飯吧，大概七點鐘。到時候我們再談。」

「我要先看看我的行程表，稍後再通知你。」她掛上電話。

「到底是怎麼回事？」珍問道。

「他邀請我去他家吃晚餐。」

「他對妳有所求。」

「他說他不會打聽什麼。」莫拉走到櫃子前拿起一副新手套。戴手套的時候，雖然她的雙手平穩，她卻能感覺到自己臉頰泛紅，脈搏在指尖跳動。

「妳相信他的話？」

「當然不信。所以我沒打算要去。」

珍靜靜地說：「也許妳應該去。」

莫拉轉頭看著她。「妳在開玩笑吧？」

「我想多了解一下梅菲斯特俱樂部。這些人到底是誰？在祕密集會時做些什麼？我恐怕沒辦法從其他管道查到任何相關訊息。」

「所以妳要我幫妳調查？」

「我只是說，妳去赴宴也未必是件壞事，只要小心就行了。」

莫拉走到解剖檯前，低頭凝視著伊芙・卡索維茲，心想，這個女人是名身懷武器的警察，然而連她也不夠小心。莫拉拿起刀開始解剖。

她用刀子在軀幹上劃一個Y字形，切口從兩側肩膀延伸，在胸骨下方交會；位置比平常更低，目的是爲了保留刺傷。在剪開肋骨、打開胸腔之前，她已知道會在裡面找到什麼。她可以從掛在燈箱上的胸部X光片上看得出來——球狀的心臟輪廓，遠比健康年輕女子的心臟來得大。她掀開胸骨和肋骨，然後仔細看著胸腔，接著把手伸滑到腫脹的心包[10]下方。

感覺像一個充血的袋子。

「心包填塞。」她抬頭對珍說，「她的血流進包覆著心臟的膜囊裡。因爲膜囊是密閉的，所以變得非常緊繃而使心臟無法跳動，或者是刺傷引起致命的心律不整。無論如何，下手都非常乾淨俐落。不過兇手必須知道刀子要瞄準什麼地方。」

「他很清楚自己在做什麼。」

「或者只是運氣好。」她指著傷口，「妳可以看到刀子剛好從劍突下方刺進去。只要稍微往上一點，心臟就會被胸骨和肋骨好好地保護著。不過要是從這個傷口的位置刺進去，刀子的角度正確……」

「就會刺中心臟？」

「這並不難。我在急診室實習的時候做過。當然，用的是針頭。」

「希望妳是插在死人身上。」

「不，她還活著。但是我們聽不到她的心跳，她的血壓急速下降，胸部X光片照出球狀心臟。我得想辦法。」

「所以妳刺了她一針？」

「用的是一根強心針。從膜囊排出足夠的血量，讓她可以繼續活著撐到動手術的時候。」

「很像那本間諜小說《針之眼》[11]。」吉間說，「兇手一刀插進受害者的心臟，讓他們快速死亡，幾乎沒流什麼血，因此讓謀殺非常乾淨俐落。」

「謝謝你提供這麼有用的殺人小祕訣。」珍說。

「其實吉間提到一個重點。」莫拉說，「兇手選擇快速的手法殺害伊芙．卡索維茲，可是對付羅莉安．塔克的時候，他不疾不徐地砍下手掌、手臂和頭部，然後畫下符號。但是他卻沒有浪費多少時間處理這名受害者，因此我認爲兇手殺害伊芙是基於更實際的理由。也許她出其不意地冒了出來，他必須立即擺脫她，因此他盡可能以最快的方式解決她。先是重擊頭部，然後給予心臟迅速的一刀。」

「他花時間在門上畫那些符號。」

[10] 包覆在心臟外層的纖維結締組織。
[11] 英國懸疑、歷史小說家肯．弗雷特（Ken Follett）之作。

「我們怎麼知道他不是先畫了那些符號呢?以搭配他送到門階上的包裹?」

「妳是說那隻手。」

莫拉點點頭。「他的獻禮。」

她回到解剖檯,又割又劃。她將肺臟取出,放進一個不鏽鋼盆,內臟隨即變成一團海綿狀的東西。看看粉紅色的表面,在兩片肺葉各劃幾刀,她因此知道這是一個不吸菸的人所有的健康肺臟,原可以服務它們的主人到老。莫拉接著解剖腹腔,把戴了手套的雙手伸入體腔,切除胃部、胰臟和肝臟。伊芙·卡索維茲的腹部平坦得令人嫉妒,無疑是長時間辛苦做仰臥起坐和腹部消脂運動的成果。只要一把手術刀,所有的努力多麼容易就化成了切開的肌肉與張開的皮膚。盆子慢慢擺滿了各種器官,一圈圈如糾結的鰻魚並且閃閃發光的小腸、肝臟和脾臟血淋淋地堆在一起。所有的器官都很健康,健康得不得了。她解剖至後腹腔,摘下如絲絨般光滑的腎臟,並切下幾小塊,丟進樣本玻璃罐。一塊塊腎臟切片拖著一圈圈血絲,沉進福馬林裡。

莫拉站直身子,看著吉間。「現在把頭部的照片放上去,看看拍到了什麼。」

他撤下軀幹X光片,放上一組她尚未檢視過的新片子;頭部的片子在看片箱上發光。她專注地看著頭皮撕裂傷下方的骨頭表面,沿著頭蓋骨的輪廓尋找她未觸摸到的細微骨裂或凹陷,但是她一無所獲。即使沒有骨折,那一下重擊依然可能足以打昏受害者,使其無力反抗,兇手進而有足夠的時間扯開她的外套、掀起她的毛衣。

然後將刀子插進她的心臟。

剛開始,莫拉全神貫注地看著頭蓋骨。接著她將注意力轉移到從側面拍攝的片子上,專心地檢視頸部，然後目光停留在舌骨。舌骨後面有個她從未見過的錐狀不透明物體。她蹙眉走近燈箱，站在那兒仔細端詳這個異物。在正面拍攝的X光片上，異物幾乎被密度較高的頸椎遮蔽，不過從側面的片子上就可清楚看見，而且這東西不是骨骼結構的一部分。

「這到底是什麼東西？」她喃喃自語。

珍走到她身邊。「妳在看什麼？」

「這裡的這個東西，不是骨頭，不是正常頸部的一部分。」

「是不是在她的喉嚨裡？」

莫拉轉身回到解剖檯，同時對吉間說：「能不能幫我把喉鏡拿來？」

莫拉站在解剖檯前端，抬起死者的下巴。她在醫學院就讀四年級時，試著爲一個停止呼吸的男子置入氣管內管而第一次使用喉鏡。當時四周亂烘烘，病人心搏停止，她的指導住院醫生只給莫拉一次插管的機會。「妳有十秒鐘的時間。」他說，「要是妳不行的話，就由我接手。」她將喉管滑進去，探看喉嚨並尋找著聲帶，但是她只看見舌頭和黏膜。時間一秒秒流逝，護士正在按壓病人的胸部，急救小組在一旁待命，莫拉與喉鏡搏鬥著，同時心裡明白病人每缺氧一秒鐘，就會有更多的腦細胞死亡。住院醫生最後從她手中拿走工具，用手肘將她推至一旁，自己親自動手，證明了莫拉的無能。

死人不需要這種分秒必爭的介入干預。她把喉頭鏡滑進受害者的嘴裡，沒有心跳監控器的尖銳聲響，沒有急救小組在旁盯望著她，沒有任何人命在旦夕。伊芙．卡索維茲是個很有耐性的解剖對象，任由莫拉翹起喉管片，拉起舌頭。她彎腰看進喉嚨內部。死者的頸部相當修長，莫拉輕易地找到聲帶；聲帶像淡粉紅色的帶子，位在氣管的兩側；兩片聲帶間有個發著閃光的東西。

「鑷子。」她伸出手。吉間將工具擺在她手上。

「妳看到了嗎？」珍問。

「看到了。」

莫拉將那個東西夾住並慢慢地抽出來，然後把取出的異物丟在托盤上，不鏽鋼盤面發出噹啷響聲。

「那個東西和我想的一樣嗎？」珍說。

莫拉將異物翻過來，這個東西在熾亮的燈光下就像珍珠般耀眼。

是個貝殼。

18

珍開車進入哈佛大學，然後車子停在柯南特大樓後方，這時午後陽光已經變得黯淡陰沉。停車場近乎空蕩，當她下車走進寒風中時，看了一眼這些彷佛早已廢棄的古老紅磚建築，以及在人行道上紛飛的細雪花。她知道當她完成來此的任務時，天應該已經黑了。

伊芙．卡索維茲也是個警察，卻沒有發現死亡就在眼前。

珍扣好外套領子上的釦子，舉步朝大學博物館走去。再過幾天，學生將放完寒假回來，校園將再次熱鬧起來。不過在這個寒冷的午後，珍獨自走在路上，刺骨寒風吹得她瞇起了眼睛。她走到博物館側門，發現門上了鎖。這並不意外；現在是星期天下午。她步履艱難地沿著從髒雪中鏟出的路徑繞到大門。

她在牛津街的入口處停下腳步，抬頭看著這棟雄偉的磚砌大樓。大門正上方標示著「比較動物學博物館」。

珍爬上花崗岩階梯走進大樓，同時也走進了另一個時代。木質地板在腳底下嘎吱作響，她聞到經年累月的灰塵味，還有老舊電暖爐的味道，並且看到一排又一排的木製展示櫃。

可是這裡一個人影也沒有，門廳裡空空蕩蕩。

她繼續朝建築內部走去。經過玻璃標本箱時，她駐足觀看各式各樣用大頭針固定著的昆蟲；巨大甲蟲的螯隨時準備夾住柔軟的皮膚；還有長了翅膀、甲殼發光的蟑螂。珍打了個寒顫，繼續往前走，經過猶如珠寶般華麗的蝴蝶、一櫃永遠無法孵化的鳥蛋，以及製成標本、再也無法吟唱的雀鳥。

咯吱的腳步聲讓她得知自己並非獨自一人。

她轉過身，望向兩只高聳櫃子間的狹窄走道，一名男子背著從窗戶照進來的冬日陽光。她只看到一個背脊佝僂、五官模糊的側影正拖著沉重的腳步朝自己走來。當他漸漸走近，從灰塵滿布的暗處現身時，珍才看清楚那張滿是皺紋、戴著金絲邊眼鏡的臉，而扭曲變形的藍眼睛自厚重的鏡片後方注視著她。

「妳該不會就是警方派來的那個女人吧？」

「馮席勒博士嗎？我是瑞卓利警探。」

「我就知道一定是妳，其他人不會這麼晚了還跑進來閒晃。這個時候大門通常已經鎖了，所以今天妳有幸做了點私人參觀啦。」他眨眨眼睛，彷彿示意珍在沒有大軍壓境的情況下色瞇瞇地看著死昆蟲和標本鳥兒是個難得的機會，而這個特別禮遇應該當作兩個人之間的小祕密。「那麼，妳把東西帶來了嗎？」

「在這兒。」她從口袋裡拿出證物袋，看到裝在透明塑膠袋裡的東西，馮席勒的眼睛爲之一亮。

「那就來吧！上樓到我的辦公室去，讓我用放大鏡好好看一看，我的視力已經大不如前。我討厭樓上的日光燈，不過要看這種東西實在少不了它。」

珍跟著馮席勒朝樓梯井走去，並且配合著他那令人不耐的緩慢腳步。這傢伙還能教書嗎？他似乎老得連樓梯都爬不了了。但是當她打電話給比較動物學系的時候，對方向她推薦的人選正是馮席勒。馮席勒剛才看到珍放在口袋裡的東西時，眼中所露出的興奮的光芒也是無庸置疑的；他眞的等不及想趕快親自檢視這個東西。

「妳對貝殼了解嗎，警探？」馮席勒伸出粗糙的手緊緊抓住雕花欄杆，緩緩爬著樓梯。

「我只知道怎麼吃蛤蜊。」

「妳的意思是，妳從來沒有收集過貝殼？」他回頭看了一眼。「妳知道羅伯特・路易斯・史蒂文生[12]說過，『若懂得收集貝殼的樂趣，恐比生下來就是百萬富翁人更加幸運』？」

「他這麼說過嗎？」我想我還是寧願當百萬富翁。

「我從小就非常喜歡收集貝殼。我的父母每年都會帶我們到南義大利的阿瑪菲海岸。我的臥室裡擺了一箱又一箱的貝殼，幾乎連轉身的空間都沒有；那些貝殼到現在我都還留著呢。其中有個美麗的海蛳螺標本，相當罕見，我在十二歲的時候買的。當時可花了我不少錢吶，但我總覺得花錢買貝殼是種投資。這是大自然最精緻的藝術。」

「看過我用電子郵件寄給你的照片了嗎？」

「喔，看過了。我把照片轉寄給我的老朋友，史帝芬諾・魯菲尼。他在一家叫Medshells的公司擔任顧問。他們蒐羅全球各地稀有的標本，賣給有錢的收藏家。對於妳手上的貝殼可能的來源，我們兩人的看法一致。」

[12] Robert Louis Stevenson，一八五〇年～一八九四年，蘇格蘭小說家、詩人與旅遊作家，代表作有《金銀島》以及《化身博士》等。

「所以這是什麼貝殼？」

馮席勒笑著回頭看了她一眼。「妳以爲我會不經過親自檢驗，就告訴妳最終的答案嗎？」

「你好像已經知道了。」

「我只能說，我把範圍縮小了。」他繼續爬著樓梯，「這個貝殼屬於腹足綱。」然後爬上另一層階梯，「新進腹足超目。」又一層階梯，「蛾螺超科。」

「對不起。這些究竟是什麼意思？」

「意思就是妳那枚小貝殼。首先，屬於腹足綱，也就是白話說的肚子腳，和蝸牛或帽貝之類的軟體動物屬於同一綱。牠們是單殼軟體動物，有一片肌肉腹足。」

「這是這個貝殼的名字嗎？」

「不是，那只是物種親緣上的分類。全球至少有五萬多種不一樣的腹足綱動物，而且不是全都爲海棲生物。例如常見的蛞蝓就是腹足綱動物，儘管牠沒有甲殼。」他來到樓梯最上層，領路穿過展示廳；這裡有更多的展示櫃，儼然是座無聲動物園，而這些動物以呆滯的眼睛不悅地看著珍。被注視的感覺如此強烈，讓她不由得停下腳步，回頭看著空無一人的展示間，看著一櫃又一櫃的標本。

除了這些被我們殺死的動物，這裡沒有別人。

她轉身想跟上馮席勒。他卻已不見蹤影。

有那麼一會兒，珍獨自站在這個偌大的展示廳裡，只聽見自己的心跳聲，感覺那些被困在玻璃後方的無數生物充滿敵意的眼神。「馮席勒博士？」她喊道，聲音彷彿迴盪在一個又一個的廳堂間。

他的頭從一個櫃子後方冒了出來。「妳不來嗎？我的辦公室在這裡。」

「辦公室」一詞對於他使用的那個空間而言實在言過其實。門上的名牌寫著：榮譽教授，亨利・馮席勒博士。門後是一個比掃具間大不了多少的隱蔽角落，裡面塞了書桌、兩把椅子，除此之外便沒有什麼其他的東西。他啪地打開牆壁上的開關，刺眼的日光燈讓他瞇起了眼睛。

「來吧，讓我瞧瞧。」他熱切地奪過珍遞出來的夾鏈袋。「妳說妳在某個犯罪現場找到的這個東西啊？」

她猶豫了一下，接著單單回了一句：「是的。」她沒說出口的是，這東西被塞在一名女死者的喉嚨裡。

「為什麼妳覺得它會有重要的意涵呢？」

「我正希望你能告訴我。」

「可以把它拿出來嗎？」

「如果真的有這個必要的話，可以。」

馮席勒打開塑膠袋，用患了關節炎的手指將貝殼取出。「哦，太好了。」他喃喃地說，並側身擠到書桌後方，坐在嘎唧作響的椅子上。他打開了鵝頸燈，拿出放大鏡和尺。「對，跟我想的一樣。看起來大概有……二十一公釐長。不是特別好的一個樣本，部分紋路不是很漂亮，上面還有些缺口，看到沒？可能是個在業餘收藏者的收藏箱裡滾來滾去所造成的。」他抬起頭，眼鏡後方的藍眼睛水汪汪的。「斑紋蛾螺。」

「那是它的名字嗎？」

「對。」

「你確定？」

他砰地放下放大鏡，站起身。「妳不相信我？」他厲聲說道，「那就跟我來吧。」

「我不是這個意思——」

「妳就是這個意思。」馮席勒匆匆走出辦公室，珍萬萬沒想到他的步伐竟能如此快速。他滿腔怒火並且急切地想爲自己辯護。他穿過一間間的展示廳，帶著珍穿梭在陰暗的標本櫃迷宮中，經過無數了無生氣的凝視，來到堆放在建築最深處的一排展示箱前。顯然，這個展區少有人來參觀。用打字機製作的說明標籤因年代久遠而泛黃，玻璃箱上也蒙有灰塵。馮席勒擠進櫃子間的狹窄走道，拉開一只抽屜，拿出標本盒。

「來。」他打開盒子，拿出一把貝殼，然後一個個擺放在玻璃箱上面。「斑紋蛾螺。這裡有另一個，還有一個。而這個是妳的。」他以一名受辱學者的眼神看著她。「怎麼樣？」

珍一一看過所有的貝殼，它們全都有著同樣優雅的弧線，同樣的螺旋紋路。「看起來的確很像。」

「當然像啦！它們是同種貝殼。我很清楚自己在說什麼。這是我的研究領域，警探。」

這個研究領域還眞有用啊，珍一面想，一面取出筆記本。「你剛才說它叫什麼名字？」

「本子給我。」馮席勒一把搶走筆記本，她看著他沉著臉寫下貝殼名稱。他可不是個慈祥老人啊，難怪校方要把他藏在掃具間。

他將筆記本遞還。「拿去。寫得清清楚楚。」

「這當中有什麼意思嗎？」

「這是它的名字。」

「不，我的意思是說，這種貝殼有什麼特別的地方？」

「它應該要有什麼特別之處嗎？妳是現代人，這是斑紋蛾螺。就是這樣。」

「這種貝殼，稀有嗎？」

「一點也不稀有。在網路上輕易就可以買得到，不知道有多少賣家呢。」

那就很難用來追查兇手了。珍嘆了一口氣，收起筆記本。

「在地中海一帶相當普遍。」

她抬起頭來。「地中海？」

「還有亞速群島。」

「不好意思。我不太清楚亞速群島在哪裡。」

馮席勒不敢置信地看了珍一眼。然後揮手示意她到其中一個展示著十幾種貝殼的玻璃箱前，旁邊有張褪色的地中海沿岸地圖。「妳看。」他以手指指著說，「就是西班牙西邊的這些群島。斑紋蛾螺分佈在這整個地區，從亞速群島到地中海沿岸。」

「其他地方呢？美洲呢？」

「我剛剛已經告訴妳它的分佈範圍啦。我拿給妳看的那些貝殼——是在義大利蒐集到的。」

她沉默一會兒，雙眼依然注視著展示箱裡的地圖。她記不得自己最後一次研究地中海地圖是什麼時候的事了，畢竟波士頓才是她的世界；一旦跨越州界線，就等同出國。兇手爲什麼要放一枚貝殼呢？爲什麼特別挑這種貝殼？

她的目光焦點落在地中海東端的賽普勒斯島上。

紅赭土、貝殼。兇手到底想告訴我們什麼？

「哦。」馮席勒說，「我不知道還有人在這兒。」

珍沒聽到任何腳步聲，即便會嘎吱作響的木頭地板也沒有發出任何聲音。她轉身看見一個年輕人陰森地隱約出現在自己的正後方。從皺巴巴的襯衫與藍色牛仔褲看來，很有可能是研究生。而他戴著厚重的黑框眼鏡，臉上毫無血色，看起來確實像一名學者。他不發一語地站在原地，珍不禁懷疑此人是否會說話。

然後，他開口了，但口吃得十分嚴重，讓人聽起來頗爲費力。「馮席勒教、教授。關、關、關門的時、時間到、到了。」

「我們剛結束，馬爾康。我想給瑞卓利警探看幾個蛾螺標本。」馮席勒將貝殼放回盒子裡，「我會鎖門的。」

「但、但、但、是這是我的——」

「我知道，我知道。就只是因爲我年紀大了，所以大家都認爲我連簡單的轉鑰匙也不會。這樣吧，我辦公桌上還有文件要整理。何不由你送警探出去？我保證走的時候一定鎖門。」

年輕人猶豫了一下，彷彿是思索著該怎麼表達抗議。然後他只是嘆了口氣，然後點點頭。

珍把裝著貝殼的證物袋放回口袋。「謝謝你幫忙，馮席勒博士。」不過老人已經拖著腳離開，將放有貝殼的盒子放回抽屜。

年輕人不發一語地領著珍穿過陰暗的展示廳，行經囚困在玻璃箱裡的動物，他的運動鞋幾乎毫無聲響地踩在木地板上。這裡照理說不是年輕人會想在此度過週日夜晚的地方，珍心想著，與化石和蝴蝶標本爲伴。

出了博物館，在黃昏陰暗的光線裡，珍吃力地踏過砂礫般的積雪，走到停車場，鞋子嘎扎作響。半路上，她放慢腳步，然後停下。她轉身掃視一片黑暗的建築物，街燈照射出的一圈圈光暈。沒有人影，沒有動靜。

伊芙．卡索維茲遇害的那個晚上，她可曾看見兇手出現呢？

她已將鑰匙抓在手上，然後加快腳步走向停車場裡唯一的車子。一直等到上了車，鎖好門，她才卸下防備。*這個案子眞的嚇死我了，*她心想，*就連走在停車場，我都覺得背後有鬼。*

而且越靠越近。

19

八月一日。月相：滿月

昨晚母親在夢中對我說話。責備了我一頓，說我最近不守紀律。「我教了你所有的古老儀式，是爲了什麼？是爲了讓你置之不理嗎？你要記住自己的身分。你可是被揀選的。」

我沒有忘記。我怎麼忘得了呢？自小，她便爲我訴說祖先們的故事。托勒密二世執政時期的曼內托⑬寫道：「他們放火燒毀了我們的城鎮。對人們施以各種暴行。他們發動戰爭，渴望殲滅全族。」

我身上流著神聖的獵人之血。

這些是連我那心不在焉而且健忘的父親也不知道的祕密。我的父母，他們的關係是全然實際的。但母親與我的聯結，可以跨越時間與空間，進入我的夢中。而她對我感到很不滿。

所以今晚，我牽著一頭羊走進樹林。

牠自願跟我來的，因爲牠不曾嚐過人類的殘酷所能帶來的痛苦。月色如此明亮，我根本無需手電筒照路。我聽見身後傳來其他羊隻困惑的叫聲；我從農夫的羊圈中將牠們放出，但是牠們並沒有跟著我。我逐漸往樹林深處行，牠們的叫聲隨之遠去。此時我只聽到自己的腳步聲和羊蹄踩踏在林地上的聲音。

當我們走得夠遠後，我將羊綁在樹上。這隻牲畜察覺到後續將發生什麼事，因而發出焦急的哀鳴。我將衣服一件件脫下，直到一絲不掛，然後跪在青苔上。今晚有些涼意，但我因所預料之事而顫抖。我舉起刀子，儀式用的咒語一如往常地從我口中傾瀉而出。讚美我們的主塞特⓮，我祖先的神，死亡與毀滅之神。經過了數千年，祂牽著我們的手，帶領我們從黎凡特⓯到腓尼基和羅馬，到世界的每個角落。我們無所不在。

鮮血如溫泉般湧出。

結束之後，我穿著鞋、赤裸著身體走到湖邊。在月光下，我涉入水中，洗去身上的羊血。我一身潔淨、興高采烈地回到岸上。直到穿上衣服，我的心跳才終於緩和，並且突然感到全身疲憊。我幾乎能在草地上席地而睡，但我不敢躺下，因爲我實在太累了，這麼一躺可能要到天亮才會睡醒。

我拖著疲憊的腳步回家。當我抵達丘頂時，我看見了莉莉。她就站在草坪邊緣，一抹修長的身影，長髮在月光下閃耀。她正看著我。

「你上哪兒去了？」

「我去游泳。」

「摸黑地游？」

「這是最棒的時間。」我緩緩走向她。即使我靠近到伸手便能觸及她的距離，她仍紋風不動

⓭又稱塞本尼托斯的的曼內托，爲埃及托勒密王朝時的祭司兼歷史學家。
⓮埃及神話中的力量之神。
⓯所指爲中東托魯斯山脈以南、地中海東岸、阿拉伯沙漠以北與上美索不達米亞以西之區域。

地站著。「水很溫暖，而且不會有人看見你裸泳。」我的手因湖水而冰涼，當我輕撫莉莉的臉頰時，她不禁顫抖了一下。這是由於恐懼或是迷戀？我不知道。然而我曉得，過去這幾個星期，她一直在注意我，而我也留意著她；我們之間有些不尋常。人們說，地獄召喚地獄。藏在她內心某處的黑暗聽到了我的呼喚而蠢蠢欲動。

我靠得更近一些。雖然莉莉的年紀比我大，但我的個子比較高。當我倚身時，手臂能輕易地環繞在她的腰間。我們的髖部相觸。

她一個巴掌打得我踉蹌往後退。

「你不准再碰我。」她轉身走回屋子裡。

我的臉還在刺痛。我流連在黑暗中，等待她的巴掌印記從我的臉頰上褪去。她不知道我眞正的身分，不知道她剛才羞辱的人是誰，也不知道會有什麼後果。

那天晚上我徹夜未眠。

我躺在床上，回想母親教授我的一切——要有耐心，等待時機。她說：「令人最滿意的獎賞就是，總是必須耐心等候。」隔天早上太陽昇起時，我依然躺在床上想著母親的教誨，也想著那令人難堪的一巴掌，想著莉莉和她的朋友們如何地輕視我。

樓下，艾美嬸嬸正在廚房裡做早餐。我聞到咖啡香與培根在平底鍋裡煎煮的味道。我聽見她喊著：「彼得？有沒有看見我的剔骨刀？」

20

炎炎夏日，西班牙廣場一如往常地人山人海，滿是汗流浹背的觀光客。他們摩肩接踵，脖子上吊著昂貴的相機，以軟帽和棒球帽爲泛紅的臉遮陽。莉莉駐足在廣場階梯上，觀察下方的人群移動，注意到相互競爭的旅行團在小販的車子周圍形成漩渦般的人流。她擔心扒手，所以邁步走下階梯，並揮手趕走意料中會如蒼蠅般圍湧上來兜售小飾品的小販。她發覺路上有幾名男人朝自己看了一眼，不過他們的興趣只是短暫的。看一眼，腦子裡閃過一絲邪念，然後眼神移動至下一個打從他們面前經過的女人身上。莉莉根本沒將他們放在心上，自顧自地朝廣場走下階梯，沿途經過一對在階梯上擁抱的情侶與一個埋首於書本的年輕人。她擠進人潮。在人群裡，她感覺很安全，彷彿隱姓埋名、與世隔絕。當然，這只是一種幻象；世上沒有眞正安全的地方。她穿過廣場，閃躲迴避拿著相機拍照的觀光客與嘖嘖舔著義大利冰淇淋的孩童，並且知道自己太容易被人發現了。群衆可以掩護獵物，同樣也可掩護掠食者。

莉莉走到廣場的另一頭，經過一家賣著她這輩子絕對買不起的設計師鞋款和皮包的商店。過了店鋪就是設有提款機的銀行，有三個人正在排隊。她加入等待隊伍。輪到她的時候，她已經仔細觀察了身邊的每個人，並且沒有看到任何伺機而動的竊賊。此刻正是提領大筆金額的好機會。她來到羅馬四個星期了，但是工作還沒有著落。儘管她說得一口流利的義大利語，卻沒有任何咖啡攤或是紀念品店願意雇用她，而她身上只剩下五歐元了。

莉莉插進提款卡，按下三百歐元的提款金額，然後等待收取現金。機器將她的卡片連同收據退了出來，但是沒有現金。她低頭看了看收據，心情隨即一沉。她不用翻譯也看得懂上面寫了什麼。

餘額不足。

好吧，她心想，也許我一次提領太多錢了。別緊張。她再次插進卡片，按下密碼，要求提領兩百歐元。

餘額不足。

這時，排在她後方的女人不耐煩地發出意味「拜託快一點！」的嘆氣聲。莉莉第三次將卡片推進機器，嘗試提領一百歐元。

餘額不足。

「嘿，妳到底要多久才會好啊？一整天嗎？」她身後的女人問道。

莉莉轉身看著她。只消怒火中燒的一眼，那名婦女便驚恐地向後退了幾步。莉莉從她身邊擠過，回頭朝廣場走去。她心不在焉地移動，一反平素地不再理會誰會監視她、跟蹤她。當她抵達廣場階梯的時候，雙腿已經全然無力。她頹坐在階梯上，頭埋在雙掌之間。

她沒錢了。她知道帳戶裡的存款越來越少，遲早會用完，但是她本來以爲至少還能支撐一個月。她身上的現金可能還夠吃兩頓飯，但是僅此而已。今晚沒有旅館可住，沒有床鋪可以躺歇。不過，這些階梯還算舒服，景致更是美不勝收。要是肚子餓了，她總是可以在垃圾桶裡翻找觀光客吃剩的三明治。

我這是在騙誰啊？我得想辦法弄點錢才行。

莉莉抬起頭，環視廣場，看見許多單身男子。哈囉，各位，有沒有人願意花錢和一位走投無路的辣妹共度一個下午？接著她發現有三名警察在周邊徘徊，因此決定這裡不是個適合找對象的好地方。被捕會是件麻煩事，自己也可能會賠上性命。

她拉開背包的拉鍊，瘋狂地翻找。或許袋子裡有一疊遺忘在裡面的現金，或是幾個銅板在背包底下叮噹作響。機會渺茫；畢竟她總是清楚記下所花的每一毛錢。最終她只找到一條薄荷糖、一支原子筆。沒有半毛錢。

不過還有一張名片；上面印著菲利普·卡瓦利的名字。他的臉孔立刻重新浮現在莉莉眼前。那個色瞇瞇的卡車司機。「如果妳需要地方住，」他說，「我在城裡有間公寓。」

嗯，猜猜怎麼著？我現在無處落腳。

她坐在階梯上，若有所思地用兩根手指摩擦著名片，直到紙張彎曲變形。想到菲利普·卡瓦利和他那雙猥瑣的眼睛，以及滿是鬍碴的臉。會有多可怕？這一生裡，她曾做過更糟糕的事，都遠比這來得更可怕。

而我至今仍在為這件事付出代價。

莉莉拉上背包拉鍊，四處尋找電話亭。不管他的眼睛是否猥瑣，她想，人總是要吃飯。

莉莉站在4G公寓外的走廊上，緊張地拉整襯衫，順順頭髮。接著，她納悶自己何必如此費心，因為她上次見到這個男人的時候，他是如此地邋遢。老天，至少讓他不要有口臭，她心想。

她能應付胖子和醜八怪，只要眼不見爲淨就行了。但是一個有口臭的男人……

門打開了。「請進！」菲利普說。

一看到他，莉莉就想轉身逃跑。他與自己記憶中的樣子完全相同——下巴留著刺人的鬍碴，飢渴的目光已經貪婪地盯著她的臉。菲利普甚至沒有爲了她的來訪費事換套像樣的衣服，而只穿了件無袖的T恤和便褲。他何必特地梳洗呢？他當然很清楚莉莉是爲何而來，而且原因絕對不是爲了他雕像般的身體或是過人的機智。

她走進公寓，大蒜和香菸的味道針鋒相對。除此之外，這裡不算是個糟糕的地方。她看見沙發和幾把椅子、整齊的報紙、茶几。陽臺窗正對著另一棟公寓大樓。隔著牆壁，她能聽見鄰居吵雜的電視聲。

「要喝點酒嗎，卡蘿？」他問。

卡蘿。她差點忘了當時她告訴他自己叫什麼名字。「好的，麻煩你。還有……你會不會剛好有些吃的呢？」

「食物？當然有。」菲利普露出微笑，但是眼神永遠帶著猥褻。他很清楚這些只是辦正事之前的輕鬆開場白。他拿出麵包和乳酪，還有一小碟醃漬蘑菇。算不上正餐，充其量是一些點心。原來這就是她的身價。酒廉價而酸澀，但是她配著食物喝了兩杯。面對即將發生的事，喝醉還是比清醒來得好。菲利普坐在餐桌對面，一邊啜飲自己的酒，一面看著她。有多少個女人下定決心來到這間公寓，坐在這張餐桌前，只爲了能有個躺歇的地方？當然沒有人是自願的。她們大概也和莉莉一樣，得先喝個一兩杯，甚或三杯酒才能辦事。

菲利普伸手，隔著餐桌解開莉莉襯衫最上面的兩個鈕子，而她一動也不動。接著他坐回原位，笑著觀賞她的乳溝。

莉莉試著忽略他的凝視，逕自拿取另一塊麵包，飲盡杯子裡的酒，然後爲自己再添一杯。他站起來走到她身後，解開襯衫上所有的鈕子，並讓衣服從肩膀上滑下，接著解開胸罩。莉莉將一塊乳酪塞進嘴裡，咀嚼，呑下。當菲利普的手握住她的乳房時，她差點嗆了出來。她僵直地坐著，緊握拳頭，壓抑內心想轉身掌摑他的衝動。她任憑對方的雙手繞到前方拉開牛仔褲的拉鍊。接著菲利普使勁拉了莉莉一下。她順從地站起身，讓他剝去她身上剩下的衣物。當她終於赤裸裸地站在他的廚房裡時，他退後了幾步欣賞著眼前的畫面，並且明顯地性慾高漲。他甚至沒有費事脫衣，直接把她壓在流理臺上，解開褲子，以站姿與她做愛。櫥櫃隨著他激烈的動作而格格作響，抽屜裡的銀器也噹啷出聲。

快點，結束吧，該死的。

但菲利普才剛開始而已。他將她轉過身，按跪在地上，然後在磁磚地板上做愛。接著在客廳。任何人透過陽臺窗戶便能看得一清二楚，彷彿他要讓全世界知道：他，菲利普，可以在任何房間用任何姿勢搞女人。莉莉閉上眼睛，專注地聽著隔壁的電視聲。遊戲節目鬧烘烘的音樂，一個很容易興奮的義大利主持人。她將注意力放在電視上，因爲不想聽見菲利普在體內抽送時的喘息，與他高潮時的哼吟聲。

菲利普癱在莉莉的背上，一身鬆軟的肉壓得她差點窒息。她從他身下費勁地爬出來，仰躺在地上，身體因兩人的汗水而濕滑。

過了一會兒，菲利普打起鼾來。

莉莉將他留在客廳的地板上，走到浴室沖澡。她在蓮蓬頭下面足足沖了二十分鐘，洗去他留在身上的絲毫痕跡，然後頂著濕漉漉的頭髮回到客廳，想確定他仍然熟睡。菲利普確實在呼呼大睡，於是她悄悄進入他的臥室，仔細翻找衣櫥抽屜。最後在一堆襪子下方發現了一把現鈔——至少有六百歐元。他不會介意少了一百塊的，她一邊數著鈔票，一邊想。反正這是她應得的。

莉莉穿好衣服，正準備拿起背包之時，聽見身後傳來菲利普的腳步聲。

「妳這麼快就要走了？妳怎麼可能只做一次就滿足了呢？」

她徐徐轉身看著他，擠出一抹微笑。「只要和你做一次，菲利普，就像和別的男人做了十次。」

他露齒而笑。「每個女人都這麼說。」

那麼她們全都是騙你的。

「留下來，我做晚飯給妳吃。」他走到莉莉面前，伸手把玩她的一綹頭髮。「留下來，或許——」

莉莉考慮了大約兩秒鐘。雖然此處可以歇腳過夜，可是所要付出的代價太高了。「我得走了。」她轉身。

「請留下來。」菲利普頓了頓，然後用迫切的語氣補上一句，「我會付妳錢。」

莉莉停住腳步，回頭看著他。

「就是這麼回事，對吧？」他低聲地說。笑容消失，他的臉慢慢頹喪成滿是倦容的面具。他不再是趾高氣揚的大情聖，而是個悲哀的中年男子，挺著便便大腹，沒有女人願意留在他的生命中。曾經，莉莉覺得他的眼神兇惡猥瑣；現在那雙眼睛看起來只是充滿疲憊與挫敗。「我知道這是事實。」他嘆了口氣，「妳會來，並不是爲了我。妳要的是錢。」

此刻，莉莉第一次看著菲利普而不覺作嘔。也是第一次，她決定對他坦誠以對。

「是的。」她承認道，「我需要錢。我已經身無分文，在羅馬又找不到工作。」

「可是妳是美國人，回家去就好了啊。」

「我不能回去。」

「爲什麼？」

她瞥過眼神。「我就是不能回去。反正我在那裡也已經一無所有了。」

他思索了一會兒她說的話，然後得出一個合理的結論。「警察在找妳嗎？」

「不。不是警察——」

「那麼妳在躲什麼人呢？」

她心裡想著：*我在躲避魔鬼*。但是她不能這麼說，否則他會認爲她瘋了。她僅僅回答：「一個男人，一個讓我害怕的人。」

菲利普大概以爲莉莉指的是對她暴力相向的男友。他同情地點點頭。「這麼說妳需要錢。來吧，我可以給妳一些。」他轉身舉步走向臥房。

「等等，菲利普。」此刻，她充滿了罪惡感，所以伸手從口袋裡拿出剛才從放襪子的抽屜偷來的一百歐元。這個男人如此渴望有人陪伴，她怎麼能偷他的錢呢？「對不起。這些錢是你的。

我眞的很需要，但是我實在不應該偷你的錢。」莉莉抓住菲利普的手，將鈔票塞進他手心，幾乎不敢直視他。「我會自己想辦法的。」她轉身離開。

「卡蘿，這是妳的本名嗎？」

她頓了頓，手放在門把上，「叫什麼名字都無所謂。」

「妳說妳需要工作。妳能做些什麼？」

她望著他。「要我做什麼都可以。我可以打掃房子、端盤子，但我必須領現。」

「妳的義大利語說得非常好。」他一邊打量她，一邊思索著。「我在城裡有個表姊，」他終於開口說道，「她是負責辦旅遊導覽團的。」

「什麼樣的旅遊導覽團？」

「帶人參觀廣場、會堂。」他聳聳肩，「妳知道的，就是觀光客到羅馬常去的地方。有時候她需要會講英語的導遊。但是必須是讀過書的人才行。」

「我是！我有古希臘羅馬文化研究的大學文憑。」嶄新的希望讓她霎時心跳加速。「其實，我對歷史很熟；尤其是古文明世界。」

「可是妳對羅馬熟悉嗎？」

莉莉突然笑了出來，放下她的背包。「老實說，我熟得很。」

21

莫拉站在結霜的人行道上，抬頭看著畢肯山上的住宅，窗戶正發出誘人的暖意。前廳裡火光搖曳，一如那晚她受舞動的火焰與咖啡所吸引而初次踏進這扇門。今晚她爬上這些階梯乃是出於好奇；好奇這個令她既感到興味，又——她必須承認——有點令她害怕的男人。她按下門鈴，聽見屋裡的音樂鈴聲響起，迴盪在一間間她尚未見過的房間裡。她本以爲開門的會是男僕，沒想到安東尼・桑索尼親自應門，因此大感吃驚。

「我原本不敢肯定妳眞的會來。」他在莫拉進屋的同時如此說道。

「我原本也不確定。」她承認。

「其他人晚一點才會到。我想我們兩個人先單獨談談比較好。」桑索尼幫她脫下外套，推開隱藏門板，露出裡面的衣櫥。在這個男人的屋子裡，牆壁本身就暗藏著驚奇。「那麼，爲什麼妳最後決定來了呢？」

「你曾經說我們兩人有共同利益。我想知道你這話是什麼意思。」

他掛好外套並轉過身。莫拉只見一個身穿黑衣的模糊身影，火光將他的臉龐照映出金光。

「邪惡，那就是我們的共同點。我們都曾經近距離地見過它，與它面對面，聞過它的氣息，並且感覺到它回看著我們。」

「很多人都曾經親眼見過。」

「但是妳的經驗屬於相當個人的層面。」

「你又在講我母親了。」

「喬伊絲告訴我，至今沒有人知道阿莫希亞到底殺害了多少人。」

「我沒繼續注意那個案子的調查，完全不插手。我最後一次見到阿莫希亞是七月份，也不打算再去看她。」

「對邪惡視而不見並不會讓它消失。它仍然存在，仍然是妳生命的一部分——」

「它不是我生命的一部分。」

「就存在妳的DNA裡。」

「我的出生是個偶然。我們並不等同我們的父母。」

「但是在某種程度上，莫拉，妳母親的罪惡一定困擾著妳，一定令妳感到懷疑。」

「懷疑自己是否也是個怪物嗎？」

「妳有這樣納悶過嗎？」

莫拉頓了頓，非常在意他如此熱切地看著自己。「我和母親一點都不像。如果眞要說什麼的話，我跟她是南轅北轍。看看我選擇的職業，我所從事的工作。」

「也許是作爲一種贖罪？」

「我沒有什麼好贖罪的。」

「然而妳選擇成爲受害者的代言人、正義的使者。並不是每個人都會做這種選擇，或是像妳這般鞠躬盡瘁。這正是我今晚邀請妳來的原因。」他打開通往隔壁房間的門。「也是我想讓妳看點東西的原因。」

莫拉跟著桑索尼走進牆壁飾有鑲板的餐廳，大餐桌上已經擺好了餐具。她注意到共有五份餐具，然後審視了一眼水晶高腳杯，以及金銀鑲邊的耀眼瓷器。這裡有另一座火光搖曳的壁爐，但這個大而幽暗且有著十二呎高天花板的房間依然寒涼，所以她很慶幸自己仍穿著喀什米爾毛衣。

「先來杯酒？」他拿起卡本內葡萄酒問道。

「好的。謝謝。」

他倒了酒，將杯子遞給她，但她幾乎沒有瞥過眼來，只是專心地看著牆壁上的肖像。牆上展示著一張張臉孔，有男有女；這些臉透過數個世紀形成的古樸光澤向外凝望。

「這些只是一部分而已。」桑索尼說，「這些是我的家族多年來費心蒐羅的畫像。有的是現代的複製品，有些只是重現我們想像中那些人可能的樣子；不過有少數幾幅是眞跡。這些人生前想必應該就是這個模樣。」他越過房間，來到某一幅肖像前。其上畫的是名年輕女子，一雙黑眼睛炯炯有神，烏黑的秀髮輕輕地收攏在後頸。她蒼白的鵝蛋臉在爐火照明的幽暗房間裡，皮膚彷彿吹彈可破。這幅畫如此鮮活，令莫拉幾乎可以想像出那白皙脖子上的脈搏。年輕的女子微微側身面向畫家，縫有金線的酒紅色長禮服顯得閃閃發光，她的眼神直率而無懼。

「她叫做伊莎貝拉。」桑索尼說，「這是在她結婚前一個月畫的。費了好一番功夫修復，畫布上原本有火燒的痕跡。一場大火讓她的家付之一炬，還好這幅畫得以倖存。」

「她很漂亮。」

「是啊，也是她的不幸。」

莫拉蹙眉看著他。「怎麼說？」

「她嫁給威尼斯的貴族，尼可羅・康提尼。這樁婚姻怎麼看都是天作之合，直到——」他頓了頓，「直到安東尼奧・桑索尼毀了他們的生活。」

莫拉驚訝地看著他。「就是肖像裡的那個男人？在另一個房間裡的那個？」

他點點頭。「我那位了不起的祖先。噢，他能藉著斬妖除魔的名義合理化自己的所作所爲。教會完全同意——刑求、放血、火刑。威尼斯人特別擅長刑求，而且頗具想像力，設計出的逼供刑具一個比一個殘忍。不管指控多麼離譜，只要在地牢裡讓桑索尼閣下折磨幾小時，幾乎所有人都會俯首認罪。無論罪名是施行巫術、對鄰居下咒，或是和魔鬼勾結，唯有承認其中一項或所有的指控，才能求死以解脫痛苦。解脫的方式本身就很殘忍，因爲多數的人是被活活燒死的。」他環顧房間，看著這些肖像。一張張死者的面容。「妳在這裡所看到的這些人，全都在他的手中遭受折磨，不分男女老幼。據說他每天醒來便急切地想執行刑求的工作，因此興高采烈地吃下有麵包和肉類的豐盛早餐，爲自己補充體力。然後穿上那件血跡斑斑的長袍上工，剷除異教徒。即使隔著厚重的石牆，大街上的路人依然聽得到慘叫聲。」

莫拉環顧這整個房間，看著一張張往生者的容顏，並且想像這些臉孔鼻青臉腫並因爲痛苦而扭曲的模樣。他們反抗了多久？有多久的時間，他們堅信自己有逃脫的希望，或是自己還有一線生機？

「安東尼奧讓每個人都屈服了。只有一個人例外。」他回頭看著那個雙眼熠熠生輝的女人。

「伊莎貝拉活下來了？」

「噢，不。在他的刑求之下，沒有人倖免於難。她和其他人一樣死了。但是他從沒能征服她。」

「她拒絕認罪？」

「也不肯屈服。她只要暗指自己的丈夫有罪，與他斷絕關係，指控他施行巫術，她或許能保有一命。因為安東尼奧眞正要的不是她的自白，他要的是伊莎貝拉。」

她的美麗導致了她的不幸。桑索尼剛才說的原來是這個意思。

「一年又一個月。她在沒有暖氣、沒有光線的牢房裡活了這麼長的時間。每天都慘遭折磨。」他看看莫拉，「我看過當時留下的刑具。我想不會有比那樣更慘忍的地獄了。」

「而她從來沒有屈服？」

「她抵死不從。即使他們搶走她的新生兒。即使他們夾碎她的雙手，將她的背部打得血肉模糊，扭攪她的關節。所有的暴行都詳細記錄在安東尼奧的個人手札裡。」

「你眞的讀過那些手札？」

「是的。那些是我們家族代代相傳的遺物，連同當時留下的其他令人不適的祖傳遺物一同收藏在保險庫裡。」

「多麼可怕的遺產。」

「當時我說我們有共同的利益、共同關注的問題，指的就是這件事。我們同樣繼承了惡毒的血液。」

莫拉重新注視伊莎貝拉的臉，突然想起不久前桑索尼所說過的一句話。他們搶走她的新生兒。

她看著他。「你說她在牢裡生了一個孩子。」

「沒錯。一個兒子。」

「他後來怎麼樣了？」

「他由當地的修道院撫養長大。」

「但是他是異教徒的兒子，爲什麼沒有被殺害？」

「這是拜他父親所賜。」

她恍然大悟，目瞪口呆地看著他。「安東尼奧．桑索尼？」

桑索尼點點頭。「小男嬰是在母親入獄十一個月後誕生的。」

一個因強暴而生下的孩子，她心想，原來這就是桑索尼家族的血脈。他們的祖先是由一名不幸女子所生。

和一個怪物所生的。

莫拉看看房間四周其他的肖像。「我想我不會想把這些肖像掛在家裡。」

「妳覺得這樣很病態。」

「這樣我每天都會想起這些事，想到他們是怎麼死的。」

「所以妳會將它們藏在衣櫥裡？連看都不看一眼，就像妳盡量不去想起妳的母親那樣嗎？」

這話嚇了莫拉一跳。「我沒有理由要想起她，她和我的生活一點關係都沒有。」

「但事實並非如此。而妳也的確會想起她，不是嗎？妳是無法躲避的。」

「我可絕對沒有把她的畫像掛在我家客廳裡。」她把酒杯放在桌上。「這種緬懷祖先的方式還眞奇怪。把家族的刑求者擺在前廳，彷彿當成偶像，或讓你引以爲傲的人。至於在餐廳這裡，你則陳列了他的手下亡魂。但這些臉孔注視著你，像是收集到的戰利品。這種東西只有——獵人才會展示出來。」

莫拉頓了頓，低頭看著空酒杯，發覺屋子悄然無聲。餐桌上擺放了五份餐具，然而她是唯一到場的賓客，甚至或許是今晚唯一受邀的客人。

當桑索尼伸手欲拿取她的空酒杯時，無意間擦過她的手臂，她下意識地縮了一縮。他轉身把酒斟滿。莫拉看著他的背影，看著黑色套頭襯衫下的肌肉輪廓。接著桑索尼轉身面對她，遞出酒杯。莫拉接過杯子，儘管喉嚨突然乾澀，但是她並沒有啜飲。

「妳知道這些畫像爲什麼會掛在這兒嗎？」他靜靜地問。

「我只是覺得……很奇怪。」

「我是看著這些畫長大的。這些原本掛在我父親的屋子裡，以及他父親的屋子裡。安東尼奧的畫像也是，不過總是掛在不同的房間，永遠放在最顯眼的地方。」

「就像祭壇。」

「可以這麼說。」

「你們很尊敬那個男人嗎？那個刑求者？」

「我們將他銘記在心。我們絕對不允許自己忘記他是什麼樣的人，以及——什麼樣的東西。」

「爲什麼?」

「因爲這是我們的責任。這是桑索尼家族在好幾代以前所接受的神聖使命，從伊莎貝拉的兒子開始的。」

「那個在牢裡出生的孩子。」

他點點頭。「維特里歐成年之後，桑索尼閣下已經過世。但是他已經惡名遠播，桑索尼這個姓氏不再是一種優勢，反而成了種詛咒。維特里歐可以擺脫自己的姓氏，否認自己的血統。可是他反其道而行。他接受桑索尼這個姓氏，也擔起它所賦予的重擔。」

「你提到神聖的使命，指的是什麼?」

「維特里歐發誓要爲他父親的所作所爲贖罪。如果妳看看我們的家族徽章，便會發現這句話，『Sel libera nos a malo』。」

拉丁文。莫拉蹙眉看著他。「救我們脫離凶惡。」

「沒錯。」

「那桑索尼家族到底要做些什麼?」

「追捕魔鬼，艾爾思醫生，這就是我們要做的事。」

有那麼一會兒，她不發一語。他不可能是認眞的吧，她心想，但他的眼神無比堅定。

「你想必只是打個比方而已。」她終於開口說。

「我知道妳不相信他眞的存在。」

「撒旦嗎?」她忍不住笑了出來。

「人們可以輕易相信上帝的存在。」

「所以才稱之為信仰。信仰不需要證據，因為沒有證據可言。」

「一個人如果相信光明，也必須相信有黑暗。」

「但是你所說的是種超自然的東西。」

「我所指的是邪惡，淬鍊成最純粹的樣子，化身為有血有肉、真真實實的生物，在我們周遭行走。這與衝動型殺人無關；不是吃醋的丈夫抓了狂，也不是嚇得六神無主的士兵殘殺手無寸鐵的敵軍。我所說的是截然不同的一回事。這些人看起來人模人樣，但是沒有絲毫人性。」

「惡魔嗎？」

「如果妳喜歡這麼稱呼他們的話。」

「而你真的相信他們存在？怪物、惡魔——不管你怎麼稱呼都可以。」

「我知道事實如此。」桑索尼靜靜地說。

突然響起的門鈴聲嚇了莫拉一跳。她回頭朝前廳瞥了一眼，但桑索尼無意移動前去應門。她聽見腳步聲，接著是管家在玄關裡說話的聲音。

「晚安，費爾維太太。讓我幫您拿外套好嗎？」

「我遲到了一會兒，傑瑞米。對不起。」

「史塔克先生和歐唐娜醫生也還沒到。」

「他們還沒到？那我安心多了。」

「如果您想和他們聊聊的話，桑索尼先生和艾爾思醫生正在餐廳裡。」

「老天啊，我真的需要喝杯酒呢。」

像風一般衝進餐廳裡的女子身材如男性般高挑，並且同樣讓人畏懼三分。縫有皮革肩章的粗呢休閒西裝外套突顯出她寬闊的肩膀；儘管頭髮斑白，她的行動依然充滿年輕人的活力與自信。她毫不猶豫地直接走到莫拉面前。

「妳一定是艾爾思醫生了。」她不帶感情地與莫拉握手，「我是艾溫娜・費爾維。」

桑索尼為女子倒了一杯酒。「外面路況怎麼樣，艾溫娜？」

「一言難盡。」她啜了一口酒，「我很驚訝奧利居然還沒到。」

「現在才八點鐘。他會跟喬伊絲一起來。」

艾溫娜看著莫拉。她的眼神直接，甚至帶有侵略性。「這個案子有任何進展嗎？」

「我們還沒談到那裡。」桑索尼說。

「真的嗎？但是我們關心的就是這件事。」

「我不能討論案情。」莫拉說，「相信你們明白為什麼。」

艾溫娜看看桑索尼。「你是說她還沒同意嗎？」

「同意什麼？」莫拉問道。

「加入我們這個團體，艾爾思醫生。」

「艾溫娜，妳有點操之過急了。我還沒解釋清楚——」

「梅菲斯特俱樂部？」莫拉說，「你們指的是這個嗎？」

霎時一片寂靜。在另一個房間裡，電話鈴響起。

艾溫娜突然笑了出來。「她比你早了一步，安東尼。」

「妳怎麼知道有這個俱樂部？」他看著莫拉問道。接著他瞭然地嘆了一口氣。「想必是瑞卓利警探告訴妳的吧？我聽說她四處打聽消息。」

「這是她的職責所在。」

「她終於滿意我們不是嫌犯了嗎？」

「她只是不喜歡神祕不明的事情，而你們這個團體卻神祕得不得了。」

「而這就是妳今晚接受邀請的原因，來此弄清楚我們的底細。」

「我想我已經弄清楚了。」莫拉說，「我所聽到的事情已經足夠我做出決定。」她放下酒杯。「我對形而上學不感興趣。我知道世上存在著邪惡，而且自古就是如此。但你不必藉由相信撒旦或惡魔來對其提出解釋。人類自身就能行邪惡之事了。」

「妳對加入我們的俱樂部一點興趣都沒有？」艾溫娜問道。

「這不是屬於我的地方，而且我想我該走了。」她轉身發現傑瑞米正站在門口。

「桑索尼先生？」男僕手上拿著無線電話。「史塔克先生剛剛打電話來。他很擔心。」

「擔心什麼？」

「歐唐娜醫生原本應該過去接他，不過到現在還沒出現。」

「她原定什麼時候會到他家？」

「四十五分鐘以前。他一直打電話，但是不管是家用電話還是行動電話，都沒有人接。」

「我打她的電話看看。」桑索尼拿起電話撥號，一面等，一面用手指敲打著桌面。他切斷電話，重新撥號，手指越敲越快。房間裡的人全都不發一語，所有人都看著他，聽著他的手指越加急促的敲打聲。伊芙・卡索維茲遇害的那天晚上，這群人坐在這個房間裡，渾然不覺死神就在屋外。也不知道死神已經設法溜進他們的花園，在門上留下奇怪的符號。這棟房子已被畫上記號。

也許屋裡的人也被畫了記號。

桑索尼掛上電話。

「你不是應該打電話報警嗎？」莫拉問。

「哦，喬伊絲搞不好只是忘記而已。」艾溫娜說，「現在就驚動警方，似乎有點爲時過早。」

傑瑞米說：「需要我開車到歐唐娜醫生的家看看嗎？」

桑索尼盯著電話看了一會兒。「不。」他終於開口說道，「我去吧。我寧願你留在這裡，以防喬伊絲打電話來。」

莫拉跟著桑索尼走進前廳，後者正從衣櫥裡抓起他的大衣。她也一同穿上了外套。

「請留下來用晚餐。」他伸手拿取車鑰匙。「妳不必急著趕回家。」

「我不是要回家。我跟你一起去。」

22

喬伊絲・歐唐娜門廊上的燈是亮的，但是沒有人應門。

桑索尼扭動門把。「門上鎖了。」他拿出手機，「我再打一次電話給她試試看。」

當他撥號的時候，莫拉退出門廊，站在走道上，抬頭望著歐唐娜的住家，看著二樓的一扇窗戶在黑暗中投射出愉悅的燈光。她依稀聽見屋裡的電話鈴聲，接著一切重歸寂靜。

桑索尼切斷電話。「電話轉進答錄機了。」

「我想是該打電話通知瑞卓利了。」

「不，還不用。」他拿出手電筒，沿著鏟過雪的走道朝房子的側面走去。

「你要去哪裡？」

桑索尼繼續走向車道，黑色的外套融入陰影中。手電筒的光束掠過石板路，消失在轉角處。莫拉獨自站在前院，聽著樹枝上的枯葉在頭上沙沙作響。「桑索尼？」她喊了一聲。他沒有回應，莫拉只聽見自己撲通的心跳聲。她隨著他的路線繞過屋角，在無人的車道上停住，前方依稀可見車庫的影子。她再度開口喊喚，但某個東西讓她噤聲。她毛骨悚然地意識到有人在監視她、跟蹤她。莫拉轉過身，迅速掃視整條街。她看見一張紙被風吹得在路上翻滾，猶如一抹飄動的鬼魂。

一隻手抓住她的手臂。

莫拉倒抽一口氣，踉蹌地退開，發現桑索尼無聲地出現在自己身後。

「她的車還在車庫裡。」

「那她人呢？」

「我要繞到後面看看。」

這回莫拉不再讓桑索尼離開視線。她緊跟在他身後，一同穿過側院，踏過車庫旁高高堆起、尚未鏟除的積雪。當兩人來到後院時，她的褲子已經濕透，融化的雪水滲進鞋子裡，凍僵了她的腳。手電筒的光線掠過樹叢和摺疊椅，白雪如鵝絨毯一般覆蓋其上。沒有腳印，積雪也沒有被弄亂的跡象。一面爬滿藤蔓的牆壁將院子鄰舍隔離成完全私人的空間。而她獨自在此，與一名她幾乎不認識的男人在一起。

但是桑索尼的心思不在莫拉身上。他的注意力放在那扇打不開的廚房後門上。他盯著門看了一會兒，思索著下一步，然後他望向莫拉。

「妳知道瑞卓利警探的號碼嗎？打電話給她。」

莫拉拿出手機，移動到光線較足的廚房窗戶前。正當要撥號時，她突然瞪大了眼，看著窗戶裡的廚房水槽。

「桑索尼。」她低聲地說。

「什麼事？」

「有血跡——在排水管附近。」

桑索尼看了一眼，而他接下來的舉動讓她大吃一驚。他抓起摺疊椅，朝窗戶扔過去。玻璃應聲碎裂，向廚房內部紛飛。他爬進廚房，幾秒鐘後，門被打開。

「這裡的地板上也有血。」

莫拉低頭看著奶油色磁磚地上的一條條紅色血痕。桑索尼衝出廚房，黑色的外套像斗篷般在身後飛舞。他的動作極快，當她來到樓梯下方時，他已經爬上了二樓的樓梯平臺。她低頭看見更多的血沿著橡木樓梯的護牆板一直延伸，看起來像屍體被拖上樓時，已被皮破血流的手或腳從牆壁擦過去而留下的血跡。

「莫拉！」桑索尼高喊。

她火速衝上二樓平臺，看到走廊上的血跡猶如發亮的雪橇痕跡。然後她聽到某種像是潛水換氣管進水的咯咯聲響。即便在踏進浴室之前，她已經料想到自己即將面對的情況——不是已斷氣的受害者，而是奮力掙扎求生的人。

喬伊絲・歐唐娜躺在地上，瞪大的眼睛透露出凡人的惶恐，一陣陣紅色液體從她的脖子噴湧而出，肺部因積血而發出咕嚕聲響。她吁吁喘著氣並且不斷咳嗽從喉嚨噴出陣陣鮮紅，灑濺在俯身在一旁的桑索尼身上。

「交給我處理！快去打電話報警！」莫拉一面指示，一面跪下，並用手指按住裂開的傷口。她向來接觸的都是已死的肉體而非活人；流淌在手上的血液是如此嚇人地溫熱。ABC[16]，她在腦中想著；這些是救命術的首要原則：呼吸道、呼吸、循環。但是喉嚨遭受如此殘暴的割傷，行兇

[16] 基礎救命術的三大原則：呼吸道airway、呼吸breathing，與循環circulation。

者已經破壞了這個三原則的功效。我是醫生，卻束手無策，無法救她一命。

桑索尼打完電話。「救護車馬上就來。我能幫什麼忙？」

「幫我拿些毛巾來，我得替她止血！」

歐唐娜突然恐慌地一把握住莫拉的手腕。她的皮膚濕滑，莫拉的手指從傷口上滑開，鮮血再次往外湧出。她又喘了一口氣，接著咳嗽，血液從割開的氣管噴了出來。歐唐娜即將溺斃；每一次呼吸，她便吸進更多自己的血。鮮血在她的氣管裡咕嚕作響，在肺胞裡形成泡沫。莫拉曾經檢查過喉嚨遭割斷的死者肺部；她很清楚這樣的死亡過程。

現在我眼睜睜地看著它發生，卻無能爲力。

桑索尼拿著毛巾衝回臥房，莫拉將浴巾壓在她的脖子上，白色的毛織品瞬間染紅。歐唐娜將莫拉的手腕抓得更緊，嘴唇動了一下，但無法說出任何字，唯有空氣在血液中冒泡的聲音。

「沒事的，沒事的。」莫拉說，「救護車就快到了。」

歐唐娜開始發抖，手腳像痙攣發作似地不停顫動，但是她的眼睛透露出她的意識清醒，並且牢牢地看著莫拉。她從我的眼中看出來了嗎？看出我知道她命不久矣？

聽見遠處傳來的警笛聲，莫拉抬起頭。

「他們來了。」桑索尼說。

「前門鎖住了！」

「我下去跟他們會合。」他匆忙站起身，莫拉聽到他跑下樓梯時的砰然腳步聲。

歐唐娜依然充滿警戒地瞪大了眼。此時她的嘴唇動得更快，手指像隻爪子似地越抓越緊。屋外的警笛聲越來越近，但是在這個房間裡，只有一個垂死女人咯咯的喘氣聲。

「撐下去，喬伊絲！」莫拉鼓勵地說，「我知道妳可以的！」

歐唐娜猛地一拉莫拉的手腕，驚慌的拉扯令莫拉差一點鬆開了按著傷口的手。每喘一口氣，鮮紅色的血便從她的喉嚨噴出來。她瞪大了眼，彷彿瞥見黑暗在自己面前鋪展開來。不，她無聲地說。不。

就在這一剎那，莫拉意識到這個女人不再看著她，而是她身後的什麼東西。直到這時，她才聽見地板嘎嚓的聲響。

行兇者從未離開這棟房子，他還在這裡，在這個房間裡。

就在莫拉轉頭的同時，有人一拳朝她揮來。她覺得黑暗如同蝙蝠般飛撲而至，然後她癱倒在地。她的臉猛然撞在地板上，令她暈頭轉向，眼前一片漆黑。但莫拉能感覺到地板傳過來的腳步聲；這是逃亡的步伐，宛若房子本身的心跳，在她的臉頰旁跳動。痛楚一陣陣傳進她的腦裡，逐漸變成穩定的敲擊，似乎正把釘子打進她的頭顱裡。

她沒有聽見喬伊絲．歐唐娜嚥下最後一口氣。

這時一隻手抓住她的肩膀。莫拉在頓時的驚慌中，盲目地向攻擊她的人不住揮拳，捍衛自己的生命。

「莫拉，住手。莫拉！」

桑索尼捉住她的雙手，她無力地掙扎了幾下。接著她的視線恢復清晰，看見桑索尼正注視著她。她聽見其他人的聲音，瞥見擔架的金屬反光。她轉過頭，專注地看著蹲在喬伊絲．歐唐娜屍體旁邊的兩名急救人員。

「我摸不到脈搏，沒有呼吸了。」

「靜脈注射已經開到最大了。」

「天哪，看她流了這麼多血。」

「另外那位女士怎麼樣了？」急救人員看著莫拉。

桑索尼說：「她似乎沒事。我想她剛才只是昏倒而已。」

「不。」莫拉低聲地說，並且抓住他的手臂，「他剛才在這裡。」

「什麼？」

「他剛才還在這裡，就在這個房間裡！」

桑索尼突然明白了她的意思，帶著一臉震驚的表情退了退身，並且趕忙站起來。

「不——等警察過來再說！」

但桑索尼已經衝出門去。

莫拉掙扎著坐起身，左搖又晃；她的視線模糊，隨時可能歸於灰暗。當房間終於明亮起來時，她看見兩個急救人員跪在喬伊絲·歐唐娜的血泊中，身邊散置著儀器裝備和丟棄的紗布。示波器顯示著心跳。

一條直線。

珍滑進巡邏車的後座，坐在莫拉身邊，然後關上車門。冷空氣咻地一聲吹散了車上的暖氣，莫拉再度開始發抖。

「妳確定妳真的沒事嗎？也許我們該送妳到急診室去。」

「我想回家。」莫拉說，「我不能現在就回家嗎？」

「妳記得些什麼嗎？有沒有想起任何其他細節？」

「我跟妳說過了，我沒看見兇手的臉。」

「只看見一身黑衣。」

「黑色的某種東西。」

「某種東西？妳說的究竟是人還是動物啊？」

「事情發生得太快了。」

「安東尼·桑索尼就穿著一身黑啊。」

「不是他。他當時不在房間裡，到樓下接救護車了。」

「是啊，他也是這麼說的。」

對街的巡邏車燈光襯托出珍的臉龐輪廓。警方例行的護衛車輛已經抵達，封鎖線在前院的兩根樁柱間不斷飄蕩。莫拉在這輛車裡坐了許久，外套上的血跡已經乾涸，布料變得如羊皮紙一般僵硬。她必須丟棄這件外套；以後她再也不想穿了。

她看著現已燈火通明的這棟房子。「我們來的時候門是鎖的。他是怎麼進來的？」

「沒有強行進入的跡象，只有廚房的窗戶破了。」

「我們不得不破窗而入，我們看到水槽裡的鮮血。」

「桑索尼一直都跟妳在一起？」

「我們整個晚上都在一起，珍。」

「除了他跑出去追兇手的時候。他說他在外面沒有看見任何人。他在房子外頭搜索的時候，把地上的雪踩得亂七八糟，把所有可能成為線索的鞋印都毀掉了。」

「他不是嫌犯。」

「我沒有說他是。」

莫拉頓了頓，突然想起珍剛才說過的一句話——沒有強行進入的跡象。「是喬伊絲・歐唐娜開門讓他進來的。」她看著珍，「她開門讓兇手進到自己的家。」

「或者是她忘了鎖門。」

「她當然會鎖門。她可不是笨蛋。」

「她也不盡然是個謹慎行事的人。當你跟怪物一同共事，你永遠不知道哪個怪物會跟蹤你回家。這幾件兇殺案一直跟她有關，醫生。兇手犯下第一起案子的時候打過電話給她，藉此引起她的注意。第二件兇殺案就發生在她用餐的屋子外頭。這些全都是為了今天做準備。這才是重頭戲。」

「她為什麼會讓他進門呢？」

「也許是因為她以為自己控制得了他。妳想想她去過多少監獄，訪問過多少像華倫・霍伊特和阿莫希亞・藍克這樣的人。她和每個人都有近距離的接觸。」

珍提到她的母親時，莫拉本能地縮了一下身子，但一句話也沒說。

「她就像馬戲團的馴獸師，整天和獅子爲伍，漸漸開始以爲自己可以掌控一切。以爲每次只要啪地一揮鞭子，牠們就會像乖巧的小貓似地跳起來，甚至可能認爲牠們愛你。然後有一天當你轉過身，獅子就咬著你的脖子不放。」

「我知道妳一向不喜歡她。」莫拉說，「但是如果當時妳在裡面——如果妳眼睜睜看著她斷氣——」她看著珍，「她眞的嚇壞了。」

「我不會因爲她死了就開始喜歡她。現在她是受害者，所以我有義務盡全力爲她查出眞兇。可是我還是覺得她是自作自受。」

有人敲了敲玻璃，珍搖下車窗。一名警員對她們說：「桑索尼先生想知道妳對他的問話是否已經結束。」

「還沒，叫他繼續等。」

「法醫準備要走了，妳還有什麼問題要問嗎？」

「有的話我會打電話給他。」

透過車窗，莫拉看見她的同事艾伯．布里斯托醫生從房子裡走出來。艾伯將負責爲歐唐娜解剖驗屍。如果屋裡的景象嚇著了他，那麼他並沒有表露出來。他站在門廊上，冷靜地扣好外套，一邊和旁邊的警察聊天，一邊戴上溫暖的手套。艾伯無須親眼看著歐唐娜斷氣，莫拉心想，他的外套也沒有沾上她的血。

珍推開車門，又是一陣冷風灌進來。「來，醫生。」她下車時說，「我們送妳回家。」

「我的車還停在畢肯山。」

「妳不用擔心妳的車子。我找了人送妳回家。」珍轉頭喊了一聲，「布洛菲神父，她準備走了。」

這時候莫拉才發現他站在對街的陰影下。他朝她們走來，雖然高大的身影清晰可見，但是他的五官在閃爍的巡邏車警示燈光裡忽隱忽現。「妳眞的確定沒事嗎？」他扶莫拉下車時問道，「妳不想到醫院去檢查一下？」

「拜託，開車送我回去就行了。」

雖然丹尼爾主動伸出扶持的臂彎，但她沒有接受這個好意，而是將兩隻手插在口袋裡。兩人一同走向他的車，而她可以感覺到四周警察們的視線。艾爾思醫生和那個神父又走在一起了。還有哪個人沒有注意到，沒有懷疑他們的關係呢？

根本沒什麼好懷疑的。

當他發動引擎時，莫拉坐進車子的前座，凝視著前方。「謝謝你。」

「妳知道我很願意送妳回家。」

「珍打電話給你的？」

「我很慶幸她打了這通電話。今晚妳需要朋友送妳回家，而不是某個素昧平生的警察。」他把車子從路旁駛離，身後救護車刺眼的燈光漸漸消失。「今晚太驚險了。」他輕聲地說。

「相信我，我也不想這樣。」

「妳根本不該進屋，應該先報警才對。」

「我們能不能不要談這件事？」

「還有什麼事是我們可以談的，莫拉？還是從今以後就這個樣子？妳不來看我，也不接我的電話？」

她終於轉頭注視著他。「我已經不年輕了，丹尼爾。我今年四十一歲，唯一經歷過的婚姻是一場天大的災難，而且我老是陷入無望的感情裡。我想結婚。我想得到幸福，我已經沒有本錢和時間可以浪費在毫無未來的感情上。」

「即使這份友誼、這些感情都是眞的？」

「友誼經常破碎，人的心也一樣。」

「是沒錯。」丹尼爾嘆了口氣，「沒錯。」兩人沉默了一會兒。接著他說：「我從沒想過要讓妳心碎。」

「你的確沒有。」

「但我已經傷害了妳。我知道。」

「我們彼此傷害，這是沒辦法的事。」莫拉頓了一下，然後語氣刻薄地說：「這是你那位萬能的上主所要求的，不是嗎？」她故意說這些話來刺傷他，而他突然陷入沉默。莫拉知道自己的目的達到了。丹尼爾默默驅車來到她的住家附近，然後開上她的車道，然後關掉引擎。他乾坐了一會兒後才轉頭面向她。

「妳說得對。我的上帝他媽的要求太多了。」然後伸手將她抱進懷裡。

她應該拒絕；她應該推開他，並且下車。但她沒有這麼做，因爲她渴望這個擁抱、這個吻已久。還有更多、更多。這太瘋狂了；不會有好結果的。但兩人之間再也容不下什麼常識，也容不下他的上帝。

不教我們遇見試探。他們一路從車上吻到她的家門前。救我們脫離凶惡[17]。微不足道的話語，如同沙子構築的城堡，禁不起一波波洶湧的浪潮。他們走進屋裡。莫拉沒有開燈。他們站在幽暗的玄關裡，黑暗似乎放大了他們劇烈的呼吸聲、外套毛料的摩挲聲。她脫下染血的外套，任其掉落在地，變成一團黑影。走廊上只有窗戶灑進來的微光。沒有任何燈光照亮他們所犯的罪，沒有任何眼睛目睹他們的墮落。

莫拉領著丹尼爾走進臥室，躺上她的床。

這一年來，他們相互周旋，一步一步走到這一刻。她知道這個男人的心思，他也明白她的心意，但他的身體就像陌生人一樣，從沒有人碰觸過、沒有人品嚐過。她的手指輕撫他溫暖的肌膚，沿著背脊的弧度往下移動，這些都是她亟欲探索的新領域。

他們的最後一件衣服從身上滑落，勒馬回頭的最後機會已經消逝。「莫拉。」他一面輕聲呼喚，一面吻著她的頸子、她的胸口。「我的莫拉。」他的話語輕柔如禱告，但祈禱的對象不是他的主，而是她。莫拉打開雙臂將丹尼爾擁進懷裡時，一點也不感到罪惡與愧疚。他們所違背的不是她的誓言，受譴責的也不是她的良心。當丹尼爾在她的身上發出呻吟、當她用雙腿緊緊夾住他、折磨他、鼓舞他的時候，她沉醉在勝利的快感中，並且想著：今晚，上帝啊，就這一刻，他是屬於我的。我擁有的是祢——上帝——永遠無法給他的東西。我將他從祢身邊搶走。我得到他了。去吧，只管把祢的惡魔都叫來；我他媽的一點也不在乎。

今天晚上，丹尼爾也不在乎。

最後，他們的身體得到釋放，他倒在她的懷裡。兩人靜靜地躺著好一段時間。透過窗外照進來的光線，她看見他的眼中閃爍微光，凝視著黑暗。他沒有入睡，而是在沉思。也許是懊悔。時間一分一秒過去，她再也無法忍受靜默。

「你後悔嗎？」她終於問道。

「沒有。」他輕聲地說。手指滑過她的手臂。

「爲什麼我覺得自己沒有被說服？」

「妳需要被說服嗎？」

「我希望你能開心，我們只是順其自然而已，這是人性。」她頓了頓，嘆了一口氣說，「但也許這只是爲了我們的罪所找的差勁藉口。」

「這根本不是我在想的事情。」

「那你在想什麼？」

丹尼爾在莫拉的額頭上印下一吻，他的氣息溫暖了她的髮絲。「我在想接下來呢？」

「你希望怎麼樣？」

「我不想失去妳。」

「你可以不用失去我，全看你如何選擇。」

「我如何選擇。」他淡淡地說，「這就像要我在吸氣和呼氣之間做選擇一樣。」他翻身仰躺

⑰「不教我們遇見試探，救我們脫離凶惡。」引用《聖經》〈馬太福音〉第六章第十三節。

在床上，沉默了好一會兒。「我想我曾經告訴過妳，當年我是怎麼投入神職工作的。」

「你說你妹妹病危，得了白血病。」

「所以我和上帝談條件，一筆交易。祂遵守諾言，蘇菲活下來了，而我也實踐了我的承諾。」

「當時你只有十四歲。還太年幼，不該爲自己往後的人生做下承諾。」

「但我的確做了承諾。我可以爲上帝做很多事，莫拉。在信守承諾的日子裡，我一直很快樂。」

「然後你遇見了我。」

他嘆了一口氣。「然後我遇見了妳。」

「你得做抉擇，丹尼爾。」

「否則妳就會走出我的生命，我知道。」

「我不想離開你。」

他看著她。「那就不要走，莫拉！求求妳。這幾個月沒見到妳，我就像迷失在荒野中一樣，對妳的渴望讓我充滿了罪惡感，但是我滿腦子想的都是妳。」

「如果我留在你身邊，又該如何自處呢？你可以保住你的教會，但我得到什麼？」她抬頭凝視著黑暗。「其實一切都沒有改變，對吧？」

「一切都變了。」他握著她的手，「我愛妳。」

可是愛得不夠深，比不上你對上帝的愛。

然而她任由他再次將自己拉進懷裡。她回應著他的親吻。這一次，他們的性愛並不是溫柔的結合；兩人激烈地交合，身體相互撞擊。不是愛，而是懲罰。今晚他們利用彼此。如果她得不到他的愛，至少讓她獲得他的慾望。讓他留下永難忘懷的回憶，在上帝無法滿足他的夜裡，讓這些回憶繼續縈繞他的心頭。這就是你離開我所必須放棄的，這就是你將背離的天堂。

丹尼爾果然在黎明之前離開了。莫拉感覺到他在自己身邊醒來，然後慢慢起身坐在床邊，開始著裝。想當然；現在是星期天早晨，他需要照顧如羊群般的會眾。

他俯身吻她的頭髮。「我得走了。」他輕聲細語地說。

「我知道。」

「我愛妳，莫拉。我從來沒想到有一天我會對一個女人說這句話，但是我現在說了。」他輕撫她的臉，她撇過頭，免得他看見自己眼中流出的淚水。

「我幫你煮咖啡。」她準備起身。

「不，妳留在溫暖的被窩裡吧。不用送我了。」他再次吻了她一下，然後站起來。她聽見他走進客廳，接著前門關起。

事情終究發生了，現在她也成了一個老掉牙的故事，成了拿著蘋果的夏娃、引誘聖者犯罪的妖婦。這一回，引誘他們的毒蛇不是撒旦，而是他們自己寂寞的心靈。你想找魔鬼，桑索尼先生，把目光朝向我就對了。

把目光朝向我們就對了。

天色漸亮成寒冷而明亮的清晨。莫拉推開棉被，溫暖的床單散發出他們先前做愛後留下的氣味——令人暈陶陶的犯罪氣味。她沒有洗去身上的味道，單單套上一件睡袍，穿上拖鞋，來到廚房煮咖啡。她站在水槽前將水壺裝滿，望著窗外結冰的鐵線蓮藤蔓，還有葉子被壓得低垂的杜鵑花。用不著看溫度計，也知道今天的天氣嚴寒。她想像丹尼爾的教友們緊緊抓著外套，下車走向聖母榮光教堂，在寒風刺骨的星期天，前去聆聽布洛菲神父啟迪人心的講道。他今天早上會對他們說些什麼呢？會不會向他的羊群告解，就連他——他們的牧羊人——也已經迷失了方向？

莫拉打開咖啡機，然後到前門拿取報紙。當她踏出大門，寒冷的氣溫隨即讓她大吃一驚。冷空氣凍得她的喉嚨發疼，也刺痛了鼻腔。她火速拿起前門走道上的報紙，小跑步地爬上門廊階梯。正要伸手握住門把時，突然呆若木雞，兩眼直盯著前門。

看著門上潦草的文字，與符號。

她隨即轉身，慌亂地掃視街道。她只看到結霜的人行道反射出來的陽光，耳中只聽見星期天早上特有的寂靜。

她匆忙衝回屋子，砰地一聲關上門，並扣緊門閂。然後她跑到電話機前，撥號給珍・瑞卓利。

23

「妳確定昨晚什麼都沒聽到？門廊上沒有腳步聲或是任何異狀？」珍問道。

莫拉坐在沙發上，儘管穿著毛衣和毛料便褲，全身還是不停顫抖。她沒有吃早餐，甚至沒有喝咖啡，但她一點也不餓。在珍和佛斯特抵達前的半小時裡，莫拉一直站在客廳的窗戶前看著街道，聆聽每個聲音，留意路上經過的每輛車。兇手知道我住在哪裡，他知道昨晚我的臥房裡發生了什麼事。

「醫生？」

莫拉抬起頭。「我什麼也沒聽到。早上醒來的時候，那些字就在門上了。那時候我出去拿……」她縮了縮身子，心跳突然加快。

她的電話響了。

佛斯特拿起話筒。「艾爾思公館。我是佛斯特警探。很抱歉，桑索尼先生，但我們這裡有點狀況，她現在不方便接聽你的電話。我會轉告她你的來電。」

珍回頭盯著莫拉。「妳確定那些字不是在妳昨晚回家的時候就寫在門上了？」

「我回家的時候沒看見。」

「妳是從前門進屋的？」

「沒錯。平常我會從車庫進屋，不過我的車現在還停在畢肯山。」

「布洛菲神父有沒有陪妳走到門口？」

「當時很黑，珍。根本看不見這些字。」我們只顧看著對方，滿腦子只想著趕快到我房裡去。

佛斯特說：「我想我還是檢查一下屋子四周，看有沒有留下什麼腳印。」他出了前門。儘管他以沉重的腳步在屋外行走，腳步聲卻無法穿透隔音窗。昨晚就算有入侵者從她的臥房前經過，她也不會聽見半點聲音。

「妳認爲有沒有可能他昨晚跟蹤妳回家？」珍問道，「從歐唐娜家一路跟過來？」

「我不知道。有這個可能。但我在三個兇案現場都出現過。包括羅莉安・塔克、伊芙・卡索維茲。他有可能在任何一晚看見我。」

「然後跟蹤妳回家。」

莫拉緊緊抱住身體，想抑制自己不再發抖。「我從來沒留意過，根本不知道有人在監視我。」

「妳家有警報系統，昨晚有開嗎？」

「沒有。」

「爲什麼沒有？」

「我——我就是忘了。」我當時沒空想這個。

珍在她對面的椅子上坐下。「兇手爲什麼要在妳家大門畫那些符號？妳覺得這代表什麼意思？」

「我怎麼知道？」

「還有他留下的那句話——和他留在羅莉安・塔克臥室的一模一樣。只不過這次他沒有特意寫拉丁文。這次他確保我們知道那是什麼意思——吾有罪。」珍頓了一下。「為什麼要針對妳寫那句話？」

莫拉靜默不語。

「妳認為這句話是衝著妳來的嗎？」珍的眼神突然變得警覺而銳利。

她太了解我了，莫拉心想，她看得出我有所隱瞞。也許她聞到我皮膚上情慾的味道。我應該在他們來之前先沖個澡的；我應該洗掉丹尼爾的味道。

莫拉突然站起來。「我沒辦法集中精神。我需要杯咖啡。」然後轉身走到廚房。莫拉在廚房裡忙著，一會兒將咖啡倒進馬克杯，一會兒伸手拿取冰箱裡的奶精。珍跟著走進廚房，但莫拉一直迴避珍的視線。她將冒著蒸氣的馬克杯推到珍面前，然後一面啜飲咖啡，一面轉身走到窗戶前，盡可能地拖延，不願說出難以啓齒的事情。

「妳有什麼事要告訴我嗎？」珍說。

「我已經全都告訴妳了。我今天早上一起床，就在大門上看到那些字。我不知道還要說些什麼。」

「妳離開歐唐娜的家之後，布洛菲神父就直接載妳回來嗎？」

「是的。」

「妳沒有發現任何車子尾隨在後？」

「沒有。」

「好吧，也許布洛菲神父有注意到什麼。我會問問他還記得多少。」

莫拉趕緊開口阻止：「妳不用去問他。我的意思是說，如果他昨晚注意到什麼，應該會告訴我才對。」

「我還是得問問他。」

莫拉轉頭看著珍。「今天是星期日，妳知道吧。」

「我知道今天星期幾。」

「他要主持彌撒。」

珍瞇起眼睛，莫拉感覺自己的臉頰燒得火紅。

「昨晚發生了什麼事？」

「我跟妳說過了。我離開歐唐娜家就直接回來。」

「然後妳整晚都待在屋子裡？」

「我沒有離開屋子。」

「那布洛菲神父呢？」

這個問題問得如此不帶感情，令莫拉爲之張口結舌。過了一會兒，她頹坐在餐桌旁的椅子上，但仍舊不發一語，只管低頭看著咖啡。

「他在這兒待了多久？」珍的聲音依舊沒有一絲情緒，依舊一副警察的口吻，但是莫拉知道這個問題背後有著多少非難。罪惡感緊緊勒住了她的咽喉。

「他幾乎整個晚上都待在這兒。」

「他待到什麼時候？」

「我不知道。他離開的時候天還是黑的。」

「他待在這兒的時候，你們做了什麼？」

「這無關緊要。」

「妳知道這是有關係的。兇手可能是從妳的窗戶看到了什麼。也許因爲這樣，他才會在大門寫下那些話。客廳的燈整夜都開著嗎？妳和布洛菲一直坐在那兒，聊天？」

莫拉重重吐了一口氣。「不。客廳的燈……根本沒開。」

「屋子裡一片漆黑。」

「沒錯。」

「如果有人站在外面，看著妳家窗戶，一定會想——」

「妳知道別人該死的會怎麼想。」

「那他們想的是事實嗎？」

莫拉和珍四目相接。「我昨晚嚇得魂飛魄散，珍！丹尼爾陪在我身邊，他總是陪著我。我們不是故意要發生這種事的，這是唯一一次，唯一一次——」她的聲音越來越小，「我不想一個人待在家裡。」

珍也在餐桌邊坐下。「妳知道，那幾個字有了新的意義。吾有罪。」

「我們全都有罪。」莫拉高聲回嘴道，「他媽的我們每個人都有罪。」

「我不是在批評妳，行嗎？」

「不是才怪。妳以爲我聽不出來嗎？」

「如果妳覺得有罪惡感，醫生，也不是因爲我說了什麼。」

莫拉凝視著珍嚴峻的眼神，心想，她說得對，當然。我的內疚全是我自找的。

「我們得問問布洛菲神父，妳知道。問問昨晚發生了什麼事。」

莫拉認命地嘆了口氣。「拜託妳，當妳跟他問話的時候要謹愼一點。」

「我又不會把電視記者找去，好嗎？」

「佛斯特警探沒必要知道這件事。」

「他當然必須知道，他是我的搭檔。」

莫拉把頭埋進雙手。「噢，天哪。」

「這件事和本案有關，這點妳心裡有數。要是我不告訴佛斯特，他絕對會公開批評我。」

所以之後只要見到佛斯特，我就會想起自己的內疚，莫拉想著，並且一想到佛斯特會有什麼反應，就不禁畏縮。名聲是多麼脆弱的東西；只要一點小小的裂痕就會崩潰瓦解。兩年來，他們將她視爲死者女王、冷靜自持的法醫，即使碰到連最老練的調查人員都禁不住反胃的場面，她依然可以眼睛眨也不眨地面對。然而現在當他們看著她的時候，只會瞧見她的脆弱，以及一個寂寞女子的人格瑕疵。

門廊傳來沉重的腳步聲，佛斯特回到屋裡。她不想在場看著他得知這低俗的眞相。極爲正直的巴瑞・佛斯特一旦得知昨晚誰睡在她的床上，一定會大爲震驚。

可是進屋的不只佛斯特一人。莫拉聽到兩個人在對話，當她頓時認出聲音的主人是誰並且抬起頭時，安東尼・桑索尼飛也似的來到廚房，佛斯特跟在後頭。

「妳沒事吧？」桑索尼問道。

珍說：「現在不是登門拜訪的好時機，桑索尼先生。你介意先出去一下嗎？」

他沒有多加理會珍，眼神繼續停留在莫拉身上。他今天穿的不是黑衣，而是各種深淺的灰色——粗呢夾克與灰黑色的襯衫。和丹尼爾截然不同，她心想，我無法解讀這個男人，他令我不安。

「我剛剛看到妳家大門上的記號了。那是什麼時候畫上去的？」

「我不知道。大概是昨天晚上吧。」

「我應該親自開車送妳回家的。」

珍插嘴道：「我眞的認爲你該離開這裡。」

「等等。」佛斯特說，「妳們得先聽他解釋大門上的那些符號。聽聽它可能有什麼含義。」

「吾有罪？我想意思已經相當明顯了。」

「不是那些文字。」桑索尼說，「而是文字下面的符號。」

「我們都聽過有關全能之眼的事了。你的朋友奧利佛・史塔克已經爲我們解釋過了。」

「他可能弄錯了。」

「你不認爲那是荷魯斯之眼？」

「我想那隻眼睛可能代表另一種截然不同的含義。」他看著莫拉，「到屋外，我解釋給你們聽。」

莫拉一點也不願再次面對大門上那句譴責的言語，但是桑索尼表現出來的急迫性令她不由得跟了上去。踏上門廊時，她頓了頓，眩目的陽光讓她不停眨眼。這眞是個美麗的星期天早晨，應該慢條斯理地享受咖啡和報紙才對。而她卻不敢坐在自己的屋子裡，不敢面對自家的前門。

莫拉吸了一口氣，轉身看著用赭土畫下的圖案，顏色如同乾涸的血液。「吾有罪」這幾個字向她吶喊，這個指控讓她退卻，藏起自己滿是罪惡感的臉。

不過桑索尼在意的不是這幾個字。他伸手指著文字下方的兩個符號，較大的那個圖已經在他的後花園門上出現過。

「我看來這和全能之眼一模一樣。」珍說。

「不過你們看看另外這一個符號。」桑索尼指著接近大門底下的圖案說。這個圖案太小了，看樣子彷彿是之後才加上去的。「和其他犯罪現場一樣，是用赭土畫的。」

珍說：「你怎麼知道是赭土？」

「我的同伴得來看看這個。好證實我認爲它所代表的意義。」他拿出手機。

「等等。」珍說，「這可不是公開展示的東西。」

「妳知道怎麼詮釋這個圖案嗎，警探？妳不知道該如何著手吧？如果妳想找到這個兇手，最好了解他的思維、他的符號。」桑索尼開始撥號，珍並沒有阻止他。

莫拉蹲下來，仔細研究下面的圖案。她看著一對弧形的角、三角形的頭，還有細長的眼睛。「看起來像一頭山羊。不過這究竟是什麼意思呢？」她抬頭看著桑索尼。背著早晨的強光，他變成了一個高聳的身影，陰影模糊了他的臉。

「這是阿撒瀉勒（Avazel）。」他說，「是守望者的象徵。」

「阿撒瀉勒是公山羊[18]的首領。」奧利佛・史塔克說，「早在摩西和法老的時代之前，這些惡魔已經在遠古的沙漠裡神出鬼沒。可以遠溯到莉莉絲的年代。」

「莉莉絲是誰？」佛斯特問。

艾溫娜・費爾維驚訝地看著佛斯特。「你不知道她是誰？」

佛斯特尷尬地聳聳肩。「我必須承認我對《聖經》不是那麼熟。」

「噢，你在《聖經》裡絕對找不到關於莉莉絲的事情。」艾溫娜說，「儘管她在希伯來的傳說中佔有一席之地，但是她早就被排除在公定的基督教義之外。她是亞當的第一任妻子。」

「亞當還有別的妻子？」

「對，而且是在夏娃之前。」看著他震驚的表情，艾溫娜微微一笑，「怎麼，你以爲《聖經》裡說的就是通盤的故事嗎？」

他們圍坐在莫拉客廳的茶几前，奧利佛的素描本擺在空杯之間。桑索尼致電不到半小時內，艾溫娜和奧利佛就雙雙趕來檢視大門上的符號。他們在門廊上討論了短短幾分鐘，嚴寒的天氣便驅使他們躲進屋內，喝熱咖啡，討論各種理論。他們誇誇其談，在莫拉看來就像群冷血的知識分

⑱此處指鬼魔。以色列人視山羊爲怪物、魔鬼的象徵。可參閱《聖經》〈利未記〉十七章七節，與〈以賽亞書〉十三章二十一節、三十四章十四節。

子。兇手在她的家做了記號，這些人居然平靜地坐在她的客廳裡討論那些古怪的神學。她瞄了珍一眼，後者的表情顯然是在說：這些人都是瘋子。不過佛斯特似乎聽得津津有味。

「我從來沒聽說亞當有第一任妻子。」佛斯特說。

「有一大段歷史沒有記載在《聖經》裡，警探。」艾溫娜說，「這段祕密的歷史只出現在迦南或希伯來傳說裡。其中提到亞當娶了一個生性自由、不受拘束的女人，一個工於心計的妖婦；她拒絕服從丈夫，也不肯像溫順的妻子一樣躺在他身下，反而要求以各種姿勢進行狂野的性愛。當丈夫不能滿足她，就會不停地奚落對方。她是世界上第一位眞正解放的女性，也不怕追求肉體的歡愉。」

「聽起來比夏娃有趣得多了。」佛斯特說。

「不過教會對莉莉絲深惡痛絕，認爲她是不受男人掌控的女人。她對於性生活需索無度，最後終於拋棄了無趣的亞當，逃跑並且跟魔鬼一同縱慾狂歡。」艾溫娜頓了頓，「最後她生下了世上最強大的惡鬼，此後這個惡鬼便一直折磨著人類。」

「妳說的該不會就是撒旦吧？」

桑索尼說：「中世紀的人普遍相信莉莉絲就是路西弗的母親。」

艾溫娜哼了一聲。「所以你們知道歷史如何看待有自信的女人了吧？如果妳拒絕當男人的附屬品，如果妳稍微沉溺於性愛，教會就把妳變成怪物，說妳是魔鬼的母親。」

「不然就是從歷史中完全消失。」佛斯特說，「因為這是我頭一次聽到這個莉莉絲，或是那頭山羊。」

「阿撒瀉勒。」奧利佛撕下一張剛完成的素描，擺在茶几上給大家看。他更仔細的畫出莫拉大門上的那張臉——長了角的公山羊，有著狹長的眼睛，頭頂還燃燒著火焰。「〈利未記〉和〈以賽亞書〉都曾經提到山羊惡魔。這種多毛的動物喜歡和莉莉絲這種生性狂野的人一同嬉戲。阿撒瀉勒這個名字可以回溯到迦南人時代，大概是從他們的一位古代神明的名字衍生出來的。」

「門上的符號指的就是這個神嗎？」佛斯特問道。

「我猜是這樣。」

珍無法壓抑心中的懷疑而忍不住笑了出來。「猜測？哦，這下總算把事實弄清楚了，可不是嗎？」

艾溫娜說：「妳認為這些討論是浪費時間？」

「我認為符號的意義見仁見智，你認為它是什麼就是什麼。你們幾個認為這是山羊惡魔，可是對於畫下這個圖案的怪胎而言，可能代表著完全不同的意思。還記得妳和奧利佛滔滔不絕地解釋荷魯斯之眼吧？那些分數、上下弦月？這些東西突然間全都成了一堆廢話了？」

「我的確向妳解釋過，那隻眼睛可能代表許多不同的意涵。」奧利佛說，「它可能是埃及神明、路西弗的全能之眼，或是共濟會對啓蒙、智慧的象徵。」

「那些意涵截然不同。」佛斯特說，「魔鬼和智慧？」

「這些根本不是截然不同的東西。你必須記住路西弗這個名字的意思，翻譯出來的意思是『帶來光明的人』。」

「聽起來不怎麼邪惡。」

「有些人宣稱路西弗並不邪惡。」艾溫娜說，「他代表的是懷疑的心、獨立的思考者，這些都曾經讓教會備感威脅。」

珍嗤之以鼻。「這麼說路西弗也不全是個大壞蛋囉？他只是問了太多問題而已？」

「妳要稱誰爲魔鬼，完全取決於個人的觀點，」艾溫娜說，「我的亡夫是一位人類學家。我曾經旅居世界各地，收集各種惡魔的形象，例如豺狼、貓或蛇，或是美麗的女人，每種文化對於魔鬼的長相都有屬於自己的看法。不過即使追溯到最原始的部落，幾乎所有的文化都有一個共通點——魔鬼的確存在。」

莫拉想起昨晚在歐唐娜的臥房裡所瞥見、那沒有臉孔的一抹黑影，後頸不禁感到一陣寒意。她並不相信撒旦，但她確實相信世間有邪惡的存在。而昨晚，我眞的看到邪惡的出現。她仔細端詳奧利佛所畫的公山羊。「這個東西——阿撒瀉勒——他也是魔鬼的一種象徵嗎？」

「不。」奧利佛說，「阿撒瀉勒多半被當作守望者的象徵。」

「你們所說的守望者到底是什麼人？」佛斯特問道。

艾溫娜看看莫拉。「妳有《聖經》嗎，艾爾思醫生？」

莫拉聽了皺皺眉頭。「有。」

「可以借我們一下嗎？」

莫拉走到書櫃前面，仔細瀏覽最上面的架子，尋找熟悉的破舊書皮。那是她父親留下來的《聖經》，莫拉已經好多年沒有翻閱了。她取下《聖經》並遞給艾溫娜，艾溫娜快速地翻頁，灰塵隨之飄起。

「找到了。〈創世紀〉第六章，第一節和第二節：『當人在世上多起來，又生女兒的時候，神的兒子們看見人的女子美貌，就隨意挑選，娶來爲妻。』」

「神的兒子們？」佛斯特問道。

「我們幾乎可以肯定這段話指的是天使。」艾溫娜解釋說，「天使貪慕世間的女子，娶她們爲妻。這是神人與凡人的結合。」她再度低頭看著《聖經》，「接著第四節：『那時候有偉人在地上，後來神的兒子們和人的女子們交合生子；那就是上古英武有名的人。』」艾溫娜把書闔起來。

「那段話是什麼意思？」佛斯特問。

「就是說他們有了子女。」艾溫娜說，「《聖經》只有在這一段提過這些子女，這些人類和天使生下的子嗣。他們是雜交生下的惡魔，稱之爲**巨人**。」

「**又叫做守望者**。」桑索尼說。

「《聖經》出現之前的其他經卷裡就有提到他們，包括《以諾書》和《禧年書》。根據書中的描述，他們是墮落天使和人類女兒交合所生下的變種怪物。這種雜交後所產生的神祕種族應該依然生活在我們周遭。據說這些怪物具有非比尋常的吸引力和才華，美貌過人。身材往往非常高大，全身上下瀰漫一股不凡的魅力。儘管如此，他們仍舊屬於惡魔之流，爲黑暗世界服務。」

「你們眞的相信這一套？」珍問道。

「我只是把聖典上的內容告訴妳，警探。古代人相信世界上不是只有人類而已；它們早在人類出現以前就已經存在，而現今有些人身上還流著那些怪物的血液。」

「但是你們說那些是天使的兒女。」

「是墮落的天使，充滿了缺陷和邪惡。」

「那麼這些東西，這些守望者，就是變種生物。」佛斯特說，「雜種。」

艾溫娜看著他。「這叫做亞種，生性喜歡暴力與掠奪，其他人都只是獵物而已。」

「典籍上記載著，當世界末日來臨，」奧利佛說，「假基督本身就是巨人族，是名守望者。」

而他們的記號就畫在我家大門上。莫拉看著山羊頭的素描。那個象徵符號是個警告——抑或是個邀請？

「嗯。」珍故意以明顯的動作低頭看看手錶。「花時間討論這些實在很有價值。」

「妳還是不懂這當中的重要性，對不對？」桑索尼說。

「在營火旁邊聽這個故事會很精彩，但對警方逮捕兇手實在沒什麼幫助。」

「這可以讓妳了解他的想法，讓我們知道他相信些什麼。」

「天使和山羊惡魔……是，這我知道。又或者這個歹徒只是喜歡和警察玩益智遊戲而已，才會讓我們浪費時間追查赭土和貝殼。」珍站起身，「犯罪現場鑑識小組應該隨時會抵達。也許你們一夥人現在應該打道回府，讓警方做我們該做的事。」

「等等。」桑索尼插嘴道，「妳剛才說的貝殼是什麼？」

珍忽略他的提問，看著佛斯特。「你能不能打電話給犯罪現場鑑識小組，問問他們怎麼這麼久還沒到？」

「瑞卓利警探，」桑索尼說，「告訴我們貝殼的事。」

「你似乎有自己的消息來源，不如自己去問問他們啊？」

「這件事可能很重要，妳何不替我們省省力氣，直接告訴我們？」

「首先，你先告訴我，一個貝殼有什麼特別之處嗎？」

「那是哪一種的貝殼？雙殼貝，錐形貝？」

「有什麼差別嗎？」

「當然有。」

珍遲疑了一下。「是種螺旋貝殼，我想是錐形貝。」

「兇案現場留下的嗎？」

「可以這麼說。」

「形容一下這個貝殼的樣子。」

「聽著，這個貝殼沒什麼特別的。我請教過專家，他說這是地中海沿岸一帶常見的品種。」

她的手機響起，因此暫時打住。「失陪一下。」她邊走邊說地步出客廳。大家安靜了好一會兒，梅菲斯特俱樂部的三名成員面面相覷。

「嗯。」艾溫娜輕聲地說，「我想我們差不多得出結論了。」

「什麼結論？」佛斯特問道。

「安東尼的家族徽章上，」奧利佛說，「也有貝殼圖樣。」

桑索尼從椅子上站起身，走到窗戶旁，看著外頭的街道，從窗戶投射進來的光線圍繞他寬闊的黑色背影。「那些象徵符號是用賽普勒斯開採的紅色赭土畫的。」他說，「你知道這有什麼特殊含義嗎，佛斯特警探？」

「我們一點頭緒也沒有。」佛斯特坦白承認。

「兇手不是在和警方玩遊戲。他是在和我、和梅菲斯特俱樂部玩遊戲。」他轉身面向其他人，但是早晨耀眼的陽光模糊了他臉上的表情。「在聖誕夜，他殺了個女人，並且在現場留下邪教崇拜的象徵——蠟燭、赭土圓圈。不過那天晚上他所做最重要的一件事就是打了電話給喬伊絲·歐唐娜——我們的成員。那是對我們的提點，目的是要吸引我們的注意。」

「你們的注意？我倒覺得這整件事從頭到尾都是針對歐唐娜。」

「接著伊芙·卡索維茲在我家花園裡遇害，就在我們聚會的那晚。」

「歐唐娜那天晚上也在府上作客。她才是兇手跟蹤的人，她是他的目標。」

「如果是昨天晚上，我會同意你的說法。直到昨晚爲止，所有的跡象都指向喬伊絲是兇手的目標。不過莫拉大門上的這些符號顯示兇手的任務尚未完成，他將繼續進行獵殺。」

「他知道我們每個人的身分，安東尼。」艾溫娜說，「他想逐一消滅我們。喬伊絲是第一個。問題是，下一個會輪到誰？」

桑索尼看看莫拉。「恐怕他把妳當成我們的一分子了。」

「但我不是啊。我根本不想和你們的集體妄想扯上半點關係。」

「醫生？」珍說。莫拉壓根沒有聽見她何時回到客廳。珍站在門口，手上拿著手機。「可以進廚房來嗎？我們必須私下談談。」

莫拉起身跟著她來到走廊。「怎麼了？」她們走進廚房。

「妳明天能不能請假一天？因為我們倆今晚得出城一趟。我回家收拾簡單的行李。大概中午左右回來接妳。」

「妳的意思是要我躲起來？就因為有人在我家門上寫了幾個字？」

「這和妳家大門沒有關係。我剛剛接到紐約州警察打來的電話，昨晚他們發現一具女屍，顯然是他殺致死。」

「紐約州發生的謀殺案和我們有什麼關係？」

「死者少了左手。」

24

八月八日。月相：下弦月。

泰迪每天都會去湖邊。

每天早上我都聽見紗門咿呀地打開，又砰地關上，接著聽到他的鞋子啪嗒啪嗒地踏下門階。我從房間的窗户看著他出門，將釣魚竿搭在瘦弱的肩膀上，手上拿著釣具箱，逕自往湖邊走去。我認爲這是個奇怪的儀式，而且無用，因爲他從來沒有帶回任何付出辛勞後的成果。每天下午，他兩手空空地回家，但總是興高采烈。

今天，我跟蹤他。

他漫步穿過樹林，走向湖邊，一路上沒有發現我。我在他身後保持相當的距離，所以他聽不見我的腳步聲。反正一路上他都用高亢而童稚的嗓音，唱著走音版的〈笑翠鳥〉，根本沒有察覺有人正看著他。到了湖邊，他把魚餌綁在鉤子上，再把魚線往水裡一拋。時間一分一秒地過去，他坐在長滿青草的湖邊，仔細地盯著水裡的動靜，沒有一絲微風吹動平滑如鏡的湖面。

釣竿抽動了一下。泰迪轉動捲輪，把魚拉上來的時候，我往前走了幾步。那是條棕色的魚，在釣魚線上痛苦掙扎，身上的每塊肌肉都因極度恐慌而不斷地抽搐。我等待著那致命的一擊，等待著那聖潔的一刻，看神聖的火花在閃耀之後熄滅。但出乎意料的是，泰迪抓著那條魚，把牠的嘴從魚鉤上拉出來，再輕輕地把魚放回水裡。他蹲在湖邊，低聲和那條魚說了幾句話，彷彿是爲了今天早上爲牠添的麻煩而道歉。

「你爲什麼不把魚留下來？」我問。

聽到我的聲音，泰迪嚇了一跳，立刻站起來。「哦。原來是你。」

「你把牠放走了。」

「我不想殺生。再說這只是一條鱸魚罷了。」

「這麼說你把魚全都放走了？」

「嗯。」泰迪重新把魚餌綁在鉤子上，拋進水裡。

「那釣魚還有什麼意義呢？」

「好玩啊。這是我們之間的遊戲，我和魚。」

我跟著他一起坐在湖岸。蚊蚋繞著我們的腦袋嗡嗡飛行，泰迪揮手驅趕牠們。他剛滿十一歲，但仍舊保有孩童滑嫩無比的肌膚，臉上金黃色的汗毛在陽光下閃閃發光。我坐在他身邊，距離近得可以聽見他的呼吸，看到脈搏在他修長的脖子上跳動。他似乎並沒有因爲我的出現而感到困擾；事實上，他羞赧地向我微笑，彷彿和堂哥一起度過這個懶洋洋的清晨是種特殊的福分。

「你想試試看嗎？」他把釣竿遞給我。

我接過釣竿，但注意力仍在泰迪身上，看著他額頭的汗水發出細緻的光澤，看著他的睫毛投下的陰影。

釣竿抽動了一下。

「你釣到魚了！」

我開始轉動捲輪。這條魚不停地掙扎，我的手因期待之情而出汗。我可以感覺到牠劇烈地擺動，迫切求生的欲望透過釣竿傳送過來。最後這條魚終於離開水面，被我拉上岸，尾巴不停地拍動。我一把抓住黏乎乎的魚鱗。

「現在，把鉤子拿下來。」泰迪說，「但是小心不要把牠弄傷了。」

我往釣具箱裡看了一眼，發現一把刀子。

「牠一離開水就不能呼吸，快點。」泰迪催促我。

我想伸手拿取那把刀，把這條不停扭動的魚按在草地上，將刀子從魚鰓後方刺進去，想將這條魚開膛剖肚。我想感覺這條魚最後的抽搐，想感覺牠的生命力令人振奮地直接蹦跳到我身上——十歲那年發誓遵行毀滅戒律⑲的時候，我也曾感覺到同樣的興奮。當母親終於帶領我進入圈內，將刀遞給我。「你的年紀已經到了。」她說，「應該成為我們的一分子。」我想到那頭獻祭的山羊最後一次的顫抖，也想起母親眼中的驕傲，還有那群穿著長袍的人喃喃的讚許聲。我想再次感受那種興奮。

一條魚是不夠的。

我將鉤子拆下來，把這條不停扭動的鱸魚丟回湖裡。牠的尾巴濺起些許湖水，然後頭也不回地游走。輕輕的微風將湖面吹起漣漪，蜻蜓在蘆葦上搖晃。我轉頭看著泰迪。

他說：「你為什麼要這樣看著我？」

⑲希伯來原文爲herem，專指在神的聖戰中，將一切戰利品消滅，作爲給神的獻祭。

25

四十二歐元的小費——在十二月冷得讓人發抖的星期天算是頗豐富的收入了。莉莉剛剛帶領一個旅行團參觀羅馬廣場；與遊客們揮手說再見的時候，她感覺到冰冷的雨滴打在臉上。她抬頭一看，烏雲不祥地壓得甚低，她因此打了個寒顫。明天她絕對需要穿雨衣。

口袋裡裝著剛賺來的一把鈔票，莉莉立刻前往羅馬每個錙銖必較的學生最喜歡的購物地點——越臺伯河區的波特澤門跳蚤市場。現在已是下午一點，小販應該正準備收攤，不過她也許還來得及撿個便宜。當她來到市場，天空正飄著毛毛細雨。波特澤門廣場上裝箱的聲音此起彼落。莉莉毫不浪費時間地用三歐元買了一件二手毛衣。毛衣散發出濃濃的菸臭味，但只要好好洗一洗就行了。她又花了兩歐元買了只沾有一條油漬的連帽雨衣。她現在穿著暖洋洋的新衣服，口袋裡還有鈔票，不禁沉浸在東看西逛的奢侈中。

莉莉沿著條狹窄的走道閒逛。兩側都是攤販，她停下來翻找一桶桶人造珠寶和僞造羅馬古幣，然後往伊波托尼佛廣場和賣古董的攤子走去。每個星期天，她似乎總會來到市場裡的這個區域，因爲她眞正有興趣的是老東西，是古董。一小塊中世紀的織錦畫或僅僅一枚銅幣都可以讓她的心跳加速。當莉莉來到古董區，多數攤販已經將商品裝了箱，只看見幾個攤子還開著，任由貨品暴露在毛毛細雨中。她漫步走過各式各樣粗劣的商品與疲倦、悶悶不樂的小販。正當她準備離開廣場的時候，突然看到一個小木盒。她停下腳步，定睛看著。

盒蓋上刻了三個倒十字。

莉莉突然感覺被雨水打濕的臉像蒙上了一層冰霜。接著她發現到面向自己的是盒子的背面。她帶著怯懦的笑容將盒子轉成適當的方向，十字架因此變成正向。當你太刻意尋找邪惡，邪惡便隨處可見，即使它根本不在身邊。

「妳要找宗教用品嗎？」小販用義大利語問道。

她抬頭看見小販佈滿皺紋的臉，他的眼睛幾乎消失在皮膚的皺摺中。「我只是看看而已，謝謝。」

「來。這裡還有。」他將一個箱子滑到她面前，裡面裝著糾纏著的玫瑰念珠、一座木雕聖母像，以及幾本書頁因潮氣而捲曲的舊書。「來，來！慢慢看。」

乍看之下，莉莉看不出箱子裡有什麼讓她感興趣的東西，接著她留意到一本書的書脊，皮革上燙金著書名《以諾書》。

她拿起書，翻到版權頁。這是R.H.查爾斯的英文翻譯版，一九一二年由牛津大學出版。兩年前在巴黎的一家博物館，她曾經看過一份數世紀之久、翻譯成衣索比亞文的殘篇。《以諾書》是本古代典籍，屬於偽經典文獻。

「這本書很舊了。」小販說。

「是的。」她喃喃地說，「的確很舊了。」

「上面寫的出版日期是一九一二年。」

裡面的文字更加古老，莉莉一面翻閱著泛黃的書頁，一面想著。這部典籍是在基督誕生前兩百年出現的，裡面所寫的故事發生在挪亞方舟、瑪土撒拉[20]之前的時代。她快速翻閱，直到看見一段畫線的文字而停住。

惡鬼出自他們的身體，因爲他們乃由人所生，神聖的守望者是他們的起始與根源；他們將成爲地上的惡鬼，世人亦將稱他們爲惡鬼。

「我還有很多他的東西。」小販說。

她抬起頭。「誰的東西？」

「就是那本書原來的主人；這些都是他的。」他揮手指著幾個箱子，「他上個月過世，現在他的東西全都要賣掉。要是妳對這種書有興趣，我這裡還有一本類似的。」他彎下腰在另外一只箱子裡翻來翻去，拿出一本薄薄的皮面精裝書，書皮破損髒污。「是同一位作者。R.H.查爾斯。」

這兩本書不是同一位作者，她心想，而是同一位譯者。這是一九一三年版的《禧年書》，也是一部基督紀元前的聖典。儘管她很熟悉這個書名，卻從沒讀過這本書。她打開封面，翻到第十章第五節，這段話下方也畫了線：

汝悉汝等守望者，這些惡靈之父，在吾之時的所作所爲：至於現今活著的那些惡鬼，囚禁他們，將其牢困在萬劫不復之地，不教他們將毀滅降於汝僕人的子孫身上，我主；因他們乃是邪惡的，爲毀滅而創造的。

[20]《聖經》〈創世紀〉記載，以諾生瑪土撒拉，而後者是聖經中最長壽的人。

有人在書頁邊緣用同樣的墨水草草寫了幾個字：塞特的兒子，該隱的女兒。

莉莉闔起書本，突然發現皮製封面上有咖啡色的污漬。是血嗎？

「妳要買嗎？」

她抬起頭。「這個人怎麼了？這些書原來的主人？」

「我剛才說過，他死了。」

「怎麼死的？」

小販聳聳肩。「他一個人獨居。年紀很大了，個性古怪。他們發現他被困在自家公寓裡，所有的書堆起來擋住了門口，所以他根本出不去。瘋狂吧？」

或者是害怕可能跑進來的東西，她心想。

「我可以算妳便宜一點，要不要？」

莉莉看著第二本書，想到書的主人受困並陳屍在凌亂的公寓裡，而她幾乎能聞到腐屍的味道從書頁間飄出來。儘管書皮上的污漬令她反感，她還是想買下這本書。她想知道它的主人為什麼要在書頁邊緣寫下那些話，以及他還寫了些什麼。

「五歐元。」小販說。

莉莉破天荒地沒有和對方討價還價，直接付出了對方要求的價格，然後將書帶走。

等她爬上自家公寓潮濕的樓梯井時，雨勢滂沱。整個下午都在下雨，而她坐在窗邊就著昏暗的雨天光線閱讀。她讀到塞特的故事。塞特是亞當的第三個兒子，塞特生以挪士，以挪士生該南。後來的族長雅列和以諾、瑪土撒拉和挪亞，都來自同樣崇高的血統。不過這個血脈也生下墮落的兒子、邪惡的子孫，他們與嗜殺的祖先所生下的女兒交合。

該隱的女兒。

莉莉在另一段畫線的經文停了下來；很久以前有個人也曾標示過這段話，此人現在似乎陰魂不散地徘徊在她身後，急著想分享他的祕密，輕聲訴說他的警告。

地上不法的事增多，凡有血氣的在地上都敗壞，舉凡人、牲畜、走獸、飛鳥與所有在地上行走之物，他們全都敗壞了行爲與紀律，他們開始互相吞噬，而地上不法的事增多，因此人終日所思想的盡都是惡。

天色漸暗，雙腿因久坐而發麻。雨水繼續打在窗戶上，羅馬的街道傳來車水馬龍與喇叭聲。但是在這兒，在她的房間裡，她麻木地坐在寂靜中。在基督誕生前的一個世紀，在使徒出現之前，這些文字就已經十分古老，描寫著一種現今人類已不復記憶、已無法察覺其存在的古老恐懼。

莉莉再次低頭，看著《禧年書》，看著挪亞對他的兒子所說的不祥之語：

就我所看，看哪，惡魔已開始誘惑你們和你們的子孫，現在我爲你們擔憂，憂心我死後，你們會在地上流人血，而你們亦將從地上被剷除。

惡魔依然在我們當中，她心想，而且殺戮已經開始。

26

珍和莫拉沿著麻薩諸塞州的付費高速公路往西行。珍驅車，他們快速地穿越白雪皚皚與光禿樹幹矗立著的荒涼景致。即使在這樣的星期天下午，路上依然接連有大卡車呼嘯而行，令珍的Subaru顯得十分渺小，像隻不怕死的小蟲迅速穿梭其間。眼前的路況還是不要看的好，莫拉轉而專心閱讀珍的筆記。匆忙間寫下的字跡不比醫生所寫的字更難懂，而莫拉早就學會怎麼看懂醫生的潦草字跡。

莎拉・帕姆利，二十八歲。

十二月二十三日最後被人目擊於橡山汽車旅館退房。

「她失蹤兩個星期。」莫拉說，「而警方剛剛才發現她的屍體？」

「她被人發現陳屍在一棟空屋裡。顯然那裡十分偏僻。管理員發現她的車子停在外面。注意到房子的前門沒上鎖，所以進屋查看。屍體就是他發現的。」

「受害者在空房子裡做什麼呢？」

「誰也不知道。十二月二十日莎拉到鎮上參加她姑媽的葬禮。大家都以為彌撒結束她就回加州去了，可是她在聖地牙哥的雇主到處打電話找她。即使到了那個時候，本地也沒人想過莎拉可能根本沒離開。」

「妳看地圖，珍，從紐約北部到波士頓——兩邊的犯罪現場相距三百哩。兇手爲什麼要費事把她的手運過去？這也許根本不是她的手。」

「是她的手沒錯，我可以肯定。我告訴妳，X光片一定會像拼圖一樣吻合。」

「妳爲什麼這麼肯定？」

「看看發現莎拉屍體的小鎮叫什麼名字。」

「紐約州，純潔鎮。這是個古色古香的地名，但是我不懂這當中有什麼特別之處。」

「莎拉・帕姆利在純潔鎮長大，一直到高中畢業。」

「那又怎麼樣？」

「不妨猜猜看羅莉安・塔克是在哪裡讀高中的？」

莫拉很驚訝地看著她。「她來自同個小鎮？」

「妳說對了。羅莉安・塔克今年也是二十八歲。十一年前，她們應該是從同所高中畢業的。」

「兩名死者在同個小鎮長大，就讀同所高中。看樣子她們應該認識對方。」

「而歹徒可能就是在學校認識她們的，也是他選擇向這兩個人下手的原因。也許他從高中開始就對她們很著迷。也許她們曾經拒絕過他，於是他花了十一年的時間思索該怎麼報復。接著莎拉突然回到純潔鎮參加姑媽的葬禮，被他看見了。一時之間新仇舊恨湧上心頭，於是對她痛下殺手，還把她的手砍下來留作紀念。復仇帶給他莫大的快感，於是他決定重施故技。」

「所以他大老遠開車到波士頓去殺羅莉安？只為了得到一點快感，這樣未免也太大費周章了。」

「老派的復仇可不嫌麻煩。」

莫拉看著前面的馬路，心裡思索著。「如果只是為了報仇，他為什麼要在那天晚上打電話給喬伊絲·歐唐娜？為什麼要遷怒於她？」

「這個答案只有她知道，而她拒絕透露給我們。」

「那為什麼要在我家門上寫字？那句話又代表什麼意思？」

「妳是指，『吾有罪』？」

莫拉漲紅了臉。她闔上文件，雙手緊緊抓著檔案夾。又來了，這個她不願多談的話題。

「我把事情告訴佛斯特了。」珍說。

莫拉默不作聲，只管繼續直視前方。

「他必須知道這件事。他已經找布洛菲神父談過了。」

「妳應該先讓我告訴丹尼爾一聲。」

「為什麼？」

「這樣才不會讓他嚇一跳。」

「因為我們知道你們的事？」

「不要一副批判的口吻。」

「我不覺得我有批判的意思。」

「我聽得出妳的口氣，我不需要妳的批判。」

「那幸好妳沒聽到佛斯特是怎麼說的。」

「妳以爲這種事不是人之常情嗎？人都會陷入情網，珍，人都會犯錯。」

「但妳不是這種人！」珍以近乎憤怒、遭受背叛的語氣說道，「我總以爲妳不會這麼愚蠢。」

「沒有人可以超越七情六慾。」

「這段感情不會有結果的，妳自己也很清楚。要是妳以爲他會跟妳結婚——」

「我已經嘗試過婚姻了，記得嗎？結果還眞美滿呢。」

「妳覺得自己會從中得到什麼？」

「我不知道。」

「我知道。首先，大夥兒會開始私下議論紛紛，妳的鄰居納悶爲什麼神父的車子老是停在妳家門口，接著你們必須溜出城去才能見面。不過到頭來總會東窗事發，然後流言滿天飛，情況越來越難堪。你們能保密多久？在他被迫做出選擇前還有多少時間？」

「我不想談這件事。」

「妳以爲他會選擇妳嗎？」

「別說了，珍。」

「妳眞的這麼以爲嗎？」這個問題太過殘酷，讓莫拉一度想在下個城鎮下車，租輛車，自己開車回家。

「我已經到了可以自己做決定的年紀。」莫拉說。

「但是他的決定會是什麼?」

莫拉轉頭凝視窗外的雪地，看著搖搖欲墜、半埋在積雪中的籬笆。如果丹尼爾沒有選擇我，我眞的會覺得驚訝嗎?他可以一而再、再而三地說他有多麼愛我。但是他眞的會爲了我而離開他的教會嗎?

珍嘆了一口氣。「對不起。」

「這是我的人生，不是妳的。」

「對，妳說得沒錯。這是妳的人生。」珍搖搖頭，失聲笑了出來。「老天，整個世界都瘋了。沒有一樣是靠得住的，他媽的連一樣都沒有。」她瞇起眼睛看著夕陽，一言不發地開了一會兒車。「我還沒告訴妳我自己家出了大事。」

「什麼大事?」

「我的父母分居了。」

莫拉終於轉頭看著她。「什麼時候發生的事?」

「就在聖誕節剛過沒幾天。三十七年的婚姻——我爸突然迷上一個金髮女同事。」

「我很遺憾。」

「接著又發生妳和布洛菲的事——好像每個人都被性愛沖昏了頭。妳、我的白痴老爸，連我媽也不例外。」她停頓了一下，「文斯．考薩克約她出去。每件事情都變得這麼莫名其妙。」珍突然發出一聲哀嚎。「噢，我的天哪。我剛剛才想到。妳知道文斯．考薩克可能會變成我的繼父嗎？」

「這世界還沒瘋狂到那種地步。」

「這是有可能的。」珍不禁打了個寒顫。「我想到他們兩個就起雞皮疙瘩。」

「那就不要想了。」

珍咬咬牙。「我已經盡量不去想了。」

我也會盡量不去想起丹尼爾。

可是當她們朝夕陽往西行，穿過春田市，開進起伏的伯克郡丘陵，莫拉滿腦子想的全是丹尼爾——呼吸時，依舊能嗅到他的氣味；雙臂叉胸時，仍感覺到他的觸摸。彷彿這些記憶全都烙印在她的肌膚上。她不禁懷疑：你也和我一樣嗎，丹尼爾？今早站在教友們前，環顧那些抬頭仰望你、等待你指點迷津的臉孔，這時你尋找的是不是我的臉，腦子裡想的是不是我的臉？

當她們跨過州界，進入紐約州時，天色已暗。莫拉的手機響起，在昏暗的車裡，她花了好一會兒才在亂七八糟的皮包裡找到電話。「我是艾爾思醫生。」

「莫拉，是我。」

聽見丹尼爾的聲音，她感覺兩頰彷彿著火一般，所幸珍在黑暗中看不見她的臉。

「佛斯特警探來找過我。」他說。

「我得讓他們知道。」

「當然妳必須這麼做，但是我希望妳能先打電話告訴我這件事。妳應該告訴我的。」

「對不起。由他告知你這件事，你一定很難爲情。」

「不，我是說妳的大門上寫的那些東西。我根本不知道這件事，否則一定馬上就過去看妳。妳不應該獨自一人面對的。」

莫拉頓了頓，非常在意珍正聽著他們的一言一語。而且等電話一掛上，她無疑地會表達自己的責難。

「我不久前去了妳家一趟。我本來以爲妳會在家。」

「我今晚出城了。」

「妳在哪裡？」

「我和珍在車上，我們剛剛經過阿爾巴尼。」

「妳們在紐約州？爲什麼？」

「警方發現了另一名死者。我們認爲……」珍突然一把抓住莫拉的手臂，無疑是在警告她盡量不要透露案情。現在他已經證明自己和一般人沒兩樣，珍自然不再信任他。「我不能談論案情。」

電話的另一頭一陣靜默，然後他靜靜地說：「我明白。」

「有些細節必須保密。」

「妳用不著解釋，我知道查案就是這樣。」

「我晚一點回電話給你好嗎？」等旁邊沒有人在聽的時候。

「妳不需要這樣做，莫拉。」

「我想啊。」我必須這麼做。

她掛上電話，凝視前方，只有她們的車頭燈劃過黑夜。她們下了付費高速公路，繼續往西南方前進，沿途穿過白雪覆蓋的田野。此處唯一所見的光線乃是偶爾從旁經過的汽車車燈，或是遠處農舍發出的燈光。

「妳不會告訴他關於這個案子的事情吧？」珍問道。

「即使我說了，他也會很謹慎，我一向信得過他。」

「嗯，我本來也是的。」

「妳的意思是妳不再信任他了？」

「妳正身陷情慾之中，醫生，這時候最好不要相信自己的判斷力。」

「我們都很了解這個人。」

「但是我萬萬沒想到——」

「想到什麼，他會跟我上床？」

「我只是說，你可能自以爲了解某個人，結果對方卻讓你跌破眼鏡，做出你萬萬料想不到的事；這時候你才發現自己根本對所有人都一無所知……所有人。如果幾個月前妳告訴我，我爸爸會爲了哪個騷貨離開我母親，我一定會說妳是神經病。我是要告訴妳，人是一種很神祕的動物，即便是我們所愛的人。」

「所以現在妳不信任丹尼爾了。」

「我不再相信他的守貞誓言。」

「我指的不是那件事。我指的是這個調查行動，關於是否要告訴他攸關我們兩個人的細節。」

「他不是警察，不必知道任何事。」

「他昨晚跟我在一起。我家大門上寫的字也是衝著他來的。」

「妳是指，『吾有罪』？」

莫拉的臉頰發燙。「是的。」

有那麼一會兒，她們不發一語的開著車。唯一的聲音是輪胎壓過馬路的聲響，以及車用暖氣的嘶嘶聲。

「我很尊敬布洛菲，行嗎？」珍說，「他幫了波士頓警局很多忙。只要現場需要神父，不管多晚，他都隨傳隨到。我喜歡這個人。」

「那妳爲什麼變得討厭他了？」

珍看看她。「因爲我剛好也喜歡妳。」

「妳從來沒給我那種印象。」

「是嗎？這個嘛，當妳做出像這種出人意表、如此自我毀滅的事情時，讓我由不得感到懷疑。」

「懷疑什麼？」

「我是不是眞的了解妳。」

當她們駛進位在賓漢頓的露德醫院停車場時，已是晚上八點多了。下車的時候，莫拉沒有興致開口閒聊，全身的肌肉因長途旅程而僵硬。她們只在休息站的麥當勞短暫停留了一下，悶不吭聲地吃了晚餐。珍的開車技術與狼吞虎嚥地用餐，使她的胃部不適，不過兩人之間一觸即發的緊張氣氛才是最主要的原因。兩人步履艱難地走在從積雪中鏟通的道路上時，莫拉心裡想，珍沒有權利批判我，她的婚姻幸福，因此該死的擺出在道德上高人一等的姿態。她不理解我的生活，無法體會一個人看老電影，或是在空蕩的房子彈鋼琴的那些夜晚。兩人的生活有著巨大的鴻溝，即使真正的友誼也無法彌補這兩個世界的差異。話說回來，我和這個沒禮貌又強硬的臭婆娘哪裡相似？我們截然不同。

她們走進急診室大門，自動門關上的時候，一陣冷風跟著吹進來。珍直接走到檢傷分類的服務臺喊道：「哈囉？請問有人在嗎？」

「請問妳是瑞卓利警探嗎？」她們背後傳來一個聲音。

她們沒發現男人獨自坐在病人候診區；此刻他站起身。他臉色蒼白，穿著草綠色的毛衣，外罩一件粗呢夾克。莫拉注意到他蓬亂的頭髮，心裡猜想他並非警察，而他很快證實了她的想法。

「我是基比醫生。」他說，「我想在這裡等妳們比較好，這樣妳們就不必自己找到太平間的路。」

「謝謝你今晚和我們碰面。」珍說，「這位是我們法醫室的艾爾思醫生。」

莫拉和他握握手。「你們已經做過解剖了？」

「噢，不。我不是病理學家，只是個小小的內科醫生罷了。我們這裡有四個人，輪流擔任契南戈郡的驗屍官。我負責初步的死亡勘驗，然後決定需不需要進行驗屍。至於解剖，假設奧內達加郡的法醫可以從雪城趕來的話，應該會在明天下午進行。」

「貴郡應該有自己的病理學家才對。」

「沒錯，不過對於本案……」基比搖搖頭，「不幸的是，我們知道這起謀殺案勢必會引起公衆的注意與興趣。再者，最後遲早可能會成爲轟動一時的刑事審判，本郡的病理學家希望另外找尋法醫一同處理這個案子，以免有人對他們的結論提出質疑。人多比較保險，妳知道的。」他拿起搭在椅子上的大衣，「電梯往那邊走。」

「朱立維奇警探呢？」珍問，「我以爲他會在這裡和我們碰面。」

「不巧的是，他剛剛接到一通電話，出去了，今晚沒辦法和兩位見面。他說明天早上在空屋那裡碰頭，到時候打個電話給他就好了。」基比深呼吸了一下。「兩位做好心理準備了嗎？」

「那麼恐怖嗎？」

「這麼說吧：我希望這輩子再也不要看見這種事。」

他們順著走道來到電梯前，他按了下樓鍵。

「過了兩個星期，我想應該屍體腐爛得很嚴重。」珍說。

「說實話，屍體幾乎沒有什麼腐爛。那是棟空屋，沒有暖氣、沒有電。室內溫度大概只有華氏三十度（攝氏零下一度）左右，就像把肉冷藏在冰庫裡一樣。」

「她怎麼會出現在那棟空屋裡？」

「我們不清楚。沒有強行進入的跡象，所以她應該有鑰匙，或者鑰匙在兇手那裡。」

電梯門開啓，他們走了進去。基比站在兩個女人中間，猶如莫拉和珍之間的緩衝。她們從下車到現在，沒和對方說過一句話。

「空屋的主人是誰？」珍問。

「屋主是個女的，目前不在紐約州。房子是她從父母那兒繼承而來的。這些年來她一直想把房子賣掉。我們目前還沒聯絡上她，就連不動產經紀人也不知道她在哪裡。」他們在地下室出了電梯，由基比帶路穿過走廊，推開一扇門，進入太平間的前廳。

「你來了，基比醫生。」一位身穿醫院手術服的金髮年輕女子放下手中正在閱讀的平裝版愛情小說，站起來和他們打招呼。「我剛才還在想你們到底會不會過來呢。」

「謝謝妳特地留下來等我們，琳賽。這就是我跟妳提過的，從波士頓來的兩位女士。瑞卓利警探和艾爾思醫生。」

「妳們大老遠開車來看這位女性死者啊？嗯，我就幫妳們把她拉出來吧。」她穿過雙開門，走進解剖室，打開牆壁上的開關。刺眼的日光燈照在空無一物的解剖檯上。「基比醫生，我真的不能久留。能不能麻煩你們結束以後，把她推回冰庫，再替我鎖門？離開的時候把走廊上的門帶上就好了。」

「妳要趕回去看剩下的比賽？」基比問。

「要是我不出現的話，伊恩再也不會跟我說話了。」

「伊恩眞的會講話嗎？」

琳賽翻了翻白眼。「基比醫生，拜託。」

「我一直跟妳說，妳應該打電話給我的外甥。他在康乃爾醫學院念預科，要是妳動作不快一點，他馬上就會被別的女生搶走了。」

她一面笑，一面拉開冰庫的門。「是啊，好像我真的有興趣嫁給醫生似的。」

「妳這句話重重傷了我的心呢。」

「我的意思是，我要的是一個每天回家吃晚飯的男人。」她使勁把輪床從冰庫拉出來。「你們要把她搬到解剖檯上嗎？」

「在輪床上看就可以了，今天不解剖。」

「我再檢查一下，確定沒有弄錯屍體。」她看了上面貼好的標籤，伸手拉開拉鍊。她不帶絲毫猶豫與驚慌地拉開裹屍袋拉鍊，露出屍體的臉。「沒錯，就是這個，」然後將一頭金髮往後撥整。她的臉有著青春的緋暈，與屍袋拉開處那張毫無血色的臉和茫然的乾枯雙眼形成強烈的對比。

「接下來交給我們就行了，琳賽。」基比醫生說。

女孩揮了揮手。「離開時記得要把門關緊。」她開開心心地邊走邊說，留下了一股與此處格格不入的香水味。

莫拉從櫃臺上的盒子抽出乳膠手套，然後走到輪床旁，將屍袋的拉鍊全部拉開。塑膠套打開之後，誰也沒有出聲，輪床上的屍體讓他們說不出話來。

細菌到了攝氏四度就會停止生長，腐敗作用隨之中止。儘管已經過了至少兩個星期，空屋裡酷寒的氣溫讓屍體的軟組織得以保存，也不必用薄荷油膏遮掩衝鼻的屍臭。他們在刺眼燈光下所見的景象比單純的屍體腐敗要恐怖得多。深及頸椎骨的一刀，劃破氣管，使喉部暴露在外。可是吸引了莫拉目光的不是這致命的刀傷，而是死者赤裸的軀幹，是那刻在胸口和腹部的數個十字架。神聖的象徵刻在人皮上，鮮血在刻痕上結痂，數不盡的絲絲鮮血從淺淺的傷口滲出，沿著軀幹的兩側流下，乾涸成磚紅色的線條。

莫拉的目光移到屍體側邊的左臂。她看到一圈瘀血，就像是手銬在手腕上留下的殘酷傷痕。她抬頭對上珍的眼神。就在那一瞬間，莎拉．帕姆利斷氣前的景象讓兩個女人間的憤怒拋諸腦後。

「這是在她還活著的時候做的。」莫拉說。

「所有的傷口。」珍倒抽一口氣，「可能要花好幾個小時。」

基比說：「我們發現她的時候，剩下的那隻手腕和兩隻腳踝上還綁著尼龍繩。繩結釘在地板上，所以她根本無法動彈。」

「他並沒有這樣對付羅莉安．塔克。」莫拉說。

「波士頓的那個死者嗎？」

「她被分屍，但生前沒有受到凌虐。」莫拉繞到屍體的左側，低頭仔細看著截斷的手腕。切開的肌肉已經脫水成皮革般的咖啡色，加上軟組織的收縮，因此露出骨頭的切割面。

「也許他對這個女人另有所圖。」珍說，「也許兇手凌虐她是有原因的。」

「一種審問嗎？」基比說。

「也可能是懲罰。」莫拉說，同時凝視死者的臉孔。她想起自家大門和羅莉安臥室牆壁上寫的那些字——吾有罪。

這就是報應嗎？

「這些割傷不是隨意施加的。」珍說，「這些是十字架，是宗教符號。」

「他在牆上也畫了十字架。」基比說。

莫拉抬頭看著他。「牆上還畫了什麼？還有其他的符號嗎？」

「有，一大堆奇怪的東西。老實說，我連踏進前門都會覺得毛骨悚然。明天妳們到空屋去的時候，喬・朱立維奇會帶妳們去看。」他注視著屍體。「只需要看看眼前的這具屍體，就已經足以斷定妳們要對付的是個非常變態的傢伙。」

莫拉拉起屍袋的拉鍊，讓塑膠套遮住下陷的雙眼與毫無生命氣息的眼角膜。這次解剖不是由她執行，但是不需手術刀和探針，她也知道這位受害者的死因；她已經看到答案就刻在這個女人的肉體上。

他們將輪床推回冰庫，脫下手套，站在水槽前洗手。基比說：「十年前我搬來契南戈郡的時候，還以為這裡是上帝的國度。空氣新鮮，山巒起伏。出診的時候，村民會熱情地和我打招呼，請我吃派。」他嘆了一口氣，關上水龍頭。「想躲也躲不了，不是嗎？不管大城小鎮，丈夫還是會開槍殺死老婆，小孩子照樣會打架搶劫，但我做夢也沒想過會遇上這種變態的事情。」他用力抽出紙巾擦手。「尤其是像純潔鎮這種小村莊。等妳們到了那兒，就會明白我的意思了。」

「那個地方有多遠？」

「開車還要一個半小時，也許兩個小時。要看妳願不願意在鄉間替代道路上開快車玩命。」

「那我們還是先告辭了。」珍說，「免得太晚到那裡找不到汽車旅館。」

「汽車旅館？」基比忍不住笑了出來。「如果我是妳，我會先住在諾維奇鎮。純潔鎮根本沒地方投宿。」

「那個地方那麼小？」

他把紙巾丟進垃圾桶。「就是那麼小。」

27

旅館的牆壁薄如紙板。莫拉躺在床上，聽見珍在隔壁房間講電話。眞幸福，她心想，可以打電話給老公，兩人一起說說笑笑；可以在光天化日之下接吻、擁抱，不必先四下張望，看看有沒有任何可能認識，而且不爲苟同的人。莫拉與丹尼爾通話的時間很短，而且偷偷摸摸的。通話時，隱約聽到背後有其他人的說話聲，房間裡有其他人正在聽他講話，所以他的口氣才這麼保留。以後都得這樣嗎？他們的私領域和公領域切割得乾乾淨淨，而且絕對不能有任何交集？這才是犯罪的人眞正的報應；不是地獄之火和萬劫不復的審判，而是心碎。

隔壁房間的珍打完電話，過了一會兒，電視打開，接著莫拉聽到淋浴間傳出流水聲。兩人只有一牆之隔，但她們之間的藩籬卻比木材和灰泥棘手得多。離開賓漢頓之後，她們幾乎沒有說過話，現在光是聽到珍房裡電視的聲音，就讓莫拉越來越惱火。她拉過枕頭蓋在頭上，想隔絕外面的噪音，卻無法遏止心裡暗暗的懷疑。即使珍的房間終於安靜下來，莫拉還是無法入眠，只能清醒地等待時間一分鐘又一分鐘、一小時又一小時地漸漸過去。

隔天早上不到七點，一夜不成眠而筋疲力盡的莫拉終於從床上爬起來，朝窗外望去。天空灰暗得讓人透不過氣來。下了一晚的雪，停車場上的車子全都被白雪所覆蓋。她好想回家。不管那個在她家大門寫字的混帳，她只想舒舒服服地躺在自己的床上，待在自己的廚房裡。不過眼前還有漫長的一天，滿是珍因怨恨而不語或因不贊同而冷嘲熱諷的日子。只管咬著牙撐下去吧。

兩杯咖啡下肚，莫拉才感覺自己能夠面對這一天。她吃了一塊走味的乳酪丹麥麵包，加上旅館附贈的歐陸式早餐補充能量後，便提著簡單的旅行袋走到停車場，珍已經發動了汽車引擎。

「朱立維奇會在空屋那裡和我們碰頭。」珍說。

「妳知道怎麼走嗎？」

「他把路線告訴我了。」珍對莫拉皺了皺眉。「老天，妳的臉色好差。」

「昨晚沒睡好。」

「床墊的品質很差，是吧？」

「這只是原因之一。」莫拉把行李袋往車子後座一丟，隨即關上車門。她們沉默了好一會兒，暖氣呼呼吹著膝蓋。

「妳還在生我的氣。」珍說。

「我現在沒心情聊天。」

「我只是盡個朋友的義務，行嗎？如果看見朋友即將走上錯的路，我認為我有責任說幾句話。」

「妳的話我已經聽到了。」莫拉繫上安全帶，「可以出發了嗎？」

她們離開諾維奇鎮，朝西北方向前進，沿途的路面因新降的雪而變得十分濕滑。天上的雲層厚重，預示著今天會再繼續下雪。莫拉從車窗看出去，只見一大片深淺不一的灰色。那塊乳酪丹麥麵包像混凝土似的壓在她的胃裡；她靠在椅背上，閉上眼睛，以減輕噁心的感覺。

好像才過了一會兒，莫拉突然驚醒，卻發現她們艱難地行駛在一條未鏟雪的路徑上，珍的輪胎攪動著積雪。兩側是茂密的樹林，天上的雲在她睡著的時候變得更黑了。

「還要多久才到純潔鎮？」

「我們已經經過村子了，妳什麼也沒錯過。」

「妳確定是這條路嗎？」

「這些是他指示的路線。」

「珍，我們會被困在雪地裡。」

「我已經開啓四輪傳動了，行嗎？再說我們總還可以打電話叫拖車。」

莫拉拿出行動電話。「收不到訊號。祝妳好運。」

「妳看。一定就是這條岔路了。」珍伸手指著一個大半被埋在雪堆裡的不動產廣告招牌說。「那棟房子要出售，記得嗎？」她加大馬力，Subaru的車尾晃動，接著輪胎找到著力點，車子衝上開始爬升的小路。左右兩側都是樹木，上坡路段的盡頭就是座落在小山丘上的房子。

珍將車子開上車道，舉頭看著一幢三層樓高的維多利亞式建築。「哇……」她喃喃地說，「這棟房子還眞大。」

開闊的蓋頂門廊上，犯罪現場的塑膠封條在廊柱上飄動。儘管護牆板亟需重新粉刷，但種種年久失修的跡象仍舊遮掩不住這棟房子昔日的風光，而四周的景色則與建築相呼應。她們下車，踏上門階梯，飛舞的雪花打在她們臉上。莫拉從窗戶朝屋內探看，陰暗的室內幾乎什麼都看不見，只能隱約分辨出蓋著防塵布、宛如鬼影般的傢俱形狀。

「門是鎖著的。」珍說。

「妳跟他約定的時間是什麼時候？」

「我們已經晚了十五分鐘。」

莫拉吐出一口霧氣。「風快把人吹得凍僵了。我們還要等多久？」

「我看看這裡能不能收到訊號。」珍蹙眉看著手機，「有一格訊號。或許能打得通。」

「我要到車子裡坐著等。」莫拉步下階梯，正要打開車門的時候，聽見珍說：「他來了。」

莫拉轉身看見一輛紅色Cherokee吉普車從山坡路上出現，一輛黑色賓士車跟在後方。吉普車停在珍的Subaru旁，理著小平頭的男人步出車來；他身上穿著蓬鬆的羽絨外套與厚重的靴子以抵禦嚴寒。他向莫拉伸出戴著手套的手，後者則看著他嚴肅的臉孔，以及一雙令人不寒而慄的灰眼睛。

「瑞卓利警探？」男子開口問道。

「不，我是艾爾思醫生。想必你是朱立維奇警探。」

他一邊點頭，一邊和她握手。「我是契南戈郡警察局派來的。」他瞥了一眼正步下階梯，朝他們走來的珍。「妳是瑞卓利？」

「是的。我們才剛到幾分鐘……」珍說到一半，眼神突然停在那輛黑色賓士車以及剛下車的男人身上。「他到這兒來幹嘛？」

「他早就說過妳會有這種反應。」朱立維奇說。

安東尼．桑索尼大步朝他們走來，黑色的大衣被風吹得不停擺動。他對珍點點頭，這種簡短的問候，表示他很清楚擺在眼前的事實——她壓根兒就不歡迎他。然後他看著莫拉。「妳已經看過屍體了？」

她點點頭。「昨天晚上。」

「妳認爲我們對付的是同一個兇手嗎？」

「你說『我們』是什麼意思？」珍諷刺地插嘴道，「我不知道你在執法單位服務呢，桑索尼先生。」

他毫無慍色地轉頭看著珍。「我不會妨礙妳的。」

「這裡是犯罪現場，你根本不應該出現在這種地方。」

「我相信契南戈郡並不是妳的管轄範圍。這要由朱立維奇警探來決定。」

珍看著朱立維奇。「你願意讓他進去？」

朱立維奇聳聳肩。「我們的犯罪現場小組已經處理過這棟房子了，沒理由不能讓他和我們一起進去。」

「這麼說現在是公開參訪囉。」

「這是警長辦公室核准的特殊要求。」

「誰提出的要求？」

朱立維奇看了桑索尼一眼，後者的表情不爲所動。

「我們這樣是在浪費時間。」桑索尼說，「相信大家都很想到裡頭避避風。」

「警探？」珍步步緊逼。

「如果妳有任何反對意見，」朱立維奇顯然對於自己身處在左右爲難的情況深感不滿，「可以到司法部投訴。現在我們何不趁大家還沒凍僵之前，趕快進屋去呢？」他順著階梯登上門廊，桑索尼緊跟在後。

珍在後方看著他們，輕聲地說：「那傢伙到底有什麼門路啊？」

「也許妳應該直接問他。」莫拉舉步爬上階梯。朱立維奇已經打開前門的鎖，她跟著這兩名男人走進屋內。進屋後，莫拉發現室內沒有比較暖和，但至少現在不用再受風吹之苦。珍跟著進來，並且隨手關上門。室外有積雪反射的刺眼光線，所以莫拉的眼睛過了一會兒才適應室內的幽暗。她從門口望向前廳，看見用防塵布蓋著的傢俱，和木質地板黯淡的光澤。冬天微弱的光線從窗戶照進來，在室內投射出深淺不一的灰色。

朱立維奇指著樓梯底層。「現在看不出來，可是光敏靈[21]在這些階梯和玄關發現了許多血跡。看樣子兇手在離開的時候把血擦掉了，因此鞋印都相當模糊。」

「你們用光敏靈噴過整棟房子了？」珍問。

「光敏靈、紫外線、多波域光源……我們檢查了每個房間。從那扇門進去是廚房和餐廳，過了客廳後有間書房。除了玄關這裡的鞋印之外，一樓幾乎沒有什麼特別的發現。」他看著樓梯，「所有的兇殺行為都是在樓上發生的。」

「你說這棟房子是空屋。」桑索尼說，「那麼兇手是怎麼進來的？有沒有任何強行進入的跡象？」

[21] Luminol，只要有血跡的存在，不論如何的刷洗痕跡，或是經過歲月流逝，光敏靈都能正確的顯現。

「沒有。所有窗戶一律緊閉。不動產經紀人發誓，她每次離開都會鎖好前門。」

「誰有鑰匙？」

「這個嘛，只有她有鑰匙。她還說這把鑰匙從來沒離開過她的辦公室。」

「這個鎖使用多久了？」

「啊，天哪，我可不知道，大概有二十年了。」

「我想屋主也有一把鑰匙。」

「屋主已經很多年沒有回到純潔鎮，聽說她在歐洲旅居。目前還沒聯絡上她。」朱立維奇朝用防塵布罩著的傢俱點點頭。「每件傢俱上面都積滿了厚厚的灰塵，看得出已經好一陣子無人居住了。眞是該死的浪費。蓋得這麼牢靠的房子原本應該可以住上一百年，現在卻就這麼閒置著。管理員每個月來檢查一次，因此發現屍體。他看見莎拉·帕姆利的出租汽車停在前面，然後注意到前門沒有上鎖。」

「你們調查過管理員了嗎？」珍問說。

「他沒有嫌疑。」

「爲什麼？」

「嗯，首先，他今年已經七十一歲了，三個星期前剛出院，動攝護腺手術。」朱立維奇看著桑索尼，「知道男人的下場是什麼了吧？」

「這麼說有很多疑點還沒有解開。」桑索尼說，「是誰打開前門的？死者一開始爲什麼會開車到這兒來？」

「這棟房子要出售。」莫拉說，「也許她看到房地產的廣告招牌。也許她是出於好奇才開車過來。」

「各位，這些全是臆測。」朱立維奇說，「我們再三討論過這個案子，還是不知道她爲什麼會跑到這兒來。」

「再告訴我們一些關於莎拉．帕姆利的事。」桑索尼說。

「她在純潔鎮長大，畢業於本地的中學。不過和大多數的孩子一樣，她覺得這裡的發展有限，於是搬到加州長住。她之所以回到鎮上來，完全是因爲她的姑媽過世了。」

「她是怎麼死的？」桑索尼說。

「哦，那是個意外，從樓梯上滾下來摔斷了頸子，所以莎拉搭飛機回來參加葬禮。她在小鎮附近的汽車旅館投宿，葬禮結束的第二天退房離開，之後再也沒有任何人看過她。直到星期六，管理員在這裡發現她的車。」他抬頭看著樓梯。「我帶你們到房間去。」

朱立維奇領路，並且在樓梯的半途停下來指著牆壁。「這是我們所發現的第一個。這個十字架，和她身上所刻的符號一樣。看樣子像是用某種紅色粉筆畫的。」

莫拉盯著牆上的符號，戴著手套的手開始發麻。「這個十字架是顛倒的。」

「樓上還有。」朱立維奇說，「而且爲數不少。」

他們繼續往上朝二樓的平臺走去，牆壁上出現了更多十字架。剛開始相當零星分散，然而在陰暗的樓梯走廊上，密密麻麻的十字架就像憤怒的蟲群，朝門口蜂擁而去。

「裡面，更恐怖。」朱立維奇說。

他的警告讓莫拉在門外猶豫了一下。雖然其他人都進去了，她還留在門檻外，爲自己做好準備去面對門後等待著她的東西。

她走了進去，走進一個恐怖的房間。

莫拉首先注意到的不是地上那灘乾涸的血跡，而是遍佈在每面牆上的手印，就像曾有許多失落的靈魂在經過這個房間的時候，留下了他們血腥的見證。

「這些手印全都是同一隻手做的。」朱立維奇說，「掌紋和脊線都一樣。我不認爲這個兇手會笨到留下自己的掌紋。」他看看珍，「我敢打賭，這些都是用莎拉．帕姆利被砍斷的手印上去的，也就是出現在妳的犯罪現場的那隻手。」

「我的天哪，」珍喃喃地說，「他把她的手當成了橡皮圖章。」

而且用鮮血當他的墨水，莫拉心想，目光瀏覽一面面的牆壁。他到底在這個房間裡待了幾個小時，用莎拉的手沾著那灘血，然後像小孩似的將其當成玩具圖章印在牆上？接著她凝神看著最近的一面牆，上面所寫的字被蓋上去的手印弄糊了。她湊上前，端詳沿著牆壁所寫的文字；是拉丁文，同樣的三個字不斷重複。她的眼光跟著文字移動，這些字句連續不間斷地環繞整個房間，連轉角處也沒有中斷，如同盤據的蛇，將他們越纏越緊。

Abyssus abyssum invocat Abyssus abyssum nvocat Abyssus abyssum invocat……

她突然頓悟這句話的意思，不禁倒退了一步，寒意直達背脊。

「地獄召喚地獄。」桑索尼低聲唸著。莫拉沒注意到他已經來到自己身旁。

「是這句話的意思嗎？」珍問道。

「那是字面上的意思，這句話另外還有一層含義。」

「地獄召喚地獄聽起來已經夠不吉利的。」

「Abyssus abyssum invocat 這句話至少可以追溯到一千年以前，意思是『惡有惡報』。」

莫拉看著這幾個字。「他是在告訴我們，這只是開始。他才剛出手罷了。」

「而這些十字架——」桑索尼指著多不勝數、集中在一面牆上，彷彿群聚著準備發動攻擊的十字架，「全都是顚倒的，是對基督教的嘲諷，對教會的否定。」

「沒錯，我們聽說這是邪惡符號。」朱立維奇說。

「這些字和十字架是先畫在這兒的。」莫拉看著血跡在牆壁上涓滴而下，那一行連續不斷的拉丁文因此有些模糊。她研究濺在牆上的血漬，看見動脈的血液噴出來所形成的弧形血痕。「他在痛下殺手、砍斷她的脖子之前，花了不少時間裝飾這幾面牆。」

「現在的問題是，」朱立維奇說，「他是在她躺在地上等死的時候寫下這些東西？還是早在死者抵達之前，他就把這個行兇地點佈置好了？」

「然後才引誘她到這兒來？」

「兇手做了萬全的準備，這是顯而易見的。」朱立維奇指著木質地板那灘已經凝結的血。「看到地上的釘子沒？他帶著槌子和尼龍繩，用這些工具使她動彈不得。他用尼龍繩綁住她的手腕和腳踝，再用釘子把繩結釘在地上。把她困在地上之後，他就可以悠哉地爲所欲爲了。」

莫拉想起刻在莎拉・帕姆利身上的那些符號，接著抬頭看看牆壁上用紅赭土所畫的同樣圖案。倒十字，路西弗的十字架。

桑索尼說：「但他是怎麼把她引誘到這兒來的？到底是什麼東西能吸引她來到此處？」

「我們知道有人打了通電話到她旅館的房間。」朱立維奇說，「在她退房離開那天。旅館工作人員把電話轉到她房間去了。」

「你沒提過有人打電話找她。」珍說。

「因爲我們不確定這通電話有什麼重要性。我的意思是，莎拉·帕姆利在這個小鎮長大。在這裡大概認識不少人，這些人可能在她姑媽的葬禮過後打電話給她。」

「是本地的電話嗎？」

「是加油站的公用電話，地點在賓漢頓。」

「距離這裡有一兩個小時的車程。」

「沒錯。這是我們認爲打電話的人不是兇手的原因之一。」

「還有別的原因？」

「沒錯，打電話的是個女人。」

「旅館工作人員確定這一點嗎？事情已經過了兩個星期。」

「她的供詞沒有絲毫改變，我們問過她好幾次了。」

桑索尼說：「邪惡是沒有性別的。」

「女人犯下這種案子的機率有多高？」珍指著牆壁上的血手印說。

「我不會自動排除女性犯案的可能。」桑索尼說，「這裡找不出可供比對的腳印。」

「我沒有排除任何可能性。我只是依照機率判斷。」

「機率不過是機率而已。」

「你逮捕過幾個兇手？」珍回敬一句。

桑索尼態度堅定地看著珍。「我想這個答案會讓妳嚇一跳，警探。」

莫拉轉頭對朱立維奇說：「兇手想必在這棟房子裡待了好幾個小時，總會留下毛髮、纖維。」

「犯罪現場鑑識小組用多波域檢查了所有的房間。」

「他們不可能毫無發現吧。」

「噢，他們的確發現了不少東西。這是棟老房子，過去七十年來斷斷續續地有人居住，我們在這幾個房間找到不少毛髮和纖維。還有一項驚人的發現。我帶你們到其他房間看看。」

他們回到走廊，朱立維奇指著一間房門口。「那也是間臥房，積了不少灰塵，外加幾根貓毛。但除此之外沒什麼特別的發現。」他沿著走廊繼續往前走，經過另個臥房與鋪著黑白磁磚的浴室，而他均搖搖手，表示沒什麼好看的。接著他們來到最後一扇門前。「就是這裡了。這個房間可有趣了。」

莫拉覺得他的聲音中帶著不祥，可是當她走進臥房，卻沒看到任何驚人的東西。這裡只不過是個四壁空蕩的空間，裡面什麼傢俱也沒有，但是木質地板的狀況比屋裡其他地方好得多，不久前才重新打亮過。兩扇沒有窗簾的窗戶可以俯瞰小山丘上林木濃密的斜坡。小徑延伸通往如今已結冰的湖畔。

「這個房間哪裡有趣了？」珍問。

「有趣之處在於我們在地板上的發現。」

「我什麼也沒看見。」

「我們噴上光敏靈之後才看到的。犯罪現場小組勘察了整棟房子，以確定兇手可能在哪裡留下血跡，以及他是否在其他房間留下我們看不到的微量跡證。我們在走廊、樓梯和玄關發現我們用肉眼看不到的腳印。因此我們知道他離開這棟房子的時候，的確試圖把腳印清理乾淨。但是血跡是清不掉的，只要噴上光敏靈，馬上就會亮起來。」朱立維奇低頭看著地板。「這裡就該死的亮得不得了。」

「你們發現了更多鞋印？」珍問道。

「不只是鞋印而已，簡直像一波鮮血沖洗過這個房間，潑濺在牆壁上。地板的接縫處還能看到滲進線板裡的血。大量的血潑在那面牆壁上，有人想把血跡洗乾淨，但是沒辦法徹底抹除。儘管你們現在看不出來，但這裡曾經沾滿了血。我可以跟你們說啊，當時我們站在這裡，看見整個房間都在發光，把我們嚇得魂飛魄散。因爲只要一開燈，看起來就和現在沒兩樣，正常得不得了，肉眼完全看不到絲毫血跡。」

桑索尼看著牆壁，彷彿想看見那些駭人的死亡回聲。他低頭看看地板，一塊塊的木板打磨得非常光滑。「不可能是剛流出來的血。」他喃喃自語，「這棟房子裡發生過別的事。」

莫拉想起了山腳下、半埋在積雪中的出售廣告牌。她想起了破舊不堪的護牆板、剝落的油漆。如此漂亮的房子爲什麼會荒廢這麼多年呢？「這就是房子賣不出去的原因。」

朱立維奇點點頭。「事情大約發生在十二年前，那時我還沒搬到本地定居。這件事是不動產經紀人告訴我的。既然這棟房子要出售，她自然不會大肆張揚，不過她有揭露資訊的義務；這是每個可能的買主都想知道的小細節。但是他們知道了以後，立刻表示興趣缺缺。」

莫拉低頭看著地板，看著那些藏著她所不見之血的接縫和裂痕。「是誰死在這裡？」

「發生在這個房間裡的是起自殺事件。不過我一想到發生在這棟房子裡的其他事情，就感覺這整棟屋子似乎帶著不幸。」

「還有其他死亡事件？」

朱立維奇點點頭。「當時住在這裡的一家人，是位醫生和他的太太，還有一雙兒女，外加和他們一起過暑假的姪兒。大家都說索爾一家都是好人，家庭關係很緊密，朋友也不少。」

事情不能光看表面，莫拉心想。從來都不行。

「最先出事的是他們十一歲的兒子，那是一起令人心碎的意外。小孩跑到湖邊釣魚之後就沒有回來。警方推測他是在落水之後驚慌而溺斃。他們隔天發現了他的屍體。從此之後，這家人的命運就每況愈下。過了一個星期，孩子的母親從樓梯上滾下來摔斷了脖子；她一直在服用鎮靜劑，警方判斷她是因爲失去平衡才釀成悲劇。」

「這倒是很有意思的巧合。」桑索尼說。

「這話怎麼說？」

「莎拉・帕姆利的姑媽不也是這麼死的嗎？從樓梯上摔下來？跌斷了頸子？」

朱立維奇頓了一頓。「沒錯，我之前還沒想到。這果然是個巧合，不是嗎？」

珍說：「你還沒告訴我們自殺的人是誰。」

朱立維奇點點頭。「是那個丈夫。你想想看——他經歷了多大的痛苦。先是他的兒子溺死，然後他的太太從樓梯上失足摔落。因此兩天之後，他拿出手槍，坐在這間臥房裡，朝自己的腦袋開了一槍。」朱立維奇看著地板。「地板上沾染的就是他的血。你們想想看，一個完整的家，不到幾個星期就支離破碎了。」

「那個女兒後來怎麼樣了？」珍問道。

「她搬到朋友家住。一年後高中畢業，到外地去了。」

「她是這棟房子的所有人？」

「對。房子還是在她的名下。這些年來她一直想把房子脫手。不動產經紀人說有幾個人來看過，可是他們一聽到當年發生的事，立刻掉頭就走。你會住在這棟房子裡嗎？給我再多錢我都不幹。這是一個不祥之處，你幾乎一走進前門就能感覺到了。」

莫拉看著四周的牆壁，不由得一顫。「如果世界上有所謂的鬼屋，應該就是這裡了。」

「Abyssus abyssum invocat，地獄召喚地獄。」桑索尼低聲地說，「現在這句話又有不同的意義了。」

所有人都看著他。「怎麼說？」朱立維奇說。

「那就是他選擇這裡作爲行兇地點的原因。他很清楚這棟房子的歷史，他知道這裡發生過什麼事，並且爲之所吸引。你可以稱它爲通往另一個次元的門戶，或是漩渦。不過世界上總有一些黑暗地方與邪惡角落我們無以名之，而只能說它們受了詛咒。」

珍笑了出來，隱約透露著不安。「你眞的相信那一套？」

「我相信什麼並不重要。但如果這個兇手相信的話，那麼他之所以選擇在這裡動手，是因爲這棟房子召喚了他。地獄召喚地獄。」

「我的天哪。」朱立維奇說，「你害我起雞皮疙瘩了。」他看著空白的牆壁，打了個寒顫，彷彿感覺到一陣陰風吹拂。「你們知道我怎麼想的嗎？他們應該乾脆把這個地方給燒了，一把火夷爲平地。根本沒有任何正常人會買這棟房子。」

「你剛才說一個醫生跟家人住在這兒。」珍說。

「沒錯。索爾家。」

「他們還有個姪子和他們一起度暑假。」

朱立維奇點點頭。「一個十五歲大的孩子。」

「在這些悲劇發生之後，那個男孩後來怎麼樣了？」

「不動產經紀人說那個孩子沒多久就離開了純潔鎮，他母親把他接走了。」

「你還知道什麼有關他的線索？」

「別忘了，這是十二年前的事，大夥兒和他都不熟。再說他只來過那一個暑假。」朱立維奇頓了一下，「我知道妳在想什麼。那孩子現在有二十七歲了。他應該知道當年這裡發生了哪些事。」

「他可能也有一把前門的鑰匙。」珍說，「我們怎樣才能查到更多有關他的線索？」

「我想這你們得問他的堂姊吧。就是這棟房子的所有人，莉莉・索爾。」

「可是你也不知道去哪裡找她。」

「不動產經紀人一直在設法和她聯絡。」

珍說：「我想看看警方有關索爾家的報告。我相信你們已經調查過這三個人的死因。」

「我會打電話回警局，交代他們把檔案影印給妳；妳出城的時候可以順便過來拿。妳們今晚就要回波士頓嗎？」

「我們打算吃完午飯就回去。」

「那我會盡量在中午之前準備好。兩位不妨到蘿珊咖啡館去。那裡的火雞肉總匯三明治美味極了，而且就在警察局正對面。」

「這樣你們來得及影印所有文件嗎？」

「除了驗屍報告和警長報告之外，並沒有太多資料。這三件案子的情況和死因都相當明顯。」

桑索尼一直站在窗前眺望遠方。這時他轉頭對朱立維奇說：「你們的地方報紙叫什麼名字？」

「契南戈郡的大小事都會登在《太陽晚報》上，報社位在諾維奇。」朱立維奇看看手錶，「這裡也沒什麼別的可看了。」

他們走出房子，站在刺骨的寒風裡等待，朱立維奇鎖上前門，並且用力拉扯了幾下，確定鎖牢。「要是我們這邊有任何進展，」他對珍說，「我會打電話通知妳。但我想得由你們來捉拿兇手。」他拉上外套的拉鍊，然後戴上手套，「他現在跑到你們的地盤上去了。」

28

「他開著豪華轎車出現，然後立刻獲邀進入犯罪現場。」珍拿著一根薯條在莫拉面前揮舞，「到底是怎麼回事？桑索尼在司法部認識什麼人啊？就連嘉柏瑞都查不出來。」

「他們會信任他一定是有原因的。」

「哦，是啊。」珍將薯條往嘴裡一扔，接著又拿起另一根。激動的情緒讓她胃口大開，不到幾分鐘的時間，巨大的總匯三明治已經被她吃得只剩下一點點麵包屑和培根。現在她用最後一根薯條狠狠地蘸上番茄醬，「信任一個把打擊犯罪當嗜好的百萬富翁？」

「他的財產有好幾百萬。」

「他以爲他是誰，布魯斯・韋恩[22]嗎？還是那齣舊電視影集的主角，一個當警察的有錢人，我媽以前很愛看的。」

「我想妳說的是《伯克的法規》。」

「沒錯。妳認識幾個有錢的警察？」

莫拉嘆了一口氣，端起茶杯。「一個也沒有。」

「這就對啦，那根本是幻想。某個無聊的有錢人突然想扮痞子哈利[23]尋刺激，只不過他根本

---

[22] 漫畫《蝙蝠俠》的主角。平日是紈褲的百萬富翁，夜晚則化身爲打擊犯罪的蝙蝠俠。
[23] 八〇年代的美國電影《緊急追捕令》中的主角，由克林・伊斯威特主演。

不想眞的親身做些吃力不討好的工作。他不願意巡邏或寫報告，只想開著賓士車跑來指點我們這些白痴該怎麼辦案。妳以爲我以前沒對付過像他這種人嗎？每個人都自以爲比警察聰明。」

「我不認爲他只是個門外漢，珍，我認爲他的意見很値得聽一聽。」

「是啊，一個退休的史學教授。」珍喝光了杯子裡的咖啡，朝雅座周圍四處張望，在忙碌的咖啡廳裡尋找服務生的蹤影。「嘿，小姐？我可不可以續……」她突然噤聲，對莫拉說：「瞧瞧是誰走進來了。」

「誰？」

「咱們的好朋友。」

莫拉轉頭朝門口望去，目光掠過吧檯，一群戴著鴨舌帽的男人正低頭喝著咖啡，大啖漢堡。她看到桑索尼的時候，後者也同時發現了她。這時有十幾個人轉過頭，目不轉睛地看著這個頭髮斑白、風度翩翩的男人。他大步走過幾張桌子，來到莫拉的雅座。

「很慶幸兩位還沒走。可以和妳們一起坐嗎？」

「我們正要離開。」珍刻意伸手要準備拿取皮包，順便也忘了要續杯咖啡這件事。「我只耽擱兩位一點時間，或者妳寧願我把資料寄給你，警探？」

莫拉看見他帶來的一疊資料。「那是什麼東西？」

「從《太陽晚報》的資料庫找來的。」他將資料擺在她面前。

莫拉往旁邊挪動，爲桑索尼在狹窄的雅座上騰出空位。她感覺自己被這個男人困在角落，而他的存在似乎已經壓倒性地主宰了這個小小的空間。

「他們的數位檔案最多只有五年前的資料。這些是從裝訂的檔案影印下來的副本，因此複製品質不是很好，不過還是看得出事情的來龍去脈。」

莫拉低頭看著第一張影本。這是十二年前八月十一日《太陽晚報》的頭版。她的眼光立即被靠近報紙上緣的報導所吸引。

〈男孩屍首於派森湖尋獲〉

文章所附的照片是個露齒而笑的淘氣男孩，懷裡抱著一隻虎斑貓。照片說明寫著：泰迪・索爾剛滿十一歲。

「他的姊姊莉莉是最後一個看到他還活著的人。」桑索尼說，「第二天發現泰迪浮在湖裡的人也是她。從這篇報導看來，最讓大家驚訝的是，這個男孩其實很會游泳。另外還有一個很有意思的細節。」

莫拉抬起頭。「什麼？」

「當天他應該是到湖邊去釣魚，可是他們卻在距離湖畔足足二十碼的地方找到他的釣具箱和魚竿。」

莫拉將影本遞給珍，並且閱讀下一篇八月十八日的報導。小泰迪的屍體尋獲後一週，索爾家再度發生悲劇。

〈傷心的母親恐因意外身亡〉

文章隨附著另一張照片，與另一段令人心碎的說明文字。照片是在艾美・索爾的生活較幸福的時候拍的。她的腿上抱著一個嬰兒，燦爛地對相機笑著。這個嬰兒正是十一年後溺死在派森湖裡的泰迪。

「發現她陳屍在樓梯下方的人，」莫拉抬頭看著珍說，「就是她的女兒莉莉。」

「又是她？母子兩人都是女兒發現的？」珍接過影印的報導。「聽起來未免也太倒楣了。」

「別忘了，兩個星期前打電話到莎拉・帕姆利旅館房間的是個女人。」

「先別妄下斷語。」桑索尼說，「發現她父親屍體的不是莉莉・索爾，而是她的堂弟。這是多明尼哥・索爾的名字第一次出現在這些報導上，也是唯一的一次。」

莫拉看看第三張影本，上面有張彼得・索爾醫生微笑的照片。下面的說明寫道：因妻兒雙亡而意志消沉。她抬起頭。「有多明尼哥的照片嗎？」

「沒有。不過那篇報導提到是他發現叔叔的屍體，也是他報的警。」

「那個女孩呢？」珍問道，「這件事發生的時候，莉莉人在哪裡？」

「報紙上沒有說。」

「我想警察應該查過她的不在場證明了。」

「妳會這麼想是可以預期的。」

「我沒有任何預設立場。」

「希望警方的檔案裡有這方面的資料。」桑索尼說，「因爲已經不可能從調查員那裡問到什麼了。」

「爲什麼？」

「去年他因爲心臟病發過世了，我在報紙資料庫裡發現他的訃文。所以現在只剩下警方的檔案。不過你們想想看，如果你是名當地警員，面對一個剛失去弟弟、母親，現在又失去爸爸的十六歲少女。她可能驚魂未定，也許變得歇斯底里，而當她的父親顯然是自殺身亡時，你會忍心去打擾、質問父親過世的時候她人在哪裡嗎？」

「這是我的職責所在。」珍說，「我會問的。」

沒錯，她一定會問，莫拉想著，看著珍絲毫不退讓的表情，想起昨天早上她如何窮追猛打地追問。毫無慈悲、毫無保留。一旦你被珍．瑞卓利認定有罪，你便只能求上帝保佑了。莫拉低頭看著彼得．索爾的照片。「沒有莉莉的照片。我們也不知道她的長相。」

「其實是有一張。」桑索尼說，「你們一定會覺得很有意思。」他翻開下一張影印資料，指著上面的報導。

〈醫師葬禮吸引全郡人士前來〉

美麗的八月午後，朋友、同事，甚至素不相識之人，紛紛聚集在艾西蘭墓園，爲上週六舉槍自盡的彼得．索爾醫生哀悼。這是過去兩週來，索爾家遭遇的第三場不幸。

「這個，」桑索尼指著隨附的照片說，「那就是莉莉．索爾。」圖片模糊，女孩身旁的兩名弔客遮住了她的面容。莫拉只能看見她低著頭、被黑長髮蓋住的側臉。

「根本什麼也看不出來。」珍說。

「我要妳們看的不是這張照片。」桑索尼說。「而是附加說明。看看莉莉身邊那兩個女孩叫什麼名字。」

這時候莫拉才明白桑索尼為什麼堅持將這些報紙拿給她們看。莉莉．索爾傷心欲絕的照片下方，說明文字提到兩個熟悉的名字，令她們大感震驚。

好友羅莉安．塔克和莎拉．帕姆利安慰著莉莉．索爾。

「這就是整件事情的關鍵。」桑索尼說，「三個好朋友，其中兩人已經死亡，只剩下莉莉．索爾還活著。」他頓了頓，「而我們根本不能確定她是死是活。」

珍拿起這張報紙仔細端詳。「也許是因為她不想讓我們知道。」

「我們必須找到她才行。」桑索尼說，「她會知道所有的答案。」

「或者她本身就是答案。我們對莉莉這個女孩幾乎一無所知。她和家人相處得好不好。她是否繼承了一筆可觀的遺產。」

「妳是在開玩笑吧？」莫拉說。

「我必須承認，桑索尼先生也曾說過，邪惡是沒有性別之分的。」

「可是殺害自己的親人？珍……」

「人會殺害自己所愛的人，這一點妳知道的。」珍看著這三個女孩的照片。「也許這幾個女孩也知道。要保守祕密十二年並不容易。」她看看錶，「我得到鎮上去打聽打聽，看能不能問到其他和莉莉有關的線索。一定有人知道該怎麼找她。」

「既然妳要去打聽，」桑索尼說，「不妨也順便問問這是怎麼回事。」他把另外一張影本滑到珍面前，標題上寫著：南普利茅斯男孩獲得四健會最高榮譽。

「嗯……我有必要打聽這些得獎的健壯小子嗎？」珍問道。

「不，是警察勤務區下面的那篇報導。」桑索尼說，「我自己也差點忽略掉。事實上，要不是因為在同一頁，在泰迪．索爾溺水的文章下方，我恐怕根本不會留意。」

「你是說這一篇？〈穀倉遭破壞，山羊失蹤？〉」

「看看那篇報導。」

珍大聲唸出來。「『警方接獲純潔鎮村民艾賓．邦格斯投訴，表示上週六夜晚，有人闖進他的穀倉大肆破壞。四隻山羊逃跑，其中三隻尋獲，但至今仍有一隻山羊下落不明。穀倉面目全非，到處刻滿了——』珍突然打住，抬頭看著莫拉，「『十字架。』」

「繼續唸下去。」桑索尼說。

珍倒抽一口氣，低頭繼續閱讀那篇報導。「『類似的刻痕也出現在附近其他建築物上。掌握相關線索之人，請務必和契南戈郡警察局聯絡。』」

「兇手當年就在這裡。」桑索尼說，「十二年前，他就住在這個郡。沒有人知道有什麼東西在他們當中活動，有什麼東西生活在他們之間。」

他說得好像兇手根本不是人似的，莫拉心想。他不是說「人」，而是說「東西」。不是什麼人，而是什麼東西。

「然後兩星期之前，」桑索尼說，「兇手回到索爾家住過的那棟房子。在牆壁上畫下同樣的符號，在地上釘釘子。這全都是爲了迎接他的受害者到來，都是爲了要對付莎拉．帕姆利。」桑索尼倚身向前，眼神專注在珍身上。「我不認爲莎拉．帕姆利是他的第一個受害者，之前還有其他的受害人。妳們都看到莎拉遇害的兇案現場是多麼地煞費苦心，當中有多少規劃與儀式。這是純熟的犯罪手法，犯案的人花了好幾個月，甚至好幾年的時間，改良他的作案儀式。

「我們已經要求以暴力犯罪分析電腦系統的搜尋。我們想找一些之前的兇殺案。」

「你的搜尋參數是什麼?」

「分屍、邪惡符號。沒錯，在其他州發現了幾個案子，但是跟我們的案件並不符合。」

「那就擴大搜尋條件。」

「再擴大就會變得毫無意義，搜尋條件會太大、太籠統。」

「我的意思是進行跨國搜尋。」

「這個範圍很大。」

「對於這個兇手，根本沒有範圍太大這種事。看看他留下的線索。牆壁上寫的是拉丁文，圖案是用賽普勒斯出產的紅赭土畫的，還有一枚地中海貝殼。兇手幾乎算是公開宣稱他一直住在國外，而且可能在海外也殺過人。我向妳保證，如果妳搜尋國際刑警的資料庫，一定會發現更多的受害者。」

「你憑什麼這麼……」珍停頓了一下，突然瞇起眼睛。「你已經知道了，你早就查過了。」

「我未經許可地查了一下。兇手在每個地方都留下特殊的行跡，他根本不怕警察。他有百分之百的信心，認爲自己有能力不被警察逮到。」他指指那些報紙影本。「十二年前，兇手就住在這裡。那時他已經萌生這些奇怪的念頭，已經開始畫這些十字架了。」

珍看看莫拉。「我至少還要在這兒多待一個晚上。我得找其他人談談。」

「可是我得回去。我不能離開那麼久。」

「布里斯托醫生可以幫你代班，不是嗎？」

「我還有其他的事必須處理。」莫拉不喜歡珍忽然向她擺出那副表情——其他的事是指丹尼爾·布洛菲吧？

「我今晚要開車回波士頓。」桑索尼說，「妳可以搭我的便車。」

29

「瑞卓利警探似乎不太高興妳接受我的好意。」桑索尼說。

「最近她對很多事情都感到不高興。」莫拉看著窗外白雪覆蓋的田野。儘管最後一絲日光已經消逝，月亮正緩緩升起，但月光照在雪上的反光明亮得如同燈籠。「我是其中之一。」

「我注意到妳們之間的緊張氣氛了。」

「有那麼明顯嗎？」

「她不太掩飾吧？」在漆黑的車裡，桑索尼快速地看了莫拉一眼，「妳們兩人的個性眞是南轅北轍。」

「我越來越意識到這一點了。」

「妳們認識很久了？」

「大概兩年左右，從我到波士頓任職開始。」

「妳們的關係一直這麼緊張嗎？」

「不。這只是因爲……」莫拉遲疑了一下。因爲她不苟同我的行爲，因爲她有道德上的傲慢，而且我沒有權利像普通人一樣；我不可以陷入情網。「這幾個星期的壓力很大。」最後莫拉這麼說道。

「很高興我們能有這個機會單獨聊聊。因爲我接下來要告訴妳的事，聽起來會很荒謬。而瑞卓利警探連想都不想就會嗤之以鼻。」他又看了她一眼，「我希望妳會比較願意聽聽我的說法。」

「因爲你認爲我不像她那麼堅持當個懷疑主義者嗎？別太有把握。」

「妳對今天的兇案現場有什麼看法？妳覺得兇手是什麼樣的人？」

「我認爲一切顯示出兇手嚴重精神異常。」

「這是種可能。」

「你的解釋是什麼？」

「幕後黑手是個眞正聰明的人，不是隨隨便便靠折磨女人得到快感的神經病。這個人有著專一而且合乎邏輯的動機。」

「你又要提那些神話中的惡魔了。」

「我知道妳不相信惡魔的存在。不過妳看了那篇新聞報導，有關十二年前被弄得面目全非的穀倉。那個報導裡有什麼其他地方特別引起妳的注意嗎？」

「你是說除了穀倉裡刻的十字架以外嗎？」

「那頭失蹤的山羊。穀倉裡有四隻羊跑了出來，農夫只找到其中三隻。那第四隻羊呢？」

「也許逃走了，也許在森林裡迷路。」

「在〈利未記〉第十六章裡，阿撒瀉勒又被稱做『作贖罪祭的公山羊』。牠承擔了人類的一切罪愆，一切邪惡。依照傳統信仰，他們領著被揀選的牲畜，帶著人的罪孽，來到曠野然後將其釋放。」

「我們又回到阿撒瀉勒的象徵上了。」

「妳的大門上畫著阿撒瀉勒的頭。妳不可能忘記這件事的。」

不，我沒忘。我怎麼會忘記我家大門上有兇手做的記號？

「我知道妳是懷疑論者。我知道妳認爲這個案子最後也會像許多其他調查結果一樣。到頭來，兇手是個相當平凡、甚至非常可憐的獨居者；另一個傑佛瑞・丹墨㉔，或是山姆之子。也許這個兇手有幻聽。也許他看太多遍安東・拉維㉕寫的《撒旦聖經》，並且深信不疑。但是思考一下另外一種比先前的推論恐怖得多的可能。」桑索尼看著莫拉，「就是巨人族——守望者——眞的存在。他們一直存在，依然生活在你我周遭。」

「墮落天使的兒女？」

「那只是《聖經》上的詮釋。」

「這些全都是聖經故事。你知道我不信這一套。」

「不只《舊約聖經》裡提到這種生物，他們在更古老的文化神話中也出現過。」

「每個文明都有自己的神話惡靈。」

「我說的不是靈體，而是有血有肉，有著人類臉孔的生物。這種掠食者和我們一起演化，與我們混種雜交。」

「如果眞有其事，我們會到現在都不知道他們的存在嗎？」

「我們藉由他們犯下的罪，察覺他們的存在，但卻看不到他們的眞面目。我們稱他們爲反社會者或暴君，或是穿心魔佛拉德㉖。他們利用魅惑和引誘之術得到所有權力和權威的位置。他們靠戰爭、革命、混亂而茁壯。而我們從來不知道他們異於常人，與我們在遺傳密碼上有著根本差異。他們是天生的掠食者，整個世界都是他們的獵場。」

「這就是梅菲斯特俱樂部成立的目的？尋找這些神話中的東西？」她笑了出來，「你們還不如去找獨角獸算了。」

「我們當中很多人都相信確有其事。」

「如果眞的找到了，你們打算怎麼辦？開槍殺了牠，把牠的頭當成戰利品掛起來？」

「我們只是個純粹的研究團體。我們的職責是辨識和研究，並且提出建議。」

「向誰提出建議？」

「執法人員。我們提出資訊和分析，供他們運用。」

「執法單位眞的會聽信你們的說法？」莫拉的語氣不容置疑地充滿懷疑。

桑索尼只回答：「是的，他們聽取我們的意見。」他的語氣平靜，對自己的說法很有把握，不認爲需要辯護些什麼。

莫拉想到他多麼輕易就取得了調查的機密細節，想起珍調查桑索尼的時候，在聯邦調查局、國際刑警組織和司法部都吃了閉門羹。他們都在掩護桑索尼。

㉔美國連續殺人犯，於一九七八年至一九九一年間，強暴並殺害十七名同性戀青年，將其分屍且食用。

㉕撒旦教會創立人。

㉖十五世紀的匈牙利暴君，因以木樁穿刺敵人而得此稱號。愛爾蘭小說家史托克以佛拉德爲靈感，撰寫了吸血鬼小說《德古拉》。自此，佛拉德與德古拉便與吸血鬼畫上等號。

「我們的事跡敗露了。」他輕聲補充一句，「眞是不幸。」

「我還以爲這是你的目的。讓別人注意到你們在做的事。」

「可惜該注意的人沒注意，不該注意的人卻注意到了。他們不知怎麼發現了我們，也知道了我們的身分跟所從事的工作。」他頓了頓，「並且把妳視爲我們的一分子。」

「我甚至不相信他們的存在。」

「他們在妳的大門上做了記號。他們認出了妳。」

莫拉望著窗外，月光下的雪在暗夜中白得令人驚奇，幾乎和白晝一樣明亮。毫無掩蔽，沒有一絲黑暗。在這片無情的大地上，獵物的一舉一動都將無所遁形。「我不是你們俱樂部的成員。」

「就算是也不奇怪。他們看到妳出現在我家，也看到妳和我在一起。」

「我出現在三個犯罪現場，這只是我的工作。兇手有可能是在任何一晚看到我的。」

「我剛開始也是這麼想的，以爲妳剛好出現在他的視線範圍，只是個偶然出現的獵物。我以爲伊芙．卡索維茲的情況也一樣——也許兇手在聖誕夜的第一個犯罪現場發現了她，於是起了興趣。」

「現在你不認爲事情有這麼簡單了？」

「對，我不再這麼覺得了。」

「爲什麼？」

「因爲那枚貝殼。要是我早點知道有那枚貝殼，我們就會小心防範，喬伊絲可能因此還活著。」

「你認為那枚貝殼是針對你？」

「數百年來，桑索尼家的男人一直帶著貝殼的旗幟出征作戰。這枚貝殼的用意，是對俱樂部的嘲弄和挑釁，警告我們接下來會發生什麼事。」

「到底會發生什麼事？」

「殲滅我們。」桑索尼靜靜地說，彷彿大聲說出這句話便會招致殺身之禍。不過他的聲音裡沒有一絲恐懼，只是無奈地接受自己的宿命。莫拉不知該作何回答。兩人的對話游離到了一個陌生的領域，她已經完全失去了方向。他的世界是個充滿惡夢的荒涼之境，光是與他一起坐在車子裡，都會改變她的世界觀，進入怪物橫行的陌生國度。丹尼爾，莫拉心想，我現在很需要你。我需要你的撫摸、你的希望和你對世界的信心。這個男人是無止境的黑暗，而你則是光明。

「妳知道家父是怎麼死的嗎？」

這個問題讓她為之蹙眉。「你說什麼？」

「相信我，家父的死和這件事有關，我的整個家族史都和此事脫不了關係。我曾經試圖逃離，在波士頓學院教了十三年的書，以為自己可以和其他人一樣過著正常的生活，認定家父和他的父親一樣是個怪人，而我從小聽他說的那些光怪陸離的故事，也只不過是家族的奇聞軼事。」他看了她一眼，「我當時的態度和妳現在差不多，打從心裡不相信。」

他說話聽起來很理智。但他並非如此。他不可能是理智的。

「我教歷史，因此很熟悉古老的神話。但誰也別想說服我相信世上曾經出現過羊人、美人魚或飛馬。那我爲何要相信家父口中的巨人族呢？」

「是什麼讓你改變了心意？」

「噢，我知道他說的故事有些是眞的，伊莎貝拉的死就是個例子。到威尼斯的時候，我終於在教會文獻裡找到了有關她入獄和死亡的紀錄。她眞的被活活燒死，也的確在行刑前生了個兒子。桑索尼家族代代相傳的故事並非純屬虛構。」

「那有關你的祖先是惡魔追捕者的傳說呢？」

「家父深信不疑。」

「你呢？」

「我相信有敵對的力量正企圖消滅梅菲斯特俱樂部，現在我們已經被發現了，就和他們當年發現家父一樣。」

莫拉定睛看著他，等待他提出解釋。

「八年前，」桑索尼說，「他飛到那不勒斯去，計畫和一位老朋友見面。那是他在紐哈芬讀大學時認識的老友。他們兩個人都是鰥夫，也都是古代史的愛好者，打算一起參觀那不勒斯的國家考古博物館，順便敘敘舊。家父對此行興致勃勃，自從家母過世以後，我第一次聽到他說話時這麼有活力。可是到了那不勒斯，他的朋友沒到機場接他，也沒有在旅館。他打電話告訴我出了大問題，他預定第二天搭機回來。我聽得出他心煩意亂，但他不肯多說什麼。我想他認定有人在監聽我們談話。」

「他眞的認爲電話被竊聽了？」

「看吧？當時我的反應和妳一模一樣。這只是古怪的老爹又在幻想他那些邪惡的小精靈了。他對我說的最後一句話是：『我被發現了，安東尼。他們知道了我的身分。』」

「他們？」

「我完全明白他在說什麼，我從小到大聽的就是那些胡說八道。政府裡潛藏著邪惡的力量。全世界的巨人族陰謀勾結，幫助彼此取得權力。一旦拿到了政治控制權，他們就能盡情地獵殺，不必擔心任何懲罰。科索沃、柬埔寨和盧安達就是最好的例子；他們靠著戰爭、混亂和流血而成長茁壯，這些是他們賴以維生的養分。那就是他們心目中的世界末日——獵人的樂園。所以他們等不及，所以他們引頸期盼著。」

「聽起來像是偏執狂最終極的妄想。」

「也可以用來解釋不可解之事：人類爲何會如此殘酷地對待彼此。」

「他一直想說服我相信。可是一直到他死後，我才相信眞有其事。」

「令尊相信這一套？」

「令尊是怎麼死的？」

「一般人很容易誤以爲是單純的搶劫案出了錯。那不勒斯的治安不好，觀光客確實必須處處小心。但家父當時人在那不勒斯灣旁的帕登洛普路上，那裡幾乎隨時隨地都擠滿了觀光客。即使如此，因爲事情發生得太快，他連呼救都來不及就倒在地上。沒有人看到攻擊者，也沒有人目擊事發經過。家父就這麼躺在大街上流血致死，刀子就從他胸骨下方刺進去，割開了心包，刺穿了右心室。」

「如同伊芙・卡索維茲。」她輕輕地說。一種殘忍又有效率的殺人手法。

「最讓我遺憾的是，家父直到嚥氣的那一刻，都認爲我絕不會相信他。我結束父子之間的最後一通電話後，還一邊告訴我的同事，『老傢伙終於該吃索瑞精（Thorazine）[27]了。』」

「但是你現在相信他的話。」

「幾天之後我飛到那不勒斯，即使在那時，我仍然認爲這只是場偶發的暴力事件。倒楣的觀光客，在錯誤的時間出現在錯誤的地方。可是當我在警察局等候警方報告的影本時，一位比較年長的紳士走進來自我介紹。以前我聽家父提過這個名字，但是從來不知道葛佛瑞・鮑姆在國際刑警組織任職。」

「這個名字聽起來怎麼這麼熟？」

「伊芙・卡索維茲遇害當晚，他也是我的座上嘉賓之一。」

「就是提前離席到機場去的那個人？」

「當天晚上他要趕搭飛機到布魯塞爾去。」

「他是梅菲斯特俱樂部的成員？」

桑索尼點點頭。「是他讓我願意聆聽、願意相信的。家父跟我說過的那些故事、對於巨人族的荒唐理論——鮑姆全都一一重述。」

「Folie à deus[28]，」莫拉說，「共同的妄想。」

「我也希望這是個妄想，希望可以和妳一樣不屑一顧。但是妳沒見過葛佛瑞、我和其他人親眼看見和聽到的那些事。梅菲斯特俱樂部是在爲了自我生存而奮鬥。經過了四個世紀，現在只剩下我們幾個。」他頓了一頓，「而我是伊莎貝拉最後的子孫。」

「最後的惡魔追捕者。」

「我還是沒能讓妳有絲毫的動搖，對不對？」

「這是我不明白的地方。殺人不是什麼難事。如果你已經成了他們的目標，何不乾脆除掉你算了？你並沒有躲躲藏藏。他們只需要從你家窗戶開一槍、在你車上裝個炸彈就好了。爲什麼要拿貝殼來故弄玄虛？爲什麼要警告我們說他們已經盯上你了？」

「我不知道。」

「你也看得出這是不合邏輯的。」

「沒錯。」

「然而你還是認爲這些兇手是以梅菲斯特俱樂部爲目標。」

他嘆了一口氣。「我不會試著說服妳。我只是希望妳能考慮一下，我的話有可能是眞的。」

「你是說，有個遍及全世界的巨人族同盟？而世界上除了梅菲斯特俱樂部之外，沒有人意識到這個巨大陰謀的存在？」

「我們的聲音已經開始得到重視。」

「你們打算怎麼自保？在手槍裝銀子彈？」

㉗一種抗精神病藥物。

㉘法語直譯爲「兩人共有的瘋狂」；心理學上亦指感應性精神疾病，乃謂一個有妄想的人影響身邊的他人，使其相信並同時擁有此妄想。

「我要找到莉莉・索爾。」

她蹙眉看著他。「那個女兒？」

「妳不覺得很奇怪嗎？居然沒有人知道她在哪裡？沒有一個人找得到她？」他看著莫拉，

「莉莉一定知道些什麼。」

「爲什麼你會這麼想？」

「因爲她不想讓別人找到她。」

「我想我應該陪妳進去。確定一切安然無恙。」

他們將車子停在莫拉的住家外頭。她透過客廳的窗簾，看得出裡面的燈是開著的；自動定時器將燈打開了。昨天出門前，她已經洗淨大門上的記號。她在昏暗中看著大門，納悶上面是不是畫了她看不見的新符號，陰影下是否隱藏著新的威脅。

「如果你能陪我進去，我想我也會比較放心。」莫拉坦白地說。

他從置物箱拿出手電筒，接著兩人下了車。他們都沒有開口說話，專心留意著周遭的環境。漆黑的街道、遠處傳來車輛行駛的咻咻聲。桑索尼站在人行道上，彷彿試著嗅聞尚未能看見的東西的氣味。他們來到門廊後，桑索尼打開手電筒檢查大門。

大門乾乾淨淨。

屋子裡電話鈴聲響起。丹尼爾？莫拉用鑰匙打開前門進屋；只花幾秒鐘鍵入密碼，解除保安系統，可是當她接起電話時，電話另一頭已經歸爲寂靜。她按下來電紀錄按鈕，認出顯示的正是丹尼爾的手機號碼。她巴不得馬上拿起話筒回電。可是桑索尼也來到客廳，現在就站在她身旁。

「妳看一切都還好嗎？」

她肯定地點點頭。「一切都很好。」

「妳何不四處查看一下，我再離開？」

「好的。」她朝走廊走去，桑索尼跟在身後。她可以感覺到他正注視著自己的背影。他有沒有從她臉上看出來呢？他看得出女人害相思病的表情嗎？她逐一查看房間的門窗，每個地方都鎖緊了。他好心送她回家，按照基本的待客之道，她應該請他喝杯咖啡、留他稍坐一會兒，但是她現在沒有心情招待客人。

讓她鬆了一口氣的是，他沒有多作逗留，便轉身離去。「明天早上我再打電話過來。」

「我不會有事的。」

「妳得小心才行，莫拉。我們大家都一樣。」

但我不是你們的一分子，她心想，我從來都不想。

門鈴響起，兩人面面相覷。

桑索尼靜靜地說：「妳去看看是誰吧。」

莫拉吸了一口氣，走到玄關。從窗戶往外看了一眼，立刻忙不迭地開門。儘管一陣冷空氣吹了進來，也驅不散她臉上火熱的紅潮。丹尼爾走進屋裡，已經朝她伸出雙手。接著他看見走廊上的另一個人，立刻一動也不動地站在原地。

桑索尼不著痕跡地打破沉寂。「想必你就是布洛菲神父了。」他伸出手，「我是安東尼・桑索尼。前天晚上你到歐唐娜的住處接莫拉的時候，我曾見過你。」

丹尼爾點點頭。「久仰大名。」

這兩個男人握握手，拘謹而小心地互相問候，然後桑索尼識趣地趕緊離開。「把保全系統打開。」他提醒莫拉。

「我會的。」

踏出門前，他狐疑地看了布洛菲最後一眼。桑索尼既不瞎也不笨；他可能猜出這名神父到她家的目的。「晚安。」桑索尼說完後離去。

莫拉鎖上門。「我很想你。」她投進丹尼爾的懷抱。

「今天好像很漫長。」他喃喃地說。

「我一心只想回家。跟你在一起。」

「我也一心只想著這件事。很抱歉這麼出其不意地跑來，但是我非來一趟不可。」

「我喜歡這種驚奇。」

「我還以爲妳早就到家了。」

「我們在路上停下來吃晚飯。」

「我很擔心，妳知道嗎？擔心妳和他一起開車回家。」

「你什麼也不必擔心。」她退後一步，滿臉笑意。「把外套脫下來給我。」

但是他沒有準備脫下外套的意思。「妳和他相處了一天，對他了解了多少？」

「我想他只是個很有錢的怪人，還有一份很奇怪的嗜好。」

「尋找撒旦的一切蹤跡？我看這不只是奇怪而已。」

「眞正奇怪的是，他居然有辦法召集一班有共同信念的朋友。」

「妳不擔心嗎？他全神貫注在世界的黑暗面？他居然眞的在尋找魔鬼？妳知道那句話：『當你凝視深淵時……』」

「『深淵也在凝視你。』[29]是，我知道這句話。」

「這句話値得謹記在心，莫拉。黑暗多麼輕易就能把我們拉進去。」

她不禁笑了出來。「這聽起來像你在主日講道會說的話。」

「我是說眞的。妳對這個人的認識還不夠。」

我知道他讓你擔憂。我知道他讓你嫉妒了。

莫拉撫摸著丹尼爾的臉。「我們別再談他了，他根本不重要。來，把外套脫下來給我。」

他沒有伸手解開釦子，這時她才意會過來。

「你今晚不留下來過夜？」

他嘆了一口氣。「我沒辦法。對不起。」

「那你爲什麼要來？」

「我剛才說過了，我很擔心。我想確定他把妳安全送回家。」

「你不能留下，連幾個小時也不行嗎？」

---

[29] 存在主義哲學家尼采之言。

「我很想。但是他們臨時通知我到普洛維敦士參加一場會議。我今晚就得開車南下。」

他們……丹尼爾不屬於她。當然，教會主導了他的生活。他們擁有他。

他緊緊地把莫拉抱在懷裡，他的氣息溫暖了她的頭髮。「我們找個時間離開一陣子。」他低聲呢喃，「出城去。」

到沒有人認識我們的地方。

丹尼爾走向車子時，莫拉站在門口，任由寒氣圍繞，吹進屋裡。即使他的車子已經離去，她依舊站在原地，對於刺骨寒風無動於衷。這是她渴望他的懲罰。這是他的教會對他們的要求。各自的床、各自的生活。就算是魔鬼，會比這樣更殘忍嗎？

如果我可以出賣自己的靈魂給撒旦，以換取你的愛，我想我會答應。

30

柯菈．邦格斯太太將全身可觀的重量倚靠在穀倉的門上，接著倉門發出刺耳聲響，嘎地一聲滑開。漆黑的穀倉裡傳來羊群緊張的叫聲，而珍聞到潮濕的稻草和擁擠的牲畜所發出的濃濃氣味。

「我不確定現在妳還能看到多少。」邦格斯太太用手電筒照向穀倉內部。「對不起，沒有早一點收到妳的留言，不然那時候天色還亮著。」

珍打開自己的手電筒。「這樣應該就可以了。我只是想看看那些記號，如果還在的話。」

「哦，還在。我老公生前每次進來看到那些玩意兒就氣得一肚子火。我總是叫他粉刷一下，如此一來他就會停止抱怨。他說如果他得粉刷穀倉內部，這樣只會讓他更火大，好像他在替山羊裝修房子似的。」邦格斯太太走進穀倉，拖著沉重的靴子踏過鋪著稻草的泥地。從住宅到穀倉的一小段路已經讓她氣喘吁吁。她停下腳步，發出沉重的鼻息聲，並將手電筒往木製羊圈一照，裡面的十幾頭羊不安地擠在一起。「牠們還是很想念他。噢，艾賓總是抱怨每天早上擠羊奶有多辛苦，但他很疼愛這幾頭母羊。他已經走了六個月，牠們還是不習慣別人爲牠們擠奶。」她拉開羊圈的栓子，看著躊躇不前的珍。「妳該不是害怕羊吧？」

「我們一定要進去嗎？」

「噢，牠們不會傷害妳的。不過妳要小心外套，牠們很喜歡啃咬東西。」

你們這些山羊要乖乖的，珍在心裡想著，並走進羊圈，拴上身後的柵欄。不可以咬警察喔。她小心翼翼地走在稻草上，盡量避免弄髒鞋子。這些動物用冰冷空洞的目光看著她。她最後一次這麼靠近山羊是小學二年級校外教學到可愛動物園的時候；她看看山羊，山羊看看她，接下來她只知道自己摔了個四腳朝天，而一旁的同學們捧腹大笑。她不信任這些羊隻，牠們顯然也不信任她；當她穿越羊圈時，羊群躲得遠遠的。

「這裡。」邦格斯太太用手電筒照著牆壁說，「這是其中一部分。」

珍移動向前，目光緊盯著深深刻在木板上的符號。三個十字架，不過有著扭曲的意義；這些是倒十字。

「上面那裡有更多。」邦格斯太太將手電筒的光束往上移，照出更多刻在高處的十字架。「他還得爬到稻草堆上去刻那些玩意兒。花這麼多力氣。這些小鬼眞是吃飽了沒事幹。」

「爲什麼妳認爲是小孩子做的？」

「不然還會是誰？放暑假，他們窮極無聊無事可幹，只好到處亂刻牆壁。把那些古怪的符咒吊在樹上。」

珍看著她。「什麼符咒？」

「樹枝娃娃之類的，讓人發毛的小玩意兒。警方只是一笑置之，但我不喜歡看見那些東西吊在樹枝上。」。她在其中一個符號前面停了下來。「看，就像那個。」

那是個男性火柴人形，看起來手上拿著一把劍，下面刻著RXX-VII。

「不知道那是什麼意思。」邦格斯太太說。

珍轉身對她說：「我在警察勤務區上讀到，當天晚上你們不見了一頭羊。後來有沒有找回來？」

「一直沒找到。」

「完全沒發現牠的蹤跡？」

「要知道，這附近有很多野狗。牠很可能被吃得連渣都不剩。」

但是這可不是野狗幹的，珍心想，然後回頭看著刻在牆上的圖案。這時她的手機突然響了起來，羊群爭先恐後地衝到羊圈的另一頭，不停地咩咩叫。「失陪一下。」珍拿出口袋裡的電話，沒想到這裡居然收得到訊號。「我是瑞卓利。」

佛斯特說：「我已經盡力了。」

「爲什麼聽起來像你準備要說一堆藉口了？」

「因爲我怎麼也找不到莉莉．索爾。她似乎居無定所。我們知道她在義大利至少待了八個月。我們查到提款紀錄。這段期間她曾經從羅馬、佛羅倫斯和索倫多的銀行提款機提錢，不過她很少使用信用卡。」

「當了八個月的觀光客？她怎麼負擔得起這種花費？」

「她用省錢的方式旅行，而且是眞的很節省。她一路上住的都是廉價旅館，再加上可能在當地非法打工。我知道她在佛羅倫斯做了一份短期的工作，擔任博物館館長的助理。」

「她受過相關的訓練嗎？」

「她有古希臘羅馬文化研究的學士學位，而且讀書的時候，她就在義大利的這個考古挖掘場工作；一個叫帕埃斯圖姆的地方。」

「我們到底爲什麼找不到她？」

「我覺得她好像不希望被找到。」

「好吧。那她的堂弟，多明尼哥・索爾呢？」

「哦，那個問題才眞教人頭痛。」

「你今晚沒有好消息可以告訴我，對吧？」

「我從普特南學院拿了一份他的就學紀錄，他高中一年級的時候在康乃狄克州的寄宿學校就讀了六個月左右。」

「那時候他應該是——幾歲，十五、十六？」

「十五歲。他上完那個學年的課，原本應該在秋季開學時返校，但是他一直沒有回去。」

「就是他和索爾家一起在純潔鎭度假的那個夏天。」

「沒錯。那孩子的父親剛過世，於是索爾醫生接他一同度暑假。到了九月，孩子沒有回學校報到，普特南學院試著找尋他。最後校方接到他母親來信，爲孩子辦了退學。」

「他轉學到哪裡去了？」

「我們也不知道。普特南學院說從來沒有任何人寫信要求轉寄那孩子的成績單。這是我所能找到的最後一份關於他的紀錄。」

「他母親呢？在哪兒？」

「我不知道。我找不到關於這個女人的任何資料。學校沒有人見過她，校方只有一封信，署名的人叫瑪格麗特・索爾。」

「好像這些人都是幽靈似的。他的堂姊，和他的母親。」

「我手上倒是有多明尼哥的學生照。不過他當時只有十五歲，所以不知道現在還有多少用處。」

「他長得什麼樣子？」

「眞的是個漂亮的孩子，金髮碧眼。校方說他的智力測驗成績被列爲天才等級，顯然他很聰明。不過檔案裡還提到，這孩子好像沒有任何朋友。」

珍看著邦格斯太太安慰羊群。她蹲在牠們身邊輕柔低語。然而十二年前，就在這個幽暗的穀倉裡，有人先是在牆上刻下古怪的符號，之後在女人身上做了同樣的事。

「好，有趣的地方來了。」佛斯特說，「我手上正拿著男孩的入學申請表。」

「怎麼樣？」

「這裡有一欄是他父親塡寫的，說明這孩子可能有哪些需要特別注意的事情。父親寫到這是多明尼哥第一次就讀美國的學校。因爲從他出生以後，大多數的時間都住在國外。」

「國外？」她感覺自己的脈搏突然加速。「什麼地方？」

「埃及和土耳其。」佛斯特頓了一頓，然後鄭重其事地補充道，「還有賽普勒斯。」

珍回頭望向穀倉的牆面，看著上面所刻的字：RXX-VII。「你現在人在哪裡？」

「我在家裡。」

「你家裡有《聖經》嗎？」

「爲什麼這麼問？」

「我要你幫我查點東西。」

「我問問愛麗絲《聖經》擺在哪兒。」她聽見佛斯特呼喚太太，接著聽到腳步聲，然後佛斯特說：「欽定本[30]可以嗎？」

「如果你只有這個版本的話也可以。現在，看看目錄。告訴我哪些經卷的第一個字母是R。」

「舊約還是新約？」

「都查查看。」

她聽到電話另一頭傳來沙沙的翻頁聲。「有〈路得記〉、〈羅馬書〉，還有〈啓示錄〉。」

「把每一卷的第二十章第七節經文唸給我聽。」

「好，我看看。〈路得記〉沒有第二十章。一共只有四章。」

「〈羅馬書〉呢？」

「〈羅馬書〉只到第十六章。」

「那〈啓示錄〉呢？」

「等等。」接著又是一陣翻書聲。「找到了。〈啓示錄〉第二十章第七節，『那一千年完了，撒旦——』」佛斯特頓了頓，聲音沉靜下來，「『撒旦必從監牢裡被釋放。』」

珍可以感覺到自己的心跳。她看著倉壁，與揮舞著劍的樹枝娃娃上的刻字。那不是劍，而是鐮刀。

「瑞卓利？」佛斯特說。

她說：「我想我知道兇手叫什麼名字了。」

㉚英文《聖經》有許多版本，欽定本爲十七世紀初英王詹姆士一世任命四十七名學者所翻譯而成的，至今仍爲英語世界的權威翻譯著作。

31

聖克萊門特大教堂下方，急促的水流聲在黑暗中迴響。莉莉用手電筒照著阻斷通往地道的鐵柵欄，光線照出古老的磚牆，以及地道遠處下方波光瀲灩的河水。

「這座集會大教堂底下有一座地下湖泊。」她說，「各位可以從這裡看到這條川流不息的地下河流。羅馬城的下方是另一個世界，一個由地道和地下墓穴構成的廣大地下世界。」她注視著一張張在昏暗中凝視著自己的臉。「當各位回到地面上，當各位走在大街上的時候，不妨想一想，腳底下有許多黑暗而神祕的地方。」

「我可以靠近一點看看那條河嗎？」其中一位女士開口要求。

「當然可以。來，我拿著手電筒讓你們每個人都可以從柵欄看過去。」

旅行團的成員輪流擠到莉莉身邊，窺探地道。其實沒什麼好看的，不過當你大老遠到羅馬——可能畢生就這一次——東瞧西看是身爲觀光客的責任。莉莉今天所帶的旅行團只有六個人；兩個美國人、兩個英國人，另外還有一對德國夫婦。人數不算多；今天大概賺不到多少小費。不過現在是一月，而且是個寒冷的星期四，你還能指望什麼呢？這時候在迷宮般的地道裡參觀的只有莉莉的旅行團，所以她讓這些旅客不疾不徐地擠到鐵柵前，他們的雨衣劈哩啪啦地拂過她。潮濕的空氣從地道咻咻吹來，帶著發霉和潮濕石頭的氣味——這是已逝古老時代的氣息。

「這些牆壁原本是幹什麼的？」那個德國人發問。莉莉推測他是個商人，六十幾歲，說著一口流利的英語，身穿昂貴的Burberry外套。不過莉莉懷疑他太太的英文恐怕說得不好，因爲她幾乎整個早上都沒有開口。

「這些是尼祿時期的民宅地基。」莉莉說，「西元六十四年的一把大火，把這一帶全都燒成了焦黑的廢墟。」

「就是尼祿在羅馬焚城時拉小提琴的那一次大火嗎？」美國男子問。

莉莉微微一笑。這個問題她聽過不下數十次，幾乎能預料哪個團員會問這種問題。「事實上，尼祿沒有拉小提琴。當時小提琴還沒發明。羅馬焚城時，據說他拿著七弦豎琴邊彈邊唱。」

「然後把大火怪罪在基督徒身上。」男人的妻子加了一句。

莉莉關掉手電筒。「來，我們繼續往前走，還有很多東西要看。」

她帶隊走進陰暗的地底迷宮。上方的街道車水馬龍，小販們向漫步在羅馬競技場廢墟的觀光客兜售明信片和小飾品。不過在大教堂的下方，只有潺潺不絕的水流聲，與他們走下幽暗地道時外套沙沙的摩擦聲。

「這種建築叫做opus reticulatum，網格砌法。」莉莉指著牆面說，「是種磚塊和凝灰岩相互交錯的建築工法。」

「凝灰岩，」那個英國人說，「其實就是壓實的火山灰。」

「是的，沒錯。」莉莉說，「過去經常作爲羅馬住宅的建築原料。」

「我們以前怎麼從來沒聽過凝灰岩這個玩意兒？」美國女人開口詢問她先生，彷佛因爲他們從沒聽過，這種東西應該不可能存在。

即使身處幽暗之中，莉莉依然能看到英國人翻了翻白眼；她不以爲意地聳聳肩。

「妳是美國人吧？」女人問莉莉，「小姐？」

莉莉遲疑了一下。她不喜歡回答這種私人問題。「其實，」她撒謊道，「我是加拿大人。」

「妳當導遊之前就知道什麼是凝灰岩了嗎？或者那只是歐洲才有的名詞。」

「很多美國人對這個名詞都不熟。」莉莉說。

「嗯，那就對啦。這不過是歐洲的東西。」那個女人滿意地說。美國人不知道的東西，就不可能有什麼重要性。

「各位在這裡看到的，」莉莉迅速地繼續他們的參觀行程，「是羅馬執政官克雷蒙住所的遺跡。西元一世紀的時候，這裡是基督徒在不見容於社會時的祕密集會所。當時的基督教尙在草創初期，只在貴族的妻子之間盛行。」她再度打開手電筒，利用光束引導他們的注意力。「現在我們要進入這些遺跡裡最有意思的地方，這個地方直到一八七〇年才被挖掘出來。我們稍後將看到一座舉行異教儀式的祕密神殿。」

他們越過通道，隱約看見前方的科林斯式圓柱[31]。這裡是神殿的前室，排滿了一張張的石凳，牆壁上裝飾著古代壁畫和灰泥。他們進入聖殿深處，經過兩個昏暗的壁龕；儀式便是在此舉行的。其上的世界，街道和天際線隨著數個世紀而有所改變；可是在這個古老的洞穴裡，時間凍結。這裡仍舊雕刻著太陽神密特拉屠殺公牛的情景。在此，緩慢的水流依舊在陰暗處低聲呢喃。

「耶穌誕生的時候，」莉莉說，「密特拉教早已是古老的宗教；波斯人崇拜密特拉神已經數百年。現在，我們來說說波斯人所流傳、密特拉的生平故事。他是神所派出的眞理使者。冬至那天，他誕生在一個洞穴裡。他的母親阿娜希塔是個處女，有牧羊人帶著禮物來慶賀他的誕生。他有十二個門徒陪同他周遊列國。死後被埋在墳墓裡，然後又從墳墓裡復活。信徒每年都會慶祝他的復活。」她突然打住，以便製造戲劇效果，並環顧旅客的臉孔。「聽起來有沒有覺得很熟悉呢？」

「那是基督教的福音。」美國女人說。

「然而早在基督誕生之前的好幾個世紀，這已經是波斯傳說的一部分。」

「我從來沒聽過。」這位觀光客看著她的丈夫。「你聽過嗎？」

「沒有。」

「那麼兩位或許應該參觀一下奧斯提亞的神廟，」英國人說，「或是羅浮宮。或是法蘭克福考古博物館，你們也許會增長不少見識。」

美國女人轉頭看著他。「你用不著一副高人一等的樣子。」

「相信我，太太。這位親切的導遊小姐所說的話，並非驚世駭俗或砌詞造假。」

「你我都很清楚，耶穌可不是什麼戴著可笑帽子、屠殺公牛的波斯人。」

莉莉說：「我只是想指出這些圖象和基督教之間有趣的雷同之處。」

「什麼？」

「聽著，這其實不重要，真的。」莉莉巴不得這個女人就此罷休，同時她也知道，今天也別

㉛古希臘建築柱式的一種，柱頭有羊齒植物等花草集結的裝飾。

想從這對美國夫婦手上賺到豐厚的小費了。「這只是神話而已。」

「《聖經》可不是什麼神話。」

「我不是那個意思。」

「再說，有誰眞正搞懂波斯人是怎麼回事？我是說，他們的聖典在哪裡？」其他幾位觀光客不發一語，只是表情尷尬地站在旁邊。

算了吧，沒必要爲這種事情爭得面紅耳赤。

但這個女人還沒說完。自從早上坐上遊覽車到現在，不管是義大利還是義大利人，沒有一件事她看得順眼。羅馬的交通亂成一團，不像美國。旅館太貴，不像美國。浴室太小，不像美國。現在，這件事是壓垮駱駝的最後一根稻草。她來到聖克萊門特大教堂是爲了參觀最初期的基督教集會地點，結果卻聽到有人拚命宣揚異教。

「我們怎麼知道密特拉教徒到底信仰什麼？」她問，「他們現在都到哪兒去了？」

「全都滅絕了。」那個英國人說，「他們的神殿早被毀滅。在教會宣稱密特拉是撒旦的子孫之後，妳以爲他們會有什麼樣的下場？」

「我聽起來好像歷史改寫似的。」

「妳認爲歷史是被誰改寫的？」

莉莉插話道：「今天我們的行程到這裡結束，非常感謝各位。各位可以盡量在這裡參觀。等大家準備離開的時候，司機會在車上等候，然後載大家回旅館。如果有任何問題，我很樂意爲各位解答。」

「我認爲妳應該事先告知旅客。」那個美國女人說。

「事先告知？」

「今天的行程叫做『基督教開端』。但妳講的根本不是歷史，全都是神話。」

「其實，」莉莉嘆了口氣，「這的確是歷史。不過歷史未必和我們所知道的一樣。」

「妳是這方面的專家嗎？」

「我在大學——」莉莉頓了頓。小心爲上。「我研究過歷史。」

「就這樣？」

「我也在全球各地的博物館工作過。」莉莉此時已經厭煩得顧不得謹愼了，「包括佛羅倫斯、巴黎。」

「現在卻來當導遊？」

即使是在這個寒冷的地下室，莉莉依然感覺到臉頰發熱。「沒錯。」沉默了許久之後，她說道，「我只是個導遊，如此而已。恕我失陪，我要到司機那裡看看。」她轉身走回迷宮般的地道。今天八成賺不到任何小費了，那就讓他們自己找路上來吧。

她從密特拉教的地下神殿往上爬，每一步都隨著歷史的時間前進，然後來到了拜占庭時代的地基。聖克萊門特大教堂的地底下有許多廢棄的走廊，原本屬於西元第四世紀的一座教堂；中世紀時，目前的這座教堂取而代之地興建於其上，舊教堂便在地底埋葬了八個世紀之久。她聽到遠處有人說話的聲音，等這些人越走越近，才聽出他們說的是法文。另一個旅行團正準備前往下方的密特拉教地下神殿。這條走道非常狹窄，莉莉閃到一旁，讓三名觀光客和他們的導遊走過。等他們的聲音消失以後，莉莉在逐漸損壞的壁畫下方駐足，想到自己居然丟下團員，頓時覺得很內疚。她怎麼會因爲一個無知觀光客所說的話而氣急敗壞呢？她到底在想什麼？

莉利轉頭，看到走道另一頭有個男人的身影，立刻呆立在原地。

「希望她沒有惹得妳太不高興。」她聽出是那個德國觀光客的聲音，這才鬆了一口氣，全身的緊張瞬間消失。

「哦，不要緊。我還聽過更難聽的話。」

「妳根本沒有錯，妳不過是在解釋歷史而已。」

「有些人比較愛聽他們自己所知道的歷史。」

「如果他們不喜歡接受挑戰，那根本就不該到羅馬來。」

她嫣然一笑，不過在這條漆黑的走道裡，站在另一頭的男子恐怕根本看不見。「沒錯。羅馬總是有辦法挑戰我們所有人。」

他慢慢一步步走上前去，宛如接近一頭容易受驚的小鹿。「我可以給妳一個建議嗎？」

她的心隨之一沉。看來他也有意見。他會提出什麼批評呢？今天她就是沒辦法讓任何人滿意嗎？

「我有個點子。安排另外一種行程，應該會吸引到一批完全不同的旅客。」

「主題是什麼？」

「妳很熟悉《聖經》的歷史。」

「算不上什麼專家，以前讀過就是了。」

「每家旅行社提供的都是聖地之旅，用來服務像我們的美國朋友這樣希望能追隨聖徒足跡的觀光客。不過我們有些人對聖徒或聖地都不感興趣。」他這時緊挨著莉莉，她甚至嗅得到他衣服上的菸草味。「我們有些人，」他悄悄地說，「尋找的是邪惡。」

她呆若木雞。

「妳讀過〈啓示錄〉嗎？」

「讀過。」她輕輕吐出這兩個字。

「妳知道〈啓示錄〉裡的『獸』？」

她嚥了嚥口水。*知道*。

「而『獸』是誰呢？」

莉莉慢慢地往後退。「那不是指人，而是指物。它……代表了羅馬。」

「啊。妳知道學界的詮釋啊。」

「這個『獸』就是羅馬帝國。」她繼續往後退。「666這個數字是尼祿皇帝的象徵。」

「妳眞的相信這種說法嗎？」

她回頭看了一下地道的出口，沒有任何人擋住她的去路。

「或者妳相信『他』是眞的呢？」男子繼續逼問，「相信他有血有肉？有人說獸就在這個城市裡。說他在等待時機，靜觀其變。」

「那——要交給哲學家來決定。」

「妳告訴我，莉莉．索爾。妳相信什麼？」

他知道我的名字。

莉莉轉身要逃跑。不過地道中，另一個人不可思議地出現在她身後。是先前讓莉莉帶旅行團進地道的那個修女。那個女人一動也不動地站在那兒看著她，阻擋了去路。

他的惡魔已經找到我了。

莉莉當機立斷。她把頭一低，朝修女一頭撞去，一身漆黑的女子向後攤倒在地。她一把抓住莉莉的腳踝，後者踉蹌地往前走，使勁踹開她的手。

跑到大街上去！

她至少比那個德國人年輕三十歲。一旦到了外頭，她一定跑得比他快，能夠在競技場附近來回打轉的人群裡甩掉他。她趕忙爬上階梯，穿過一扇門，衝進地面上大教堂炫目的光亮中，然後跑向教堂的中殿，衝向出口。她才在鮮豔的馬賽克地板上跑了幾步，便驚恐地停下腳步。

三個男人從大理石圓柱後方冒出來。他們不發一語地越走越近，即將圍捕她。莉莉聽見身後門砰然關上，腳步聲也逐漸靠近。是德國人和那個修女。

其他的觀光客都到哪兒去了？沒有人可以聽見我的呼救嗎？

「莉莉．索爾。」德國人說。

她轉身面向他。儘管在這個時候，她也知道身後的另外三個男人靠得更近了。所以，一切就要在此結束了，她心想，在這個神聖的地方，在十字架上的基督面前。她從來沒想過這會發生在教堂。她一直以爲大概是在某個暗巷裡，或是充滿陰霾的旅館房間。但不是這裡，一個衆人舉頭仰望光明的地方。

「我們總算找到妳了。」

莉莉挺直了身子，揚起下巴。如果必須和魔鬼正面對決，她要抬頭挺胸地面對。

「他在哪裡？」德國人問道。

「誰？」

「多明尼哥。」

她看著德國人。這個問題完全出乎她意料之外。

「妳堂弟在哪裡？」

她充滿困惑地搖搖頭。「不是他派你們來的嗎？」她問道，「來殺我？」

現在輪到這個德國人大吃一驚。他對莉莉身後的一個人點點頭。那個人隨即將她的手臂向後一拉，在她的手腕上喀地一聲扣上手銬。這時她在萬般驚訝中，不由自主地縮了一下。

「妳得跟我們走。」德國人說。

「到哪裡去？」

「一個安全的地方。」

「你是說……你不會——」

「殺妳？不會。」他走到祭壇前面，打開一片隱藏的鑲板。鑲板的另一頭是條她從來不知道的地道。「但別人很可能會這麼做。」

32

莉莉透過豪華轎車的染色玻璃窗望著窗外飛逝的托斯卡尼鄉村景致。五個月前，她正是從這條路南下，但當時的情況截然不同；那時她搭乘的是一輛嘎嘎作響的貨車，而滿臉鬍碴的司機一心只想跟她上床。那天晚上她飢腸轆轆、身心俱疲，雙腿因爲走了大半夜的路而痠痛。如今她又回到這條路上，不過是北上回到佛羅倫斯；這次她不再是拖著疲憊的身軀搭便車，而是光鮮亮麗地上路。在這輛豪華轎車的後座裡，她舉目所及無一不是奢華的設備。坐墊是和人皮一樣柔軟的黑色皮革，前方的椅背置物袋裡放著琳瑯滿目的報紙：當日的《國際先驅論壇報》、《倫敦時報》、《費加洛報》，還有《米蘭晚郵報》。送風口輕輕吹送出溫暖的空氣，點心架上擺著一瓶瓶氣泡水和葡萄酒，以及綜合新鮮水果、乳酪和餅乾。不過儘管再舒服，這裡畢竟是座牢籠，因爲她沒辦法打開車門。防碎玻璃將她與前座的司機及其同伴隔開；過去的兩個小時裡，這兩個人根本沒有回頭看她一眼。她甚至不確定他們是不是人類，也許他們只是機器人。至今她只看見他們的後腦勺。

莉莉轉過頭，透過後車窗看著尾隨在後的賓士車。她發現那名德國人也正透過擋風玻璃看著自己。這三個男人開著兩輛豪華轎車護送她北上。這些人擁有資源，也知道自己在做什麼。她有什麼做困獸之鬥的機會嗎？

我甚至不知道他們是何方神聖。

但他們卻很清楚她的身分。儘管她這幾個月來一直很小心，這些人還是有辦法查到她的行蹤。

豪華轎車轉彎下了公路。這麼說，他們並非直接前往佛羅倫斯。取而代之的，他們越過托斯卡尼和緩的丘陵，朝鄉間而去。太陽就快下山了，在越來越濃的薄暮中，莉莉看見光禿的葡萄藤蔓糾結在迎風面山坡上，還有荒廢多年、搖搖欲墜的石屋。爲什麼要走這條路？除了休耕的農田之外，這裡什麼都沒有。

也許這就是他們的用意。這裡不會有任何人目擊他們。

先前德國人說要帶她到一個安全的地點；她強烈地渴望這樣的地方，以至於放任自己暫時被一點點奢華與一趟舒適的旅程所迷惑。這時，豪華轎車放慢速度，開上私人的黃土路。她感覺到自己的心臟撲通撲通地跳著，同時手心直冒汗，而得不時在牛仔褲上擦乾。現在的天色已暗，他們可以領她往田野走一小段路，然後朝她的腦袋開一槍。三個男人一起動手，挖墳墓、埋屍體應該三兩下便能完成的事情。

一月的土應該很寒冷。

轎車沿著上坡路在樹木間穿梭，車頭燈照亮了前方扭曲生長的樹叢。莉莉看到兔子的眼睛反射出的紅光一閃而過。接著兩旁的樹木不見了，他們停在一道鐵門前。對講機上方有發光的保全攝影機。司機搖下了車窗，以義大利語說道：「我們把東西帶來了。」

炫目的泛光燈亮起，攝影機移動拍攝了車子裡的三個人後，鐵門才咯嘎地打開。

他們駛進柵門，從羅馬便跟在後方的賓士車也開了進來。直到這時，莉莉的眼睛才重新適應了黑暗，看出車道兩旁的雕塑輪廓與修剪整齊的樹籬。前方，碎石小徑的盡頭是棟燈火通明的別墅。在驚訝之餘，她向前傾身，盯著石造露臺、巨大的甕與一排高大的柏樹；柏樹猶如漆黑的長矛，直指著星空。轎車停在因冬季乾涸而寂靜的大理石噴泉旁。賓士汽車在他們後面停了下來，德國人下車並爲她開門。

「索爾小姐，我們進屋去吧？」

莉莉抬頭看著站在左右的兩名男子。這些人絕不讓她有絲毫逃跑的機會。她別無選擇，只能跟他們進屋。她雙腿因爲長途旅程而僵硬。下車之後，她跟著德國人爬上通往露臺的石階。一陣寒風吹起小徑上的樹葉，落葉像灰燼一樣四處飛散。他們尙未走到門口大門便開啓，一名年長男子在門口迎接他們。他只匆匆看了莉莉一眼，就轉頭與德國人說話。

「她的房間已經準備好了。」他用帶著義大利腔調的英語說道。

「如果可以的話，我也會留下來。他明天會到嗎？」

年長的男人點點頭。「他會連夜搭機趕來。」

明天是什麼人要來？莉莉納悶著。他們順著宏偉的樓梯來到二樓；一行人所到之處，掛在石牆上的織錦畫便跟著晃動。她來不及好好欣賞這些藝術品，只能在其他人的催促下，快速穿過長廊，經過一幅幅看著她踏出每一步的肖像畫。

年長男子打開一扇厚重的橡木門，做了個手勢示意請她進去。她走進一個佈置得十分沉重的房間；房內滿是深色木材和厚重的絲絨。

「妳在這裡暫住一晚。」德國人說。

她轉過身，驚覺沒有任何人跟著她一同進房。「明天會發生什麼事？」房門被關上，然後她聽見鑰匙轉動的聲響；他們將她鎖在房裡。

爲什麼沒有人願意回答我的問題？

現在她隻身一人。莉莉旋即走到窗前，一把拉開厚重的窗簾，卻看見裝了鐵柵的窗戶。她使勁想撬開鐵柵，又拉又扯地直到雙臂的力氣耗盡。鐵柵是用鑄鐵打造的，並且焊死在牆壁上，而她只不過是血肉之軀。百般無奈之下，她轉頭環視著自己的絲絨牢籠。房內有橡木雕花大床，頂上罩著酒紅色的華蓋。然後他抬頭看看深色的木製線腳，又看看裝飾著挑高天花板的小天使與葡萄藤蔓雕刻。這或許是間牢籠，她心想，但也是我這輩子睡過最豪華的臥房。一間梅第奇家族[32]才住得起的房間。

精緻的嵌花桌上擺了蓋著蓋子的銀盤、酒杯和已拔去瓶塞的紅酒。她掀開蓋子，托盤上有切好的冷肉、番茄佐莫札瑞拉乳酪沙拉，還有新鮮的托斯卡尼麵包。她倒了杯紅酒，拿到嘴邊時猶豫了一下。

他們可以輕易一槍打穿我的腦袋，幹嘛要費事下毒？

莉莉將杯子裡的紅酒一飲而盡，然後又倒了一杯。接著坐在桌前大啖盤子裡的食物，把麵包撕成一塊塊地塞進嘴裡，配著紅酒吞下。牛肉非常滑嫩，而且切得很薄，簡直入口即化。她將食物吃得一乾二淨，並且幾乎喝光整瓶酒。當她從椅子上起身時，腳步虛浮得幾乎無法走到床邊。

[32] 文藝復興時期北義大利的望族，堪稱義大利史上最富有的家族，在當時政治、經濟與文化藝術活動上均有相當之影響力。

不是中毒，她心想，只是喝醉了。而且也無法擔心明天將發生什麼事。她甚至沒有脫衣，就這麼和衣倒在錦緞被單上。

一個聲音喚醒了莉莉；低沉而陌生的男聲正在叫喚她的名字。她張開痠痛的眼睛，從鐵窗照射進來的強光讓她瞇起眼睛；她很快地再度闔眼。到底是誰把窗簾拉開的？太陽什麼時候升起來了？

「索爾小姐，醒醒。」

「讓我多睡一會兒。」她喃喃地說。

「我連夜搭飛機趕來，不是來看妳睡覺的。我們得談談才行。」

她嘟囔了一聲，翻過身去。「我不跟不報自己姓名的人說話。」

「我是安東尼・桑索尼。」

「我應該要認識你嗎？」

「這裡是我家。」

這句話讓莉莉睜開了眼。她眨眨眼睛趕走瞌睡蟲，翻過身來，看見一個頭髮花白的男人正低頭看著她。即使宿醉未醒，她仍看得出眼前這個男人雖然一臉倦容，卻十分英俊。他說他連夜搭飛機趕來，而由發皺的襯衫和下巴的黑鬍碴看來，她相信此言不假。桑索尼並非單獨進房來；德國男人也在這裡，站在門邊。

她從床上坐起來，用手按著陣陣抽痛的太陽穴。「這眞的是你的別墅嗎？」

「在我的家族裡已經傳承了好幾代。」

「眞走運。」她頓了頓，「你的口音聽起來是美國人。」

「正是。」

「那邊那個人呢？」她抬頭斜眼看著德國人，「他是你的手下？」

「不。鮑姆先生是我的朋友。他在國際刑警組織服務。」

她一動也不動，低頭盯著床鋪，他們因此看不見她的臉。

「索爾小姐，」他低聲地說，「爲什麼我感覺妳好像很怕警察？」

「我不怕。」

「我覺得妳說謊。」

「而我覺得你不是一個很好的主人。把我鎖在你家，連門都不敲就擅自闖進來。」

「我們眞的有敲門，可是妳沒醒來。」

「如果你們要逮捕我，可以告訴我爲什麼嗎？」她現在明白這一切是怎麼一回事了。他們不知怎麼查出了她十二年前所做的事，追查到她的行蹤。她曾經想像過各式各樣的結局，卻萬萬沒想到最後會是這個樣子。冰冷的無名墳墓，是啊——不過警察的出現？她忍不住想笑。好吧，逮捕我吧。我已經見識過遠比坐牢威脅更恐怖的事情。

「有什麼理由讓我們應該逮捕妳的嗎？」鮑姆先生說。

他指望什麼？要她此時此地承認自己的罪行嗎？要她開口，他們可要再加把勁兒才行。

「莉莉。」桑索尼在床邊坐下，此舉侵犯了她的私人空間，因此她立刻提高警覺。「妳知不知道幾個星期之前，波士頓發生了什麼事？」

「波士頓？我不知道你在說什麼。」

「妳聽過羅莉安・塔克這個名字嗎？」

這個問題讓莉莉頓時吃驚得說不出話來。羅莉安告訴警察了嗎？警方從她那裡問出來的？妳答應過我，羅莉，妳說過會保密的。

「她生前是妳的朋友，對吧？」他問道。

「是的。」莉莉承認道。

「莎拉・帕姆利呢？她生前也是妳的朋友嗎？」

莉莉突然注意到他用了「生前」這兩個字。她喉嚨乾澀。這聽起來事態嚴重。

「這兩個女人妳都認識吧？」他繼續逼問。

「我們——從小一起長大。我們三個人。爲什麼會問起她們？」

「這麼說，妳還不知道。」

「我一直在失聯狀態，已經好幾個月沒有跟美國那邊的任何人聯絡了。」

「也沒有人打過電話給妳？」

「沒有。」怎麼打？我一直拚命躲得遠遠的。

他看看鮑姆，再回頭看著她。「我很遺憾必須告訴妳這件事。妳的朋友——這兩位——都死了。」

她搖搖頭。「我不明白。是意外嗎？怎麼可能兩個都……？」

「不是意外，她們是被謀殺的。」

「一起被殺害？」

「分別遇害的。事情發生在聖誕節前後。羅莉安在波士頓被殺，莎拉則是在紐約州的純潔鎮遇害。莎拉的屍體在妳父母的房子裡被人發現；就是妳這幾年一直想賣掉的房子，所以警方一直在找妳。」

「對不起。」她低聲說，「我想我要吐了。」她趕忙跳下床，衝進隔壁的浴室。用力甩上門，然後雙腿一軟，跪倒在馬桶旁。前晚喝下的紅酒湧了上來，像酸液般從胃一路延燒到喉嚨。她挨在馬桶邊嘔吐，直到胃部清空，再也嘔不出東西來。她沖洗馬桶，蹣跚地走到洗臉盆前，朝嘴巴與臉潑了潑水。看著鏡子裡滴著水的面孔，她幾乎認不出眼前的這個女人。她有多久沒有好好照照鏡子了？她什麼時候變成了鏡子裡那個野蠻的動物？這是逃亡所造成的。逃得太久，讓妳最終揚棄了自己的靈魂。

莉利用棉質厚毛巾擦乾臉，用手指將頭髮往後梳，重新綁好馬尾。那位有錢的帥哥正等著要審問她，她得繃緊神經。只要告訴他足以讓他滿意的事情就好；要是他不知道我當年做了什麼，我絕對不會主動透露。

莉莉漸漸恢復了氣色。她抬頭挺胸，在自己眼中看見古老戰士的炯炯目光。她的兩個朋友都死了，現在只剩下她一人。幫幫我，姐妹們，幫我度過這個難關。她深呼吸，然後步出浴室。

兩個男人一臉擔憂地看著她。「很抱歉，這麼唐突地把消息告訴妳。」桑索尼說。

「告訴我詳細情況。」莉莉直截了當地說，「警方查到什麼？」

桑索尼似乎對於莉莉冷靜而坦率的態度感到驚訝。「詳細的情形恐怕妳聽了會不太好受。」

「這我早就料到了。」她在床上坐下，「我只是需要知道。」她輕聲地說，「我得知道她們是怎麼死的。」

「首先，我可不可以請教一件事？」德國男人鮑姆先生說。他走上前。此刻這兩個男人雙雙站在她面前，看著她臉上的表情。「妳是否知道倒十字架是什麼意思？」

她屏息了幾秒鐘，然後才再度得以出聲。「倒十字是……是嘲諷基督教的符號。有人會認爲它具有邪惡的意義。」

她看見鮑姆和桑索尼驚訝地與對方互換了眼神。

「那這個符號呢？」鮑姆將手伸進外套口袋，拿出紙筆，快速地畫了一張圖給她。「有些人稱之爲全能之眼，妳知道它有什麼特別之處嗎？」

「這是烏加特之眼。路西弗的眼睛。」

鮑姆和桑索尼再次相互看了一眼。

「如果我畫一個帶角的羊頭呢？」鮑姆說，「這對妳而言有什麼意義嗎？」

她抬頭看著他溫和的目光。「我想你指的是巴弗滅？或是阿撒瀉勒？」

「妳十分熟悉這些符號。」

「對。」

「爲什麼？妳是撒旦教徒嗎，索爾小姐？」

她差點笑了出聲。「沒這回事。我只是剛好有所涉獵罷了，這是我個人的特殊興趣。」

「妳的堂弟多明尼哥是撒旦教徒嗎？」

莉莉呆愣不動，擺在大腿上的雙手瞬間凍結。

「索爾小姐？」

「這你得問他本人。」她低聲地說。

「我們的確想。」桑索尼說，「哪裡可以找到他呢？」

她低頭看著抓緊大腿的雙手。「我不知道。」

他嘆了一口氣。「我們投注了大量人力來追查妳的行蹤，我們足足花了十天才找到妳。」

才十天而已？老天，我最近眞是太大意了。

「要是妳能告訴我們多明尼哥現在人在哪裡，可以爲我們省去不少麻煩。」

「我已經說過了，我不知道。」

「妳爲什麼要保護他？」桑索尼問道。

她猛然抬起頭。「我他媽的幹嘛要保護他？」

「他是妳現在唯一的親人，而妳不知道他的下落？」

「我已經十二年沒見過他了。」她反駁地說。

桑索尼瞇起眼睛。「妳把時間記得很清楚呢。」

她嚥了一口口水。*眞是失策，我說話得謹愼一點才行。*

「發生在羅莉安和莎拉身上的事——是多明尼哥幹的，莉莉。」

「你怎麼知道？」

「妳想聽聽他是怎麼對付莎拉的嗎?他在她的皮膚上刻十字架的時候,她一定慘叫了幾個鐘頭。他在羅莉安的臥室裡將她分屍。猜猜他在房間的牆壁上畫了什麼?倒十字架。就是他十五歲那年跟你們一家到純潔鎮避暑的時候,在穀倉裡刻的符號。」桑索尼向莉莉靠近,貼近的程度霎時令她備感威脅。「這些年來妳躲避的人就是他嗎?自己的堂弟,多明尼哥?」

她不發一語。

「妳顯然在逃避什麼。離開巴黎之後,妳不曾在任何地方停留超過六個月。這麼多年來也沒有再回到純潔鎮。那年夏天到底發生了什麼事,莉莉,妳家破人亡的那年夏天?」

她用雙手環抱自己,緊緊地蜷縮成一團。就在她最需要冷靜振作的時候,她忽然不停地發抖。

「首先是妳弟弟泰迪溺斃,接著妳的母親從樓梯上滾下來,然後令尊舉槍自盡。前後不到幾個星期。一個十六歲的女孩,實在承受不了這麼多悲劇。」

莉莉將自己抱得更緊,生怕如果不這麼做的話,她可能會顫抖地碎裂成無數的碎片。

「這單純只是倒楣嗎,莉莉?」

「不然呢?」她低聲地說。

「又或者那年夏天,妳和多明尼哥之間發生了不尋常的事?」

她立刻抬起頭。「你這話是什麼意思?」

「妳拒絕幫我們找到他,我只能斷定妳這麼做是在保護他。」

「你——你以爲我們在一起?」她扯開嗓子,歇斯底里地尖叫,「你以爲我希望家破人亡嗎？我弟弟當時才十一歲！」她沒有繼續說下去，只是不斷低聲地重複，「他才十一歲。」

「也許當時妳不明白情況有多麼危險。」桑索尼說，「也許妳只是跟著他唸了幾句咒語、參加了幾場無傷大雅的儀式。很多小孩都會這樣，妳知道的，純粹出於好奇。或許是爲了表示他們與衆不同，獨一無二。也許是爲了讓父母親嚇一跳。妳爸媽當時是不是很震驚？」

「他們不了解他。」她低聲說，「他們不知道……」

「還有另外兩個女孩。妳的朋友羅莉安和莎拉。她們是否也參加了多明尼哥的儀式？這個遊戲從什麼時候開始變得恐怖、嚇人？妳什麼時候發覺世上存在著妳根本不想喚起的力量？當時的情況就是如此，不是嗎？多明尼哥引誘妳參一腳？」

「不，根本不是那麼回事。」

「然後妳開始害怕。妳想脫身，但是太遲了，因爲他們盯上了妳，盯上妳的家人。一旦把黑暗的力量引進妳的生活，要擺脫它可沒那麼容易。它會自己鑽進來，成爲妳的一部分，正如同妳成爲了它的一部分。」

「我沒有。」她看著他。「我不想跟這些扯上關係！」

「那妳爲什麼要繼續尋找它呢？」

「什麼意思？」

桑索尼看了鮑姆一眼，後者打開公事包，拿出一疊文件。「這是我們針對妳過去幾年的行蹤所整理出的報告。」鮑姆說，「和妳的同事所做的訪談。佛羅倫斯和巴黎的博物館館長、羅馬的旅行團公司、那不勒斯的古董商。看來妳對神祕事物的專業知識，索爾小姐，讓他們印象深刻；

就是妳對魔鬼的研究。」他將訪談紀錄丟在桌上，「妳在這方面有很深入的認識。」
「這是我自學來的。」
「爲什麼？」桑索尼說。
「我想了解他。」
「多明尼哥？」
「是的。」
「妳現在了解了嗎？」
「沒有。我發現我永遠都不會明白。」她和桑索尼四目交會，「我們怎麼可能了解根本不是人類的東西呢？」
他低聲地說：「確實辦不到，莉莉，但我們可以盡力打敗他。所以請妳幫忙我們。」
「妳是他的堂姊。」鮑姆說，「那年夏天妳和他住在一起，也許會比其他任何人更了解他。」
「那是十二年前的事了。」
「他並沒有忘記妳。」桑索尼說，「所以妳的朋友才會慘遭殺害。他只是利用她們來找到妳。」
「然後毫無理由地殺了她們。她們不知道我在哪裡，所以根本不可能透露任何線索。」
「或許這正是妳能活到現在的唯一理由。」鮑姆說。
「協助我們找到他。」桑索尼說，「跟我回波士頓去。」

在這兩個男人的注視之下，在床上坐了好半天。我別無選擇，只能合作。

她深深吸了一口氣，看著桑索尼。「我們什麼時候出發？」

33

莉莉・索爾看似剛被人從街上撿回來的吸毒少女。她的雙眼佈滿血絲，油膩的黑髮在腦後綁成鬆散的馬尾，襯衫顯然因爲穿著睡覺而滿是皺紋，藍色牛仔褲嚴重磨損，再洗幾次便成了襤褸。或者這就是時下小孩的打扮？接著珍才想起來，眼前的可不是小孩。莉莉・索爾今年二十八歲，是個不折不扣的女人；不過此時，她看起來要比實際年齡稚嫩而脆弱許多。莉莉坐在安東尼・桑索尼家華麗的餐廳裡，瘦弱的骨架在偌大的椅子上看起來特別嬌小；她實在顯得格格不入，而她也有自知之明。她的眼神緊張地在珍與桑索尼之間移動，彷彿試圖猜測攻擊會來自哪一方。

珍打開文件夾，拿出從普特南學院年冊放大影印的照片。「妳能不能確定這就是妳的堂弟，多明尼哥・索爾？」

莉莉垂眼看著照片，目光久久沒有移開。這其實是一張非常迷人的照片，照片上的人也回看著她——雕塑般的臉孔，金髮碧眼；猶如拉斐爾[33]畫筆下的天使。

「是的。這是我堂弟。」

「這張照片至少有十二年了，我們找不到任何比較新的照片。妳知不知道哪裡能找到？」

「不知道。」

「妳的口氣似乎相當肯定。」

「我沒有和多明尼哥聯絡，我已經很多年沒見過他了。」

「你們最後一次見面是什麼時候？」

「那年夏天。我父親的葬禮過後不到一個禮拜，他就離開了。當時我住在莎拉家裡，他甚至沒有上門跟我說再見，只留下一封信就走了。說他母親來接他，他們馬上要離開鎮上。」

「之後妳就再也沒見過他，也沒有他的消息？」

莉莉猶豫了一下。雖然只是一眨眼的時間，但足以讓珍頓時爲之警覺，倚身向前。「妳有他的消息，對吧？」

「我不確定。」

「什麼意思？」

「去年我住在巴黎的時候，收到莎拉寄來的一封信；她收到了一張明信片，讓她非常不安。她將明信片轉寄給我。」

「明信片是什麼人寄的？」

「上面沒有寄件人的地址、沒有簽名。明信片上印的是布魯塞爾皇家博物館的一幅畫。安東尼．韋爾茨[34]的《邪惡天使》。」

「上面寫些什麼？」

「沒有隻字片語，只有一些符號。莎拉和我認得這些圖像，因爲那年夏天我們看過他把這些

[33]十六世紀義大利畫家，與達文西、米開朗基羅並稱文藝復興三傑。
[34]十九世紀比利時浪漫派畫家。

符號刻在樹上。」

珍把筆和筆記本推到莉莉面前。「畫出來。」

莉莉拿起筆，頓了頓，彷彿萬般不願將她看到的東西畫出來。最後，她將筆尖壓向紙張。她所畫的東西讓珍感到一陣寒意——三個倒十字，以及一個註記R17:16。

「這是指《聖經》上的經文嗎？」珍問。

「是〈啓示錄〉。」

珍看著桑索尼一眼，「你能查一查嗎？」

「我可以背出這段引文。」莉莉輕輕地說，「『你所看見的那十角與獸必恨這淫婦，使她冷落赤身，又要吃她的肉，用火將她燒盡。』」

「妳背下來了。」

「是的。」

珍將筆記本翻到新的一頁，然後推回給莉莉。「可以幫我寫下來嗎？」

莉莉只盯著空白的頁面好一會兒，然後才心不甘情不願地動筆。她寫得很慢，彷彿每個字都讓她痛苦不堪。她終於將文字交給珍時，鬆了一口氣地輕嘆一聲。

珍看著上面寫的文字，背脊再度感到一陣寒意。

又要吃她的肉，用火將她燒盡。

「我覺得這像個警告，一個威脅。」珍說。

「是啊，我可以肯定這是針對我而來。」

「那爲什麼收到明信片的人是莎拉？」

「因爲我實在太難找了。我搬家太多次，到過太多的城市。」

「所以他寄給莎拉。她知道怎麼找到妳。」珍頓了頓，「是他寄的，對吧？」

莉莉搖搖頭。「我不知道。」

「得了，莉莉。除了多明尼哥還會有誰？這和他十二年前在穀倉刻的符號幾乎一模一樣。他爲什麼要找妳？爲什麼要威脅妳？」

莉莉垂下頭，低聲說：「因爲我知道他在那年夏天做了什麼事。」

「害死妳的家人？」

莉莉抬起頭，眼中泛著淚光。「我沒辦法證明，但我知道是他幹的。」

「怎麼說？」

「我爸爸絕對不會自殺！他知道我有多麼需要他。但是就沒有人肯聽我說。沒有人會把十六歲小女孩的話當眞！」

「那張畫了符號的明信片到哪兒去了？」

她抬起下巴。「我把它燒了。接著就離開巴黎。」

「爲什麼？」

「當妳收到死亡威脅的時候，妳會怎麼辦？坐以待斃？」

「妳可以報警。爲什麼妳沒報警呢？」

「然後說什麼？說有人寄了一段《聖經》經文給我嗎？」

「妳根本沒考慮過要報警？妳明知道妳堂弟是個殺人兇手，但從來沒有通知相關單位？我實在搞不懂，莉莉。他威脅妳，嚇得妳離開巴黎，但是妳卻沒有向任何人求助，只是一味地逃亡？」

莉莉垂下眼。一陣長長的靜默；另一個房間裡的時鐘滴答作響。

珍看了桑索尼一眼，後者看起來也是一頭霧水。她再次望著依然不肯看著自己的莉莉。「好吧。妳有什麼事情瞞著我們？」

莉莉沒有回答。

珍失去了耐性。「妳到底爲什麼不肯幫我們抓他？」

「你們抓不到他的。」

「爲什麼？」

「因爲他根本不是人類。」

在接下來漫長的沉默裡，珍聽見隔壁的鐘鳴聲迴盪在各個房間。先前所感覺的寒意驟然成了一陣冰冷的風，自她的脊椎吹起。

不是人。你所看見的那十角與獸……

桑索尼倚身靠近，語氣柔和地問：「那他是什麼，莉莉？」

年輕女子打了個寒顫，用雙手裹住自己。「我無法擺脫他。不管我逃到哪裡，他總是找得到我。到時他也會找上這兒來。」

「好吧。」珍的情緒恢復控制。這次的面談變得太過離譜，讓她開始懷疑這個女人先前所說的每一句話。莉莉．索爾若不是在說謊，就是有妄想症；而對於種種古怪的細節，桑索尼不只照單全收，甚至灌輸莉莉自己的妄想。「別再談這些怪力亂神的事情了。我要找的不是魔鬼，而是一個人。」

「那妳永遠抓不到他，而且我也愛莫能助。」莉莉看看桑索尼，「我要去一下洗手間。」

「妳是愛莫能助？還是不肯幫忙？」

「聽著，我很累。」莉莉回嘴道，「我剛下飛機，時差沒調過來，而且已經兩天沒洗澡了。我不會再回答任何問題。」說完，她逕自走出餐廳。

「她沒有告訴我們任何有用的線索。」

桑索尼望著莉莉剛走出去的門口。「妳錯了。我認爲她提供了很重要的線索。」

「她有事瞞著我們。」珍頓了頓；她的手機響了。「不好意思。」她低聲說道，然後將電話從皮包裡掏出來。

文斯．考薩克連問候都省了，劈頭就說：「妳得馬上過來一趟。」珍聽見電話另一頭傳來的背景音樂和嘈雜說話聲。我的老天哪，她心想，我把他那個愚蠢的派對全給忘了。

「聽我說，很抱歉，我今晚沒辦法過去。我現在正面談到一半。」

「但是只有妳能搞定這個情況！」

「文斯，我得掛電話了。」

「他們是妳的父母。我該死的要拿他們怎麼辦？」

珍爲之一愣。「什麼？」

「他們在這裡互相叫罵。」他停頓了一下，「噢，他們剛剛進到廚房了。我得去把刀子藏起來才行。」

「我爸爸在你的派對上？」

「他剛剛跑來的。我可沒邀請他！妳媽前腳剛到，他後腳就跟來了，兩個人對罵了二十分鐘。妳到底來不來啊？因為他們要是再不冷靜下來，我就要打電話報警了。」

「不！老天啊，千萬別這麼做！」我爸媽被警察銬上手銬帶走？這種奇恥大辱我這輩子都忘不了。「好吧，我馬上趕去。」她掛了電話，然後對桑索尼說：「我得走了。」

他跟著珍來到前廳；後者穿上外套。「妳今晚還會回來嗎？」

「現在她不太有合作意願。我明天再試試看。」

他點點頭。「在這段期間，我會確保她的人身安全。」

「人身安全？」她忍不住哼一聲。「我看你想辦法別讓她跑了吧！」

外面的夜色寒冷而清澈。珍穿過馬路，來到車子旁。正當她要打開車門鎖，便聽到有人砰地一聲關上車門，然後抬頭發現莫拉正朝自己走來。

「妳到這兒來幹什麼？」珍問道。

「我聽說他找到莉莉・索爾了。」

「無論如何，畢竟是找到了。」

「妳已經跟她談過了嗎？」

「她什麼也不肯透露。對案情一點幫助都沒有。」珍順著街道看過去，發現奧利佛・史塔克的廂型車正開進停車位。「今晚有什麼事嗎？」

「我們是來這兒找莉莉・索爾的。」

「我們？可別告訴我妳眞的和這些怪胎混在一起了？」

「我沒有跟誰混在一起，但有人在我家做了記號，珍，我想知道這是怎麼回事。我想聽聽這名女子的說法。」莫拉轉身走向桑索尼家。

「嘿，醫生？」珍喊了一聲。

「什麼事？」

「看到莉莉・索爾的時候要當心一點。」

「爲什麼？」

「她要不是發神經，就是有所隱瞞。」珍頓了一頓，「或是兩者皆然。」

儘管考薩克緊閉公寓大門，珍依然聽得見屋內傳來迪斯可音樂強烈的節奏，宛如在牆壁裡搏動的心跳。這個男人今年五十五歲，一度心臟病發作，〈活下去〉[35]對他來說大概是派對主題曲的不二之選。她敲敲門，一想到穿著休閒西裝的考薩克，就忍不住頭皮發麻。

考薩克打開門，珍忍不住盯著他身上閃閃發亮的絲襯衫；腋下被汗水浸濕了一圈，領子的釦子沒有扣上，敞開的領口露出像猩猩一樣濃密的胸毛。他就只差沒在肥胖的脖子上掛一條金鍊子

[35] 比吉斯樂團的暢銷迪斯可歌曲。

了。

「感謝上帝。」他長嘆一聲。

「他們在哪裡？」

「還在廚房裡。」

「我想應該還沒出人命吧。」

「他們喊得震天價響。要命喔，我簡直不敢相信妳母親居然會說出那些話！」

珍踏進大門，步入七彩霓虹燈的迷幻燈光裡。昏暗中，她看見十幾個無精打采的客人站在四周啜著飲料，或是懶散地坐在沙發上，機械式地拿洋芋片蘸抹醬料。這是珍第一次踏進考薩克新的單身漢公寓，而眼前的景象嚇得她呆若木雞。她看見鑲有煙灰色玻璃的鉻製茶几、白色絨布地毯，外加一臺大螢幕電視和立體聲喇叭；這些喇叭大得不得了，只要在上面釘個屋頂就可以住人了。她還看到黑色皮革——一堆又一堆的黑色皮革。她幾乎可以想像睪丸素從牆上滲出來。

然後珍聽到除了〈活下去〉的輕快節拍之外，還有兩個人在廚房大呼小叫的聲音。

「瞧瞧妳的打扮，妳不能留在這裡。搞什麼啊？妳以爲自己回到十七歲了嗎？」

「你沒有權利對我頤指氣使，法蘭克。」

珍走進廚房，但她的雙親只顧著和對方吵架，根本沒有注意到她。媽媽對自己做了什麼事啊？看著安琪拉的紅色緊身洋裝，珍實在想不透。她什麼時候知道有細跟高跟鞋和綠色眼影這些東西了？

「妳已經是個當外婆的人了，看在老天的分上。」法蘭克說，「怎麼能穿成那副德性出門？

看看妳的樣子！」

「至少還有人看我。你從來都不會看我一眼。」

「妳的胸部都快從衣服裡掉出來了。」

「我說啊，有本錢當然要炫耀一下囉。」

「妳想證明什麼？妳和那個考薩克警探——」

「文斯對我非常好，多謝關心。」

「媽，」珍說，「爸？」

「文斯？現在妳叫他文斯了？」

「嘿。」珍說。

她的父母親看著她。

「噢，珍妮。」安琪拉說，「妳終於來啦！」

「妳早就知道這件事？」法蘭克瞪著他的女兒說，「妳知道妳媽要出來鬼混？」

「哈！」安琪拉冷笑一聲，「聽聽這話是誰說的。」

「妳讓妳媽穿成那副德性出門？」

「她已經五十七歲了。難道我要拿把尺量量她的裙襬長度嗎？」

「這實在——太不得體了！」

「我來告訴你什麼叫做不得體。」安琪拉說，「是你，剝奪了我的青春、美貌，然後把我往垃圾堆一扔。是你，誰剛好在你面前扭扭腰，你就把老二往人家的屁股裡塞。」

這些話眞的是從我媽口裡說出來的嗎？

「你居然還有臉來告訴我什麼是不得體的！滾吧，回到她身邊去。我在這裡留定了。我活了大半輩子，才好不容易要好好享受人生。我要玩個過癮！」安琪拉轉身，踩著細跟高跟鞋喀啦喀啦地走出廚房。

「安琪拉！妳給我回來！」

「爸。」珍抓住法蘭克的手臂，「不要去。」

「得有人阻止她自取其辱！」

「你是怕她丟你的臉吧。」

法蘭克甩開女兒的手。「她是妳媽，妳應該勸勸她。」

「她來參加派對，有什麼了不起？又不是犯什麼罪。」

「那件洋裝就是犯罪。幸虧我在她做出讓自己後悔的事情前及時趕到。」

「話說回來，你到這裡來幹嘛？你怎麼知道她要來這兒？」

「是她告訴我的。」

「媽告訴你的？」

「她打電話告訴我說她已經原諒我了，說我儘管去找樂子，因爲她也樂得很，今晚要出去參加派對。她說她這輩子最幸運的一件事，就是我離開了她。我的意思是說，她的腦袋裡他媽的到底在想什麼？」

媽在想什麼，珍心想，就是她正在進行終極報復。她要告訴他，她壓根兒不在乎他走了。

「還有這個叫考薩克的傢伙，」法蘭克說，「他年紀比她小！」

「只是小幾歲罷了。」

「妳現在幫著她講話了？」

「我沒有幫任何人講話。我認爲你們兩個應該冷靜一段時間，暫時不要見面。離開這兒就是了，行嗎？」

「我不走。我要跟她把話說清楚。」

「你眞的沒有權利對她說什麼。你心裡有數。」

「她是我老婆。」

「那你的女朋友會說什麼？」

「別這麼叫她。」

「那我該怎麼叫她？狐狸精？」

「妳不明白。」

「我明白媽終於可以找找樂子。她一直過得很不快樂。」

他朝音樂傳來的方向揮揮手。「妳稱那只是找樂子？外頭那個雜交派對？」

「那你會怎麼稱呼你做的事？」

法蘭克重重地嘆了口氣，頹坐在廚房的椅子上，把頭埋在手裡。「亂七八糟。眞是操他媽的大錯特錯。」

珍看著他，與其說驚訝於爸爸懊悔的承認，倒不如說因爲聽見他罵髒話而嚇了一跳。

「我不知道該怎麼辦。」

「你想怎麼做，爸？」

他抬起頭，用哀傷的眼神看著她。「我沒辦法決定。」

「是啊。要是媽聽到這句話，那可真欣慰！」

「我已經不認得她了！她像個把胸部擠出來的外星人，那些男人八成都盯著她的衣服看。」他突然站起來。「夠了。我絕對不許這樣的事情發生。」

「不，不行，你現在就離開。馬上。」

「只要她還在這兒，我死也不走。」

「你只會把事情越弄越糟。」珍挽著他的手臂，把他帶出廚房，「走吧，爸。」

父女倆穿過客廳的時候，他看了安琪拉一眼；後者拿著飲料站在那兒，旋轉霓虹燈把彩色閃光投射在她的洋裝上。「妳十一點前給我回家！」他對老婆大吼一聲，然後走出公寓，將門用力摔上。

「哈，」安琪拉說，「想得美。」

珍坐在餐桌前，文件攤散在桌面上。她看著分針滴答一聲跳過十點四十五分。

「妳不能把她拖回家。」嘉柏瑞說，「她是個成年人了，如果她想在那兒待一整夜，也是她的權利。」

「連提——都不要提——這種可能性。」珍按著太陽穴，試圖讓自己不要想母親會在考薩克家裡過夜。但嘉柏瑞已經打開了潘朵拉的盒子，現在她的腦海湧現各式各樣的畫面。「我應該馬上回去，免得出什麼事，免得——」

「免得怎麼樣？她玩得太高興？」

嘉柏瑞繞到珍身後，把手放在她的肩膀上，爲她按摩緊繃的肌肉。「好了，親愛的，放鬆一點。妳能怎麼辦，給妳媽定宵禁令？」

「我正在考慮。」

育嬰室裡的瑞吉娜突然哭了起來。

「今晚我生命中的女人個個都不高興。」嘉柏瑞嘆了口氣，走出廚房。

珍又看了牆上的時鐘一眼。晚上十一點。考薩克答應會把安琪拉安全送上計程車，也許他已經把人送上車了，也許我應該打電話問她走了沒有。

然而，她只是強迫自己將注意力放在眼前文件上。這些是行蹤成謎的多明尼哥．索爾的檔案。少數幾個陳年的舊線索都在這兒了；這個年輕人十二年前消失得無影無蹤。她再次端詳著這個男孩的學生照，看著一張宛如天使般的俊美臉龐。金色的頭髮、認眞的藍眼睛、鷹勾鼻。一個墮落天使。

然後她拿出男孩的母親瑪格麗特寫給普特南學院、替兒子申請退學的那封手寫信。

多明尼哥秋天不會回來就學。我將帶他回開羅……

這對母子就這麼消失了。國際刑警組織找不到他們入境的紀錄，沒有任何資料顯示瑪格麗特或多明尼哥．索爾曾經回到埃及。

珍揉揉眼睛，忽然因爲太過疲倦而無法專心閱讀文件。於是她收拾好資料，將檔案放回文件夾。她正要拿取筆記本的時候，手突然停在空中，看著眼前的那一頁筆記。她看到莉莉．索爾寫下的那段〈啓示錄〉經文：

你所看見的那十角與獸必恨這淫婦，使她冷落赤身，又要吃她的肉，用火將她燒盡。

讓珍突然心跳加速的不是這些文字，而是字跡。

她翻找文件夾，再度抽出瑪格麗特．索爾爲兒子向普特南學院申請退學所寫的信。她將信件放在筆記本旁，來回看著《聖經》經文和瑪格麗特．索爾的信。

她一躍起身，大喊：「嘉柏瑞，我得出去一下。」

他抱著瑞吉娜從嬰兒房跑出來。「妳要知道，這樣做她一定會不高興的。何不讓她再多玩半個小時？」

「我不是要去找我媽。」珍走進客廳。嘉柏瑞皺著眉頭，看她用鑰匙打開一個抽屜，拿出槍套並且佩戴好。「我是去找莉莉．索爾。」

「她怎麼了？」

「她撒謊。她明明知道她的堂弟到底躲在哪裡。」

34

「我已經把我知道的事情都告訴妳了。」莉莉說。

珍站在桑索尼家的餐廳，桌上的點心盤尚未撤下。傑瑞米把咖啡默默端到珍的面前，但她連碰也沒碰。她也沒有看桌上其他賓客一眼，眼光直盯著莉莉。

「我們何不換個房間，莉莉，私下談談？」

「我沒有什麼可以告訴妳的。」

「我想妳有很多話要交代。」

艾溫娜．費爾維說：「那就在這裡提出妳的問題吧，警探。我們大家都很想聽聽。」

珍環顧圍坐在餐桌前的桑索尼和賓客。這個所謂的梅菲斯特俱樂部，即使莫拉宣稱自己不是其中的一分子，但也和他們同坐在一起。這些人或許以為他們了解何謂邪惡，但就算邪惡正與他們同桌而坐，他們也認不出來。珍的目光回到莉莉．索爾身上，她一臉固執地坐在原位，拒絕離開椅子。好吧，珍心想，妳要這樣玩？咱們就這麼玩吧，讓觀眾看個過癮。

珍打開帶來的檔案夾，推到莉莉面前，在頁面上大力一拍，弄得酒杯和餐具叮噹作響。莉莉看著那封手寫信。

「這封信不是多明尼哥的母親寫的。」珍說。

「那是什麼？」艾溫娜說。

「這是替十五歲的多明尼哥向康乃狄克州的寄宿學校——普特南學院——申請退學的信。照理說是由他母親瑪格麗特·索爾寫的。」

「照理說？」

「寫這封信的人不是瑪格麗特·索爾。」珍看著莉莉，「而是妳。」

莉莉笑了一聲。「我看起來年紀有大得足以做他的母親嗎？」

這時，珍把筆記本擺在桌上，翻到寫著〈啓示錄〉經文的那一頁。「這是妳今晚寫給我的，莉莉。我們知道這是妳的筆跡。」她指了指那封信，「這封信也是。」

現場一片靜默，莉莉的雙唇緊抿成兩條細細的線。

「在妳十六歲的那年夏天，妳的堂弟多明尼哥想要人間蒸發。他在純潔鎮做了那些事之後，也許他非得消失不可。」她瞇起眼睛看著莉莉，「而妳幫了他的忙。妳跟所有人說了個現成的說詞：他母親忽然到鎮上來接他，然後他們出國了。可是那是一派胡言，對吧？瑪格麗特·索爾根本沒有來接她兒子。她壓根兒就沒有出現過。對不對？」

「我無須回答妳的問題。」莉莉說，「我知道我的權利。」

「他在哪裡？多明尼哥在哪裡？」

「你們找到他的時候，通知我一聲。」莉莉把椅子往後一推，站了起來。

「那年夏天你們之間發生了什麼事？」

「我要上床睡覺了。」莉莉轉身要離開餐廳。

「他是不是幫妳做了所有不討好的事？所以妳在保護他？」

莉莉停下腳步，慢慢轉過身，眼神像放射線一樣危險。

「妳的父母過世以後，妳繼承了一筆豐厚的遺產。」

「我繼承了一棟根本沒有人會買的房子，和一個支付大學學費的銀行帳戶。除此之外就沒有什麼了。」

「妳跟父母相處融洽嗎，莉莉？你們有沒有吵架？」

「要是妳以爲我會——」

「青少年都會跟父母吵架，但也許你們吵得兇了點，也許妳等不及要離開那個死氣沉沉的小鎮，過自己的生活。然後妳的堂弟搬來跟你們共度暑假，教了妳幾個點子，讓妳可以更輕易、更快逃出那個家。」

「妳根本不知道發生了什麼事！」

「那妳告訴我啊。說說看，爲什麼在湖裡發現泰迪屍體的人是妳？爲什麼在樓梯底下發現妳母親的人是妳？」

「我絕對不會傷害他們。要是我早知道——」

「妳和多明尼哥是戀人嗎？」

莉莉氣得滿臉漲紅。

在這一觸即發的時刻，珍以爲這個女人可能眞的會動手殺了她。

一記巨大的鈴聲霎時劃破了寂靜，每個人都望向桑索尼。

「是我們家的入侵警報。」他站起身，走到牆壁上的控制面板前。「花園的窗戶有安全漏洞。」

「有人闖進屋子裡？」珍問道

莉莉低聲地說：「是他。」

傑瑞米走進餐廳。「我剛剛檢查過了，桑索尼先生。窗戶已經上鎖。」

「那可能只是故障而已。」桑索尼看看其他人，「我想各位最好暫時留在這裡，我去檢查防盜系統。」

「不。」莉莉銳利的目光掃過一扇扇的門，彷彿認爲攻擊者會突然衝進來。「我不要留在這兒，我不要待在這棟房子裡。」

「妳安全得很。我們會保護妳的。」

「那誰來保護你們？」她環顧四周，看著莫拉、艾溫娜和奧利佛，「保護你們任何人？你們根本不知道交手的對象是誰！」

「聽我說，大家不要輕舉妄動，好嗎？」珍說，「我出去四周看看。」

桑索尼說：「我陪妳一起去。」

珍猶豫了一下，正想要拒絕他的提議，然後她想起了伊芙・卡索維茲；當時她的武器還繫在腰上，卻血淋淋地被人拖過結冰的走道。「好吧，咱們走。」

他們穿上外套，來到屋外。一叢叢的路燈光暈在結冰的路面上閃耀。這是個冰凍世界，每個東西的表面猶如玻璃般平滑而有光澤；即使入侵者從這裡走過，今晚也看不到任何腳印。珍手中的手電筒光束掠過堅如鑽石的人行道。她和桑索尼繞到鐵柵門，開門走進狹窄的側院。當時兇手就是將伊芙．卡索維茲拖到此處；他順著這條小徑拖行她的屍體，頭皮裂傷所流出的血抹在花崗岩鋪路石上，凝結成血紅色的條紋。

珍已經拔出槍套裡的武器，槍和她的身體合而爲一。她朝後院移動，手上的燈光劃破陰暗處，鞋底在冰上滑行。手電筒的光束快速掃過因寒冬而枯黃的長春藤。她知道桑索尼就在身後，但是他無聲地移動著，令她得停下腳步，回頭確定他眞的在後面掩護自己。

她緩緩走向建築物的轉角，手電筒晃過封閉的花園；兩個星期前，伊芙肌肉僵硬、血液凍結地躺在冰冷的石頭上。珍沒有發現什麼動靜，沒有碩大的影子，也沒有披著黑色斗篷的惡魔

「就是那扇窗子嗎？」珍用手電筒照了照，看見玻璃反射回來的光線。「系統顯示有缺口的窗子？」

「沒錯。」

她穿過庭院，仔細查看。「沒有紗窗？」

「冬天的時候，傑瑞米會把紗窗拆下來。」

「而且向來是從裡面上鎖的嗎？」

「一直是如此。我們非常重視安全。」

她用手電筒沿著窗臺照射，發現木頭上有個異樣的缺口。是新的。

「有狀況。」她低聲地說，「有人試圖強行進入。」

桑索尼看著窗臺。「這樣不會啓動警報器。要啓動警報器，除非是把窗戶打開。」

「可是你的管家說窗子從裡面上鎖了。」

「那就表示……」桑索尼頓了一頓。「天哪。」

「怎麼回事?」

「他進去之後再把窗戶閂上。他已經在屋裡了!」桑索尼轉身沿著側庭院往回跑，腳步迅速得使他的皮鞋在步道上滑行。當珍趕到前門時，他已經回到餐廳，催促大家起身。

「請各位穿上外套。」他說，「我必須請你們離開這棟屋子。傑瑞米，我會協助奧利佛下樓梯，麻煩你拿輪椅。」

「到底是怎麼回事?」艾溫娜說。

「照辦就是了，好嗎?」珍命令道，「拿好外套，從前門離開。」

珍的武器引起他們的注意。槍已經從槍套中取出，握在她的手中;這個小細節意味著:現在不是鬧著玩的。

莉莉率先迅速動身。她箭步跑出餐廳，帶著一群人匆忙來到前廳，手忙腳亂地翻找外套。所有人從前門蜂湧踏入寒風中時，珍跟在他們後方，並且正打電話要求支援。她或許有武裝，但並非有勇無謀之輩;她可沒打算靠自己一個人搜索整棟房子。

一會兒過後，第一輛巡邏車出現，警示燈閃爍著，但是沒有警笛聲。車子滑行然後停下，兩名巡邏員警步出車外。

「封鎖周邊。」珍下令，「任何人不准離開那棟房子。」

「誰在裡面?」

「我們待會兒就知道了。」她抬頭看見第二輛巡邏車的車頭燈逐漸接近。另外兩名警察抵達現場。「你，」她指著其中一位比較年輕的員警說，今晚她需要的是良好的反應能力和一雙利眼，「跟我來。」

珍帶頭進入房子，員警拔槍跟隨其後。當他們步入前廳，巡邏員警看到典雅的傢俱與壁爐上方的油畫，他先是愣了一會才恍然大悟。珍十分清楚他腦子裡在想什麼——這是有錢人的房子。

珍拉開隱藏式鑲板，迅速地看了衣櫥一眼，確認裡面沒有人躲藏。接著他們繼續往前走，穿過餐廳，穿過廚房，走進大圖書室。現在沒時間欣賞落地式的書架，因爲他們正在獵捕怪物。

他們順著弧形欄杆爬上樓梯，油畫肖像上的人物垂眼看著他們。他們從沉思的男人、眼神天眞無邪的女人以及兩個坐在大鍵琴前、有著小天使臉孔的少女下方經過。上樓之後，他們望著鋪了地毯、有著一扇扇門的走廊。珍不知道這棟房子的格局，也不知道會碰上什麼情況。即使有這位巡邏員警的支援，即使屋外有另外三名警員駐守，她的雙手還是不停冒汗，心臟像要從喉嚨跳出來一般。他們從一個房間移動到下一個房間，拉開衣櫥，徐徐側身穿過每扇門。四間臥房、三間浴室。

他們來到窄梯的下方。珍停下腳步，抬頭看著一扇閣樓門。*噢，天哪，*她心想，*我不想上去。*

她抓著樓梯扶手，踏上第一層階梯，隨即聽見樓梯因她的重量咯吱作響；不管是誰在閣樓裡，同樣會聽到這個聲音，因此知道她將上樓。她聽見身後的巡邏員警呼吸急促起來。

他也感覺到了。來者不善。

珍爬上咿呀作響的階梯，來到閣樓門口，握著門把的手又濕又滑。她看了看身後的支援員警，對方緊張地迅速點點頭。

她使勁推開門，衝進閣樓，手電筒的光束掃過黑暗，掠過一個個模糊的形體。她看到銅製品反射的光芒，看見擺出攻擊姿勢的龐然大物。

接著，珍身後的員警終於找到電燈開關，並且隨即按下。在乍然亮起的刺眼光線下，她眨了眨眼。原本蜷伏在暗處的攻擊者頓時變成傢俱、檯燈和捲起的地毯。這裡是擺放古董的藏寶庫。桑索尼他媽的有錢，恐怕連這些棄置傢俱也很值錢。她走進閣樓，心跳漸漸緩和，因爲恐懼而緊繃的神經也鬆懈下來。這裡沒有怪物。

她將手槍放回槍套，站在珍寶中，感到頗難爲情。剛才的入侵警報想必是虛驚一場。但窗臺上的木頭怎麼會被鑿出一個洞呢？

巡邏員警的無線電突然響起。「葛拉芬，情況如何？」

「看起來沒有人在屋裡。」

「瑞卓利在嗎？」

「在，她就在這兒。」

「我們下面出狀況了。」

珍狐疑地看著這名警員。

「出了什麼事？」他對著無線電說。

「艾爾思醫生要她馬上下來。」

「我們這就下去。」

珍打量閣樓最後一眼，接著回頭走下樓梯，穿過走廊，經過他們方才搜查過的臥室，經過那些剛剛垂眼凝視他們的肖像。當她步出前門，走進滿是閃光警示燈的暗夜，她的心跳再次加速。現場多了兩輛巡邏車，她站在原地，五顏六色的光線頓時令她目眩。

「珍，她逃跑了。」

她看著莫拉，巡邏車的燈光從她背後照射過來。

「莉莉．索爾。我們剛才都站在那邊的人行道上。一回頭，她就不見了。」

「該死！」珍打量著整條街，目光快速掃過身影模糊的警察，以及從家裡跑出來、在寒風中看熱鬧的圍觀者。

「只不過是幾分鐘前的事，」莫拉說，「她跑不了多遠。」

35

莉莉·索爾衝進一條小巷子，接著轉進另一條小巷，左彎右拐地逐漸深入這個迷宮般的陌生地帶。她對波士頓不熟，也不知道自己要去哪裡。她可以聽見警笛聲，巡邏車正如鯊魚般在附近盤旋。車頭燈的閃光讓她連忙跑進巷子，蹲在垃圾桶後方，等待巡邏車慢慢從街上開過。車子一消失在轉角處，她立刻起身朝反方向奔跑。現在正屬下坡路段，莉莉滑行在又濕又滑的結冰圓石上，背包不斷拍打肩胛骨。她的衣著不適於這種冷冽的天氣，雙腳也因爲寒氣而螫痛，沒有戴手套的雙手也麻痺了。腳下的網球鞋突然往前一滑，她一屁股跌坐在地，撞擊力道讓她自脊椎感到一陣劇痛。她呆坐在地上幾秒鐘，腦袋嗡嗡作響。當視線終於恢復清晰，她發現自己已達山腳下。對街是座公園，周邊種滿灌木，光禿的樹木把修長的陰影投射在結了霜的積雪上。一個發光的號誌吸引了她的注意。

是地鐵的指示牌。

只要跳上火車，不消幾分鐘，她便在前往城市裡任何地方的路上。她還可以在車廂裡避寒。

莉莉費勁地爬起身，尾椎骨仍舊因爲跌倒而疼痛，擦傷的手掌也刺痛著。她一跛一跛地過街，在人行道上走了幾步，突然停住腳步。

一輛警方的巡邏車正繞過路口。

她一溜煙跑進公園，弓身躲在灌木叢後方，等著警車離開，心臟像要跳出來一般。但是她從樹枝間看見警車停在地鐵站外。該死，要改變計畫了。

她四下張望，發現公園另一頭有另一個發光的地鐵站指標。她站起來，在樹蔭下移動，朝公園的另一頭走去。積雪結成一層冰，每走一步，她的鞋子便踩破表面薄冰，發出刺耳的嘎吱聲，她的腳也踏進厚厚的積雪中。她艱難地往前走，差一點弄丟了一隻鞋，胸腔因奮力前進而劇烈起伏。然後，在自身沉重的鼻息聲中，莉莉聽見身後傳來嘎吱的碎裂聲。她停下腳步，回過頭，感覺自己的心臟爲之停止。

樹下站著一個人影——沒有臉孔，沒有五官，彷彿是個沒有實體的黑影。是他。

莉莉嗚咽一聲，鞋子踩碎路面的結冰，在雪地裡蹣跚而行。除了自己的呼吸聲與怦然的心跳，她聽不見任何追逐的腳步聲，但她知道他就在身後；每一分鐘、每一次呼吸，他尾隨著她的腳步，輕聲訴說她的死亡。但是沒有這麼靠近，從沒有這麼靠近！莉莉沒有回頭望，不想看見夢魘中的惡魔逼近。她只是拚命往前衝。過程中，她遺失了一隻鞋，冰水浸濕了她的襪子。

接著，莉莉突然搖搖晃晃地衝出雪堆，跑上人行道上。地鐵站的入口就在眼前。她火速奔下樓梯，幾乎以爲長了翅膀的惡魔會向自己飛撲而來，並且用爪子緊緊攫住她的背脊。然而，莉莉只感覺到從地鐵通道迎面吹來的暖風，看見通勤者魚貫從通道爬上樓梯。

沒有時間騙錢了。*跳過旋轉閘口吧。*

她費力跨過收票閘，濕透的襪子啪地一聲踩在地面上。她跑了兩步，就被迫停了下來。

瑞卓利站在她面前。

莉莉轉身朝向她剛剛跳過的閘口看去，一名警察擋住了退路。

她。

她慌亂地在車站裡左看右看，尋找著剛才追逐她的那個生物，但只見受驚的通勤族回看著她。

一副手銬扣上了她的手腕。

莉莉坐在珍．瑞卓利的車子裡，累得沒有力氣思考逃跑的事。濕透的襪子像冰塊一般封住她的腳；即使開著暖氣，她仍舊感覺不到一絲暖意而不住地發抖。

「好了，莉莉。」珍說，「現在請妳告訴我眞相。」

「說了妳也不會信。」

「試試看啊。」

莉莉一動也不動地坐著，打結的頭髮垂在臉上。現在已經無所謂了，她已經累得再也跑不動了。*我放棄。*

「多明尼哥在哪兒？」

「他死了。」

珍花了一點時間消化所聽到的話，同時作出自己的結論。透過緊閉的車窗，傳來路過消防車的警笛聲，而車子裡只有暖氣的嘶嘶聲。

「妳殺了他？」

莉莉嚥了一口口水。「對。」

「所以說他母親根本沒有來接他，對吧？她根本沒有帶多明尼哥出國。因此妳寫了那封信給學校。」

莉莉的頭垂得更低。否認沒有意義，這個女人早已想通了一切。「學校打電話來。一直打，想知道他會不會回去上課；我只得寫信過去，讓他們不要再來詢問他的下落。」

「妳怎麼殺死他的？」

莉莉顫抖地吸了一口氣。「在我父親喪禮過後的那個星期。多明尼哥在我家車庫裡看著我母親的車，他說反正她也用不著了，或許可以給他開。」莉莉的音量越來越小，幾乎變成了耳語，「就是那個時候，我告訴他我知道眞相。我知道是他殺了我的家人。」

「妳怎麼知道的？」

「因爲我找到他的筆記本。他藏在床墊底下。」

「上面寫些什麼？」

「全是關於我們的事，一頁又一頁地記載著無趣的索爾一家。我們每天做些什麼，互相談些什麼。他記載泰迪一向走哪條路到湖邊去；我們在浴室的藥櫃裡放了什麼藥；我們家早餐吃什麼、怎麼道晚安。」她頓了頓，嚥了嚥口水，「他也知道我父親把槍櫃的鑰匙收在哪裡。」她看著珍。「他像個科學家一般研究我們。我們只不過是他實驗用的白老鼠。」

「他在筆記本裡眞的寫了是他殺害妳家人的嗎？」

她猶豫了一下。「沒有。最後一篇的日期是八月八日，泰迪就是在那一天……」她沒有繼續說下去。「他才不會笨到眞的把這個事情寫下來。」

「現在筆記本在哪裡？還在妳手上嗎？」

「我把筆記本和他剩下的書一起燒掉了，我實在沒辦法看到那些東西。」

莉莉看得出珍的眼神是什麼意思——妳銷毀了證據，我爲什麼要相信妳？

「好吧。」珍說，「剛才妳說妳在車庫裡看到多明尼哥，與他對質。」

「當時我非常難過，根本沒想到接下來會發生什麼事。」

「到底發生了什麼事？」

「我告訴他我知道他做了什麼事，他只是直直地看著我，沒有一絲恐懼，沒有半點內疚。他說我沒辦法證明。」莉莉深呼吸一口氣，然後慢慢吐出來，「就算我能證明他是兇手，他才十五歲，根本不會坐牢。要不了幾年就會重獲自由，但我的家人卻不會死而復生。」

「然後呢？」

「我問他爲什麼。爲什麼做出如此恐怖的事。妳知道他怎麼說嗎？」

「怎麼說？」

「『妳當初應該對我好一點。』那就是他的回答。他只說了這麼一句話，接著就帶著微笑走出穀倉，好像一點也不在乎。」她頓了一頓。「我就是那時候動手的。」

「怎麼下手的？」

「我拿起一把鏟子。鏟子原本靠在牆上，我根本不記得自己有伸手拿起它，甚至感覺不到它的重量。就好像——好像那不是我的手臂。他倒在地上，不過還有意識，想爬出去。」她長嘆一聲，然後低聲說：「所以我又敲了他一下。」

車窗外的黑夜一片寂靜。氣候嚴寒，路上沒有半個行人，只有零星的車子經過。

「然後呢？」

「我唯一能想到的就是如何處理屍體。我把他抬進我媽的車子裡。我心裡想，也許我能佈置得像場意外。當時是深夜，所以不會有任何人看見。我開車來到鎮外幾哩的砂石場，把車子推進河裡。我以爲遲早會東窗事發，會有人報案說有車子淹在水裡。」莉莉不敢置信地笑出來，「但是一直沒有人發現。妳能想像嗎？」她看著珍。「從來沒有人發現。」

「所以妳繼續過著妳的生活。」

「高中畢業之後，我離開了小鎮，打算再也不回去。如果有人發現他的屍體，我可不想在鎮上。」

她們對看了一會兒，珍說：「妳知道妳剛剛承認謀殺了多明尼哥．索爾吧？我必須逮捕妳。」

莉莉沒有絲毫畏懼。「就算時光倒流，我也一樣會這麼做。他罪有應得。」

「有誰知道這件事？有誰知道妳殺了他？」

莉莉沒有說話。一對情侶正從外面經過，雙雙低頭躲避寒風，裹在大衣裡的肩膀不停瑟縮。

「莎拉和羅莉安知道嗎？」

「她們是我最好的朋友，我一定得告訴她們。她們明白我爲什麼這麼做，也發誓會守口如瓶。」

「現在妳的朋友都死了。」

「是。」莉莉打了個寒顫，伸手抱著自己，「是我害的。」

「還有誰知道？」

「我從來沒跟其他人說過。我以為事件已經結束了。」她吸了一口氣，「後來莎拉收到那封明信片。」

「有〈啓示錄〉經文的那一張？」

「沒錯。」

「一定還有人知道妳當年做了什麼事。有人在當天晚上看到妳，或聽說了這件事，而現在則以折磨妳為樂。」

莉莉搖搖頭。「只有多明尼哥會寄那張明信片。」

「可是他已經死了，怎麼寄？」

莉莉沉默了半晌，她知道自己接下來要說的話，對於這個冷靜而理智的女人來說，聽起來一定荒謬至極。「妳相信來生嗎，警探？」

一如莉莉所料，珍嗤之以鼻。「我相信人只能活一次，所以絕對不能搞砸了。」

「古埃及人相信有來生。他們相信每個人都有一個『巴』；他們描繪巴是人面鳥身。巴是人的靈魂；人死了以後，靈魂被釋放出來，可以再飛回到活人的世界裡。」

「這個埃及人的傳說和妳堂弟有什麼關係？」

「他在埃及出生。他母親留給他一大堆書，其中有幾本非常老舊，記載著埃及人棺材上的咒語；這些魔法咒語可以引領巴回到人間。我想他找到了回來的方式。」

「妳的意思是說他復活了？」

「不，是附身。」

隨後而來的靜默宛如永遠一般漫長。

「妳是指惡魔附身？」珍終於開口問道。

「是的。」莉莉低聲地說，「巴會尋找另一個棲身之處。」

「它會接收另一個人的身體？讓他殺人？」

「靈魂沒有實際的形體，必須指揮真正的血肉之軀。惡魔附身不是什麼新鮮的觀念；天主教會一直很清楚這一點，而且有相關的檔案紀錄。所以他們有驅魔的儀式。」

「妳是說，妳堂弟的巴劫持了一具肉體，然後用這種方式獵捕妳，還藉此殺了妳的兩個朋友？」

莉莉聽出珍語氣中的懷疑，因此輕嘆一聲。「談了也沒用，妳壓根兒就不相信。」

「妳信嗎？說真的？」

「十二年前，我不信，」莉莉輕聲地說，然後看著珍，「但現在我信了。」

沉在水底十二年，珍心想。她顫抖地站在砂石場邊緣，耳邊傳來引擎的轟隆聲，拉緊的鋼纜咿呀作響，吊起沉沒多年的車輛。歷經十二個海藻茂盛生長的夏季，與十二個河水凍結又融解的冬天，浸泡在水裡的多明尼哥・索爾會變成什麼樣子呢？其他站在她身邊的人都靜默不語，無疑地和她一樣害怕即將看見的屍首。郡驗屍官基比醫生拉起領子，用圍巾遮住臉，彷彿想消失在大衣裡，想身在別處而非這裡。樹上的烏鴉表演著三重唱，似乎急著想瞧瞧腐屍，並品嚐其滋味。

最好只剩一具白骨，珍心想。她可以面對沒有帶著任何血肉的骨頭；它們只是萬聖節的裝飾品，像喀啦作響的塑膠，完全不具人形。

珍看了一眼站在身邊的莉莉。妳一定比我們更難受。妳認識他，妳殺了他。但莉莉並沒轉身離去；她依然站在珍的旁邊，直盯著下方的砂石場。

鋼纜拉緊，從漆黑的水中吊起重物，一塊塊裂冰在水裡載浮載沉。潛水夫已經下水確認車子還在水底，但水質太過污濁，大量漂浮的沉澱物讓他無法看清楚車子的內部。車子被拉出水面的時候，河水宛如沸騰般波湧。輪胎裡的空氣使得車子落水時上下顛倒，因此車底先離水，河水從生鏽的金屬上流下。車尾的保險桿宛如躍出水面的鯨魚般被拉了出來，數十年的海藻和沉澱物遮蔽了車牌。起重機的引擎加速運轉，機具刺耳的嘎嘎聲鑽進珍的腦子。她感覺到莉莉瑟縮著挨在她身邊，以為這個年輕女子此時將轉身逃回車子裡。可是當起重機把重物吊離採石場，並且慢慢放置到雪地上時，莉莉勉強留在原地。

工人解開鋼纜，發動機再度旋轉，起重機將車子翻轉到正常的位置。車子裡流出來的水把白雪染成了骯髒的咖啡色。

有一會兒的時間，沒有人靠近，讓車子擱在那兒排水。之後基比醫生戴上手套，步履蹣跚地穿過泥濘的白雪，走到駕駛座的車門旁。他用力拉了一拉，但車門紋風不動。他繞到副駕駛座，抓著門把使勁一扯，然後向後一跳，門彈了開來，驟然湧出的水打濕了他的靴子和褲子。

他看看其他人，然後再看看打開的車門，門還在滴著水。他深吸一口氣，鼓起勇氣面對即將看到的景象，然後他倚身探向車內。彎著腰、臀部露在車外，他維持這個姿勢一段時間。突然間，他直起身子，轉頭看著其他人。

「裡面什麼都沒有。」他說。

「什麼？」珍問。

「空空如也。」

「你沒有看到任何殘骸？」

基比醫生搖搖頭。「車上沒有任何屍體。」

「潛水夫沒有找到任何東西，莉莉。沒有屍體、沒有骨骸，沒有任何證據可以證明妳堂弟曾經沉在水裡。」

他們坐在珍停好的車子裡，片片雪花輕輕落在擋風玻璃上，形成一層越來越厚的面紗。

「這不是我幻想出來的。」莉莉說，「我知道事情確實發生過。」她以擔心害怕的眼神看著珍。「我幹嘛要捏造這件事？如果不是眞的，我爲什麼要承認自己殺了他？」

「我們已經證實那是妳母親的車。行車執照十二年沒有更新，鑰匙還插在點火器上。」

「我早就告訴過妳了。我也告訴妳車子的確切地點。」

「沒錯，妳說過的每件事都得到了證實，只差那一個小小的細節——車上沒有屍體。」

「屍體可能腐爛掉了。」

「那也應該還有骨骸才對。但是車上什麼也沒有。沒有衣服、沒有骸骨。」珍頓了頓，「妳知道那代表什麼意思吧？」

莉莉吞了一口口水，盯著現在已覆滿了雪的擋風玻璃。「他還活著。」

「一直以來，妳所躲避的不是什麼鬼魅或邪靈，他是個活生生的人。我猜想他對妳當年企圖殺害他感到相當火大。整件事就是這麼回事，莉莉，復仇。十二年前，他只是個孩子；但現在他是個大人了，終於可以展開報復。去年八月，他在義大利失去了妳的行蹤，不知道該如何找妳，所以他利用莎拉和羅莉安，想得到關於妳的消息，但她們也不知道妳的下落。這兩個人對他沒有用處，他只好另闢蹊徑。」

「梅菲斯特俱樂部。」莉莉喃喃低語。

「如果梅菲斯特俱樂部誠如桑索尼所宣稱的那樣備受肯定，那麼它的名聲也許已經遠播到執法單位之外了。顯然多明尼哥也略有所聞。他當然很清楚該怎麼引誘他們上鉤。給喬伊絲・歐唐娜的那通電話、拉丁文、貝殼、撒旦符號——這使得梅菲斯特的成員以爲他們終於找到撒旦了，但是我認爲他們只是被耍了。」

「多明尼哥利用他們來找到我。」

「而且他們很有效率，不是嗎？才短短十天，梅菲斯特就找到了妳。」

莉莉思索了一會兒。「找不到屍體。妳不能指控我任何罪名，妳再也不能拘留我了。」

珍看著那雙閃爍著恐懼和憂慮的眼睛——她想逃亡。

「我現在可以自由離開了，對吧？」

「自由？」珍笑了出來，「妳活得像驚弓之鳥，還說這叫自由？」

「我活下來了，不是嗎？」

「妳什麼時候才要反擊？什麼時候才要表明立場？我們要對付的不是魔鬼，而是一個男人。我們可以打倒他。」

「妳說得容易。妳不是他要獵捕的對象！」

「沒錯，但我要獵捕他，而且我需要妳的幫忙。和我合作，莉莉。妳比誰都了解他。」

「所以他絕對不會留我活口。」

「我會保證妳的安全。」

「妳根本沒辦法信守這種承諾。妳以爲他還不知道我在哪裡嗎？妳不知道他多麼謹愼；他絕不會放過任何細節、任何機會。他或許還好端端地活著，但妳永遠沒辦法說服我相信他是個人類。」

珍的手機響起，嚇了兩人一跳。接聽電話的時候，她能夠感覺到莉莉緊張、質問的眼神。她做了最壞的打算。

電話另一頭是巴瑞・佛斯特。「妳們現在在哪裡？」

「我們還在諾維奇。時間已經很晚了，我們大概會找汽車旅館過夜，明天再回波士頓。」

「我想妳最好不要帶她回來。」

「爲什麼？」

「因爲我們有了大問題。奧利佛・史塔克死了。」

「什麼？」

「有人用史塔克的電話打911，然後一直沒有掛掉電話，所以我們發現了這件事。我現在就在他家。天哪，這裡該死的一團亂。他被綁在輪椅上，可是我們已經完全認不出他了。這可憐的孩子想逃也逃不了。」接著他等待對方開口回應，因此電話上一陣靜默。「瑞卓利？」

「我們必須警告其他人，桑索尼和費爾維太太。」

「我已經打電話通知他們了，也通知了艾爾思醫生。梅菲斯特俱樂部在歐洲也有成員，他們都做了預防措施。」

珍想起莉莉剛才說的話——*妳永遠沒辦法説服我相信他是個人類*。面對一個似乎可以穿牆而過的兇手，任何人又能採取什麼樣的預防措施呢？

珍說：「他要把他們趕盡殺絕。」

「看樣子是的。事態已經嚴重到超乎我們原先的想像了。這不只是針對莉莉·索爾，而是針對整個俱樂部。」

「他這麼做到底目的何在？爲什麼要把他們一個個幹掉？」

「妳知道桑索尼怎麼說的嗎？」佛斯特說，「這是殲滅。也許我們誤判了莉莉·索爾的角色，也許她根本不是眞正的目標。」

「無論如何，我現在不能把她帶回去。」

「馬凱特小隊長認爲她不要待在波士頓比較安全，我也同意他的看法。我們正在做長程安排，不過需要一兩天的時間。」

「在那之前，我該拿她怎麼辦？」

「桑索尼建議妳們到新罕布夏州、白山山脈上的一棟房子去。他說那裡很安全。」

「屋主是誰？」

「是費爾維太太的朋友。」

「我們要信任桑索尼對這件事的判斷嗎？」

「馬凱特同意了，他說上級百分之百信任他。」

那他們一定比我更了解桑索尼。

「好吧。我該怎麼去？」

「費爾維太太會打電話告訴妳怎麼走。」

「桑索尼和莫拉呢？他們怎麼辦？」

「他們也要去那裡，他們會在那兒跟妳會合。」

36

下午一點，珍與莉莉跨過麻薩諸塞州的州界，進入新罕布夏州。從早上離開歐尼奧塔的汽車旅館，莉莉幾乎沒說過一句話。現在她們開車北上進入白山山脈，雨刷吱吱地刮除擋風玻璃上的雪花。她太緊張了，沒心情閒聊天，珍看著沉默不語的同伴，心裡想著。昨晚她們同住一個房間，珍聽見她在旁邊的床鋪上翻來覆去。而今天莉莉的雙眼深陷，面容憔悴消瘦得彷彿能透過蒼白的皮膚看到皓白的顴骨。如果再胖個幾磅，莉莉．索爾或許還稱得上漂亮。不過現在珍所看到的她只是具行屍走肉。

或許她就是如此。

「妳今晚會留下來陪我嗎？」莉莉提問的聲音細小得差點淹沒在雨刷的擺動聲裡。

「我會看看情況。」珍說，「看到時候覺得怎麼樣。」

「所以妳可能不會留下。」

「妳不會一個人在山上的。」

「我知道妳想回家去，對不對？」莉莉嘆了口氣。「妳有先生嗎？」

「有，我已經結婚了。」

「小孩呢？」

珍猶豫了一下。「我有個女兒。」

「妳不想和我談自己的事。妳還不信任我。」

「我還不太了解妳。」

莉莉望著窗外。「眞的了解我的人都死了——」她頓了頓，「除了多明尼哥以外。」窗外，雪花如同越積越厚的白紗。她們爬坡穿過一片濃密的松樹林，這時珍首度開始擔心如果繼續下雪，她的Subaru是否能應付這樣的路況。

「妳憑什麼要相信我呢？」莉莉苦笑著說，「我的意思是，妳只知道我企圖殺害自己的堂弟，而且還搞砸了。」

「羅莉安牆上的那句話，是針對妳吧？『吾有罪。』」

「因爲我的確有罪。」莉莉喃喃地說，「而且永遠要爲此付出代價。」

「她家的餐桌上擺了四份餐具，代表著索爾一家人，對吧？一家四口。」

莉莉伸手擦擦眼睛，凝視著窗外。「而我是最後一個，第四份餐具。」

「妳知道嗎？易地而處，我也會宰了那個混蛋。」

「妳會做得乾淨俐落多了。」

山路越來越陡。Subaru費力地爬坡，輪胎不斷攪動越積越深的粉狀細雪。珍看了看手機，發現這裡完全收不到訊號。路上沒有經過任何住宅已經五英里了。也許我們應該掉頭，她心想，我應該保住這個女人的性命，而不是把她困在山上凍死。

她們是不是走錯路了？

珍瞇起眼睛，透過擋風玻璃試著尋找山頂。這時她發現了一幢木屋如鷹巢般孤立在懸崖上。

附近沒有別的人家，只有這條路可以上山。山頂想必可以將整座山谷一覽無遺。最後她們終於駛進已經敞開的柵門。

珍說：「看起來這裡算是相當安全。只要柵門一關，誰也進不來。除非他長了翅膀，否則根本不可能在這裡動妳一根寒毛。」

莉莉看著懸崖，低聲地說：「而我們也跑不了。」

木屋前停著兩輛車。珍把車子停在桑索尼的賓士旁邊，然後兩人下車。珍駐足在車道上，抬頭看著粗削的原木，看著尖聳的屋頂矗立在雪花紛飛的天空下。她繞到後車廂拿取行李，剛關上車廂門，就聽見身後傳來的聲聲咆哮。

兩隻杜賓犬猶如黑色的魅影般從樹林中冒出來，牠們無聲地移動，珍甚至沒有聽見牠們靠近。兩隻狗齜牙咧嘴地走近，兩個女人一動也不動地站在原地。

「不要跑。」珍低聲對莉莉說，「不要輕舉妄動。」她拔出武器。

「巴蘭！巴庫！退下！」

兩隻狗停下來看著剛從屋子裡出來、站在門廊上的女主人。

「如果牠們嚇著兩位了，真是抱歉。」艾溫娜·費爾維說，「我得放牠們出去跑跑。」

珍沒有將手槍放回槍套。她不信任這兩隻動物，牠們顯然也不相信她，所以依然佇足在她面前，用如蛇眼一般的黑眼瞪著她。

「牠們的領土意識很強，但是也很快就能分出對方是友是敵。妳們現在應該安全了。把槍收好，走到我這兒來。可是動作不要太快。」

珍不情願地把槍放回槍套。她和莉莉不疾不徐地從兩隻狗旁邊經過，順著階梯步上門廊，而這對杜賓狗則看著她們的一舉一動。艾溫娜領她們進屋，來到幽暗的大房間，空氣中飄著木柴燃燒的味道。她們頭上是巨大的拱樑，飾有節眼的松木牆面掛著麋鹿和馴鹿的頭。石造壁爐裡劈啪地燃燒著樺木木塊。

莫拉從沙發站起來和她們打招呼。

「妳們終於到了。」莫拉說，「風雪這麼大，大家都開始擔心了。」

「上山的路很不好走。」珍說，「你們什麼時候到的？」

「昨晚收到佛斯特的通知，我們馬上就開車上山。」

珍走到窗前，看著窗外的整片山谷。在紛飛的大雪中，她隱約看到遠處的山峰。「你們有足夠的食物嗎？」珍問道，「還有燃料呢？」

「這裡的食物可以吃上好幾個星期。」艾溫娜說，「我朋友囤積了不少糧食。連酒窖的收藏都很豐富。我們有大量的柴火，如果停電的話，還有一臺發電機。」

「而且我有帶武器。」桑索尼說。

珍沒有聽見他走進房間。她轉過身，被桑索尼可怕的模樣嚇了一跳。過去的二十四個小時改變了他整個人。他和他的朋友們現在坐困愁城，這一切完全顯現在他憔悴的臉上。

「很高興妳陪我們留下來。」他說。

「其實——」珍看了看錶，「我看這裡應該挺安全的。」

「妳該不是想在今晚離開吧？」莫拉說。

「我是這麼希望啊。」

「再不到一小時就天黑了，要到明天早上才會有人來鏟雪。」

桑索尼說：「妳真的應該留下。晚上的路況會很糟糕。」

珍再次看看窗外飄落的雪花。想到打滑的輪胎和寂寞的山路。「我想你們說得有道理。」

「這麼說大夥兒今晚都在這裡過夜了？」艾溫娜問，「那我去把柵門鎖上。」

他們坐在大房間裡，圍在大型石造壁爐前。桑索尼朝火焰裡丟了塊樺木，薄如紙張的樹皮嘶地迸出火花。外面天色已黑，狂風大作，吹得窗戶格格作響，然後一股氣流突然從煙囪向下吹進房間，掀起一陣煙。猶如路西弗宣示著他的到來，珍心想。躺在艾溫娜椅子旁邊的兩隻杜賓狗突然抬起頭，彷彿嗅到入侵者的氣息。

「我們應該一齊舉杯致敬，」艾溫娜說，「紀念奧利佛。」

莉莉從沙發上站起來，朝壁爐走去。儘管爐火旺盛，房間依然寒冷。她披著毛毯，凝視著火焰，橘色的火光映照在她的臉上。所有人都困在這裡，但只有莉莉是真正受到禁錮的人；黑暗獨獨圍繞著她。整個晚上，莉莉幾乎不發一語，幾乎沒有吃晚餐。其他人舉杯致敬的時候，她也沒有伸手拿取酒杯。

「敬奧利佛。」桑索尼低聲地說。

他們悲傷而寧靜地舉杯。珍只啜飲了一小口，她現在想喝的是啤酒，因此把杯子推給莫拉。

艾溫娜說：「我們需要新血，安東尼，我已經考慮了幾個人選。」

「我現在沒辦法邀請任何人加入，現在還不是時候。」他看看莫拉，「很抱歉把妳扯進來。妳根本無意與這件事有任何關係。」

「我知道倫敦有一個人。」艾溫娜說，「我相信他一定很有意願。我已經向葛佛瑞推薦他了。」

「現在不是時候，艾溫娜。」

「那要等到什麼時候？這個人多年前和我先生是同事，是位埃及古物學家，應該可以詮釋奧利佛所知道的任何——」

「沒有任何人可以取代奧利佛。」

桑索尼猛然的回應似乎讓艾溫娜嚇了一跳。「當然。」她最後這麼說，「我不是那個意思。」

「他是你在波士頓學院的學生？」珍問。

桑索尼點點頭。「當時他只有十六歲，是校園裡年紀最小的新鮮人。從他推著輪椅進教室的第一天，我就知道他很有天分；他比其他人更好於發問。他的主修是數學，這也是他如此擅長詮釋符號的原因之一。隨便哪個深奧誨澀的古代密碼，他只要看一眼，馬上就能知道發現其中的模式。」桑索尼放下酒杯。「我從來沒見過像他這樣的人。你一見到他，就知道他聰明過人。」

「跟我們其他人不一樣。」艾溫娜苦笑地說，「我屬於那種資質駑鈍的成員，必須先經過他人引薦才行。」她看看莫拉，「我想妳知道是喬伊絲・歐唐娜推薦妳的吧？」

「關於這一點，莫拉的感受很複雜。」桑索尼說。

信。」

「妳不太喜歡喬伊絲，是吧？」

莫拉喝光珍的酒。「我不喜歡說往生者的壞話。」

「我倒不介意說實話。」珍說，「只要有喬伊絲·歐唐娜的俱樂部，我一概沒興趣加入。」

「反正我也不認爲妳會加入我們。」艾溫娜說，同時打開另一瓶酒，「因爲妳根本不相信。」

「相信撒旦？」珍笑了出聲，「這傢伙根本不存在。」

「即使在工作上見識了那麼多慘絕人寰的事，妳依然能這麼說嗎，警探？」桑索尼說。

「那些都是普通凡人做出來的，而且我也不相信魔鬼附身這種事。」

桑索尼向她微微倚身，火光映照在他的臉上。「妳對『茶杯下毒者』的案子熟悉嗎？」

「不清楚。」

「他是名英國少年，叫葛拉漢·楊。從十四歲開始毒害自己的家人——他的母親、父親、姊姊；最後終於因爲謀害親生母親而入獄。多年後出獄，他立刻故態復萌，繼續下毒害人。警方問他爲什麼要這麼做，他說純粹是爲了好玩，而且可以出名。他不是普通凡人。」

「比較像是個反社會分子。」珍說。

「這只是個好聽、讓人安心的說法。大家都以爲只要做個精神診斷就可以爲一切無法解釋的事情提出說明。不過有些行爲窮凶惡極，根本無從解釋。妳甚至無法相信會發生這種事。」他頓了頓。「葛拉漢·楊啓發了另外一名年輕殺手，一個十六歲的日本少女，我去年訪問過她。這位少女讀了葛拉漢·楊出版的日記之後，深受他的犯罪行爲所激勵，決定起而效尤。剛開始她殺害動物，分屍動物之後把玩屍塊。她撰寫電子日誌，鉅細靡遺地描述將刀子插進活生生的肉體是什麼感覺。血液的溫熱、動物垂死前的顫抖。接著她變本加厲地開始殺人。先用鉈毒死自己的親生母親，並且將母親痛苦的症狀記載在日誌裡。」他往椅子上一靠，但眼神仍舊注視著珍，「妳會說她只是個反社會分子嗎？」

「而你會說她是惡魔嗎？」

「除此之外，沒有其他的字眼足以形容她。或者是像多明尼哥・索爾這樣的人。我們知道惡魔確實存在。」他轉頭凝視著爐火。「問題是，」他低聲地說，「他們似乎也知道我們的存在。」

「妳有沒有聽說過《以諾書》，警探？」艾溫娜為大家添酒。

「妳以前提過。」

「《以諾書》是《死海經卷》的一部分，是基督教創立之前的古籍，屬於偽經文學。這部典籍預言了世界的毀滅。書上提到地球將受到另外一個種族的侵害；這個種族叫做守望者。他們最早教人類如何製造刀劍和盾牌，他們給了我們自我毀滅的工具。即使在古代，人類顯然對他們已有所知，知道他們非我族類。」

「塞特的兒子。」莉莉輕聲地說，「亞當第三個兒子的後裔。」

艾溫娜看著她。「妳也知道他們的事？」

「我知道他們有許多不同的名字。」

「我從來沒聽說亞當有第三個兒子。」珍說。

「其實他曾經出現在〈創世紀〉裡，但是《聖經》輕描淡寫地略過很多事。」艾溫娜說。「許多歷史遭刪除和隱匿。直到將近兩千年後的今天，我們才能閱讀到〈猶大福音〉。」

「這些塞特的後裔——就是守望者？」

「千百年來，人們用各種不同的名字來稱呼他們。神、巨人。埃及人則稱其爲賢蘇荷。我們只知道他們有著古老的血統，出身於黎凡特。」

「哪裡？」

「聖地。《以諾書》說，我們終究必須爲自己的生存和他們交戰。在他們的屠殺、壓迫和毀滅之下，人類將遭受極大的苦難。」艾溫娜暫時打住，爲珍加滿酒，「最後大勢終將底定；將會有一場終極戰役，末日之戰。」她看著珍，「無論妳相信與否，風暴將至。」

壁爐的火焰在珍疲憊的雙眼前逐漸變得模糊。在那一瞬間，她想像一片火海吞噬萬事萬物。原來你們這些人所生活的世界就是這樣，她心想，這是個我所不認識的世界。

她看看莫拉。「妳可別告訴我妳也相信這一套，醫生。」

但莫拉只是飲盡杯子裡的酒，然後站起身。「我累死了。我要睡了。」

37

有人在莉莉意識的邊緣輕叩著，希望能獲准進入她夢中的祕密情境。她在黑暗中醒來，身邊的一切都如此陌生，令她感到一陣恐慌。接著她看到明亮的月光，想起自己身在何處。她凝視著窗外無比耀眼的白雪。暴風雪已經平息，現在月光照耀著純白的大地，顯得寧靜而神奇。好幾個月來，她第一次有了安全感。*我再也不是孤獨一人了，*她心想，*現在我身邊的人了解我的恐懼，他們會保護我。*

莉莉聽到喀嗒喀嗒的聲響從房門口經過，然後漸漸消失在走廊盡頭。只是其中一隻杜賓狗罷了，她心想。巴庫和巴蘭，眞難聽的名字。她躺在床上，聆聽狗的再次喀嗒地走過門前，但是這次牠們並沒有往回走。

還好。因爲她要上廁所，她可不想在走廊撞見牠們。

莉莉下床走到門口，探頭查看了一下走廊，但沒有看見牠們的蹤影，也沒有聽到爪子輕點地面的聲音。從樓梯散發出來的薄弱光線足以引導她沿著走廊走到浴室。她踏出門檻時，赤腳踩到了某種濕濕的東西。她低頭看見一灘液體隱約發光，立刻嫌惡地抽回腳。一定是那兩隻狗。牠們在地板上還留下什麼意外的驚喜嗎？她可不想踩到更噁心的東西。

莉莉在牆上摸索到電燈開關並打開燈，然後掃視地面。她看到更多灘液體，但也發現這不是那兩隻狗所留下的；這些是一塊塊鞋印狀的融雪。有人到外面走動，再把雪踩進屋子裡。她抬眼往鏡子裡一看，望著自己凹陷的惺忪睡眼。同時，她也看到另一個讓她寒毛直豎的東西——鏡子映照出畫在身後牆壁上的紅色圖案。

三個倒十字架。

莉莉倒抽一口氣，踉蹌地往後逃離浴室。她驚慌地在走廊上狂奔，光腳滑過潮濕的地板，衝進最近的一扇門。這是莫拉的臥室。

「醒醒！」她在莫拉的耳邊輕喊。「妳得醒醒！」她大力搖晃著這個沉睡的女人，床頭板嘎吱作響，彈簧床墊也發出抗議。莫拉只是嘆了一聲，但沒有醒過來。

妳是怎麼了？為什麼怎麼也叫不醒妳？

有東西在走廊發出嘎吱的聲響。莉莉立刻轉頭看著房門。當她回到房門口的時候，她感覺心臟劇烈地跳動，彷彿要從肋骨爆裂出來似的。她豎起耳朵，想聽聽除了自己強烈的心跳聲外有什麼動靜。

什麼也沒有。

她的頭慢慢繞過門框，往走廊窺視。走廊一片空蕩。

叫醒其他人。得讓他們知道他在屋裡！

莉莉悄悄溜進走廊，光著腳急忙跑向珍的房間。她伸手抓著門把，卻發現房門深鎖，她挫敗地呻吟了一聲。我應該用力敲門叫醒她嗎？我有膽子發出任何聲響嗎？接著她聽見狗吠聲，狗爪在樓下的大房間走動時輕點著地板。她小心翼翼地走向樓梯，從欄杆往下看，然後差點鬆了口氣地笑了出來。

樓下的壁爐燃燒著。面向火焰坐在沙發上的人是艾溫娜．費爾維。

莉莉急忙衝下樓梯時，那兩隻杜賓狗抬起頭，其中一隻咆哮一聲以示警告。莉莉嚇呆了地站在樓梯底層。

「好了，好了，巴蘭。」艾溫娜說，「是什麼嚇著你了？」

「艾溫娜！」莉莉輕輕叫了一聲。

艾溫娜轉頭看著她。「哦，妳醒啦。我正要添些柴火呢。」

莉莉看了一眼已經相當旺盛的爐火，火舌跳動地呑噬一堆疊得高高的木頭。「聽我說，」莉莉往前一步，低聲說道，然而一隻狗齜牙咧嘴地站起來，她因此再度停下步伐。「他在屋子裡！我們得叫醒所有人！」

艾溫娜冷靜地拿起兩塊木柴，丟進早已熊熊燃燒的火焰中，助長了火勢。「我注意到妳今晚幾乎沒有喝酒，莉莉。」

「多明尼哥在這裡！」

「妳本來可以和其他人一樣睡得不省人事，渾然不覺所發生的事情。不過妳醒來了，反而是無心插柳柳成蔭。」

「妳說什麼？」

杜賓狗又吠了一聲，莉莉低頭看著牠們在火焰照耀下泛著橘光的牙齒。那兩隻狗，她突然想到，今晚牠們沒有吠叫，一次也沒有；有個闖入者偷偷溜進屋裡，留下滿地的濕鞋印，杜賓狗卻沒有發出任何警告。

因爲那兩隻狗認識他。

艾溫娜轉過身，莉莉一個箭步奪過壁爐旁的撥火棍。「是妳把他引來的。」她一邊說一邊往後退，揮動撥火棍自衛，「是妳告訴他的。」

「哦，我根本用不著告訴他。他早就在山上等我們了。」

「他在哪裡？」

「時候到了，多明尼哥自然會出現。」

「去妳的！」莉莉大喝一聲，將手中的撥火棍握得更緊。「他躲在哪裡？」

等她注意到狗兒的攻勢時爲時已晚。她聽見一聲咆哮，爪子劈哩啪啦地踏過木頭地板，然後往旁邊一看，兩個一模一樣的黑影正向她撲來。牠們將她撞倒在地，撥火棍應聲掉落。杜賓狗咬住她的手臂，當獠牙插進肌肉時，她尖聲叫喊。

「巴蘭！巴庫！放開。」

下令的不是艾溫娜的聲音，而另有其人；是莉莉夢魘中的聲音。狗兒鬆開口並退下，留下負傷而且震驚的她。她試圖撐起自己，但杜賓狗強而有力的顎骨咬傷了肌腱，令她的左手軟弱無力。莉莉呻吟一聲，側身倒在地上，看著自己的血在地上流成一灘。血泊前方，她看見一雙男人的鞋子朝她走來。她的呼吸已經成了聲聲啜泣，她撐起上身坐起來。他在壁爐邊停佇，火焰從他的背後投射出火光，宛如來自地獄的黑影。他低頭看著她。

「妳總是很有辦法，莉莉。每次都是妳給我添麻煩。」

莉莉向後爬行，直到肩膀撞到椅子，再也退無可退。她僵在原地，抬頭看著多明尼哥，看著長大成人的他。他依然留著金髮，依然擁有迷人的藍眼。但他長高了，肩膀更加寬闊，原本如天使般的臉孔也變得有稜有角。

「十二年前，妳殺了我，現在我要以牙還牙。」

「你要小心她喔，」艾溫娜說，「她的手腳很快。」

「我不是告訴過妳了嗎，媽？」

莉莉的目光立刻轉向艾溫娜，接著再看看多明尼哥。同樣的身高，同樣的眼睛。

多明尼哥看著她震驚的臉。「十五歲的男孩遇上麻煩的時候還能找誰呢？我從落水的車裡爬出來，除了身上的衣物以外一無所有。我不得不繼續裝死，銷聲匿跡，否則妳一定會向警方告發我。妳讓我別無選擇，莉莉。我只有一條路可走。」

他的母親。

「我的信過了好幾個月才寄到她手上。我不是總說她會來接我的嗎？而妳爸媽從來不相信。」

艾溫娜伸手撫摸兒子的臉。「但你知道我一定會來的。」

他微微一笑。「妳一向說到做到。」

「這次我也做到了，不是嗎？我把她帶來了。你只需要耐著性子，完成你的訓練。」

莉莉瞪著艾溫娜。「可是妳是梅菲斯特俱樂部的成員。」

「而且我知道該怎麼利用他們。」艾溫娜說，「我很清楚該怎麼引誘他們入局。妳以為這一切都是為了妳嗎，莉莉？其實他們才是真正的目標。為了報復他們多年來對我們的迫害，我們要殲滅這群人。」她看看爐火。「我們需要更多木柴。我去外面再拿一些。」

「我看沒有這個必要。」多明尼哥說，「這棟房子乾燥得像個引火盒，只要一點火花就會整個起火燃燒。」

莉莉搖搖頭。「你們要把他們全都殺了……」

「計畫從一開始就是這樣啊。」艾溫娜說，「他們會在睡夢中活活被燒死。」

「雖然一點也不像殺害喬伊絲・歐唐娜那麼有趣。」多明尼哥說，「但至少妳可以清醒著享受整個過程，莉莉。」他拾起撥火棍，將尖端深深插進火堆中。「用火最方便的地方就是可以把屍體燒得一乾二淨，只留下燒成焦炭的骸骨。永遠不會有人知道妳到底是怎麼死的，因爲他們永遠找不到刀傷，而只看到燒焦的痕跡。他們會以爲妳和其他人一樣在睡夢中死亡。這是一次不幸的意外，只有我母親僥倖生還。他們永遠不會知道妳叫嚷了好幾個小時才斷氣。」他從爐火裡抽出撥火棍。

莉莉搖搖晃晃地站起身，鮮血沿著她的手流了下來。她衝向大門，可是還來不及跑到門口，兩隻杜賓狗便迅速衝到她面前。她僵在原地，看著兩個齜牙咧嘴的畜生。

艾溫娜用雙手抓著莉莉的手臂，將她拖回壁爐邊。莉莉尖叫著，轉身盲目地拳打腳踢；當拳頭砰地一聲打中艾溫娜的臉頰，她覺得一陣得意。

將莉莉再次撂倒的依然是狗兒。兩隻杜賓狗飛撲在她的背上，將她撞倒在地。

「放開！」多明尼哥喝令道。

兩隻狗退下。艾溫娜摀著瘀青的臉，朝莉莉的肋骨重重一踢，後者在地上滾了滾，痛到連氣都喘不過來。在一陣痛楚中，她看見多明尼哥的鞋子逐漸靠近，同時感覺到艾溫娜牢牢扣住她的手腕，將她按在地上。莉莉仰頭注視著多明尼哥，看著他那映照著熊熊火光、宛如炙炭的雙眼。

「歡迎來到地獄。」他手裡拿著灼熱的撥火棍。

莉莉尖叫掙扎著，企圖掙脫束縛，但艾溫娜緊緊抓住她。當多明尼哥準備揮下撥火棍時，她撇過頭，臉頰貼著地面，緊閉雙眼等待即將感受到的痛楚。

一陣爆裂將溫熱的液體噴灑在她的臉上。她聽見艾溫娜倒抽一口氣，然後撥火棍砰地一聲掉落。突然間，莉莉的雙手重獲自由。

她睜開眼睛，看見兩隻杜賓狗朝房間另一頭的珍．瑞卓利衝過去。珍舉起武器再開了一槍，其中一隻狗摔落在地，但另外一隻早已如同黑色火箭一躍而起。狗兒迎面朝珍飛撲，她擊發最後一槍。人狗雙雙倒地，槍也隨之掉落並滑至一旁；珍使勁抓住受傷的杜賓狗。

「不！」艾溫娜嗚咽呻吟著。她跪在倒地的兒子身邊，用手托住他的臉龐，輕撫他的頭髮。「你不能死！你是被揀選的啊。」

莉莉費勁地坐起來，頓時感覺房間一陣晃動。在飢餓的火舌旁，她看見艾溫娜像復仇天使般站起身。她看見這名女子彎腰伸手拾起珍的槍。

當莉莉搖搖晃晃地爬起來，感覺房間旋轉得更加劇烈。迴旋的影像怎麼也無法定格。火焰、艾溫娜，多明尼哥身下逐漸擴大的血泊在火光中閃耀。

還有那根撥火棍。

狗兒抽搐了一下，終於斷氣，然後珍將其用力推至一旁。舌頭垂在外頭的狗屍噗地倒在地上。直到這時，珍才看到站在眼前的艾溫娜，以及她手上閃閃發光的武器。

「今晚，一切就將到此爲止。」艾溫娜說，「妳，還有梅菲斯特俱樂部。」艾溫娜舉起槍，緊緊握著，手臂的肌肉隨之緊繃。她全副的注意力都在珍身上，而沒有看見死亡正迎頭痛擊。

撥火棍猛力戳進艾溫娜的頭蓋骨，莉莉感覺到骨頭的碎裂透過鑄鐵直接傳遞到手上。艾溫娜無聲地倒地不起。莉莉鬆開手，撥火棍鏗鏘地摔落在木造地板上。她低頭看著自己剛才所做的事，看著艾溫娜凹陷的頭部，看著鮮血汩汩流出，宛如黑河。轉眼間，房間一片漆黑，她的腿不停顫抖，滑坐在地上，然後將頭埋在雙膝間，失去了知覺。沒有痛苦，四肢痲痺；她正靈魂出竅地飄浮在黑暗的邊緣。

「莉莉。」珍拍拍她的肩膀，「莉莉，妳流血了。讓我看看妳的手臂。」

她喘了一口氣。房間恢復光明。她慢慢抬起頭，專注地看著珍。「我殺了她。」她喃喃地說。

「不要看她就好了，行嗎？來，我扶妳到沙發上去。」珍伸手攙起莉莉。這時她突然僵住不動，握著莉莉手臂的指頭突然緊繃。

莉莉也聽到了低語聲，全身的血液隨之凍結。她看著多明尼哥，發現他的眼睛並未闔上，意識也尙未消失。他的嘴唇動了幾下，說話氣若游絲，聲音小得幾乎聽不見。

「不……不……」

珍在他身邊彎下腰，聆聽他想說些什麼。莉莉不敢往前靠近半步，深怕多明尼哥會像眼鏡蛇一樣突然撲向她來。她們可以一次又一次地殺死他，但他總是會回來。他永遠死不了。

邪惡永遠不死。

地上逐漸擴散的血泊映照著火光，彷彿火焰本身竄燒到整片地板；這是以多明尼哥爲源頭、向外擴張的業火。

他的嘴唇又動了幾下。「我們不是……」

「說。」珍說，「告訴我。」

「我們不是……唯一……的。」

「什麼？」珍跪在地上，抓住多明尼哥的肩膀猛力地搖晃。「還有誰？」

多明尼哥吐出肺裡的最後一口氣後，下巴無力地微張，臉上的線條像融化的蠟一樣漸漸平滑。珍放開他的身體，挺起身。然後她看著莉莉。「他那句話是什麼意思？」

莉莉看著多明尼哥失焦的眼睛，此刻他的臉變得鬆垮而了無生氣。「他剛剛告訴我們，一切尚未結束。」

38

掃雪機沿著通往山頂的路鏟雪，轟隆的引擎聲在山谷裡迴盪。珍站在木屋積雪的平臺上，越過欄杆低頭看著下方的山路。她看見掃雪機繞著山路緩緩朝他們的方向前進，在剛落下的細雪中鏟出一條路。她呼吸一口冷冽清新的空氣，抬頭迎接陽光，試圖清除腦子裡最後的一絲困惑。路上的積雪掃除後，大批的警方車輛將抵達山頂——州警局、驗屍官、犯罪現場鑑識小組。她必須警醒精神，準備面對他們的提問。

儘管她沒辦法回答所有的問題。

珍將靴子上的雪跺除，拉開玻璃門，回到木屋裡。

其他幾個倖存者圍坐在廚房的餐桌前。雖然生了火的大房間比較溫暖，但沒有人願意離開廚房。誰也不想和屍體共處一室。

莫拉重新替莉莉包紮手臂。「妳的屈肌腱受損。我想妳需要開刀治療，至少需要施打抗生素。」她看著珍，「等馬路上的積雪清除之後，第一件事就是送她去醫院。」

「應該不用等太久。」珍說，「掃雪機已經到半山腰了。」她坐下來，看著莉莉。「妳知道警方會有很多問題要問妳吧？」

莫拉說：「那可以等她就醫之後再說。」

「是，當然了。不過，莉莉，妳知道警方會問妳關於昨晚這裡所發生的事。」

「妳不能證實她所有的證詞嗎？」莫拉說。

「我沒有全程親眼目睹。事發到一半我才醒來。」

「幸好妳沒喝完那杯酒，否則我們今天全都變成骨灰了。」

「我非常自責。」桑索尼說，「我根本不該睡著的。讓艾溫娜爲我倒酒是我的疏忽。」

珍蹙眉看著桑索尼。「你原本打算整夜不睡？」

「我認爲應該有人要醒著。以防萬一。」

「這麼說你已經對艾溫娜起疑了？」

「我得慚愧地承認，沒有。妳必須了解我們對於新成員的引進有多麼謹慎。唯有透過我們認識的人推薦才可以入會，然後我們會進行背景調查。我懷疑的人不是艾溫娜。」他看著莉莉，「我不信任的人是妳。」

「爲什麼是莉莉？」珍問。

「我家花園的窗戶被撬開的那天晚上，妳記得我跟妳說窗子一向是鎖上的嗎？」

「記得啊。」

「這表示有人從裡面開了窗子，這個人當晚在我的屋子裡。我當時猜想是莉莉。」

「我還是不懂。」莫拉說，「如果你們對於挑選加入俱樂部的人如此謹慎，又怎麼可能對艾溫娜做出這麼嚴重的誤判呢？」

「這是葛佛瑞和我必須追查的問題。她是怎麼滲透進來的？整件事是怎麼計畫和執行的？她不是無緣無故地出現在我們面前；梅菲斯特俱樂部裡有人協助她，在進行背景調查的時候抹除了所有可疑的地方。」

「這就是多明尼哥告訴我們的最後一句話。」莉莉說，「我們不是唯一的。」

「我相信他們還有同黨。」桑索尼看著珍，「不管妳是否理解，警探，我們身陷一場戰爭。這場戰爭已經延續了好幾個世紀，昨晚只不過是一場小小的戰役。最慘烈的一戰即將來臨。」

珍搖搖頭，厭倦地笑了笑。「看來我們又說到那些惡魔頭上去了。」

「我相信惡魔的存在。」莉莉表情堅定地宣稱道，「我知道他們是眞實的。」

他們聽見掃雪機鏟過鋪石路面，引擎的轟隆聲逐漸靠近。路上的積雪終於鏟除，而他們得以離開這座山，回到各自的生活裡。莫拉可以回到丹尼爾．布洛菲的懷抱；他若不是會讓她心碎，就是能爲她帶來希望。珍可以繼續扮演父母紛爭的調停者。

我要回到嘉柏瑞身邊。他正在等我回家。

珍起身走到窗前。屋外無瑕的白雪上閃耀著陽光。天空萬里無雲，此刻回家的路應該除完了雪、鋪上了止滑的沙。今天的天氣適合開車回家。回去擁抱她的丈夫和親吻她的寶貝女兒。我等不及想看見你們父女倆了。

「妳還是不相信我，對吧，警探？」桑索尼說，「妳不相信戰爭一觸即發。」

珍舉頭望著天，露出一抹微笑。「今天，我選擇不要相信這些。」

39

天空的烏雲低垂，莉莉抬頭看著她從小長大的那棟房子，聞到空氣中大雪將至的強烈氣味。她看到的不是這棟房子現在的模樣——廢棄的空殼、殘破的門廊、褪色成灰色的護牆板。不，她看到的是房子從前的夏日情景。格子窗上綻放著鐵線蓮，屋簷垂掛著一盆盆鮮紅的天竺葵；她看見弟弟泰迪從房子裡走出來，紗門發出咿呀聲，然後啪地關上，他則露齒而笑地跑下門階；她看見母親在窗口揮手，一面喊著：「泰迪，記得準時回家吃晚飯！」她看見曬得一身黝黑的父親一邊吹著口哨，一邊扛著鋤頭穿過庭院，往心愛的菜園走去。她曾經在這裡度過幸福的生活。那些才是她想銘記在心、永不忘記的日子。

其他的一切、後來在這裡所發生的事，都化成灰燼吧。

「妳確定嗎，索爾小姐？」消防隊長說。

他的隊員穿戴完整的消防裝備，等待隊長的一聲令下。一小群鎮上的人在靠近山腳的地方圍觀。不過她的注意力只在安東尼．桑索尼和葛佛瑞．鮑姆兩人身上；她信賴他們。此時這兩人站在她身旁，一同見證她的驅魔儀式。

莉莉回頭看著屋子。傢俱已經移除，捐給當地的慈善機構。除了消防員在二樓臥房裡堆放的稻草之外，這棟房子現在只剩空殼。

「索爾小姐？」消防隊長說。

「燒了吧。」

隊長下達指令，他的隊員立刻提著水管和一罐罐混有柴油的煤油走上前。很少有人贊助這麼堅固的房子作爲消防演習；前來執行任務的人個個躍躍欲試，急著點燃火苗。爲了練習，他們會把火撲滅，然後再三重新點燃，直到該讓火焰得勝的時候到來。

當黑煙扶搖直上，莉莉後退站到已被她視爲導師、甚至是父親的兩個男人中間。桑索尼和鮑姆不發一語，但是當二樓的窗戶竄出火苗的時候，莉莉聽見鮑姆猛然抽氣的聲音，同時也感覺到桑索尼安撫地將手搭在她的肩膀上。她不需要任何扶持。她挺直胸膛，專注地看著大火燃燒。屋子裡的火焰應該正在呑噬仍然沾有彼得・索爾血液的地板，同時向上延燒被邪惡十字架玷污的牆面。這種地方不應該保存下來。此等邪惡永遠無法洗清，只能將其毀滅。

這時，消防員撤出屋子，觀看最後的大火景象。火焰劈哩啪啦地燒過屋頂，融化的白雪嘶地化爲水氣。橘色的火舌從窗戶竄出，在乾枯易燃的護牆板上任意蔓延。熱氣逼得消防員向後撤退，大火越燒越旺，像頭狂呼勝利的野獸。

莉莉凝視大火中心呑噬她殘存的童年。在火光中，她看見片刻的往日美好時光。那是個夏日傍晚，她的母親、父親和泰迪站在門廊，看著她揮動網子，在草地上奔跑。還有螢火蟲——好多螢火蟲，就像在夜空閃爍的點點繁星。「看，你姊姊又抓到一隻了！」母親說，而泰迪笑呵呵地遞出罐子收取戰利品。一家人笑盈盈地看著她——跨越多年的時空，來自一個火焰永遠燒不到的地方。因爲這幅景象安全地深藏在她的心中。

此刻屋頂坍塌，火花飛向天空，莉莉聽見群眾倒抽一口氣；冬季的大火勾起他們內心原始的興奮之情。隨著火焰慢慢熄滅，圍觀民眾逐漸散去，陸續下山；他們回到自己的車上，今日的令人刺激的事情已經結束。莉莉和兩個朋友留在原地，看著殘餘的火焰被撲滅，自焦黑的灰燼中冒出縷縷黑煙。等這些瓦礫清除之後，她要在這裡種樹，栽種櫻花和海棠。但這座山上絕不能蓋房子。

某個冰冷的東西親吻了她的鼻頭，她抬眼看見大片雪花自天空飄落。這是最後的白雪祝福，聖潔且純淨。

「準備要走了嗎，莉莉？」鮑姆問她。

「是。」她嫣然一笑，「我準備好了。」然後轉身跟著他們離去。三位惡魔追捕者並肩下山。

後記

我在史丹福大學主修人類學的時候，對古代世界的神話感到十分著迷。我總認爲這些流傳了千百年的故事蘊藏著眞理。時間的迷霧或許改變了某些細節，但即使是最令人不可置信的傳說，也很可能是根據眞人眞事所產生的。

幾年前，我在英國牛津逛書店的時候，無意中發現一本R. H.查爾斯翻譯的《以諾書》，忍不住買了下來。《以諾書》是本古代典籍，最早出現在基督誕生前兩個世紀左右。儘管講述的是舊約聖經裡一位族長以諾——挪亞的曾祖父——的歷史，早期基督教神職人員卻將這部典籍排除在希伯來文聖典之外，並斥之爲僞經。這本書從此自歷史上消失；千百年來，人們一直以爲這部典籍永遠失傳。

但事實並非如此。分別藏匿在好幾個祕密地點的《以諾書》終究被保存下來。十八世紀時，衣索比亞發現了完好無缺、從希臘文翻譯過來的《以諾書》。而一九四七年，一名貝都因族的牧羊人在死海西北沿岸的洞穴裡有了重大發現——裝有古代經卷的瓦罐；用阿拉姆語寫成的七個《以諾書》殘篇自複雜的山洞裡出土。

在這部失傳已久的典籍中，隱藏著一個學者至今仍想不透的謎團——守望者的故事；這些墮落天使和人類的女子交合，生下了永遠殘害人類的邪惡種族：

惡鬼出自他們的身體，因爲他們乃由人所生，神聖的守望者是他們的起始與根源；他們將成爲地上的惡鬼，世人亦將稱他們爲惡鬼。

這些雜種生物又被稱爲巨人族，另一部古代典籍《禧年書》亦有所記載。這部典籍同樣將他們描寫成邪惡、狠毒之人。根據《禧年書》，巨人族大多在挪亞的時代被毀滅，但上帝容許其中十分之一存活下來，成爲撒旦的子民。透過他們的後裔，邪惡將繼續毒害世界。

天使和凡人女子交合之後生下雜種怪物？這確實是則古怪的傳說；有些聖經研究學者提出相當合理的說法，認爲這些交合其實純粹指的是不同部落之間的禁忌通婚。所謂的「天使」，指的是來自崇高的塞特家族的男子，而凡人女子則是出自地位低落許多的部落，該隱的後裔。

不過身爲一名小說家，我忍不住思考：如果守望者的傳說不僅僅是寓言，而是眞正的史實呢？如果巨人族眞的存在，而他們的後裔仍舊在我們周遭繼續爲禍呢？

綜觀人類歷史，有些人犯下令人髮指的殘酷暴行，令人不禁懷疑他們是否眞的是人類，抑或他們乃是生性殘暴、爲各種不同的需求及本能所驅使的物種。如果你相信《以諾書》和《禧年書》的內容，那麼像波布[36]和穿心魔佛拉德這種大屠殺者的暴行便可以得到解釋。巨人族一直和人類共存；他們生活在獵物中間，是肉眼無法分辨的掠食者。只要一有機會，當社會因戰爭或人民動亂而崩解、法律的力量無法保障我們的安全時，那些掠食者就會出來興風作浪。

[36] 原爲柬埔寨共產黨總書記，發動政變而執政後，在一九七五至一九七九年間進行荒謬的屠殺，大肆殺害持不同政見的人。

唯有到了那個時候，我們才會發現他們的眞面目。

邪惡是很難解釋的。從《以諾書》出現至今已經過了兩千多年，我們還是無法更加釐清世上爲何會有邪惡。我們只知道它確實存在。

致謝

撰寫每部作品都是挑戰，是一項看似不可能完成的任務。不管寫作本身有多麼艱難，我總是非常欣慰地知道，自己擁有了不起的同僚和朋友們支持。非常感謝我那位無與倫比的經紀人梅格・盧利，還有珍・羅特洛森經紀公司的團隊。你們的指點一直是我賴以前進的明星。同時也要感謝我傑出的編輯，琳達・馬洛；她可以讓任何作者發光發亮。感謝吉娜・森特雷洛多年來熱心的支持，吉莉・海爾巴恩親切的關心。還有大西洋對岸環球出版社的莎莉娜・沃克一直堅定不移地爲我加油。

最後，我必須感謝一位陪伴我最久的人。我的丈夫賈寇伯很清楚身爲一個作家的伴侶是多麼不容易的一件事，而他依舊在我身邊。

Storytella 19

梅菲斯特俱樂部

The Mephisto Club

梅菲斯特俱樂部 / 泰絲.格里森作 ; 楊惠君譯. -- 二版. --
臺北市 : 春天出版國際, 2020.07
面 ;　公分. -- (Storytella ; 19)
譯自 : The Mephisto Club
ISBN 978-957-741-227-0(平裝)

874.57　　108012275

ISBN 978-957-741-227-0
Printed in Taiwan

THE MEPHISTO CLUB: A RIZZOLI AND ISLES NOVEL by TESS GERRITSEN

作　者　泰絲．格里森
譯　者　楊惠君
總編輯　莊宜勳
主　編　鍾靈

出版者　春天出版國際文化有限公司
地　址　台北市大安區忠孝東路四段303號4樓之1
電　話　02-7733-4070
傳　眞　02-7733-4069
E－mail　frank.spring@msa.hinet.net
網　址　http://www.bookspring.com.tw
部落格　http://blog.pixnet.net/bookspring
郵政帳號　19705538
戶　名　春天出版國際文化有限公司
出版日期　二〇一七年七月二版
二〇二三年一月初版十刷

定　價　420元

總經銷　楨德圖書事業有限公司
地　址　新北市新店區中興路二段196號8樓
電　話　02-8919-3186
傳　眞　02-8914-5524
香港總代理　一代匯集
地　址　九龍旺角塘尾道64號 龍駒企業大廈10 B&D室
電　話　852-2783-8102
傳　眞　852-2396-0050